Simone Vajda
Sommer 1986
Nochmal 16 & hoffnungslos verstrickt

Simone Vajda

Sommer 1986

Nochmal 16 & hoffnunglos verstrickt

Bibliografische Information der Deutschen Nationalbibliothek: Die
Deutsche Nationalbibliothek verzeichnet diese Publikation in der
Deutschen Nationalbibliografie; detaillierte bibliografische Daten
sind im Internet über dnb.d-nb.de abrufbar.

Verlag:
BoD · Books on Demand GmbH, Überseering 33,
22297 Hamburg, bod@bod.de
Druck:
Libri Plureos GmbH, Friedensallee 273, 22763 Hamburg

Lektorat: Selina Pierstorf (www.lektorat-pierstorf.de)
Korrektorat: Sabine Schulter (www.sabineschulter.de)
Umschlaggestaltung und Satz: chaela (www.chaela.de)

ISBN: 978-3-7597-2198-3

Für alle, die sich je gefragt haben,
was wäre, wenn…

Playlist

Nur geträumt - Nena
Self Control – Laura Branigan
I Want To Know What Love Is – Foreigner
Lessons In Love – Level 42
1000 und eine Nacht - Klaus Lage Band
Touch Me – Samantha Fox
Love Is A Battelfield – Pat Benatar
A Kind Of Magic – Queen
I Engineer – Animotion
Total Eclipse Of The Heart – Bonnie Tyler
Holding Back the Years - Simply Red
Stripped – Depeche Mode
A Question Of Lust – Depeche Mode
Different Corner – George Michael
Ohne dich (schlaf ich heut Nacht nicht ein) – Münchener Freiheit
The Joker – Steve Miller Band
Ich liebe dich – Clowns & Helden
Another Brick In The Wall – Pink Floyd
The Last Kiss – David Cassidy
The Power Of Love - Frankie Goes to Hollywood
Master Of Puppets – Metallica
Where Is My Mind - The Pixies
Creep – Radiohead
I Just Died In Your Arms - Catting Crew
Gute Nacht, Freunde – Reinhard Mey

KAPITEL 1

Mir fällt auf, dass du aus deinem Prinzessinnenschlaf erwacht bist. Aber glücklich klingst du nicht. Es ist dein Leben – du musst wissen, was das Beste für dich ist. Gerade du solltest wissen, dass Träume der Schlüssel zur Veränderung sind. Nicht die Realität. Die Realität ist die Geisel derer, die aufgeben. Und genau hier klinke ich mich aus. Denn du bist nicht mehr die Nicki, die ich kannte. Die ich liebte.

Achim, 1. Mai 2004

DONNERSTAG, DEN 8. JULI 2021
NICKI

Gedankenverloren starre ich auf den Pinsel in meiner Hand. Die hohen Wände der Altbauwohnung scheinen sich ins Unendliche zu ziehen. Mit jedem Strich, der das kühle Weiß in Rosa taucht, wächst die Verzweiflung. Wie soll ich das alles schaffen? Warum bin ich überhaupt hier?

Das Kreischen von Möwen lockt mich ans offene Fenster. Erst jetzt bemerke ich, wie schön es hier ist. Weiße Häuser. Schmale Gassen. Das Glitzern des Meeres im Morgenlicht. Ein Markt erstreckt sich unter mir, voller Farben und Lachen. Neugierig klettere ich die Feuerleiter hinab. Luftballons steigen auf, Konfetti wirbelt durch die Luft. Vor der geschmückten Kirche fällt mein Blick auf eine Braut, die Blüten aus der Dekoration schneidet. Ihr Kleid, ein Traum aus zarter Spitze und Tüll mit einer eleganten Schleppe, lässt mich innehalten. Um ihren Hals schimmert im Sonnenlicht ein goldenes Amulett, das meinem erstaunlich ähnlich sieht.

»Der Braut sind Blumen ein Gräuel«, erklärt mir eine ältere Frau mit einem Schulterzucken.

Eine Orgel erklingt über dem Marktplatz. Die majestätischen Klänge ziehen mich förmlich in die Kirche. Doch kaum bin ich drin, wispern mir Stimmen zu, dass ich kein Recht habe, weiterzugehen, weil ich nicht die Braut bin. In diesem Moment dreht sich der Bräutigam am Altar um. Fassungslos starre ich ihn an und stammele: »Achim!«

Der Malerpinsel entgleitet meinen Fingern. Ich wirble herum und eile mit schnellen Schritten zurück zu dem Haus, in dem ich gestrichen habe.

Ein Gefühl der Leere umgibt mich. Als ich mich auf das Bett werfe, brechen die Tränen ungehindert aus mir heraus.

Plötzlich höre ich Klappern am Fenster. Über die Feuerleiter klettert Achim herauf und reicht mir den Pinsel.

»Den hast du verloren«, sagt er ruhig, seine Augen voller Mitgefühl auf mir ruhend.

»Du darfst nicht hier sein, du heiratest gleich«, flüstere ich zwischen Schluchzern, unfähig, meinen Blick von ihm abzuwenden.

Er schüttelt leicht den Kopf, ein schwaches Lächeln umspielt seine Lippen. »Die Sehnsucht nach dir hat nie nachgelassen. Selbst in meinen Träumen suche ich nach dir, Schnecke. Ich werde niemals aufhören, dich zu lieben.«

Sanft streicht er mir eine blonde Haarsträhne aus dem Gesicht. Unsere Lippen sind nur einen Herzschlag voneinander entfernt. Gleich wird er mich küssen …

Ein schrilles Geräusch zerreißt die Stille. Ich zucke zusammen, will mich festhalten – doch da ist nichts mehr. Das weiche Bett unter mir, das Dunkel um mich herum.

Self Control von Laura Branigan dröhnt viel zu laut durch den Raum und reißt mich aus dem Traum.

»Meli, mach die Musik leiser«, murmele ich und wische mir verwirrt die Tränen aus den Augen. Doch Meli ist nicht hier. Es ist nur der Radiowecker, der ihr Lieblingslied spielt – ein Hit, den sie früher immer mit Robert, ihrem ersten Freund, gesungen hat.

Müde wälze ich mich herum. Es ist 2:15 Uhr. Zeit zum Aufstehen. Während ich benommen ins Badezimmer tapse und mir kühles Wasser ins Gesicht spritze, kreist in meinem Kopf nur ein Name: Achim. Der Blick in den Spiegel hebt meine Laune auch nicht. Ich sehe aus wie ein Vampir, der einen Moment zu lange in die Sonne geschaut hat – blass, mit dunklen Ringen unter den Augen. Selbst ohne Tränen im Schlaf zeigt mein Gesicht noch die Traurigkeit. Meine Haare sind schon lange nicht mehr blond, sondern braun mit grauen Strähnen darin. Sie hängen kraftlos herunter, genau wie meine Stimmung.

Verwundert über den Traum berühre ich das Amulett, das an meinem Hals hängt. Ob Achim wohl heute noch an mich denkt? Und hat er mich wirklich früher Schnecke genannt? So sehr ich auch nachdenke, ich kann mich nicht daran erinnern.

Seufzend greife ich nach meinem Handy, tippe schnell eine Nachricht ein und schicke sie ab:

> Su, du errätst nicht, von wem ich heute Nacht geträumt habe. Und dann weckt mich der Radiowecker auch noch mit Self Control von Laura Branigan. Ich vermisse die Zeit :(Kannst du so schnell wie möglich kommen?

Vergeblich warte ich auf eine Antwort, es ist mitten in der Nacht und Su schläft sicherlich. Ich lasse das Handy sinken und starre nachdenklich auf die Fliesen meines Badezimmers. Der Traum hatte so etwas Reales an sich, dass er mich völlig aus der Bahn wirft.

KAPITEL 2

Am 8. Juli 2021 herrschte weiterhin Besorgnis über bestimmte SARS-CoV-2-Varianten. Insbesondere die Delta-Variante, sorgte in Deutschland für große Beunruhigung aufgrund ihrer höheren Ansteckungsrate, die zu einem Anstieg der Fallzahlen in einigen Regionen führte. Die Behörden überwachten die Ausbreitung genau und ergriffen Maßnahmen wie verstärkte Testungen, Quarantäne-regelungen für Einreisende aus Hochrisikogebieten und die Förde-rung der Impfkampagne, um schwere Verläufe in der Bevölkerung zu verhindern.

DONNERSTAG, DEN 8. JULI 2021
NICKI

Vergeblich versuche ich, mich auf die Arbeit zu konzentrieren. Immer wieder driften meine Ge-danken zu Achim ab. Seit Jahren habe ich weder etwas von ihm gehört noch ihn gesehen. Und doch taucht er plötzlich in meinen Träumen auf, so lebendig, dass ich weinend aufwache. Was will mir mein Unterbewusstsein damit sagen?

Kurz ziehe ich mich mit dem Handy auf die Toilette zu-rück. Mein Chef wirft mir einen Blick mit hochgezogenen

Augenbrauen hinterher. Wir sind heute nur zu zweit in der Backstube, wo sonst fünf Leute die Arbeit erledigen. Langsam wächst uns alles über den Kopf. Aber Su wird jetzt wach sein, und ich will nur kurz nachsehen, ob sie geantwortet hat. Sie hat:

> Uii, klingt spannend! Bestimmt von Sebastian. ;) Aber welche Zeit vermisst du? Bin gegen zwölf Uhr bei dir.

Schnell antworte ich ihr.

> Wird nicht verraten! Ich freue mich auf dich :)

Nach so einer Nachricht von Su fühle ich mich erleichtert. Wir haben uns oft in unseren dunkelsten Momenten gegenseitig unterstützt. Ich bin dankbar, dass sie meine Freundin ist und wir über alles reden und lachen können, egal wie ernst es ist.

Ich eile zurück in die Backstube und stelle fest, dass sie inzwischen leer ist. Meinen Chef Sebastian höre ich im Nebenzimmer telefonieren. Bevor ich mir eine der vielen Aufgaben aussuchen kann, schrillt der Timer am Backofen, weshalb ich schnell die würzig duftenden Brote heraushole, bevor sie zu dunkel werden. Dann stelle ich die Knetmaschine ab und nehme mir eine Portion fluffigen Hefeteig heraus, woraus ich Nusshörnchen forme.

Laut prasselt der Regen auf die Oberfenster, die über die gesamte Breite der Backstube reichen. Eigentlich würde das Sonnenlicht längst den sterilen weißen Raum mit den Öfen und beladenen Regalen erhellen, doch es brennt immer noch Licht, weil es draußen nicht richtig hell wird.

Arme Mina. Bei diesem Sauwetter muss meine Tochter auch noch zur Schule laufen.

Die Regentropfen wecken Erinnerungen an meine erste Begegnung mit Achim. Damals war es nur ein sanfter Sommerregen. Den durchdringenden Blick, mit dem er mich ansah, habe ich nie vergessen. Wie mag es ihm jetzt wohl gehen? Ist er verheiratet und hat vielleicht auch Kinder?

»Nicki, könntest du heute im Laden aushelfen?«, höre ich Sebastians Stimme gedämpft wie durch Watte.

Von der Rückkehr meines Chefs überrascht, zucke ich zusammen. »Tut mir leid, ich war in Gedanken. Was hast du gesagt?« Dabei wende ich mich meinem Chef zu und Achim rückt ein Stück in die Ferne. Allein durch seine Gegenwart schlägt mein Herz ein paar Takte schneller. Sebastian ist ein attraktiver Mann, auch wenn er bereits über sechzig ist. Sein volles graues Haar und seine markante Nase stehen im Kontrast zu seinen verständnisvollen blauen Augen. Augen, die mich gerade sorgenvoll anblicken. »Daniela ist krank und ich wollte dich fragen, ob du länger bleiben kannst? Ich habe sonst niemanden für den Laden.«

»Wie du weißt, habe ich ein Attest, dass ich keine Maske tragen kann. Wenn dich das nicht stört, dann verkaufe ich gerne deine Brötchen«, erwidere ich vorsichtig. Es ist mir bewusst, dass es eigentlich unmöglich ist, ohne Maske hinter der Ladentheke zu stehen. Obwohl ich ihm von Herzen gerne helfen möchte.

»Mensch, Nicki! Ich komme in Teufels Küche. Und du bist nicht mal geimpft. Wie soll ich das vor meiner Kundschaft verantworten?« Sebastian zieht die Augenbrauen zusammen und betrachtet mich nachdenklich.

»Dann frag deinen Sohn«, biete ich ihm an. »Er ist immer gern in der Bäckerei zum Helfen.«

»Das möchte ich nicht. Tim soll studieren und einen Beruf wählen, der ihm mehr Freiheiten gibt. Komm schon, nur heute! Ich habe in den anderen Filialen angerufen, leider können die auch niemanden entbehren. Morgen übernimmt Betti den Laden.«

Er fleht mich förmlich an. Ich weiß, wie schwierig seine Lage ist, und es tut mir unendlich leid.

»Ich trage die Maske keine zwei Minuten und meine Lunge fängt an zu pfeifen. So schlimm, dass nicht mal das Asthmaspray dagegen hilft. Ich habe ein Attest, und das nicht, weil ich zu den Querdenkern gehöre!«

»Was soll ich machen? Henry ist positiv auf Corona getestet und fehlt in der Backstube, und jetzt auch noch Daniela. Da kann ich meinen Laden gleich dicht machen. Ich brauch dich, Nicki, und zwar mit Maske.«

Verbissen drehe ich den Teig zu einer Rolle und schneide gleich große Stücke, um daraus die Nusshörnchen zu formen.

Es ist zum Verzweifeln, dass gefühlt nur meine Tochter und ich mit der Maske nicht genug Luft bekommen, während der Rest der Welt keine Probleme damit zu haben scheint.

»Nicki, versuch es doch wenigstens mir zuliebe«, bohrt Sebastian weiter und sieht mich mit dem Blick an, der den härtesten Stein zum Erweichen bringt.

»Glaub mir, ich würde dir so gerne helfen, aber mit Atemnot ist nicht zu spaßen. Weißt du, wie das ist, nachts aufzuwachen und keine Luft zu bekommen?«

Mir ist zum Heulen zumute, weil ich seit Monaten an mein Zuhause gefesselt bin. Mein Selbstbewusstsein reicht nicht aus, um die Blicke zu ertragen, die mir das Gefühl geben, ohne Maske ein Serienkiller zu sein.

Die Tränen lassen sich kaum zurückhalten, besonders bei dem flehenden Blick von Sebastian. Ich spüre schon, wie sich die Flüssigkeit am unteren Lidrand sammelt.

»Weinst du?«, fragt er im besorgten Tonfall.

»Nein, ich tue nur so.« Ertappt wische ich mit dem Ärmel über meine Augen.

Langsam kommt Sebastian zu mir. »Hey Süße, weine doch nicht.«

Diese nett gemeinten Worte bewirken genau das Gegenteil. Jetzt fließen erst recht die Tränen.

»Nicht einmal mein Hausarzt hat mir geglaubt, dass ich keine Luft bekomme. Meiner Tochter auch nicht. Er saß nur da und sah uns überheblich an. Ich wollte eine Überweisung zum Pneumologen. Auf dem Zettel stand: auf ausdrücklichen Wunsch der Mutter. Beim Facharzt geriet Mina in Panik, weil das Gegenmittel nicht sofort wirkte. Das Attest hat er uns nicht leichtfertig gegeben, sondern aus der Notwendigkeit. Weil wir Atemnot unter der Maske bekommen! Verstehst du? Er sagte, wir sollen es nur im Notfall nutzen. Er hatte Angst vor einer Hausdurchsuchung. In was für einer Welt leben wir, wo man nicht mehr frei atmen darf?« Die letzten Worte stoße ich voller Verzweiflung hervor. Ich fühlte mich unfähig, meine Tochter zu schützen.

Sebastian sieht mich traurig an, tritt näher und legt mir die Hände auf die Schultern.

»Es sind schlimme Zeiten, und glaub mir, ich wäre jetzt

auch lieber in meinem wohlverdienten Jahresurlaub auf Ibiza, als diesen Wahnsinn mitzumachen. Doch gemeinsam schaffen wir das!«

Sebastian küsst meine Stirn und ich schmiege mich an ihn, obwohl ich das eigentlich nicht tun sollte. Seine tröstende Stimme beruhigt die aufgewühlten Gefühle in meinem Inneren.

»Es tut mir leid, ich wollte nicht weinen«, sage ich möglichst gefasst und unterdrücke ein Schluchzen.

»Nicki, wir kennen uns fast 15 Jahre. Du musst nicht immer stark sein. Ich weiß, wie herausfordernd es für dich als alleinerziehende Mutter ist. Es tut mir sehr leid, dass ich dir nicht mehr zur Seite stehen kann.«

Seine Worte treffen tief, denn wir waren kurz davor gewesen, ein Paar zu werden. Doch dann kam Corona dazwischen und seine Frau, die ihn nur wenige Monate zuvor verlassen hatte, kehrte wegen der strengen Lockdown-Maßnahmen zurück. Sie wollte bei ihrer Familie sein, da ihre Wohnung noch nicht fertig eingerichtet war und die Zukunft so unsicher schien. Sebastian nahm sie fast erleichtert wieder auf, und unsere beginnende Beziehung verblasste in dieser turbulenten Zeit.

Tröstend legt er seine Arme um mich, doch das Gefühl der Verlorenheit bleibt.

Wir halten uns fest umschlungen, während er liebevoll meine Tränen wegwischt und meine feuchte Wange küsst. Ich lasse mich davon mitreißen, vergesse die Tatsache, dass er verheiratet ist. Wie von selbst gleiten meine Hände unter sein weißes T-Shirt. Ich spüre, wie er bei meiner zärtlichen Berührung erschauert. Seine Haut ist glatt, warm und so vertraut. Dabei sollten wir uns nicht so nah sein! Seine sanften Lippen finden den Weg zu meinem Mund. Kurz zögert er, doch dann senken sie sich auf meine. Sein Kuss ist vorsichtig und behutsam. Er dauert nur einen Moment, doch er ist alles, was ich mir in dieser Sekunde wünsche.

Nachdem sich unsere Lippen lösen, sieht er mich mit einer Intensität an, die alles um uns herum vergessen lässt.

»Du ahnst nicht, wie oft ich mich danach gesehnt habe.«

Ich seufze tief. »Ach, Achim...«

Irritiert weiten sich Sebastians Augen. »Achim …?«

Oh nein, wie peinlich! Warum habe ich Achim zu Sebastian gesagt? Erneut möchte ich weinen, weil ich diesen Moment mit dem falschen Namen ruiniert habe.

Das Geräusch der sich abrupt öffnenden Tür lässt mich zusammenzucken. Meine Hand löst sich in hastiger Panik von Sebastian. Als ich mich umdrehe, stehe ich Betti gegenüber, Sebastians Frau, die mit wutverzerrtem Gesicht die Brille von der Nase reißt.

»Was… was macht ihr hier?« Ihre Stimme hallt durch den Raum, voller Zorn und Verzweiflung.

Ich hoffe, dass gleich zum zweiten Mal der Wecker klingelt, denn das droht jetzt ein wahrer Albtraum zu werden.

»Betti … Schatz … Lass mich das erklären«, beginnt Sebastian und geht einen Schritt auf seine Frau zu. Sie hebt abwehrend die Hände.

»Du brauchst nichts zu erklären. Was ich gesehen habe, genügt. Und nenn mich nicht Schatz! Wie lange geht das zwischen euch schon?«

»Dein Mann hat mich nur getröstet«, versuche ich, die Situation zu beschwichtigen.

»Nicki, lass es. Das kläre ich selbst. Geh bitte.« Sebastians distanzierter Ton gibt mir zu verstehen, dass er keinen Widerspruch duldet.

»Und, Nicole … Du brauchst auch gar nicht erst wiederzukommen«, fügt Betti ebenso frostig hinzu.

Einen Moment lang sehe ich Sebastian in die Augen, doch er widerspricht seiner Frau nicht. Resigniert lasse ich die Schultern sinken.

»Ich wünschte, wir hätten uns früher kennengelernt«, flüstere ich erschüttert.

Beim Verlassen der Backstube fällt mein Blick auf ein vergilbtes Bild, das ein Fachwerkhaus zeigt – die alte Bäckerei von Sebastians Urgroßvater. Tim hat mir einmal erzählt, dass er seinem Vater insgeheim Vorwürfe macht, weil er dieses Gebäude bis zur Unkenntlichkeit umbauen ließ. Doch im Moment habe ich andere Sorgen als ein altes Haus: Ich habe Sebastian verloren, und ich weiß nicht, wie ich das neben all meinen anderen Problemen verkraften soll.

KAPITEL 3

NEUIGKEITEN DO., 8. JULI 2021

Aufgrund der gesunkenen Inzidenzzahlen sind folgende Regelungen zu beachten: Ab einer Inzidenz von unter 50 besteht keine Maskenpflicht im Freien. Ab einer Inzidenz von unter 35 und wenn es darüber hinaus an der Schule in den vergangenen zwei Wochen keinen mittels PCR-Test positiv getesteten Fall gegeben hat, besteht keine Maskenpflicht in den Unterrichtsräumen. Die Maskenpflicht außerhalb der Unterrichtsräume und in den Gängen des Schulgebäudes bleibt bestehen.

(Elternmail aus Minas Schule)

DONNERSTAG, DEN 8. JULI 2021
MINA

Keine Butter, aber eine Tüte voll Brezeln«, bemerke ich seufzend und checke den Kühlschrank. Da ist nur Mamis Orangenmarmelade, ein Frischkäse, der grüne Haare hat, und ein Beutel Karotten, aus dem beim Hochheben Wasser rausplätschert.

»Kein Ding, ich bring dir was mit«, dröhnt Rickis Stimme aus dem Handy, bei unserem täglichen Videoanruf über FaceTime.

Ich schaue zu ihm, sehe aber nur einen Schopf brauner Locken. »Wenn ich dich nicht hätte, wäre ich längst verhungert. Meine Mutter ist so verpeilt. Ich wünschte, wir wären eine ganz normale Familie.«

Frustriert hole ich ein Glas Nutella aus dem Schrank und bestreiche eine Brezel mit dem bisschen Rest, das noch drin ist. Das leere Glas lasse ich offen stehen, damit Mama sieht, dass dringend jemand einkaufen sollte.

»Und? Hast du sie wegen der Tätowierung gefragt? Wäre doch mega, wenn wir uns in den Sommerferien eins stechen lassen könnten.«

»Gestern Abend. Sie hatte Kopfschmerzen und meinte nur, dass jetzt eine neue Delta-Variante rumgeht und die Tattoostudios sowieso zu haben. Mehr hat sie nicht gesagt. Die hat gerade voll die schlechte Laune.«

»Das mit der Delta-Variante hab ich auch gehört. Ob unser Leben jemals wieder normal wird?«, fragt Ricki und an seinem Gesichtsausdruck auf dem Display erkenne ich, dass er sich Sorgen macht.

»Ja, save. Jedes Wochenende vor der Polizei zu fliehen, war am Anfang vielleicht lustig, aber auf Dauer macht das echt fertig.« Herzhaft beiße ich in meine Brezel, lege nebenbei eine Kapsel in die Kaffeemaschine und drücke auf den Startknopf. Wenig später duftet die Küche nach frisch gebrühtem Kaffee. Ein Geruch, der mich an Mama erinnert und bei dem ich mich nicht ganz so allein fühle.

»Wenn wir auch in verschiedene Richtungen rennen … Am Samstag hatte ich echt Panik, dass sie dich geschnappt hätten. Im Wald war es so dunkel.«

»Ich saß mit Lea in der Brombeerhecke und war kurz davor, zu heulen, weil überall Dornen waren und sich meine Extensions fast darin verfangen haben. Aber lieber riskiere ich ein paar Stacheln, als dass meine Mutter einen Kredit aufnehmen muss, um die Strafe zu bezahlen.«

»Ole und seine Gang haben sie erwischt.«

»Mist, das ist übel. Hast du Cornflakes zum Frühstück?« Ich höre durch mein Handy, wie sie in eine Schale rieseln.

»Ja. Kannst du nicht deinen Vater fragen, ob er dir erlaubt, ein Tattoo stechen zu lassen?« Ricki gießt Milch in die Schüssel.

»Geht nicht. Mama würde nie wieder mit mir reden und meinen Dad habe ich das letzte Mal an meinem Geburtstag gesehen. Er interessiert sich nicht sonderlich für mich.« Ich kaue geräuschvoll auf dem knusprigen Teil der Brezel herum.

Was wäre ich nur ohne Ricki und mein Handy? Wir wecken uns gegenseitig, frühstücken und putzen zusammen die Zähne. Und nachts, wenn ich allein bin und die Angst kommt, passt er auf mich auf und bewacht meinen Schlaf. Seit zwei Jahren sind wir zusammen. Ich fühle mich nicht mehr so einsam, wenn Mama arbeitet, weil wir regelmäßig über FaceTime sprechen.

»Deine Mutter ist doch sonst nicht so spießig und erlaubt alles. Warum darfst du kein Tattoo haben?«, fragt er verwirrt.

Ich schlucke, denn mit vollem Mund spricht es sich so schlecht. »Sie macht sich Gedanken, ob ich auf die Farbe allergisch reagieren könnte. Aber ich habe im Internet nachgeschaut und man kann sich davor auf eine Unverträglichkeit testen lassen. Ich werde sie heute noch mal fragen. Wenn sie so richtig genervt ist, gibt sie meistens nach.«

»Mach das. Ich bin so gut wie fertig, noch kurz Zähne putzen. Beeilen dich, sonst kommst du noch zu spät.«

Das Wetter ist zum Davonlaufen. Mit dem Schirm in der Hand kämpfe ich gegen den Wind.

»Mina, warte mal!«, tönt es von hinten.

Ich drehe mich um und erkenne Lea, die sich mit halb zugekniffenen Augen und einer Kapuze über dem Kopf ihren Weg durch den Regen zu mir bahnt.

»Guten Morgen, Süße«, säuseln wir gleichzeitig und begrüßen uns trotz der Abstandsregeln mit Küsschen. Lea drückt sich neben mir unter den Regenschirm.

»So ein Mistwetter. Wenn es weiter so stürmt, bringt der Schirm nichts mehr«, schimpft sie und zieht den Kragen ihrer Jacke höher.

»Das wäre übel, ich habe ewig die Haare geglättet, und ob die Wimpern den Sturm aushalten, weiß ich auch nicht.« Ich spüre, wie der Wind an den dünnen Streben des Regenschirms zerrt.

»Hast du schon einen Impftermin?«, fragt Lea und sieht mich mit ihren grünen Augen forschend an.

»Weil wir so viele Allergien haben, will meine Mutter erst den Beipackzettel lesen, und bis jetzt gibt es keinen«, versuche ich möglichst beiläufig zu erwähnen. Das ist ein Thema, über das ich nicht gerne spreche. Mama ist nicht wie andere Mütter. Normalerweise bin ich stolz auf sie, doch so unangepasst zu leben, ist in Coronazeiten anstrengend.

»Gibt es bei Impfungen Beipackzettel?«

»Ja, entweder du fragst beim Arzt danach oder wirst im Internet fündig.« Belustigt verdrehe ich die Augen, und Lea lacht.

Wir laufen zur Bushaltestelle, um unsere Freundinnen und Ricki abzuholen.

In den Fluren der Schule herrscht eine ungewöhnliche

Stille. Ich bin die Einzige, die todesmutig ohne Maske den Weg zum Klassenzimmer entlang läuft. Atemlos setze ich mich an meinen Fensterplatz, wo mir durch den geöffneten Flügel direkt eine frische Brise entgegenkommt. Ich hole tief Luft, denn unbewusst atme ich in diesem Gefahrenbereich nur so wenig wie nötig. Ich betrachte die Regentropfen auf dem Fenstersims. Wenn ich mir heute einen fiesen Schnupfen hole, könnte das als Corona durchgehen und ich dürfte zwei Wochen zu Hause bleiben.

Der Wind pfeift mir ins linke Ohr. Ich ziehe die Kapuze meines Hoodies auf, denn unsere Lehrerin würde nicht erlauben, das Fenster zu schließen.

Der Corona-Test liegt bereits auf dem Tisch. Wie seltsam: Einerseits wird getestet, ob wir gesund sind, andererseits sitze ich am offenen Fenster und friere.

»Guten Morgen«, begrüßt uns Frau Maier-Emmert knapp und lässt ihren Blick missmutig über die Schüler streifen. »Das Klima spielt verrückt, viel zu regnerisch für diese Jahreszeit.«

Sie sieht mich an, als wäre ich schuld am Klimawandel. »Habt ihr schon gehört, dass in den Sommerferien ein Impfangebot für Zwölf- bis Siebzehnjährige besteht? Ich rate euch dazu, besonders dir, Mina. Du als Vorerkrankte brauchst den Schutz dringend. Und wenn ihr im neuen Schuljahr alle geimpft seid, dann können wir auf Klassenfahrt gehen, wenn es die Inzidenz erlaubt«, nuschelt sie unter ihrer Maske streng hervor.

Ich nicke stumm, denn es wäre sinnlos, auf ihr Verständnis zu hoffen, dass das Hobby meiner Mutter das Lesen von Beipackzetteln ist.

KAPITEL 4

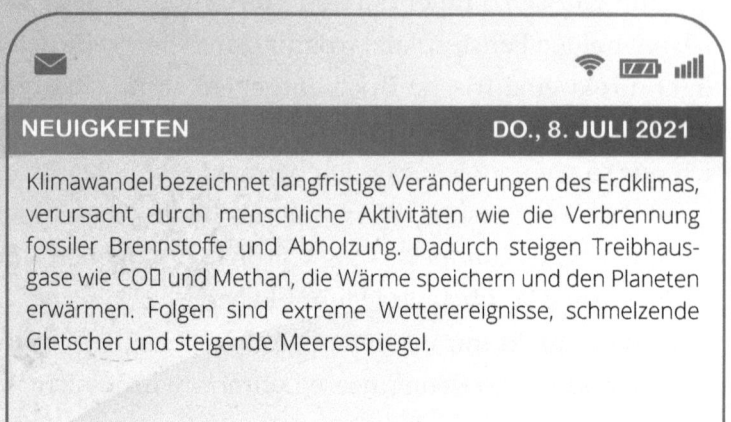

NEUIGKEITEN   DO., 8. JULI 2021

Klimawandel bezeichnet langfristige Veränderungen des Erdklimas, verursacht durch menschliche Aktivitäten wie die Verbrennung fossiler Brennstoffe und Abholzung. Dadurch steigen Treibhausgase wie CO_2 und Methan, die Wärme speichern und den Planeten erwärmen. Folgen sind extreme Wetterereignisse, schmelzende Gletscher und steigende Meeresspiegel.

DONNERSTAG, DEN 8. JULI 2021
NICKI

Was sich da über mir zusammenbraut, ist kein gewöhnliches Unwetter. Wolken verdunkeln den Himmel, erste Regentropfen prasseln lautstark gegen die Fensterscheibe. Ein Blitz erhellt kurz mein Schlafzimmer, begleitet von bedrohlichem Donnergrollen aus der Ferne. Vergeblich versuche ich, mich auf die Nachrichten zu konzentrieren, denn meine Gedanken schweifen ständig zur Backstube.

Das ist so peinlich! Warum habe ich das Betti nur angetan? Sebastian ist mir in den letzten Jahren so wichtig geworden. Mit ihm kann ich über alles reden. Ich liebe seine direkte Art und seinen Humor. Schon bei unserer ersten Begegnung hat es zwischen uns geknistert, obwohl es nicht sein durfte. Wir haben beide versucht, es zu ignorieren, außer in den wenigen Wochen, als Betti sich von Sebastian getrennt hatte. Seit sie zurückkehrte, haben wir uns bis heute unter Kontrolle gehalten.

Und jetzt bin ich gekündigt worden. Arbeitslos! Wie soll ich einen Job finden, ohne eine Maske tragen zu können? Mich nimmt doch so keiner. Das Geld ist seit Papas Tod ohnehin knapp. Das viel zu große Haus für Mina, Mama und mich sollte dringend renoviert werden und ich kann nicht mal selbst einkaufen gehen, das macht meine fast siebzigjährige Mutter. Sie ist die Einzige von uns, die kein Problem damit hat, eine Maske zu tragen.

Ach Sebastian, was soll ich jetzt bloß tun? Ich fasse mein Amulett an, das um meinen Hals liegt, und habe das merkwürdige Gefühl, eine ähnliche Situation schon einmal erlebt zu haben.

Ich werde aus meinen Gedanken gerissen, als die Tür aufgeht und Mina wie ein Wirbelwind ins Zimmer stürzt. Ich schaffe es, die aufsteigenden Tränen wegzublinzeln, bevor sie auf das Bett springt und sich vor mir im Schneidersitz niederlässt.

»Hi Mami, du bist ja wach.«

»Selbst wenn ich geschlafen hätte, wäre ich jetzt aufgewacht. Du willst aussehen wie achtzehn, benimmst dich aber wie eine Fünfjährige«, sage ich gereizt zu ihr.

»Wenn ich ein Tattoo bekomme, benehme ich mich nur noch, als wäre ich volljährig.«

»Es reicht, wenn du einfach sechzehn bist. Das ist ein tolles Alter … Warum bist du schon zu Hause?«

»Die Bergmann ist krank, deshalb fällt Sport aus. Bekomme ich jetzt das Tattoo? Ricki kennt jemanden, der sagt, dass das Tattoostudio geöffnet hat.« Mina sitzt vor mir und schiebt leicht schmollend ihre Unterlippe vor. Mit einer anmutigen Bewegung wirft sie ihr blondes Haar über die Schulter und sieht mich mit ihren strahlend blauen Augen hoffnungsvoll an. Ich bin stolz auf meine hübsche Tochter, auch wenn sie manchmal wirklich hartnäckig sein kann.

»Gestern habe ich Nein gesagt, Punkt. Da gibt es nichts zu diskutieren.«

»Es soll nur ein kleines Tattoo sein.« Mina zeigt mit Daumen und Zeigefinger die Größe ihres Vorhabens an, woraufhin ich langsam, aber bestimmt den Kopf schüttele.

»Du bist sechzehn, in ein paar Jahren wirst du es bereuen.«

»Mama, ich bin fast erwachsen.« Mina rollt genervt mit den Augen.

»Wenn ich daran denke, was mir mit sechzehn gefallen hat … Ich lief damals in hässlichen braunen Männerschuhen und einem ausgeleierten Strickpulli herum. Das würde ich heute nicht mehr anziehen«, murmle ich vor mich hin. Nach dem Albtraum mit Achim und dem stressigen Morgen in der Backstube ist mir heute einfach alles zu viel. Ich kuschle mich in die Kissen auf der Tagesdecke mit dem orientalischen Muster und konzentriere mich auf die Nachrichten.

Mein Handy leuchtet auf und ich werfe einen Blick darauf. Es ist eine WhatsApp von Sebastian.

Als ob er jetzt keine anderen Probleme hätte, als nach Achim zu fragen. Ich werde ihm erst antworten, wenn ich allein bin.

Vor dem Fenster tobt der Sturm, das Unwetter scheint jetzt direkt über uns zu sein. Minas Geschimpfe dringt in meine Ohren.

»Digga, du und deine Achtziger. Ihr habt alle ausgesehen, als ob ihr in die Steckdose gefasst habt. Klar, dass ihr das heute nicht mehr ertragen könnt. Aber ich habe mir das mit dem Tattoo reiflich überlegt«, sagt Mina vorwurfsvoll, nimmt mir die Fernbedienung weg und schaltet auf Netflix.

Gestresst greife ich nach meinem Amulett und reibe es zwischen Daumen und Zeigefinger, was normalerweise eine beruhigende Wirkung auf mich hat. »Du hast doch selbst einen Fernseher in deinem Zimmer.« Ich strecke meine freie Hand nach der Steuerung aus.

»Ich bleibe so lange hier, bis du mir ein Tattoo erlaubst. Du darfst mir dann auch erzählen, wie ach so toll es in deinen Achtzigern war.«

Es donnert erneut, als Mina süffisant grinst und versucht, mir die Fernbedienung mit einem schnellen Ruck zu entreißen.

»Ich wünschte, ich könnte dir zeigen, wie es 1986 war«, fauche ich, als mir in dem Moment die Fernbedienung unkontrolliert aus der Hand gleitet und Mina mit voller Wucht gegen den Fernseher stößt, der auf einem kleinen, wackeligen Tischchen am Fußende des Bettes steht. Mit einem lauten Knall fällt der Flatscreens zu Boden.

Kurz steht das Zimmer unter Strom. Glühend rot. Dann werden wir von Rauch eingehüllt und es ist dunkel.

»Mina?«, krächze ich und huste mir fast die Lunge aus dem Leib. »Geht's dir gut?«

»Meine Augen brennen. Was war das?« Sie hustet ebenfalls.

Langsam lichtet sich der Nebel. Doch da ist nicht mein gemütliches Himmelbett mit den rosa Vorhängen. Die vielen Kissen, das orientalische Wandgemälde, die Laternen, meine Bildergalerie und der Spiegel – alles ist weg. Und wo ist der antike Kleiderschrank?

Stattdessen sitze ich vor einem weißen Furnierholzschrank auf einem Federbett mit blumiger Biberbettwäsche. Wie in einem biederen Schlafzimmer aus den Sechzigerjahren.

»Oh mein Gott! Was ist das für ein Zimmer?«, kreische ich entsetzt und blicke mich um. Es kommt mir alles so bekannt vor, doch das ist unmöglich.

Mina hört auf, ihre Augen zu reiben. »Mama, wie siehst du aus?« Sie mustert mich, als wäre ich ein Zombie.

Entsetzt fasse ich in mein Gesicht. Vielleicht sind Scherben herumgeflogen und ich blute. Aber da ist kein Blut. Doch die Haut fühlt sich fettig an und … oh nein, was ist mit meinen Haaren passiert? Ich richte mich auf und schaue zum Schrank mit der Spiegeltür, der vor über dreißig Jahren mal hier in diesem Zimmer gestanden hatte.

»Mina, was ist geschehen? Ich sehe ja aus wie …« Ich bekomme keinen weiteren Ton heraus, meine Kehle ist wie zugeschnürt. Wir beide sitzen hier als Mutter und Tochter, starren in den Spiegel. Doch zurück blicken zwei Teenager.

Die Haare sind jetzt schulterlang und blond mit einer schrecklichen Dauerwelle. Auf der Stirn leuchtet ein fetter Pickel, der beim Anfassen schmerzt. Ich habe eine Stupsnase, die Lippen sind voller und alles an meinem Körper ist straff. Ohne diesen Wischmopp auf dem Kopf würde ich recht hübsch aussehen.

Aber nein, das muss eine optische Täuschung sein. Ein Traum. Oder wir liegen so schwer verletzt im Zimmer, dass ich jetzt Halluzinationen habe. Hecktisch taste ich meinen Körper ab.

»Nanu, was ist das für ein blauer Fleck an meinem Oberarm, den hatte ich doch vorher nicht? Und, oh Schreck … Das Amulett ist weg, eben war es noch da!«

Mina zuckt nur fassungslos mit den Schultern und murmelt: »Warum bist du so jung? Wie hast du das gemacht?«

»Wirklich? Ich dachte, das bilde ich mir nur ein.«

»Ich will nicht, dass du so aussiehst, wie … wie … wie meine Schwester. Und wo ist dein Schlafzimmer? Es kann doch nicht einfach verschwunden sein.«

»Schatz, das … also, das ist die Einrichtung von der Frau, die vor uns in dieser Wohnung gelebt hat. Ich habe damals die Möbel mit abgebaut und zum Sperrmüll rausgestellt.«

»Und warum sind sie wieder da und nicht auf dem Müll? Und wo ist der Fernseher?«

Ratlos zucke ich mit den Schultern.

»Mein Handy!«, kreischt sie und sucht auf dem Bett, das einst sorgfältig gemacht war, nun aber ein einziges Durcheinander aus dicken Daunendecken in altbackener Bettwäsche ist. Panisch hebt sie die Kissen hoch. »Ich hatte es gerade noch. Verdammt, Mama ... Jetzt tu doch was!«

Sie zerwühlt das Bett und späht darunter.

Auch ich schaue mich nach meinem Smartphone und dem Amulett um. Sebastian wartet auf eine Antwort. Vielleicht hat er geschrieben, dass er seine Frau verlassen und mit mir zusammen sein will. Nein, das würde er niemals tun. Eine Scheidung würde seine Existenz gefährden.

Nichts. Weder mein Handy noch das Amulett sind zu finden, was seltsam ist, denn Mina hat noch ihre Kette, die Armbänder und sogar all ihre Ohrpiercings. Ich hingegen trage sonst nur diese keltische Halskette mit dem Lebenssymbol, und ausgerechnet die ist weg?

Langsam stehe ich auf und gehe zum Fenster. Der Rahmen ist aus braunem Holz, nicht zigmal mit weißer Farbe gestrichen. Der kühle Marmor des Simses fühlt sich real an. Ich rieche den feinen, harzigen Duft des Holzes und ahne, noch bevor ich hinaus schaue, was draußen zu sehen ist: ein Pool und niedrige Bäume, Wiesen und Äcker bis hin zu dem Berg mit der Burgruine. Und ich behalte recht, als ich den Blick hebe. Alles ist da. Kopfschüttelnd frage ich mich erneut, ob das nur ein Traum ist.

Mina stellt sich neben mich. »Wo sind die Rosenstöcke, der Pavillon und unsere Grillecke von Opa? Nur ein ausgebleichtes Schlauchboot schwimmt im Pool herum. Wem gehört das?«

»Mir! ... Genau so sah es hier in meiner Kindheit aus,

Mina.« Eine Träne der Rührung drängt sich aus meinem Augenwinkel. Wie reizvoll wäre es, noch einmal unbefangen Kind zu sein. Ohne dieses schreckliche Leben, das momentan herrscht. Mit Masken, Inzidenzen, Ausgangssperren und einer unglücklichen Liebe zu einem verheirateten Mann.

Ich lege den Arm um Minas Schulter und seufze aus tiefstem Herzen.

KAPITEL 5

Das Philadelphia-Experiment ist eine angebliche, militärische Untersuchung, die während des Zweiten Weltkriegs stattgefunden haben soll. Laut einer Geschichte, die auf den Briefen eines einzigen Zeugen basiert, soll der Zerstörer USS Eldridge vollständig unsichtbar geworden sein. Es wird behauptet, dass das Schiff kurzzeitig im weit entfernten Hafen von Norfolk, Virginia, auftauchte, bevor es wieder in Philadelphia, Pennsylvania, erschien.

DATUM UNBEKANNT

MINA

D as ist zu krass. Der Arm meiner Mutter liegt schwer auf meiner Schulter. Ich spüre ihre Wärme und höre ihren Atem. Kann ein Traum wirklich so real sein, dass man den Geruch von Mottenkugeln wahrnimmt? Anders lässt es sich nicht erklären. Es ist wie ein Albtraum, besonders ohne Handy. Mama starrt regungslos aus dem Fenster. Wenn ich ihre Locken glätten und ihr blaue Kontaktlinsen einsetzen würde, sähen wir fast aus wie Zwillinge.

Mein Magen rebelliert, meine Knie geben beinahe nach und ich zittere am ganzen Körper. Verdammt, wann wache ich endlich auf?

»Ich setze mich besser auf das Bett, bevor ich umkippe«, höre ich mich schwach sagen.

»Mina, geht's dir nicht gut? Du bist ganz blass.«

Es ist zu komisch. Trotz ihres jugendlichen Äußeren hat sie diesen mütterlichen und sorgenvollen Blick. Sie wischt mir eine Träne weg. Ich habe nicht einmal bemerkt, dass ich weine.

»Was ist nur passiert?«, frage ich verzweifelt.

»Ich weiß es nicht. Egal, wie sehr ich darüber nachdenke, es macht keinen Sinn.« Sie setzt sich neben mich.

»Was sollen wir jetzt tun?« Ich lehne meinen Kopf an ihre Schulter.

»Wir können nur darauf warten, dass wir aufwachen.«

Ich sehe sie entsetzt an. »Meinst du, wir sind tot? Haben wir einen Stromschlag bekommen? Und wo ist mein Handy? Es kann doch nicht einfach verschwinden.«

Mama streicht mir beruhigend über die Haare und schüttelt den Kopf. »Ich weiß nicht, wo sie sind. Aber warum sollten wir in Ernas Zimmer sein, wenn wir tot wären? Das ergibt keinen Sinn.«

»Vielleicht sind wir Geister?« Die Panik steigt in mir auf. Meine Hände werden feucht und in meiner Brust breitet sich ein beklemmendes Gefühl aus. Mama starrt ins Leere, während ich nach Luft ringe. »Mami, bitte tu etwas.«

»Ich denke nach! Du darfst dich nicht reinsteigern. Dafür gibt es bestimmt eine ganz natürliche Erklärung.«

Mama sucht wohl mit der Hand nach ihrem Amulett. Sie berührt es immer, wenn sie nachdenkt oder gestresst ist, und jetzt ist sie beides und das Ding ist weg.

»Dann denk mal bitte laut, vielleicht beruhigt mich das ein bisschen.« Viel Hoffnung habe ich nicht, dass dabei etwas Gescheites herauskommt.

»Vor ein paar Jahren habe ich bei YouTube einen Beitrag über Zeitreisen gesehen. Wie hieß das noch gleich? …« Sie fährt sich mit der Hand durch die wilde Mähne und rümpft dabei angewidert die Nase. »Dauerwelle, wie konnte ich nur? … Ah, das Philadelphia-Experiment. Google mal, vielleicht steht da, wodurch es ausgelöst wurde. Das hilft uns eventuell, zurückzukommen.«

Ich sterbe hier fast und sie labert monoton unverständliches Zeug vor sich hin.

»Mama, womit denn? Außerdem … Zeitreisen, so etwas gibt es nicht. Du schaust zu viele komische Berichte an.« Genervt verdrehe ich die Augen und möchte sie am liebsten schütteln.

»Stimmt, es gibt ja noch kein Internet? So wie es hier aussieht, können wir höchstens die Auskunft anrufen. Doch soweit ich mich erinnere, kann man da nur nach Telefonnummern fragen.«

Jetzt ist sie völlig übergeschnappt. »Was quasselst du da? Wen willst du anrufen?« Fassungslos schlage ich mit der flachen Hand gegen meine Stirn.

»Oder in einem Lexikon nachschauen. Bestimmt kann man in eine Bücherei gehen und braucht nicht einmal eine Maske.«

»Ja, Mama, alles klar bei dir?« Ich schaue sie besorgt an.

»Bei mir schon.« Eindringlich blickt sie zu mir. »Mina, wir sind durch die Zeit gereist!«

»Niemals, hör bitte auf mit der Scheiße. Ich wache bestimmt gleich auf. Es ist nur ein Traum. Verstehst du? Ein Traum!« Meine Stimme wird lauter.

»Und wie erklärst du dir das alles hier? Die Schlafzimmereinrichtung gehörte Erna, einer Witwe, die vor über dreißig Jahren in diesem Haus gelebt hat. Unser Garten ist wie früher.«

»Und du siehst aus wie auf dem alten Foto in deinem Schlafzimmer. Nur ich bin gleich geblieben.« Ich schluchze. Verdammt, sie hat recht. Und jetzt heule ich.

»Das Bild ist bei einem unserer letzten Familienurlaube entstanden, da war ich siebzehn«, sagt sie nachdenklich.

»Mama, ich will das nicht. Es soll alles wieder so sein, wie es war.«

Sie nimmt mich in den Arm und streichelt mir liebevoll durch das Haar. Mama riecht wie immer, nur fühlt sie sich nicht weich und tröstend an, sondern zart und knochig. Wie meine Freundinnen und nicht wie meine Mutter. Bei dieser Erkenntnis gibt es kein Halten mehr, ich schluchze herzzerreißend.

»Ich verstehe nicht, was das zu bedeuten hat. Aber lass es uns herausfinden. Schatz, du musst dich beruhigen und aufhören, zu weinen. Wir sind zu zweit und schaffen das.« Mama sieht mich an und bringt ein aufmunterndes Lächeln zustande.

»Was hast du vor?«

»Lass uns nachschauen, ob der Rest des Hauses auch so ist wie früher.« Sie schüttelt die Bettdecken zurecht, damit sie wieder ordentlich sind wie zuvor.

Bevor wir aus dem Nichts in der falschen Zeit gelandet sind und ein Bett zerwühlt haben, das längst Geschichte ist.

KAPITEL 6

Am 26. April 1986 ereignete sich in Tschernobyl, Ukraine, eine der schwersten Nuklearkatastrophen der Geschichte. Bei einem Test im Reaktorblock 4 des Kernkraftwerks kam es durch eine Kombination aus menschlichem Versagen und technischen Mängeln zu einer Explosion. Diese setzte große Mengen radioaktiver Strahlung frei, die weite Teile Europas kontaminierte und zu massiven Evakuierungen und langfristigen gesundheitlichen und ökologischen Schäden führte.

DATUM UNBEKANNT
NICKI

Mina steht dicht hinter mir und hat sich wieder etwas beruhigt. Vorsichtig öffne ich die braune Tür und lausche. Braun und Grün waren einst die dominierenden Farben hier. Ich habe zig Eimer weiße Farbe gebraucht, um Helligkeit in die Räume zu bringen. Jetzt ist wieder alles braun und grün. Ein kurzer Blick ins Badezimmer erinnert mich daran, dass es auch noch Mais-gelb gab.

»So sah mal das Bad aus? Wie grauenhaft! Eine dunkle

Höhle wäre gemütlicher«, kommentiert Mina meine Gedanken.

»Psst, sei leise. Vielleicht ist Erna da.« Vorsichtig trete ich in den schmalen Flur. »Warum steht die Wohnungstür offen?« »Ich hab sie vorher zugemacht«, flüstert Mina, die hinter mir hervorschaut.

»Vielleicht ist Erna in den Keller gegangen.«

Mina lugt naseweis ins Wohnzimmer mit den Textiltapeten, die den Staub und Geruch über die Jahre wie ein Magnet angezogen haben, und rümpft die Nase. »Mama, ich glaube, wir sind im falschen Haus. Hier sieht es schrecklich aus.«

Ich schaue ebenfalls in den Raum. Alles ist ordentlich und sauber. An der Wand steht eine schwarz-weiße Schrankwand mit einem klobigen Fernseher. Direkt daneben befindet sich ein dunkles Ecksofa, und an den Fenstern hängen dicke Gardinen mit Übergardinen, die den Blick nach draußen verbergen.

»Das war vor dreißig Jahren eine moderne Einrichtung.«

»Es tut mir leid, dass du so aufwachsen musstest«, bedauert Mina.

»Du hast die Siebziger nicht miterlebt …«

»Sag bitte kein Wort mehr, mir reicht das hier.« Fassungslos schüttelt Mina den Kopf.

Ich verstehe, dass das nicht zu unserem gemütlichen Zuhause passt. Ich liebe helle Stoffe, Naturholz und viele Pflanzen. Im Gegensatz zu dieser Einrichtung ist unser Wohnzimmer eine richtige Wohlfühloase. Man könnte kaum glauben, dass es sich um denselben Ort handelt.

»Lass uns gehen, bevor Erna kommt.« Dabei erinnere

ich mich, dass sie die Tür nie offengelassen hat, nicht einmal für einen kurzen Gang in die Waschküche. Deshalb verschließe ich sie, kaum dass wir draußen sind.

Das Treppenhaus ist von maisgelben Wänden umgeben und führt uns mit einem braunen Geländer ins Erdgeschoss, wo meine Mutter wohnt.

»Wir sind in der falschen Zeit«, bemerke ich beim Herunterlaufen.

»Das ist unser Haus, unsere Treppe. Warum ist nur alles so verändert?«, flüstert meine Tochter hinter mir.

»Es ist wie früher, Schatz.«

»Lass uns mal schauen, ob Oma da ist. Sie weiß immer einen Rat.« Ihre Stimme klingt wieder hoffnungsvoller.

»Mina, womöglich ist Oma nicht so, wie du sie kennst.«

»Warum?«

»Na ja, sieh mich an. Schau unser Haus an.«

»Du meinst, Oma ist nicht meine Oma, weil sie jünger ist?«

Ratlos nicke ich.

»Mama, jetzt mach doch irgendwas. Lass uns zu Papa gehen, oder … Ach, was weiß ich.«

»Sei nicht so laut!«, ermahne ich sie, obwohl mein Herz blutet, da ich ihre Verzweiflung zu gut verstehe.

Im Erdgeschoss klopfe ich fast an die Wohnungstür, wie ich es sonst tue. Doch wenn wir eine unfreiwillige Zeitreise gemacht haben, sähe es etwas komisch aus, wenn ich anklopfe, wo ich wohne.

Mit einem kurzen Blick überprüfe ich unser Aussehen. Ich trage ein schwarzes Kleid mit Spaghettiträgern, das mir zu groß ist. Mina hat ein T-Shirt mit Freddie-Mercury-

Aufdruck und eine Jeans an. Wir waren vor einiger Zeit in dem Kinofilm *Bohemian Rhapsody*, und seitdem findet sie die Band *Queen* mega. Ich schlinge jeweils einen Knoten in die Träger, damit der Ausschnitt nicht so tief hängt und keine Gefahr besteht, über den Saum zu stolpern.

Anstatt anzuklopfen, klopft mein Herz. Meine Hände sind feucht, sodass ich sie an dem Kleid abwische, bevor ich die Klinke herunterdrücke und die Tür öffne. Was erwartet mich jetzt?

Es riecht wie früher. Ein bisschen rauchig und nach leckerem Essen. Im Hintergrund spielt das Radio *I Want To Know What Love Is* von Foreigner.

Ich stehe an der Tür und blicke in meine Vergangenheit.

Mama ist mit dem Rücken zu uns gewandt und deckt den Tisch. Sie ist schlank, groß und so schick gekleidet, wie sie es immer war. Ihre blonden Haare sind perfekt frisiert.

»Mina, zwick mich mal, damit ich weiß, dass ich nicht träume«, flüstere ich.

In diesem Moment dreht sich Mama um. »Nicole, wo warst du so lange? Wasch dir die Hände und komm zum Essen. Wen bringst du mit?« Fragend sieht sie ihre Enkelin an.

»Äh, also … Das ist Mina.« Ich ziehe den Satz in die Länge, um mehr Zeit zum Überlegen zu gewinnen. Verlegen blicke ich zu Boden, denn beim Lügen kann ich meiner Mutter nicht in die Augen schauen. Sie anzulügen ist ungefähr so, als würde man sich in einen Löwenkäfig wagen – definitiv nicht ratsam.

Doch was bleibt mir anderes übrig?

»Minas Mama musste ins Krankenhaus. Ihr Vater arbeitet in Singapur und Mina ist ganz allein gewesen. Kann sie bei uns bleiben?« Meine Stimme klingt dünn. Ich fühle mich, als wäre ich in ein Theaterstück geworfen worden, ohne den Text zu kennen. Ich will nicht Theater spielen, ich will nur meine Mutter umarmen und ihr erzählen, was passiert ist. Aber würde sie mir glauben, wenn ich ihr sage, dass wir durch die Zeit gereist sind?

»Wie lange?«, fragt sie und wirkt dabei etwas überfordert.

»Bis ihre Mutter aus dem Krankenhaus ist,« antworte ich leise.

»Wir fahren in zwei Wochen in den Urlaub!«

»Das Essen wird kalt, setzt euch!« Ich erstarre, als ich die vertraute Stimme meines Vaters höre und noch bevor ich ihn sehe, schießen mir Tränen in die Augen. Man kann vom Flur aus nicht in die offene Küche blicken. Von dort kommt er mit zusätzlichem Besteck und einem Teller in der Hand an den Esstisch.

Vor fünf Jahren verstarb er plötzlich und jetzt steht er vor mir, jung und vital. Ohne nachzudenken, stürze ich auf ihn zu und umarme ihn unter Tränen. Er drückt mich fest an sich, obwohl er Teller und Besteck in den Händen hält. Es fühlt sich an wie damals, als ich vor Schmerzen wegen meiner Mittelohrentzündung geweint habe. Seine Umarmung und seine tröstenden Worte waren besser als jede Medizin. Ich inhaliere seinen vertrauten Duft und bete, dass er sich nicht wieder in Luft auflöst – so wie damals, als er starb und bis heute eine Lücke hinterlassen hat, die mit nichts zu schließen ist.

»Geht's dir nicht gut?«, fragt er besorgt. Ich kann nicht

antworten, denn hinter mir ertönt ein leises Schluchzen. Mina!

Ich eile zu ihr zurück. Das arme Kind, wie soll sie all das nur verkraften? Als alleinerziehende Mutter war mein Papa auch für Mina eine feste Bezugsperson gewesen.

»Was ist mit euch los? Habt ihr irgendwelche Drogen genommen?« Mama blickt uns streng an.

»Mina ist allein. Sie hat niemanden außer mir.« Meine Stimme zittert vor Verzweiflung, die ich kaum unterdrücken kann.

»Jetzt geht erst mal eure Hände waschen«, schlägt Papa in besonnenem Ton vor.

Trotz der Tränen ziehen sich meine Mundwinkel nach oben und ein schiefes Grinsen schleicht sich auf mein Gesicht. Mit einundfünfzig Jahren bekomme ich gesagt, was ich tun soll. Seit Corona ist es zwar normal, überall Anleitungen zum Händewaschen zu sehen, was oft bevormundend wirkt. Doch jetzt bin ich tatsächlich wieder das Kind meiner Eltern, die plötzlich jünger sind als ich. Es ist so verwirrend!

»Mama, was machen wir denn bloß? Wenn die mich jetzt wegschicken, wo soll ich dann hin? Ich wohne hier!«

Im Badezimmer angekommen, kann ich mich nicht davon abhalten, fasziniert in den Spiegel zu schauen. Unglaublich, wie jung ich ohne Lifting und Botox aussehe.

»Schatz, ich lasse das nicht zu.« Ich öffne die Türen des Spiegelschranks, um mein Profil zu begutachten. Es ist feiner und ebenmäßiger als vor einer Stunde.

»Und wie willst du das anstellen? Du bist selbst nur ein Kind. Hörst du mir überhaupt zu?«

»Jetzt kommt endlich zum Essen, bevor es kalt wird.«
Die genervte Stimme meiner Mutter rettet mich davor,
zu antworten. Mina hat recht, ich habe keine Ahnung, wie
ich sie schützen kann. Wir sind schon fast aus dem Bad, da
entdecke ich die Waage.

»Moment ...« Ich stelle mich darauf.

»O - mein - Gott«, flüstere ich, bemüht, vor Euphorie
nicht aufzukreischen.

»Fünfzig Kilo!« Ich hüpfe im Kreis herum. »Seit Monaten versuche ich vergeblich, abzunehmen und schaffe es
nicht. Zeitreisen! Zeitreisen ist die beste Diät ever!«

»Mama, es reicht. Komm jetzt!« Mina faucht mich im
gleichen genervten Ton an wie meine Mutter.

»Ich habe mal eben über dreißig Kilo abgenommen.«
Meine Freude ist ungetrübt; der flache Bauch fühlt sich genial an.

Es gibt Kalbsleber mit Bratkartoffeln. Wie lange habe ich
das nicht gegessen? Mina würgt das Fleisch hinunter, was
ich verstehe, weil ich es früher ebenfalls nicht mochte. Doch
jetzt genieße ich den leckeren Geschmack meiner Kindheit.

Fasziniert betrachte ich meine Eltern, die so jung aussehen. Mama war achtzehn und Papa einundzwanzig, als
ich geboren wurde. Wie alt sind sie jetzt?

»Wie gerne hätte ich Pilze für die Soße gekauft.« Bedauernd verzieht Mama den Mund, während die Farbe ihres
roten Lippenstifts langsam verblasst.

»Es wird geraten, in den nächsten Jahren keine Pilze zu
essen, weil sie am stärksten verstrahlt sein könnten«, antwortet Papa.

Verstrahlt. Tschernobyl. Das war 1985, oder nein, eher '86. Ich bin so durcheinander, dass ich nicht klar denken kann. Meine Augen wandern irritiert hin und her. Es ist unfassbar, dass ich hier neben meinen Eltern sitze und Leber mit Bratkartoffeln esse. Ich schaue auf die Uhr, die mir gegenüber an der Wand hängt und 12:40 Uhr anzeigt.

»Warum haben dich deine Eltern alleingelassen?«, fragt Papa Mina mitfühlend. Sie kaut nervös auf einem Stück Leber herum. Deshalb antworte ich für sie.

»Mina geht auf ein Internat und hat jetzt Ferien. Eigentlich sollte sie zu ihren Eltern nach Singapur fliegen, aber ihre Mutter liegt im Krankenhaus und ihr Vater arbeitet. Jetzt weiß Mina nicht, wo sie unterkommen soll«, lüge ich erneut, ohne eine andere Wahl zu haben. Was soll ich sonst sagen? Dass wir eine Zeitreise gemacht haben, ich einundfünfzig bin und das hier ihre Enkelin Mina ist?

»Das ist schlimm«, sagt Papa mit tiefer Anteilnahme.

»Und woher kennst du Mina? Du hast nie von ihr erzählt. An den Namen würde ich mich erinnern«, bohrt Mama weiter.

Damals war der Name Mina der Inbegriff für ein Dienstmädchen. Wenn ich etwas brauchte, hieß es oft: »Ja, bin ich deine Mina?«

»Wir sind Brieffreundinnen und schreiben uns jede Woche.« Ich blicke sie mit dem vorwurfsvollen Du-interessierst-dich-auch-gar-nicht-für-mich-Blick an. Zum Glück hatte ich damals unzählige Brieffreunde und bekam fast täglich Post.

»Siehst du, Annette? Das Mädchen braucht unsere Hilfe. Jetzt muss ich aber los, sonst komme ich zu spät zur Arbeit.«

Papa steht auf und Mama und ich ebenfalls. Nur Mina bleibt sitzen. Erst gibt er Mama einen Kuss auf den Mund, dann mir einen auf die Wange. Wie vertraut sein Schnurrbart kitzelt. Ich drücke ihn an mich. »Danke, Paps!«

Dann wuschelt er Mina über den Kopf. »Sei nicht traurig. Du bleibst so lange bei uns, bis deine Eltern wieder hier sind.«

KAPITEL 7

Depeche Mode ist eine britische Synthie-Pop- und New-Wave-Band, die 1980 gegründet wurde. Die Band bestand 1986 aus vier Mitgliedern: Dave Gahan, Martin Gore, Alan Wilder und Andrew Fletcher. Sie ist bekannt für ihre dunklen, melancholischen Texte und innovative elektronische Musik. Hits wie Enjoy The Silence und Personal Jesus haben ihnen weltweiten Ruhm eingebracht.

DATUM UNBEKANNT
MINA

Sprachlos stehe ich in Mamas altem Kinderzimmer und lasse meinen Blick schweifen. Die blaue Blümchentapete und der passende Teppichboden, der sich durchs ganze Haus zieht, fallen mir sofort ins Auge. Wohin ich auch blicke, entdecke ich antike Möbel: ein romantisches Himmelbett und zahlreiche Zimmerpflanzen in rosa Übertöpfen, die dem kleinen Raum etwas Verwunschenes verleihen.

»Es fühlt sich so vertraut an, als wäre ich nie weggewesen.« Mamas Augen strahlen. Ich hingegen rümpfe die Nase. Hier hängt alles an den Wänden, was nicht auf drei weglaufen kann.

»Das war dein Kinderzimmer?«, frage ich fassungslos.

»Ja. Krass, oder? Ich sprudelte damals vor Kreativität über.«

Um die Tür herum sehen uns vier Gestalten mit ernsten Gesichtern an. Mama folgt meinem Blick und klärt mich auf.

»Das ist *Depeche Mode*. Dave Gahan fand ich megacool. O Mann, der war zum Dahinschmelzen.« Sie wirkt aufgekratzt. Die Zeitreise hat ihr definitiv nicht gutgetan.

»Anstatt hier einen Freudentanz aufzuführen, denk lieber darüber nach, wie wir aus dem Schlamassel rauskommen«, erinnere ich sie an unsere missliche Lage.

»Keine Ahnung.« Sie wirkt unschlüssig und zuckt nur mit den Schultern.

»Toll, Mama, echt jetzt.« Ich sehe sie grimmig an.

»Aber ich habe es doch grandios hinbekommen, dass du bleiben darfst.« Sie hebt ein paar Klamotten vom Boden auf, dreht sie auf die richtige Seite und hängt sie über die Lehne eines Sessels, der in der Zimmerecke lauert. Trotz der aussichtslosen Lage muss ich schmunzeln, genau das macht sie auch in meinem Zimmer, nur schimpft sie noch darüber, wie unordentlich ich bin. Dabei war sie in meinem Alter nicht besser als ich.

»Das war auch das Mindeste, was du für mich tun konntest, Mama! Mir ist so übel. Entweder von dem widerlichen Fleisch oder weil ich im falschen Leben bin.« Ich setze mich auf die Bettkante. Meine Mutter hat mir den Rücken zugekehrt und begutachtet die Passbilder an der Wand, die im Schachbrettmuster hängen. Langsam dreht sie sich um und setzt sich neben mich.

»Ich habe überlegt, ob ich meinen Eltern die Wahrheit sagen soll. Aber ich kann es ja selbst kaum glauben. Und wie sollten sie uns helfen? Sie sind viel jünger als ich und dank Internet habe ich bestimmt mehr Wissen über unnatürliche Begebenheiten als sie.«

»Sie würden dich zu einem Psychiater schicken und ich käme ins Heim. Unsere Lage ist hoffnungslos.« Wir sitzen eine Weile schweigend da. Dann fängt Mama an zu grinsen und zeigt auf den schmalen Kleiderschrank. »Erkennst du den?«

»Der steht bei uns im Wohnzimmer.«

Mama erhebt sich und läuft zu dem antiken Möbelstück, das schräg im Eck steht und so besser zur Geltung kommt. »Ja, genau.«

»Wenn ich mich reinsetze, bringt er mich vielleicht in die richtige Zeit?«, überlege ich laut.

Mama öffnet die Schranktür. Wenn sie jetzt ohne mich zurückgeht, bin ich aber sowas von sauer. Doch sie stellt sich auf das unterste Regalbrett, hält sich oben an der Verzierung fest und zieht sich aufwärts. Zum Glück wiegt sie dreißig Kilo weniger, sonst würde der Schrank das nicht mitmachen. Als sie hoch genug ist, rauscht und knackt es und *Nur geträumt* von Nena erklingt.

»Mama, das halte ich jetzt nicht aus. Mach das sofort aus!«

»Ist das nicht cool? Ich hatte einen Plattenspieler auf dem Kleiderschrank. Auf so eine Idee konnte nur ich kommen.« Es kratzt und knackt erneut. Dann ist es still, weil sie den Schallplattenspieler ausgeschaltet hat. Bis sie mit einem lauten Plumps vom Schrank springt. »Ui, das macht Spaß«, posaunt sie und klettert erneut nach oben.

»Lass es, Mama!« Es fällt mir schon schwer, ihren jugendlichen Anblick zu ertragen. Jetzt benimmt sie sich auch noch so. Wie soll ich das aushalten?

»Es fühlt sich so leicht an. Vor zwei Stunden hätte ich das nicht gekonnt, da hätte mir alles wehgetan.« Sie hält sich mit einem Arm fest, als wäre sie Tarzan, und grinst zufrieden vor sich hin.

»Womöglich wärst du beim Aufprall im Keller gelandet.« Verletzt sieht sie zu mir. »Fandest du mich so dick?«

»Nein, Mama, du warst genau richtig. Und ich will dich so wiederhaben!«

»Ich verstehe dich ja, wir finden bestimmt eine Lösung«, sagt sie beschwichtigend.

»Was machen wir jetzt? Ich glaube, ich habe mich noch nie so gelangweilt wie in der Vergangenheit!« Ständig kämpfe ich gegen das Gefühl, auf mein Handy zu schauen, doch es ist nicht da, was mich noch mehr stresst, als ich es wegen Mama eh schon bin.

Sie springt ein letztes Mal vom Schrank und setzt sich neben mich. Plötzlich entdecke ich etwas an der Wand zwischen all den Bildern, getrockneten Blumen und Postkarten. Ich stehe auf, um es genauer zu betrachten.

»Wow, eine alte Schachtel Lucky Strike Zigaretten ohne Gesundheitswarnung. Hast du geraucht?« Ich schaue rein und stelle enttäuscht fest, dass nichts drin ist.

»Nein, hab ich nicht. Die ist von ... einem Schulfreund ...«

Sie kommt ins Stocken, dabei wird sie extrem blass um die Nase.

»Was hast du?«, frage ich besorgt.

»Nichts! Geht schon wieder, das war nur mein Kreislauf. Vielleicht von den Sprüngen eben, ich bin sowas nicht mehr gewohnt. Oder weil ich so viel abgenommen habe. Ist das nicht alles verrückt?«

»Das ist es! Wo schlafe ich, falls wir heute Abend nicht zurück in unsere Zeit kommen?«, frage ich, um sie von dem Gedanken abzulenken, der sie so zu erschrecken scheint.

Sie zieht die Augenbraue in die Höhe und zeigt auf das Bett. »Na hier.«

»Und wo schläfst du?«

»Auch hier.«

»Das antike Bett ist zu klein für uns beide«, sage ich und deute auf die schmale Liegefläche. »Es ist nicht mal einen Meter breit. Ich brauche Platz.«

»Wir haben das immer so gemacht, wenn meine Freundinnen bei mir übernachteten. Eine liegt so rum und die andere so rum.« Sie zeigt auf die jeweiligen Bettenden.

»Mama! Dann habe ich deine Füße im Gesicht. Das kann nicht dein Ernst sein.« Fassungslos schüttle ich den Kopf. Das wird immer schlimmer. Ich will nach Hause.

»Schatz, sag nicht so laut *Mama*. Es wäre besser, wenn wir uns flüsternd unterhalten, solange wir über die Zeitreise reden.«

»Gut, aber vielleicht telefoniere ich gerade mit meiner Mutter. Das weiß Oma nicht.«

»Womit denn?« Sie sieht mich erwartungsvoll an.

»Mit dem Handy.«

»Neunzehnhundert-irgendwas hatten normale Leute keine Handys. Und wenn doch, waren das Autotelefone so groß wie Aktenkoffer.«

Ich fahre resigniert mit der Hand durch meine Haare. »Stimmt, ihr erklärt immer ganz stolz, dass ihr ohne Handy überlebt habt. Aber ich muss mich bei Ricki melden, der wartet sicher auf ein Lebenszeichen von mir.« Jetzt bin ich kurz vor einem Nervenzusammenbruch.

»Wir werden gleich wieder in unserer Zeit aufwachen. Es dauert bestimmt nicht mehr lange, dann hast du dein Handy zurück.« Mamas Stimme klingt nicht überzeugend. Ich setze mich neben sie und lege meinen Kopf an ihre Schulter. »Mann, wenn ich das Ricki erzähle, der glaubt mir das nie.«

KAPITEL 8

Düsenjäger, die die Schallmauer durchbrechen, waren in den 1980er Jahren ein vertrauter Anblick und Klang, besonders in der Nähe von Militärbasen. Ihr Einsatz war in dieser Zeit aufgrund der globalen politischen Spannungen häufig. Wenn ein Flugzeug schneller fliegt als die Schallgeschwindigkeit (~1235 km/h auf Meereshöhe), sagt man, es durchbricht die Schallmauer. Dabei entsteht ein Überschallknall, der am Boden zu hören ist.

DATUM UNBEKANNT WAHRSCHEINLICH 1986
NICKI

Nicole!«, ruft es von der Tür her.

»Ja?« Ich springe so schnell auf wie früher, wenn meine Mutter nach mir rief.

»Könntest du bitte Zigaretten holen?«

Wir sind beide barfuß in eine andere Zeit geraten. Keine Ahnung, wo ich meine Schuhe damals hingestellt hatte. Das ist zu lange her, um sich an solche unwichtigen Dinge zu erinnern. Ich öffne die Tür und rufe laut: »Mama, wo sind meine Schuhe?« Ich grinse, denn ich kenne die Antwort.

»Mensch, Nicole. Wenn du nicht überall deine Sachen rumliegen lassen würdest, wüsstest du auch, wo sie sind.«

»Das stimmt, und aus meiner heutigen Sicht hat sie vollkommen recht. Manchmal kam ich zu spät in die Schule, weil meine Sachen spurlos verschwunden waren«, erkläre ich Mina mit vollem Verständnis für alle Mütter, deren Kinder gerne Chaos hinterlassen.

»Motz bloß nie wieder rum, dass ich unordentlich bin. Du warst wohl auch nicht viel besser als ich.« Mina verdreht die Augen.

Meine ganze Autorität schwindet an diesem Mittag dahin. Suchend blicke ich in jede Ecke und finde schließlich zwei meiner geliebten Espadrilles unter dem Schrank. Sie dürfen nur nicht nass werden, sonst werden sie ungemütlich. Ein Paar ist rot und das andere weiß, darauf ist eine Schnecke mit einem Herz gemalt. Ich ziehe sie an und gebe Mina die Roten.

»Hattest du keine anderen?«

»Turnschuhe trug ich nie. Nicht mal die beliebten Allrounder von Adidas, die jeder hatte. Tut mir leid. Irgendwo müssten die braunen Männerschuhe sein. Aber wo? Mir sind nur die schwarzen Schnürstiefel begegnet.«

Meine Tochter trägt ausschließlich Turnschuhe. Na ja, sie heißen 2021 nicht mehr so, sondern Air Force 1 oder Yeezy.

»Und was hattest du im Sportunterricht an?«, fragt sie hoffnungsvoll.

»Gymnastikschuhe. In rosa!« Mir wird etwas flau im Magen. Was ist, wenn wir heute nicht zurückkommen und morgen Schule ist? Meine alte Klasse zu sehen, wäre absolut irre, aber stundenlang auf harten Stühlen zu sitzen und langweiliges Zeug anzuhören … Das brauche ich in meinem Alter wirklich nicht mehr.

Mama gibt mir vier Deutsche Mark. Fasziniert betrachte ich die drei Münzen: ein Zweimarkstück und zwei Einmarkstücke. Behutsam schließe ich sie in meiner Faust ein.

Beim Öffnen der Haustür schlägt uns warme Luft entgegen. Ich schaue zum streifenlosen Himmel hinauf, an dem Wattebausch-Wolken treiben. Es ist Hochsommer, wahrscheinlich dieselbe Jahreszeit wie 2021. Auch die Uhrzeit ist gleich geblieben. Ich hatte die Zwölf-Uhr-Nachrichten gesehen, und kurz nach halb eins saßen wir beim Essen. Nur das Jahr stimmt nicht.

»Mir ist heiß. Bei uns war das Wetter besser«, höre ich Mina motzen, die kältere Temperaturen bevorzugt.

»Es hat seit Tagen nur geregnet. Das nennst du besser? Wir können nachher im Pool schwimmen gehen, das ist doch großartig.« Besorgt blicke ich Richtung Südwesten, wo Regenwolken aufziehen. Mit dem Baden wird es wohl nichts werden.

Ein lauter Knall lässt uns zusammenzucken. Mina sieht mich erschrocken an. »Was war das?«

Mein Herz klopft schnell, weil ich dieses Geräusch, das früher so alltäglich war, nicht mehr gewohnt bin. »Ein Düsenjäger hat die Schallmauer durchbrochen. Manchmal vibrieren sogar die Fensterscheiben.«

Mina wirkt verwirrt. »Düsenjäger? Hat das nicht was mit Krieg zu tun?«

»Ja, irgendwie war das mit dem Kalten Krieg verbunden. Hattet ihr das nicht im Geschichtsunterricht?«

»Kann sein«, murmelt Mina und senkt kurz den Blick. »Der Onlineunterricht war total langweilig, und ich konnte mir fast nichts merken.« Ein Schatten huscht über ihr Gesicht, doch bevor ich etwas erwidern kann, hebt Mina den Kopf und wechselt hastig das Thema. »Kannst du überhaupt Zigaretten kaufen? Du wirkst nicht, als wärst du achtzehn.«

Ich runzel die Stirn über Minas plötzliche Wortflut, lasse es aber darauf beruhen. »Früher durfte man das schon als Kind. Es hat mich immer geärgert, mitten im Spielen gestört zu werden.«

»Wie weit müssen wir dafür laufen?«

»Nur um die Ecke, dann die Straße entlang, und auf der anderen Seite ist der Automat.«

Bis auf die frisch angelegten Gärten sieht fast alles gleich aus und es gibt nur wenige parkende Autos in unserer Straße. Als wir auf die Durchfahrtstraße kommen, schaut Mina mich begeistert an.

»Ist das ein Telefonhäuschen?«

»Ja.« Trotz des schlechten Gewissens breitet sich ein warmes Lächeln auf meinen Lippen aus, wenn ich an die vielen Streiche denke, bei denen ich mich mit Freunden in die Zelle quetschte und wir kichernd Leute anriefen.

Mina hüpft aufgeregt über die Straße und reißt die Tür auf. »Wie cool ist das denn? Total retro, voll der Vibe!«

Zu zweit stehen wir in dem beengten Raum mit dem Telefonapparat, der noch eine Wählscheibe besitzt. Darüber hängt eine weiße Sprechblase, auf der steht: ,Ruf doch mal an.' Die Luft ist stickig, doch die Erinnerungen an meine Vergangenheit überwältigen mich.

Ich ziehe ein vergilbtes Telefonbuch hervor und suche die Nummer von Papas Büro.

Mina schaut mich beeindruckt an. »Wie hast du das so schnell gefunden? Es ist mega krass, wie viele Namen da drin stehen. Glaubst du, wir finden Rickis Eltern?«

»Du kannst ja mal schauen, aber nicht jeder hatte ein Telefon.

Während Mina im Telefonbuch blättert, gehe ich zum Automaten, um HB-Zigaretten für Mama zu kaufen. Ich ziehe das Fach heraus und entnehme die Schachtel.

Ein vertrautes Gefühl durchströmt mich, hier in dieser Straße zu stehen. Die Sonne wärmt angenehm meinen Rücken, die Vögel zwitschern fröhlich und das Leben fühlt sich so leicht an wie schon lange nicht mehr. Mina reißt mich aus meinen Gedanken, als sie belustigt neben mir stehen bleibt.

»Ich habe nur den Opa Gerd Baumeier gefunden. Sein Vater scheint wohl kein Telefon gehabt zu haben.«

»Er war zu jung…«, versuche ich zu erklären, während Mina sich staunend umschaut.

»Es ist dieselbe Straße mit den gleichen Häusern. Und doch ist alles anders, die Bäume sind kleiner, die Autos so bunt. Überhaupt sind die Parkplätze leerer. Lass uns ein bisschen herumlaufen. Gibt es den Spielplatz schon?«

»Ja, und unsere Rutsche war damals besser als heute. Aber ich muss erst meiner Mama die Zigaretten bringen.« Bedauernd zucke ich mit der rechten Schulter.

»Boah, warst du ein anständiges Kind. Sobald deine Mutter ruft, springst du gleich.«

»Oma war strenger, als ich es zu dir bin. Und jetzt komm.«

Es ist beängstigend, wie leicht ich mich in die Rolle des Kindes zurückversetzen kann, obwohl ich viel mehr Lebenserfahrung habe. Ich könnte einfach in ein Auto steigen und losfahren. Aber wohin? Ich habe kein Geld, geschweige denn ein Bankkonto oder einen Pass. Falls ich überhaupt schon einen eigenen besitze, ist er wahrscheinlich noch bei meinen Eltern. Gefangen im Körper eines Teenagers fühle ich mich nicht mehr als Erwachsene. Dieser Gedanke erschreckt mich einerseits, andererseits komme ich gut damit zurecht. Es ist, als wäre ich mehr die junge Nicki als die Person, die ich vorhin noch war.

»Was machen wir jetzt?« Mina lungert gelangweilt auf dem Bett herum. Ich sitze im Sessel und überlege, womit wir uns früher beschäftigt haben. Auf dem Nachttisch liegen ein paar rosa und blaue Denise-Romane, diese High-School-Geschichten aus den USA, die ich mit meiner Freundin aus dem Nachbarhaus gelesen habe. Mir kommt eine Idee.

»Lass uns zu Meli gehen.«

»*Die* Meli? Kennst du die schon?«

»Ich kenne sie seit wir in die Windeln gemacht haben.«

»Okay, das ist besser, als hier rumzusitzen. Dann ruf sie mal an oder schick ihr eine WhatsApp.« Sie grinst mich ironisch an.

»Pah, telefonieren. Weißt du, was das damals gekostet hat?« Mina zuckt gleichgültig mit den Schultern.

»Also hopp, lass uns gehen.«

»Wohin?«

»Zu Meli. Wir klingeln und schauen, ob sie da ist.«

»Moment … Du lässt das Telefon klingeln und wenn sie abnimmt, weißt du, dass sie da ist … Legst du dann wieder auf und gehst zu ihr?«

Ich klatsche mir gegen die Stirn. »Du Schaf, wir gehen einfach zu ihr hin!«

»Und wenn sie nicht da ist, warst du umsonst dort?« Ungläubig sieht Mina mich an.

»Ja! Na und? Wir haben nie bei jemandem angerufen, der in der Nachbarschaft wohnte. Das hätten unsere Mütter nicht erlaubt. Wir hatten ja zwei gesunde Beine!« Ich sage allerdings nicht, wie sehr ich diesen Spruch gehasst habe.

»O Mann. Ihr hattet ja eine Menge Zeit.«

Ich lächle versonnen. »Ja, sogar so viel, dass wir manchmal Langeweile hatten.«

»Boah, das merke ich, und ich finde es mega übel. Ich vermisse mein Handy. Mama, echt jetzt, ich heule gleich. Es fehlt mir so.« Mina bekommt feuchte Augen.

»Mehr als Ricki?«

»Ricki ist fast so wie mein Handy. Wenn wir uns nicht sehen, können wir wenigstens über FaceTime in Kontakt bleiben.«

Bevor wir uns auf den Weg machen, suche ich Mama, um ihr Bescheid zu sagen. »Wir gehen zu Meli.«

»Kommt aber bis zum Läuten nach Hause«, lautet ihre kurze Antwort. Mit *Läuten* meint sie die Kirchenglocken, die um sieben Uhr klingeln.

»Hä, was machst du hier?«, fragt Meli entgeistert, als sie mich hinter der halb geöffneten Haustür sieht. »Und wer ist das?«

Ups, das war eine seltsame Begrüßung. Hatten wir mal wieder streit? »Mir war langweilig, und das ist Mina.«

»Mina! So heißt unsere Spülmaschine«, bemerkt Meli hämisch.

»Eure Spülmaschine hat einen Namen?«, fragt Mina entsetzt.

»Ja, in Filmen heißen Dienstmädchen immer Mina, und bei uns spült Mina.« Meli grinst meine Tochter frech an. Mir fällt ein, dass unser Geschirrspüler auch Mina hieß.

»Kommt rein. Ich muss kurz die Treppe runterputzen, sonst bekomme ich Hausarrest. Dann schauen wir bei dir Ferienprogramm.«

»Geht nicht, meine Mutter ist da.«

»Hä? Hakt's bei dir? Die geht doch mit meiner in die Stadt und kauft für den Urlaub ein.«

»Stimmt, hab ich vergessen«, sage ich kleinlaut und freue mich insgeheim. Dreieinhalb Wochen Spanien mit meinen Freundinnen – das war die unbekümmertste Zeit unserer Kindheit, von der wir 2021 noch schwärmen.

Mina schaut sich in dem großzügig geschnittenen Haus von Meli um. Eine Wendeltreppe in der Mitte des Eingangsbereichs führt zu einer Galerie. Hier ist nichts grün, braun oder maisgelb; Weiß dominiert und wird durch naturfarbene, antike Möbel ergänzt, die von vielen großen Pflanzen umrahmt werden.

»Die Einrichtung ist wie bei Ulrike«, stellt Mina fest.

»Hä? Hier wohnt Ulrike! Das ist meine Mutter.«

Mina sieht kurz betreten zu Meli und dann scheint sie zu verstehen, dass Ulrike in unserer richtigen Zeit zwar nicht mehr in diesem Haus wohnt, doch dass sie ihren Einrichtungsstil im neuen Heim beibehalten hat.

»Können wir nicht hier fernsehen?«, fragt Mina.

Meli zeigt auf den kleinen Fernsehapparat in der Ecke.

»Nickis ist besser.«

»Krass, der ist ja so groß wie unser kleiner Laptop, nur viel dicker.«

»Hä? Spricht die Chinesisch?« Meli starrt mich entgeistert an.

»So ähnlich. Sie lebte lange mit ihren Eltern in Singapur, aber sie wird unsere Sprache schon lernen.« Unwillkürlich muss ich kichern.

KAPITEL 9

Kleine Eiszeit
Englands berühmtester Astronomie-Professor, Sir Fred Hoyle, warnt vor einer neuen Eiszeit. Die Menschheit könne aber, meint er, etwas dagegen tun.
(Quelle: Spiegel 05.07.1981)

DATUM UNBEKANNT WAHRSCHEINLICH 1986

MINA

K ann einer von euch die Treppe putzen? Ich muss unbedingt in Sandras Poesiealbum schreiben. Wenn ich es morgen nicht zurückbringe, köpft sie mich und kocht eine Suppe daraus«, sagt Meli übertrieben theatralisch.

»Kein Problem!« Meine Mutter grinst und holt in der Küche einen Lappen und den Reiniger unter der Spüle hervor. Vermutlich hat sie die Wendeltreppe schon öfter geputzt.

»Kennst du einen Spruch fürs Poesiealbum?«, fragt mich Meli.

»Was ist das?«, stutze ich.

»Hä? Du weißt nicht, was ein Poesiealbum ist? Kommst du vom Mond?«

»Nein, aus Singapur! Das ist fast genauso weit entfernt.« O Mann, Mamas Freundin war als Kind noch anstrengender, als sie es 2021 ist.

Ständig sagt sie »Hä« und schiebt dabei ihre rote Brille zurück auf die sommersprossige Stupsnase. In ihren Jeans und dem weißen T-Shirt könnte Meli durchaus ein Mädchen aus meiner Zeit sein, wenn da nicht das in die Hose gesteckte Shirt wäre, das ihren Look ein wenig spießig wirken lässt.

Ihre dunklen, dauergewellten Haare springen bei jeder Bewegung und der ausrasierte Nacken gibt ihr einen frechen Touch. Mit ihren vollen Lippen und hohen Wangenknochen sieht sie wirklich hübsch aus.

»Rosen, Tulpen, Nelken. Alle Blumen welken. Nur die eine, die welkt nicht, welche heißt Vergissmeinnicht«, erklingt Mamas Stimme von der Treppe.

»Boah! Wie abgedroschen. Was Besseres fällt dir nicht ein?«, mault Meli.

»Ich könnte ja googeln, aber ich habe leider kein Handy mehr.« Ich höre, wie Mama entsetzt die Luft einatmet, kaum, dass ich den Satz ausgesprochen habe.

»Hä? Du bist echt ulkig. Kannst du schönschreiben?«, fragt sie mich und übergeht meinen ironisch gemeinten Vorschlag.

»Klar, wenn du mir sagst, was.«

Meli holt ihre Schultasche aus dem Flur. Es ist ein türkisfarbener Koffer mit der pinken Aufschrift *Melody* und einer schwingenden Notenzeile.

Sie kramt ein Buch heraus, in dem auf einer Seite Sprüche stehen und gegenüber Bilder gemalt oder eingeklebt wurden.

»Ach, das habe ich bei Mama schon gesehen«, rutscht es mir heraus.

»Das wundert mich jetzt nicht. Das hat doch jeder«, antwortet Meli trocken und schiebt ihre Brille hoch.

»Dann muss ich mir das unbedingt zu Weihnachten wünschen. Wie alt bist du?«, frage ich beiläufig.

»Sechzehn. Und du?«

»Auch.« O Gott! Meli und Mama sind im gleichen Jahr geboren, also sind sie so alt wie ich. Die Erkenntnis trifft mich hart, vor allem weil Mama jetzt ein halbes Jahr jünger ist als ich.

Meli findet endlich einen passenden Spruch, ist aber unzufrieden, als ich beginne. »Schreib mal gerade und nicht so ungleichgroße Buchstaben, das kann ich ja besser«, beschwert sie sich.

»Die Schriftart ist mega. Warte mal ab, das wird genial.« Ich male sorgfältig weiter, Buchstabe für Buchstabe, während sie mir kritisch zusieht, bis ich fertig bin.

»Das ist so cool, fast schon Eis! Woher kannst du das?«

»Habe ich mir selbst beigebracht.«

Meli betrachtet mich nachdenklich. »Du hast voll die geilen Haare, ich will auch so lange!«

Ich grinse nur und denke daran, dass meine Haare nicht so *geil* bleiben werden, wenn wir nicht schnell genug in unsere Zeit zurückkommen. Denn irgendwann muss ich die Extensions rausmachen.

»Ich bin fertig, wir können gehen«, erklingt Mamas Stimme hinter uns, die bereits alle Putzutensilien wieder in den Küchenschrank geräumt hat.

Draußen nieselt es mittlerweile, was die beiden nicht stört. Meli sieht mit rausgestreckter Zunge zum Himmel. »Saurer Regen! Vielleicht werden wir nie erwachsen und bleiben für immer so wie jetzt.«

»Das wäre schön!« Mama schaut verklärt ebenfalls hinauf.

»Bloß nicht! Immer Kind sein, vor allem hier, dann sterbe ich vor Langeweile.«

»Hä? Langeweile?« Meli kräuselt ihre Nase so sehr, dass die Brille von allein hochrutscht und sieht mich dabei an, als könnte ich nicht bis drei zählen.

Im Befehlston eines Feldwebels erklärt sie mir, was wir als Nächstes tun, und deutet dabei zu Boden. »Da unten ist eine Schlucht, wir haben nur diesen schmalen Steg. Wer runterfällt, muss ein Rädchen schlagen und von vorne anfangen.«

Ich habe keine Ahnung, was sie gerade schwafelt, und es interessiert mich auch nicht im Geringsten. Ich möchte nur wieder zurück in meine Zeit. Zu meinem Handy und meinen Freunden. Und kein albernes Rädchen schlagen. Ich bin doch keine Fünf mehr.

»Ich zuerst!« Mama drängelt sich vor und läuft auf dem Bordstein entlang, als wäre sie eine Seiltänzerin.

»Jetzt du.« Meli zeigt auf mich.

»Bei so einem Schwachsinn mache ich nicht mit. Ich bin doch nicht im Kindergarten«, beschwere ich mich. Wie kommt man bitte auf die bescheuerte Idee, bei Regen auf der Straßenkante zu balancieren?

»Ich habe mir gleich gedacht, dass du eine Spielverderberin bist«, antwortet Meli todernst, schiebt sich die Brille auf der Nase hoch und balanciert los.

Mama vollführt einen Sprung mit einer halben Drehung und landet auf der Straße. Ich halte die Luft an, denn Mama will tatsächlich mit dem schwarzen Kleid ein Rädchen schlagen, doch sie nimmt so viel Schwung, dass das Kleid an ihr haften bleibt. Mit drei hintereinander folgenden Rädchen erreicht sie mich.

»Das macht echt Spaß und man muss nicht aufpassen, dass einem das Handy aus der Tasche fällt.« Sie zwinkert mir zu.

Ich seufze tief und vergewissere mich erst mit einem prüfenden Blick in alle Richtungen, ob uns niemand beobachtet. Doch die Straße ist wie leergefegt. Sie wirkt fast schon wie eine Filmkulisse. Keine Menschen, keine Autos und in den Gärten alles neu angepflanzt.

Dann setze ich, dank Ballettunterricht graziös, einen Fuß vor den anderen.

So ohne Handy hat man wahnsinnige Einfälle. Wir dürfen nicht nur die Straße nicht berühren, sondern man soll auch nicht auf die Verbindungen der einzelnen Steine treten. Und dabei erzählen sich Mama und Meli so schaurige Geschichten über das, was passieren wird, wenn man daneben tritt, dass ich fast Angst bekomme. Die hungrigen, lauernden Krokodile sind da das Harmloseste.

Für die Strecke, die man in drei Minuten läuft, brauchen wir mindestens eine halbe Stunde. Doch zugeben, wir haben Spaß und lachen ausgelassen.

Wir schalten rechtzeitig zum Ferienprogramm den Fernseher ein. Mama und Meli singen lautstark beim Anfangslied mit und ich halte mir kopfschüttelnd die Ohren zu. Es juckt mir in den Fingern, nach dem Handy zu greifen, das ich schmerzlich vermisse.

»Können wir nicht etwas anderes machen als fernsehen?«, frage ich nach einer gefühlten Ewigkeit, während die beiden wie gebannt in den Kasten starren.

»Hä? Ist doch geil. Außerdem: Was sollen wir sonst tun?«

»Wir könnten uns schminken und Fotos machen«, schlage ich vor.

Meli sieht mich an, als käme ich nicht aus Singapur, sondern vom Mars.

»Wir haben nur eine Pocketkamera. Wenn ein Film drin ist, werden die meisten Bilder unscharf. Dann bringt man ihn zum Entwickeln und wartet ewig darauf, bis die Fotos fertig sind. Und billig ist das Ganze auch nicht.«

Ah, Mama ist wieder da. Ich brauche nur einen dummen Vorschlag zu machen und die belehrende Mutter ist zurück.

»Mein Paps hat eine gute Kamera, aber wenn ich die anlange, killt der mich.« Meli fährt sich mit ihrem Zeigefinger wie mit einem Messer am Hals entlang. Die waren brutal damals.

»Dann halt nicht«, sage ich beleidigt.

»Deine Nägel sind galaktisch! Wie hast du das hinbekommen?«, will Meli wissen. Ich habe schon bemerkt, dass sie mich ständig mustert.

»Die sind aufgeklebt. Das hat sie von ihrer Mutter aus Singapur«, erklärt Mama für mich. Sie hat wohl Angst, dass ich wieder etwas Falsches sage.

»Und sag mal, warum hast du so geile Wimpern? Ich will die auch haben!« Meli himmelt mich an.

»Das sind Eyelash-Extensions«, sage ich übertrieben cool.

»Hä? Was?« Meli schaut so verdutzt, dass ich einen Lachflash bekomme.

Mama sucht nach Worten und wird dabei leicht rot. Aus ihrer Erklärungsnot rettet sie Oma, die plötzlich gutgelaunt und mit Tüten voller Einkäufen hinter uns im Zimmer steht.

»Ihr bekommt viereckige Augen, wenn ihr so lange in die Glotze schaut. Seht mal, was ich ergattert habe.« Sie hält ein dunkelblaues Sommerkleid in die Höhe, das ihr angezogen sicher gut steht. Für Mama hat sie eine kurze Hose und ein Blümchenkleid gekauft, bestimmt aus der Kinderabteilung, so wie das aussieht.

»Oje, so spät schon. Ich muss heim, sonst bekomme ich Hausarrest. Bis morgen.« Und schon ist Meli zur Tür hinaus.

Oma räumt derweil die neu gekauften Klamotten weg.

Wenig später kommt sie mit einem Tablett wieder. Darauf befinden sich Teller mit Wurstbroten, die mit Käse überbacken wurden, und drei Gläser Cola.

»Mmh, lecker! Das macht Mama auch manchmal.«

»Dann lass es dir schmecken.« Oma setzt sich neben mich und nimmt sich einen der Teller.

Bei jedem Bissen zieht der Käse lange Fäden und das Mayo-Ketchup-Gemisch droht, vom Brot zu tropfen.

Das Fernsehprogramm ist wahrlich ein Erlebnis. Mein erster Gedanke ist, dass ich das nicht überleben werde. Der Nachrichtensprecher ist steif, als habe er einen Stock verschluckt. Und von ihm erfahren wir, dass heute Dienstag der 8. Juli ist. Nur nicht 2021, sondern 1986.

Verdammt, krass … 1986. Eine Zeit, die für mich unvorstellbar weit weg ist. Wie kann es sein, dass wir uns hierher verirrt haben? Ein Werbespot reißt mich aus meinen Gedanken, bei dem eine Frau ihre Finger in Tillys Schale mit Spülmittel hängt und es nicht bemerkt. Was mir imponiert, ist, dass sie im Fernsehen immer und überall rauchen. Und sogar Oma sitzt neben uns und pafft nach dem Essen eine Zigarette. Im Wohnzimmer!

Ich schnüffle ihr sehnsüchtig entgegen und würde jetzt auch gerne eine qualmen.

Um Viertel nach neun ist die Serie aus, die wir geschaut haben.

»So, dann macht euch fürs Bett fertig.« Oma lächelt uns aufmunternd zu und trägt das Tablett in die Küche.

»Jetzt schon?«, quengelt Mama und blättert die Fernsehzeitschrift durch. »Nachher kommt Dallas, das würde ich gerne anschauen.«

»Du hast morgen Schule. Da schaust du bestimmt kein Dallas!«

Ich sehe, wie Mama augenblicklich in sich zusammenfällt. Sie steht wortlos auf und läuft in Richtung Bad. Ich folge ihr.

»Schule. Mir wird schlecht. Was sollen wir jetzt machen?« Sie setzt sich auf den Rand der Badewanne.

»Hoffen, dass wir morgen früh in unserer Zeit aufwachen und feststellen, dass es nur ein Albtraum war.« Ich lasse mich auf den geschlossenen Klodeckel nieder und stelle meine Füße auf den Rand der maisgelben Badewanne.

»Und wenn nicht? Vielleicht hatten wir Hausaufgaben auf und ich habe sie nicht gemacht. Oder schlimmer: Wir schreiben morgen eine Mathearbeit und ich habe nicht dafür gelernt.« Mit vor Schreck geweiteten Augen starrt Mama mich an.

»Das wird lustig.«

»Kommst du mit?«, fragt sie hoffnungsvoll.

»Ich lass dich nicht allein. Nachher erkennst du mich nicht mehr, wenn du wiederkommst. Nein, wir bleiben zusammen.«

»Ja, besser so.« Mama sucht eine Zahnbürste und findet eine verpackte in einer der Schubladen. Wir putzen unsere Zähne und danach bewundert sie sich von allen Seiten in den Türen des Spiegelschranks. Dann quetscht sie einige Mitesser aus. Ich sitze immer noch auf dem Klodeckel und begutachte Opas morgendliche Lektüre. »Die Blätter fühlen sich gruselig an, so glatt und kühl.«

»Hm, da steht auch gruseliges Zeugs drin. Ich habe mit dem *Spiegel* lesen gelernt. Entweder ging es um sauren Regen oder das Waldsterben. Die Bilder von Uwe Barschel in der Badewanne werde ich nie vergessen, Helmut Schmidt mochte ich am liebsten und dass eine Eiszeit kommen soll, machte mir am meisten Angst.«

»Eiszeit?« Ich sehe meine Mutter kopfschüttelnd an.

»Das hat mich von allen Naturkatastrophen am meisten erschreckt. Ich habe den ganzen Artikel mühevoll entziffert, weil ich damals nicht gut lesen konnte. Als es dann hieß, es gäbe eine Klimaerwärmung, war ich erleichtert. Auf Frieren im ewigen Eis hatte ich echt keinen Bock, da erschien mir ein heißer Sommer reizvoller. Mich hat aber niemand verstanden, weil die meisten den Spiegelartikel nicht kannten oder längst nicht mehr daran dachten. Doch was ich darin entziffert habe, ist in meinem Kopf geblieben und ich habe es nie vergessen!« Sie tippt mit ausgestrecktem Zeigefinger auf ihre Stirn und ich merke ihr an, dass sie das todernst meint.

Jetzt verstehe ich, warum sie jede Meldung in sich aufsaugt, analysiert und auch nichts wieder vergisst. Das liegt wohl an ihrer täglichen Klo-Lektüre während ihrer Kindheit.

»Ist ja gut, Mama, ich glaube dir.« Ich versuche, sie zu beruhigen, weil sie sich so in die Erinnerung hineinsteigert.

Mama kichert, in diesem Moment ist sie wieder ganz sechzehn. Ich kann mich noch nicht entscheiden, welches ihrer beiden Alter mir lieber ist. Ich mag die sechzehnjährige Nicki so langsam richtig gern; wir wären bestimmt gute Freundinnen geworden. Nur ist sie immer noch meine Mutter und es nervt mich, wenn sie sich wie sechzehn verhält. Verzwickt. Damit muss ich erstmal klarkommen.

Nachdem wir im Bad fertig sind, quetschen wir uns zusammen in das knarrende Bett. Es ist urgemütlich mit den Vorhängen.

»Ich habe so extremen Handy-Entzug! Ich weiß nicht, wie ich das überleben soll«, jammere ich.

»Mir geht's genauso. Normalerweise höre ich jetzt meine *Schlafsprachnachricht* an und kann damit etwas beruhigter einschlafen, wegen der ganzen Sache mit Corona. Ach, und Su wollte kommen und ich bin nicht da. Oder bin ich doch da?«

»Wie meinst du das?«

»Sind wir beide jetzt spurlos verschwunden oder haben wir uns vielleicht sogar gespalten? Ein Teil ist im Jahr 2021 und der andere in 1986? Und wo ist die Nicki von 1986 jetzt?«

Ich seufze tief, weil das alles so kompliziert ist. »Mir wäre es recht, wenn die Zeit im Jahr 2021 stehen bleibt und auf uns wartet. Sodass wir genau an dem Tag weitermachen können, an dem wir verschwunden sind.«

»Nur wie sollen wir zurückkommen?« Mama gähnt herzhaft. »Zeitreisen macht müde.« Sie kuschelt sich in das Daunenkissen und ich lege mich ebenfalls hin. In meinem Kopf fahren die Gedanken Karussell, hoffentlich bekomme ich keine Migräne.

»Schlaf gut, Schatz!«

»Ich habe keinen Plan, wie ich hier einschlafen soll. Mein Handy. Wenn ich darüber nachdenke, kommt mir das Heulen. Mama, ich will heim!«

Ein tiefer Seufzer und sie steht auf, um das Licht anzumachen.

»Schimpf jetzt nicht mit mir, aber das ist der beste Einschlaf-Trick. Vertraust du mir?«

»Mach!«

Erneut klettert sie den Schrank hoch. Es raschelt und ich vermute, sie wechselt die Schallplatte. Ich bin gespannt, was kommt. Eine männliche Stimme sagt freundlich: »Fünf Freunde im Nebel«. Dann erklingt die bekannte Melodie des Hörspiel-Klassikers.

O mein Gott. Schlimmer kann es nicht werden.

»Gute Nacht! Schlaf schön und gut«, sagt Mama, als sie wieder neben mir liegt.

Ich bin erstaunt, als uns Oma am nächsten Morgen weckt. Von den fünf Freunden habe ich nichts mehr mitbekommen.

KAPITEL 10

Kühle Begrüßung in den 80ern
Heute sind Umarmungen oder Küsschen auf die Wange
zur Begrüßung ganz normal – in den 80ern war man
da noch zurückhaltender. Zwar war AIDS ein Thema,
aber das hatte damit wenig zu tun. Die Küsschen zur
Begrüßung kamen erst später in Mode, beeinflusst
durch Reisen und Medien. Damals reichte oft ein
schlichtes Hallo oder ein kurzer Handschlag.

MITTWOCH, DEN 9. JULI 1986

NICKI

Nicole, aufstehen!« Mama rüttelt sanft an meiner Schulter. »Letzter Schultag, noch einmal raus aus den Federn, dann dürfen wir sechseinhalb Wochen ausschlafen.« Der Stimme meiner Mutter ist anzuhören, dass sie sich genauso auf die Sommerferien freut wie ich mich. Wir sind eine Langschläfer-Familie und vor neun Uhr stehen wir nicht freiwillig auf.

Plötzlich trifft mich Minas Fuß in der Magengegend. Mist, ich bin kein Schulkind, das sich auf Ferien freut. Ich bin Mutter und sollte alles daransetzen, mein Kind wieder in die richtige Zeit zu bringen. Ob ich Mama fragen soll, ob wir vielleicht … Ach nein, Schule schwänzen lässt sie nicht durchgehen.

Gequält stehe ich auf und gehe ins Bad. Doch ich fühle mich nur so lange hundsmiserabel elend, bis ich in den Spiegel schaue. Man sieht mir nicht an, wie schlecht ich heute Nacht geschlafen habe. Keine Augenringe, nicht verknautscht, strahlend schön – bis auf den fetten Pickel auf der Stirn und das zerzauste Haar. Ich mache aus ihnen zwei Rattenschwänzchen und finde mich damit ziemlich niedlich. Und noch etwas fällt mir auf: Ich bin voll und ganz zufrieden wie ich aussehe. Damals hatte ich alles Mögliche an mir auszusetzen. Doch jetzt lächle ich mich glücklich an. »Du bist bezaubernd schön, so wie du bist. Und du hast eine geniale Figur. Genieße es!«

Ich werfe meinem Spiegelbild einen verliebten Kuss zu und hopse Richtung Küche. Es ist so leicht, zu hüpfen, dass ich mich am liebsten nur so fortbewegen würde.

Im Esszimmer, das in einem frischen Grün gestrichen ist, duftet es wie jeden Morgen nach Pfefferminztee. Auf den Tellern liegen jeweils zwei Nutella-Knäckebrote. O Schreck, Mina schmeckt das nicht. Doch als sie sich setzt, isst sie es, ohne zu motzen.

Im Gegensatz zu ihr würde ich mich gerne beschweren. Das Wasser gurgelt in den Kaffeefilter und jeder Tropfen, der das Pulver aufweicht, verbreitet mehr von dem köstlichen Aroma in der Küche. Mit sechzehn war ich absoluter Kaffeegegner und habe erst angefangen, auf den Geschmack zu kommen, als ich bei Sebastian in der Bäckerei zu arbeiten begann. Wegen der frühen Arbeitszeiten musste ich irgendwie gegen die Müdigkeit ankämpfen und da hat Kaffee plötzlich an Bedeutung gewonnen. Es wäre merkwürdig, wenn ich jetzt über Nacht Kaffee statt Tee bevorzugen würde.

Zurück im Zimmer fällt mir auf, wie blass Mina ist. Sie sitzt traurig auf dem Bett, und sofort steigen Schuldgefühle in mir auf. »Dir geht's nicht gut?«

Mina schüttelt den Kopf. »Ich will heim!«

Ich setze mich neben sie und lege meinen Arm um ihre Schultern. »Ich fühle mich hier auch fehl am Platz.«

»Davon merke ich nichts. Es ist dein Leben, aber nicht meins.«

»Ich gehöre nicht mehr hierher. Ich bin älter als meine Eltern, das ist echt seltsam. Doch was sollen wir machen, außer mitzuspielen?«

Mina seufzt schwer. »Dann lass uns etwas zum Anziehen suchen.«

Ich gehe zum antiken Schrank, gespannt, was drin ist, und lächle, als ich die Stretch-Hosen herausnehme. »Hier, such dir eine aus. Wir haben die früher Gummihosen genannt.« Ich reiche Mina einen Stapel.

»Oh nein, die sind ja total alt!«

»Das heißt verratzt! Und die müssen so aussehen. Dazu trägt man einen Strickpulli, Stricksocken und Schnürstiefel. Ich hatte so einen coolen schwarzen Mantel, aber den finde ich nirgends. Vielleicht hängt er an der Garderobe.«

»Ich muss jetzt aber keinen verratzten Strickpullover anziehen, oder?«, fragt Mina gereizt.

»Nein, natürlich nicht, es ist Sommer. Such dir ein T-Shirt aus.«

»Sheesh, du hast ja echt nichts zum Anziehen. Und

wenn, dann sieht es aus wie aus der Kinderabteilung von Kik.« Verächtlich rümpft sie die Nase, als sie ein rosa T-Shirt mit drei süßen Eulen zum Vorschein bringt.

»Ich brauchte nicht mehr Klamotten und hatte kein Platzproblem wie du.«

Ich schlüpfe in meine grau-schwarze Lieblingshose. »Sieh doch, wie gut sie passt.« Ich drehe mich und gehe in die Hocke. »Zeitreisen ist die beste Diät ever!«

»Ach, Mama, du bist als Jugendliche noch unerträglicher als sonst!«

»Dein Körper ist gleichgeblieben, aber meiner hat sich ziemlich verändert. Ich muss mich erst mal daran gewöhnen.« Ich nehme Mina das rosa Shirt aus der Hand, ziehe es an und stecke es wie früher in die Hose, nur um es dann wieder locker herauszuziehen.

Als ich ihr frische Unterwäsche reiche, begutachtet sie den Baumwollschlüpfer ungläubig. »Im Ernst jetzt, Mama? Da steht *Mittwoch* drauf! Hast du das gebraucht, um zu lernen, jeden Tag die Unterhose zu wechseln, oder standen bei euch die Jungs darauf?«

»Ich habe mich nie an die Wochentage gehalten, außerdem mochte ich den *Freitag* am liebsten.«

Bis auf die Unterwäsche schlüpft sie in ihre eigenen Klamotten. Wir putzen unsere Zähne und machen eine kurze Katzenwäsche. Mina kann es nicht lassen und schminkt sich mit den wenigen Utensilien, die ich besitze. In letzter Sekunde suche ich die Schultasche und bereue es, gestern nicht reingeschaut zu haben. Aber jetzt bleibt keine Zeit mehr dafür. Wir verabschieden uns mit einem kurzen »Tschüss« bei Mama.

Mir ist mulmig zumute. Einerseits bin ich froh, dass Mina bei mir ist, andererseits graut es mir davor, dem Lehrer eine erneute Lüge zu erzählen. Wenigstens ist es der letzte Schultag. Gerade als ich tief durchatme, höre ich plötzlich eine vertraute Stimme.

»Nicki, warte mal!«

Ich drehe mich um und sehe meine Freundin Su auf uns zukommen.

Für einen kurzen Moment stehen wir uns unschlüssig gegenüber. Ich würde sie am liebsten fest umarmen.

»Das ist Mina, meine Freundin«, sage ich, als ich sehe, dass Su einen Blick auf sie wirft. Su lächelt kurz und nickt. Ihre Reaktion ist freundlich, aber ein wenig zurückhaltend, als ob sie versucht, ihre Emotionen zu verbergen.

Mir wird klar, dass wir zwar in derselben Klasse waren, aber kaum Kontakt hatten. Damals hatte ich Su als arrogant empfunden, weil sie nur mit ihrer türkischen Freundin zusammen war und uns deutschen Mädchen ignorierte. Erst später, als ich nach meiner Scheidung bei Sebastian in der Bäckerei anfing und Su dort als Putzkraft arbeitete, stellte sich heraus, dass sie genauso schüchtern war wie ich und dachte, wir Deutschen würden sie nicht mögen. Diese Erkenntnis zeigte mir, wie Missverständnisse durch eigene Unsicherheiten entstehen und wie wichtig es ist, offen aufeinander zuzugehen. Unsere flüchtige Schulbekanntschaft entwickelte sich dann zu einer tiefen Freundschaft.

Jetzt steht sie vor mir, mit ihren langen schwarzen Locken und den vollen Lippen, während sie mit einem schüchternen Lächeln in ihrer Tasche kramt. »Ich habe dir

Depeche-Mode-Poster mitgebracht. Die Bravos nehme ich mit in die Türkei, zum Verschenken.

»Willst du die Poster nicht behalten? Die freuen sich bestimmt darüber.«

»Nein, du kannst sie haben. Ich gebe sie lieber dir.«

Ich nehme die mit einer Klarsichthülle geschützten Blätter und würde Su am liebsten an mich drücken. »Danke, das ist voll nett von dir!«

Dann gehen wir langsam zur Schule. Als wir das Gebäude betreten, winkt Su mir zum Abschied zu und geht zu ihrer wartenden Freundin.

»Hi, Nicki. Wen bringst du mit?« Andi, deren blonde Haare im Sonnenlicht glänzen, strahlt mich an. Ihre großen blauen Augen funkeln neugierig zu Mina.

Bevor ich antworten kann, höre ich ein fröhliches Lachen hinter uns. Manu taucht auf, mit ihren auffälligen roten Haaren, die sofort ins Auge stechen. Sie ist eine echte Quasselstrippe und kichert so oft, dass der Lehrer sie allein sitzen lässt, damit sie den Unterricht so wenig wie möglich stört. »Na, wen haben wir denn da? Dich kenne ich ja noch gar nicht.«

»Das ist Mina, eine Freundin. Vielleicht kommt sie nach den Ferien auf unsere Schule«, erkläre ich.

»Ach je, du Arme. Mina – so ein altmodischer Name. Die Schwester meiner Uroma hieß auch so. Ich bin Andrea, sag einfach Andi zu mir.« Sie lächelt meine Tochter freundlich an.

»Hihi, und ich bin Manu. Wir werden bestimmt viel Spaß zusammen haben und einen coolen Spitznamen für dich finden!«

»Nicki hat mir schon viel von euch erzählt.« Sichtlich verunsichert mustert Mina meine Freundinnen. Es ist für sie bestimmt seltsam, erwachsenen Frauen, die sie schon immer kennt, plötzlich als gleichalterigen Teenagern zu begegnen und ich verstehe ihre Verwirrung nur zu gut.

Unsere Vorstellungsrunde wird abrupt unterbrochen, als ich einen Motor aufheulen höre. Ein Blick über die Schulter zeigt mir Robert, der sich gerade aus dem schicken roten Sportwagen seines Vaters schwingt, der ihn täglich zur Schule bringt. Robert ist der absolute Mädchenschwarm, mit seinem strahlenden Lächeln und seinen lässigen Bewegungen zieht er sämtliche Blicke auf sich. Wie damals richten sich auch heute wieder die Augen vieler Mädchen auf ihn.

Ich starre zu ihm, weil ich merke, dass er einfach ein normaler sechzehnjähriger Junge ist: nichts Besonderes, nur eine gewisse jugendliche Unbekümmertheit und Arroganz, gegen die ich als Erwachsene immun bin. Manu und Andi bleiben ebenso unbeeindruckt von Roberts unwiderstehlicher Ausstrahlung.

Andi sucht mit ihren Blicken bereits nach Fred und ich freue mich, denn ich weiß, dass die beiden in den Sommerferien zusammenkommen und später heiraten werden.

Robert grinst uns frech an, und wir wenden uns schnell ab, um über unsere Ferienpläne zu sprechen.

»Na, Tussi-Klatsch am Morgen?«, fragt er ironisch, und sein breites Zahnpasta-Lächeln zaubert zwei Grübchen auf seine Wangen, die ich damals unwiderstehlich fand.

»Wir veranstalten ein Meeting«, antworte ich provozierend.

Er sieht mich zunächst verwirrt an, vermutlich, weil er

das Wort *Meeting* nicht kennt, und lacht dann schadenfroh.

»Nicki, ich weiß, Deutsch ist nicht deine Stärke. Du hast es nur Andi zu verdanken, dass du versetzt wurdest.«

»Ach, warst das nicht du, der mit drei Fünfen am meisten gefährdet war? Hihihi. Hat Papa den Lehrer vielleicht ein bisschen bestochen?«, fragt Manu, die immer noch die Angewohnheit hat, ein »Hihihi« auszusprechen.

»Tja, Beziehungen eben. Niedlich!« Er zieht leicht an einem meiner Zöpfe, zwinkert mir zu – und verschwindet durch die Schwingtür ins Schulgebäude.

»Zum Glück sind ab morgen Ferien, dann muss ich ihn nicht mehr sehen«, schimpfe ich leise vor mich hin und ziehe mein Rattenschwänzchen wieder ordentlich zurecht.

»Komm, gib's zu. Du bist schon ein bisschen traurig darüber.« Jetzt zwinkert mir Manu zu.

»Bestimmt nicht, so ein Blödmann!«

»Wer war das?«, fragt Mina und ich bin erleichtert, dass sie ihn nicht erkannt hat.

»Robert. Der denkt, er wäre es«, erklärt Andi.

»Von dem wollen alle was«, fügt Manu hinzu.

»Stimmt nicht!«, beschwert sich Andi.

»Ja, okay. Andi will was von Fred. Und ich stehe auch nicht auf Robert, der ist mir zu kindisch. Vielleicht wäre er was für dich?« Manu sieht meine Tochter vielsagend an.

»Bestimmt nicht! Mina hat einen supernetten Freund, der sieht zehnmal besser aus als Robert«, wehre ich ab.

»Wie lange seid ihr schon zusammen?«, will Andi wissen.

»Seit zwei Jahren.«

»Hihihi.« Manu kichert und ich ahne, was jetzt kommt.

»Habt ihr schon mal …?«

Der rettende Gong ertönt und ich bekomme eine Gänsehaut, weil mir bewusst wird, dass ich jetzt noch einmal Schülerin in meiner Vergangenheit sein darf.

Ich gehe durch dieselbe Schwingtür, durch die Robert vor wenigen Minuten gegangen ist. Mina folgt mir, ohne Manus Frage beantwortet zu haben.

Ich bin erleichtert, dass Andi unseren Lehrer, Herrn Linz, vor der Tür zum Klassenzimmer abfängt und fragt, ob Mina dableiben darf, weil sie im nächsten Schuljahr hierherziehen wird. Er hat nichts dagegen. Da Manu ja alleine vor Andi und mir sitzt, setzt sich Mina neben sie.

Als der Lehrer an das Pult tritt, stehen wir alle auf und sagen gemeinsam in melodischem Ton: »Guten Morgen, Herr Linz.«

Zuerst hatte ich keine Lust auf Schule, doch jetzt fühle ich die Zeitreise richtig intensiv. Mit siebenundzwanzig Klassenkameraden, von denen ich die meisten ewig nicht mehr gesehen habe, würde ich mich am liebsten zu jedem Einzelnen umdrehen und schauen, ob ich all ihre Namen noch zusammenbringe.

Herr Linz, der damals ein älterer Mann war und mir jetzt durch die Augen einer Einundfünfzigjährigen recht attraktiv vorkommt, lehnt lässig am Pult. Er ist groß und schlank, mit vollem, grau meliertem Haar, und erklärt uns mit angenehmer Stimme, wie die letzten Schulstunden vor den Ferien ablaufen werden. Davon bekomme ich allerdings nicht viel mit, weil mich Su von hinten anstupst und mir etwas zuflüstert. »Post von *Mr. Unwiderstehlich*.«

»Wer?« Ich falte den kleinen blauen Zettel auseinander, den sie mir gibt. Robert.

Wir hatten damals extra Schulpost-Zettelchen und

mussten somit keine Seiten aus unseren Heften reißen. Bei uns im Nachbarort gab es eine Papierfabrik, in der einige Eltern arbeiteten. Die blauen, zugeschnittenen Papierreste wurden zum Leid unserer Lehrer für Briefchen genutzt, die in den Reihen hin und her gereicht wurden.

Ich lese Roberts Frage auf dem Zettel und setze meine Antwort darunter.

Nicki, was machst du heute?
Weiß noch nicht.
Wir könnten ja was zusammen machen.
Was?

Das fühlt sich fast wie eine WhatsApp-Konversation an. Er ist doch nicht so übel, wie ich ihn in Erinnerung hatte.

»Schreibt dir Robert?«, flüstert Andi mir zu und beugt sich rüber. Ich gebe ihr den Zettel und kann mein Grinsen nicht verbergen.

»Cool! Vielleicht wird doch noch was aus euch.«

Sie gibt mir das Papierchen zurück. Ich gebe es an Su weiter und kann Roberts Antwort kaum abwarten. Doch als ich sie lese, bekommt meine gute Laune einen gewaltigen Dämpfer ab. Ich bin so blöd! Manchmal übermannt mich mein altes Ich und ich bin naiv wie damals. Hoffentlich schwinden die Erinnerungen an meine Zukunft nicht, sonst wäre die arme Mina ganz auf sich gestellt.

»Zeig. Was hat er geschrieben?«, wispert Andi.

Ich schneide eine angewiderte Grimasse und reiche ihr den Zettel.

Ich komme zu dir und dann rufen wir Meli an.

»So ein Trottel! Antworte ihm bloß nicht«, schimpft Andi leise.

Natürlich, es ging immer um Meli. Ich war damals so dumm gewesen und hatte ihm dabei geholfen, ihr näherzukommen – bis sie sich gegenseitig wieder zu langweilig wurden und sich anderweitig umsahen. Und irgendwann ging das ganze Spiel von vorne los, und wieder war ich die Vermittlerin. Robert hatte mich also nur ausgenutzt, um an Meli ranzukommen. Wahrscheinlich hatte ich das verdrängt.

Wenn du was von Meli möchtest, kläre das mit ihr direkt. Ich habe auf diese Spielchen keinen Bock mehr!!!

Herr Linz steht neben mir, gerade als ich mich umdrehe und Su den Zettel übergeben will. Meine Achtsamkeit, den Lehrer bei verbotenen Dingen nicht aus den Augen zu lassen, lässt nach fünfunddreißig Jahren zu wünschen übrig. Ich spüre, wie eine leichte Röte meine Wangen emporsteigt.

»Nicole, gibt den am besten gleich mir. Ein Glück ist heute der letzte Schultag, sonst hättet ihr zwei eine Stunde länger bleiben dürfen, und dann hättet ihr genügend Zeit gehabt, euch Briefe zu schreiben.«

»Ich habe gar nicht mit Nicole geschrieben, das war Robert!«, beschwert sich Su.

»Ach, sieh mal an. Dann hätte er auch hierbleiben dürfen.«
Bedauernd zieht er die buschigen Augenbrauen nach oben.
»Zu schade, Ferien. Doch ich sage euch: Ab dem neuen Schuljahr gibt es dafür keinen Strich mehr, sondern gleich eine Stunde Nachsitzen. Und zwar auch für die, die die Zettel weitergeben. Ich hoffe, dass die ewige Schreiberei zukünftig nur noch in euren Schulheften stattfindet und nicht mehr hier.« Mahnend hebt er das Briefchen in die Höhe, zielt damit Richtung Mülleimer und trifft. »So, Nicole ...«

Ich fühle förmlich, wie alle Augenpaare, die eben mit dem Briefchen Richtung Papierkorb geflogen sind, ihre Aufmerksamkeit auf mich richten.

»Eigentlich wollte ich euch eine Geschichte vorlesen. Doch da es dir wohl langweilig ist, darfst du das jetzt für mich übernehmen.«

Mir wird heiß und ich bekomme feuchte Hände. Hoffentlich lese ich jetzt nicht so mies wie damals – leise, nuschelnd und dauernd am Verhaspeln. Das war mega peinlich gewesen.

Es ist eine Kurzgeschichte über eine Zugfahrt durch einen Tunnel, der nicht enden will. Am Anfang stocke ich noch. Meine eigene Stimme so laut zu hören, ist unangenehm. Doch dann reißt mich die dramatische Geschichte mit und ich vergesse, dass ich im Klassenzimmer sitze. Ich sehe mich selbst in dem Zug mit den in Panik geratenen Fahrgästen und will unbedingt wissen, wie sie endet. Ich lese bis zum Schluss. In der Klasse ist es mucksmäuschenstill, wo sie sonst gekichert hatten, wenn ich mit Vorlesen dran gewesen war.

»Schade, dass die Zeugnisse schon geschrieben sind, sonst hättest du eine glatte Eins bekommen. Was ist mit dir passiert?«, fragt Herr Linz mit forschendem Blick, als er das Buch wieder an sich nimmt.

Ich zucke nur mit den Schultern. Soll ich sagen, dass ich erwachsen bin, meine Schüchternheit überwunden habe und jetzt gerne vorlese? Wohl eher nicht.

Wir interpretieren den Hintergrund der Geschichte bis zur ersten Pause. Danach verteilt Herr Linz unsere gemalten Bilder und die Arbeiten des Schuljahres und erzählt, was uns im nächsten erwartet. Ich hoffe, dass ich das nicht alles noch einmal durchstehen muss – Hausaufgaben, Klassenarbeiten und irgendwann Prüfungen. Darauf habe ich so gar keine Lust.

Nach der zweiten Pause schieben wir die Tische zusammen und stellen unsere mitgebrachten Frühstücksutensilien darauf. Nur Mina und ich haben nichts dabei – was niemanden wundert. Ich war damals oft verpeilt und habe meistens etwas vergessen. Zum Glück gibt es genug für alle, sodass wir einfach mitessen können.

»Matze und ich haben überlegt, uns heute gegen fünf Uhr am Waldparkplatz zum Grillen zu treffen. Wer hat Bock, mitzukommen?« schlägt Fred während des Essens vor und schaut neugierig in die Runde.

»Das ist voll cool, fast schon Eis! Ich habe ein Zelt, also könnten wir oben auch pennen,« bietet Robert an, seine Augen funkeln vor Vorfreude.

»Hammer, darauf habe ich richtig Böcke! Ich bringe

meine Gitarre mit«, sagt Alex begeistert und zieht sein Schweißband am Handgelenk in die Länge.

Kai, der dieses Jahr wiederholen musste und daher neu in unserer Klasse ist, fügt hinzu: »Ich frage meinen alten Herrn, ob er uns eine Kiste Cola spendiert.«

Sein Vater betreibt eine Getränkehandlung im Ort und wir anderen finden das natürlich mega. Ein wenig verlegen fährt er sich durch die hellbraunen Haare und wirft einen schüchternen Blick auf Su.

»Meine Eltern holen mich von der Schule ab und dann fahren wir gleich in die Türkei«, bedauert Su mit einem unglücklichen Gesichtsausdruck.

»Das Grillen ist echt eine super Idee! Meine Mama macht bestimmt Kartoffelsalat und ich backe einen Kuchen«, sagt Andi, während sie mir aufgeregt auf die Schulter tippt.

»Astrein, das wird cool!«, freut sich Fred und klatscht enthusiastisch in die Hände.

»Ich frage mal meine Mutter, ob sie uns hochfährt«, überlege ich laut und wende mich an Mina, die schon die ganze Zeit etwas unbeteiligt wirkt.

»Könnt ihr mich dann mitnehmen, Nicki?«, fragt Manu.

»Klaro, komm heute Mittag einfach zu mir«, antworte ich mit einem Lächeln.

»Geil, und Meli könnt ihr auch fragen«, schlägt Robert vor. Wegen ihm habe ich vorher Stress mit dem Lehrer bekommen. Ich tue so, als hätte ich nichts gehört und drehe mich demonstrativ zu Andi.

Wir reden über das bevorstehende Ereignis, bis wir fertig gefrühstückt haben. Danach räumen wir auf, stellen die Tische wieder an ihren Platz und stuhlen auf.

Schließlich ertönt die Schulglocke zum letzten Mal. Sommerferien – ein Gefühl unendlicher Freiheit, besonders am ersten Tag. Ich freue mich stets auf diese Zeit, selbst wenn es um Minas Ferien geht und andere Mütter nur stöhnen. Für mich sind sie eine willkommene Auszeit.

Unser Lehrer verabschiedet sich von der Klasse und alle stürmen nach draußen. Ich fische noch das Briefchen aus dem Papierkorb, denn ich sammle jedes einzelne und bewahre es in meiner Briefkiste auf.

»Nicole, das hast du heute gut gemacht. Mach weiter so. Ich wünsche dir schöne Ferien«, lobt mich Herr Linz.

»Danke, Ihnen auch schöne Ferien.«

Wow, ich kann mich nicht erinnern, dass ich in den Hauptfächern je gelobt wurde. Nur in Kunst und Sport war ich eine der Besten.

»Mama, hattet ihr auch einen Virus? Ihr umarmt euch gar nicht, obwohl ihr euch jetzt so lange nicht mehr sehen werdet«, stellt Mina beinahe enttäuscht fest, als der Bus mit Andi und Fred wegfährt, da sie im Nachbarort wohnen.

Ich überlege kurz. Dieses knappe Tschüss finde ich ebenfalls seltsam. Am liebsten hätte ich alle an mich gedrückt, sogar meinen Lehrer.

»Ich glaube, das war damals so. Es gab zwar Aids, aber damit hatte es nichts zu tun. Das mit dem Umarmen und Küsschen geben kam erst in Mode, als ich ungefähr zwanzig war.«

Meli, die in meine Parallelklasse geht, kommt von hinten angerannt. »Hey, du treulose Tomate! Du bist heute Morgen ohne mich zur Schule gelaufen. Kaum ist Mina da, vergisst du mich«, beschwert sie sich.

»Tut mir leid, ich habe schlecht geschlafen und dann nichts zum Anziehen gefunden und …«

»Schon gut, ich verzeihe dir. Aber als Wiedergutmachung müsst ihr heute Abend mit in den *Club*.«

»Cool, da habe ich voll Bock drauf.« Ich freue mich, dass ich mich so langsam wieder mit der Sprache der Achtziger zurechtfinde.

Meli kneift die Augen zusammen und sieht mich erstaunt an, während Mina fragt: »Was ist der *Club*?«

»Ne Disse. Hä? Geht's dir gut, Nicki? Sonst zickst du voll rum, wenn ich frage, ob du mit in den *Club* kommst.«

Stimmt, die Musik war mir zu laut. Zu viele Menschen auf einem Fleck. Vor allem Jungs, die nur Augen für Meli hatten. Einerseits war ich froh darüber, weil ich sowieso nicht gewusst hätte, was ich sagen soll, da ich viel zu schüchtern war. Dennoch tat es weh, dass man mich völlig ignorierte. Und zu tanzen wäre für mich unvorstellbar gewesen, ich wäre lieber gestorben. Ich war eine totale Spaßbremse und schüttle jetzt über mein damaliges Ich den Kopf.

»Na ja, Mina ist hier und die mag sowas.« Ich überlege kurz. »Mist, heute geht gar nicht, meine Klasse macht auf dem Waldparkplatz eine Fete, so gegen fünf Uhr. Du kannst ja mitkommen, Robert ist auch da.«

»Ist gebongt. Schauen wir davor bei dir Ferienprogramm?«

»Oh nein. Alles, aber bitte kein Fernsehen. Das ist mega langweilig!«, beschwert sich Mina.

»Wir könnten inlinern?«, schlage ich vor.

»Hä? Was?«, fragt Meli.

»Rollschuhlaufen«, verbessere ich mich.

»Bei dem Wetter? Wohl eher nicht … Wenn es regnet, können wir in den Keller«, überlegt Meli laut.

Ich schaue zum Himmel. Es gibt zwar blaue Stellen, doch die Wolken hängen tief und sehen eine Spur zu grau aus. Der Sommer macht seinem Namen bis jetzt keine Ehre. Damals hatte ich bestimmt Angst, dass die Eiszeit gnadenlos hereinbrechen würde.

KAPITEL 11

Viele Familien konnten 1986 mit einem Alleinverdiener, oft dem Vater, ein gutes Leben führen. Damals war es üblich, dass dieser für den Lebensunterhalt sorgte, während die Mütter zu Hause blieben, um sich um Kinder und Haushalt zu kümmern.
Die Lebenshaltungskosten waren im Vergleich zu heutigen Standards niedriger, was es einfacher machte, mit einem einzigen Verdiener auszukommen. Allerdings hing die Qualität des Lebensstils stark vom spezifischen Einkommen, der Region und den individuellen Ausgaben ab.

MITTWOCH, DEN 9. JULI 1986

MINA

Staunend stehe ich im Partykeller unseres Hauses. Der ganze Boden ist eine Landschaft aus Häusern, Bäumen und kleinen Spielszenen mit Playmobilmännchen.

»Wow, ich wusste, dass Mama viel Playmobil besaß, aber aufgebaut …«

Mama stößt mich in die Seite und schaut böse, aber Meli scheint nichts bemerkt zu haben. Sie hat sich inzwischen an mein seltsames Verhalten gewöhnt.

»Dieser Bereich hier gehört mir, das sind alles meine

Häuser«, erklärt Meli und schiebt mal wieder ihre Brille nach oben, während sie mit der anderen Hand auf die rechte Seite deutet. »Wir haben eine richtige kleine Stadt. Jedes Kind hat sein Bett, seinen Teller und einen Namen mit Geburtsdatum. Hier im Rathaus«, sie zeigt auf eines der großen Häuser, »sind alle registriert.«

Ich setze mich im Schneidersitz hin und sehe mir alles in Ruhe an. Mama und Meli sind so alt wie ich, doch ich spiele schon lange nicht mehr. Wir haben ein Smartphone, das eine Menge Zeit in Anspruch nimmt. Doch wenn ich das so betrachte, würde ich am liebsten mitmachen.

»Kann ich auch ein Haus und eine Familie haben?«

»Such dir eins aus«, sagt Mama.

»Draußen scheint die Sonne«, bemerkt Meli, als sie aus dem kleinen Fenster schaut. »Lasst uns doch Rollschuhlaufen gehen.«

Seufzend stehe ich auf, weil ich lieber im Keller weiterspielen möchte, doch die beiden sind schon zur Tür raus, also folge ich ihnen. Sobald ich wieder in meiner Zeit bin, werde ich Mamas Kisten von der Bühne holen und sie wird mit mir genauso eine Stadt aufbauen müssen. Das schwöre ich mir.

Wir kurven durch unsere Siedlung. Ich habe Mamas neue Rollschuhe bekommen und sie trägt ihre alten. Über Mama wundere ich mich manchmal, denn sie ist bestimmt ewig nicht mehr Rollschuh gelaufen, beherrscht es aber trotzdem, während ich anfangs unsicher bin.

»Habt ihr Bock auf einen Dätscher?«, fragt Meli.

»Wir haben kein Geld«, bedauert Mama.

»Was ist das?«, frage ich.

Meli fischt einige Münzen aus der Tasche ihrer Jeans, zählt sie und rollt los in Richtung Bäcker. »Das wirst du gleich sehen.«

Auf den Stoppern der Rollschuhe staksen wir in den Laden und ich komme mir richtig groß vor. Es riecht wunderbar nach einem Mix aus Weichspüler und frischen Brötchen. Diese kleine Bäckerei, die außer Leckereien auch allerlei Waren für den täglichen Bedarf führt, gibt es zu meiner Zeit leider nicht mehr. Sie muss irgendwann in ein gewöhnliches Wohnhaus umgebaut worden sein.

Melis Stimme reißt mich aus meinen Gedanken. »Ich hätte gerne drei Dätscher und vier Lassos.«

Eine Verkäuferin, die aussieht wie die Klementine aus der gestrigen Werbung, schneidet drei Tafelbrötchen auf und setzt jeweils einen Schokokuss in das Innere. »Ihr wollt die bestimmt selbst zusammendrücken, oder?«

Meli und Mama nicken und die Verkäuferin packt die prall gefüllten Brötchen in eine große Tüte. Dazu gibt es noch eine kleine mit den vier Lassos. »Das macht 1,70 Mark.«

»So günstig?« Ich sehe Mama erstaunt an. Sie zuckt nur mit den Schultern, als wollte sie sagen: Früher war halt alles besser. In manchen Dingen muss ich ihr recht geben.

Wir fahren bis zum Spielplatz, der sich kaum verändert hat. Nur einzelne Geräte sind im Laufe der Jahre durch andere ersetzt worden und die Bäume sind in meiner Zeit um einiges höher gewachsen. Meli und Mama setzen sich auf die Banklehne und stellen ihre Beine mit den Rollschuhen auf die Sitzfläche. Ich mache es ihnen nach und jetzt ist mir klar, warum die Verkäuferin gefragt hat, ob wir die Brötchen selbst zerdrücken wollen, denn das macht richtig Spaß.

»Geil!« Meli leckt ihren Finger ab, der etwas von der sü-ßen Füllung abbekommen hat, und beißt dann genüsslich in ihr Brötchen.

Gegen vier Uhr springen wir in den Pool. Ich habe schon die Befürchtung, dass sie ihre Verabredung zum Grillen vergessen haben, weil die beiden einfach nicht mehr aus dem Wasser kommen. Erst, als Manu auftaucht, ziehen wir uns um und machen uns fertig. Ich bin erstaunt, wie schnell das geht, wenn man weder Make-up auftragen noch stundenlang die Haare glätten muss. Die trocknen einfach in der lauen Sommerluft.

Meine Oma besorgt uns rote Würste mit Brötchen und setzt uns am Waldparkplatz ab. Der liegt an einer weiten Lichtung, die sanft den Hang bis zur Burg hinaufzieht und von dichtem Wald umgeben ist. An diesem warmen Sommerabend weht ein leichter Wind, es duftet nach frisch gemähtem Gras, und das Zwitschern der Vögel klingt intensiver als in meiner Zeit. Sogar der Himmel wirkt blauer, weil keine Kondensstreifen ihn durchziehen. Auf der Wiese neben dem Spielplatz steht ein Zelt in altmodischen Orangetönen. Das Lagerfeuer strahlt uns warm entgegen, und der unverkennbare Rauchgeruch steigt mir sofort in die Nase. Ich habe das Gefühl, dass es ein entspannter Abend wird.

Nur Meli, die mir ohne Brille erst jetzt auffällt, schaut missgelaunt zu Robert hinüber. Ich folge ihrem Blick und sehe, wie er mit Manu herumalbert. Sein Lachen schallt zu uns herüber. Mit seinen dunklen Locken und den funkelnden Augen sieht er unverschämt gut aus. Kein Wunder, dass Meli auf ihn steht. Er hat meine Mutter überredet, Meli mit zum Grillen zu bringen, und jetzt tobt er mit Manu herum.

»Robi ist wieder voll blöd. Er tut so, als wäre ich Luft«, murmelt Meli gereizt.

»Vergiss den. Du kannst jeden Jungen haben. Lass dir von ihm nicht die Laune verderben«, sagt Mama leise zu ihr, und sie hat recht, auch wenn Meli nur ungläubig dreinschaut.

»Was ist mit dir los? Ich will doch nichts von dem Blödmann.«

»Ach so.« Ich lache, weil das wirklich zu offensichtlich ist.

»Die Schaukel ist frei.« Mama deutet auf den angrenzenden Spielplatz.

Wir rennen los und lassen uns eine Weile durch die Luft schwingen.

»Juhu, ist das schön!«, jauchze ich und genieße den Ausblick über die Felder und den Wald bis hinunter zu unserem Dorf.

»Heidi, Heidi, deine Welt sind die Berge …«, beginnt Meli zu singen, und Mama stimmt mit ein: »… Dunkle Tannen, grüne Wiesen im Sonnenschein.«

Das wird mir dann doch zu peinlich, und ich will gerade von der Schaukel springen, als ich in der Ferne Su erblicke. Sie trägt ein weißes Kleid mit Rüschen, hält Blumen in der Hand und hat ein Blumenkränzchen auf den langen schwarzen Locken. Zielstrebig kommt sie auf uns zu. Mama bremst das Schwingen der Schaukel abrupt ab. »Su, was machst du hier? Ihr wolltet doch gleich nach der Schule in die Türkei fahren.«

Schulterzuckend lächelt sie. »Als wir losgefahren sind, hatte ich so ein Gefühl, dass der Keilriemen kaputt ist. Ich habe es meinem Vater gesagt. Erst hat er geschimpft, dass ich als Mädchen keine Ahnung von Autos habe, aber dann ist er in die Werkstatt gefahren, und tatsächlich war sogar die Lichtmaschine defekt. Er ist froh, dass uns das nicht in Bulgarien passiert ist. Da hätten wir lange auf ein Ersatzteil warten müssen.«

»Und jetzt bleibt ihr zu Hause?«, fragt Mama, die mal wieder etwas blass um die Nase aussieht.

»Nein, wir fahren, wenn das Auto aus der Werkstatt kommt.«

»Su, haben dich deine Eltern vergessen?« Kai kommt mit einem breiten Grinsen heran, seine Augen blitzen schelmisch.

»Nein, sie haben gesagt, ich soll einen frechen Jungen mit meinem Blumenstrauß verhauen.« Su hält die Blumen in die Höhe und zielt auf Kai, der wegläuft und sofort von ihr verfolgt wird.

»Seit Kai sie beim Schulausflug mit einem Apfel abgeworfen hat und Sus Auge davon blau wurde, kabbeln sich die beiden ständig«, stellt Meli fest, die sich ausschaukeln lässt.

Mama lächelt versonnen, ihre Farbe ist wieder zurückgekommen. Was sie wohl so erschreckt hat?

»Su!«, ruft sie laut. »Schreibst du mir eine Postkarte aus der Türkei?«

Su bleibt kurz stehen und sieht meine Mutter lächelnd an. »Das mache ich gerne!« Dann jagt sie weiter hinter Kai her.

»Ui, jetzt hat sie ihn erwischt«, kommentiert Mama.

Su schlägt mit ihrem Strauß auf Kai ein, dass die Blüten nur so durch die Luft fliegen. Ihr Gekicher schallt bis zu uns.

»Andi und Manu schnitzen Stöcke für ihre Würste. Lass uns auch welche suchen«, schlägt Meli vor. Ihre Stimme klingt gereizt – offenbar ist sie noch immer von Roberts Ignoranz genervt. Während Robert Fred dabei hilft, Holz ins Feuer zu legen, sehe ich, wie sein Blick Meli folgt, als sie langsam zu den anderen Mädchen hinüberschlendert.

»Hey, Manu, gib mir meine Kippen zurück!«, ruft er plötzlich zu ihnen.

»Hab ich nicht, die liegen irgendwo auf der Wiese!«, kichert Manu schadenfroh.

»Meli, hilfst du mir suchen?«, fragt Robert überraschend freundlich. Für einen Moment huscht ein Lächeln über ihr Gesicht, doch ihre Stimme bleibt kühl: »Kein Bock. Such selbst.«

Mama bekommt von all dem nichts mit, sie ist noch immer fasziniert von Su und Kai.

»Warum hast du dich vorhin so erschreckt?«, frage ich.

»Mir ist eingefallen, was Su mir erzählt hat. Ihr Auto ist tatsächlich einmal in Bulgarien kaputtgegangen. Sie warteten fast eine Woche auf Ersatzteile und konnten deshalb nicht in die Türkei weiterfahren. Doch davon kann Su noch nichts wissen. Ist das nicht merkwürdig?« Fragend sieht Mama mich an.

»Das ist es. Es wäre genial, wenn wir Sus Zukunft ändern könnten. Dann hätte sich unsere Zeitreise wenigstens gelohnt.«

Ich wusste von Mama, dass Su es nach ihrer Scheidung schwerfiel, mit ihrem niedrigen Gehalt die Miete für ihre kleine Wohnung zu bezahlen. Das Einzige, was sie glücklich machte, war ihr süßer Hund Peri und das Kaffeetrinken mit Mama.

»Das stimmt«, sagt Mama nachdenklich. »Kai war ihre große Liebe und Su hat sich nie getraut, ihm das zu gestehen. Da sie Türkin ist und sehr strenge Eltern hat, durfte sie sich nie mit Jungs treffen, und ein deutscher Freund wäre undenkbar gewesen. Jetzt hindert der Motor sie daran, überhaupt in die Türkei zu reisen, und stattdessen albert sie mit Kai herum. Das klingt fast, als würde sich ihr Schicksal ohne Hilfe ändern.«

»Nicki, kommt ihr? Ich schnitze keine drei Stöcke allein«, ruft Meli und wir unterbrechen unser Gespräch.

Ich sehe noch einmal zu Su, die mit Kai Hand in Hand die Blumenwiese im Abendsonnenschein hinunterläuft. Anscheinend hat Mama recht.

Kurze Zeit später sitzen wir ums Feuer und essen unsere gegrillten Würste.

»Fred, kann ich etwas von deinem Senf haben?«, fragt Mama, die sich pudelwohl zu fühlen scheint.

»Klar! Hier.« Er reicht das Glas rüber.

Mein Blick bleibt an Andi und Fred hängen. Ich schmunzle, weil ich die beiden nur als verheiratetes Paar, mit drei Kindern, kenne. Jetzt sitzen sie hier, so jung und schüchtern, und lächeln sich verliebt an.«

»Hat jemand einen Stecken übrig?«, fragt Kai, als er sich zu uns ans Feuer setzt.

»Hey, was läuft da zwischen dir und Su? Erzähl mal«, feixt Robert.

»Das geht dich nichts an«, kontert Kai, kann aber sein glückliches Lächeln nicht verbergen.

Nach dem Essen wird es lustig. Wir spielen Flaschendrehen. Andi wird knallrot, als sie Fred einen Kuss geben muss, und Robert darf Meli eine Cola spendieren. Kai, der »Wahrheit« wählt, wird von Manu gefragt, ob er Su geküsst hat, und sein breites Grinsen genügt uns als Antwort.

Später singen wir alle gemeinsam am Lagerfeuer, während die Sonne langsam tiefer sinkt. Meli hat es geschafft, neben Robert zu sitzen, der ihr seine Jacke um die Schultern legt, und ich freue mich für sie.

Heute war wirklich ein schöner Tag, nur Ricki fehlt mir schrecklich. Schade, dass er nicht bei mir ist. Hier gibt es keinen Polizeihubschrauber, der über uns kreist, weil wir heimlich feiern, und keine begrenzte Anzahl von Freunden, die man treffen darf. Hier ist es noch unbeschwert. Und das Handy habe ich nur ein ganz klein wenig vermisst. Trotzdem würde ich gerne alles, was ich heute erlebt habe, in meiner Instagram-Story posten.

KAPITEL 12

Der Hammermörder war ein Serienmörder, der in den 1980er Jahren in Deutschland aktiv war. Besonders schockierend war, dass der Täter als Polizist arbeitete. Sein Doppelleben als Mörder erschütterte das Vertrauen in die Polizei und sorgte für erhebliches mediales Aufsehen.

MITTWOCH, DEN 9. JULI 1986

NICKI

B oah ey, jetzt kommt die schon. Die hat nicht alle Tassen im Schrank«, motzt Meli, als sie ihre Mutter heranfahren sieht.

Schweren Herzens verabschieden wir uns von den anderen, da auch Manu, Mina und ich mitgenommen werden sollen. Als unsere Freunde außer Sichtweite sind und bevor es ihre Mutter bemerkt, setzt Meli ihre Brille auf.

»Könnt ihr mich mitnehmen? Ich wohne ja gleich am Ortsanfang«, fragt Andi, die eilig aufholt.

»Klar!«, bestimme ich.

Meli motzt derweil ihre Mutter an. »Mensch, Mama. Du hättest ein bisschen später kommen können. Hol uns doch erst in einer Stunde.«

»Jetzt steigt ein. Ich bin doch schon zwanzig Minuten später als abgemacht hier. Außerdem haben wir Besuch, da kann ich nicht die ganze Zeit weg sein«, verteidigt sich Ulrike.

»Es war gerade so schön«, brodelt Meli weiter.

»Ich verstehe euch ja. Doch ihr seid Mädchen, da könnt ihr nicht hier oben bei den Jungs bleiben. Was meint ihr, was die Leute reden würden!«

Meli steigt vorne ein und Mina, Manu, Andi und ich quetschen uns hinten rein, wobei wir kichern. Es ist zu viert verdammt eng auf der Rücksitzbank.

»Das ist eine Gemeinheit. Nur weil wir Mädchen sind, dürfen wir nicht dortbleiben«, flüstert mir Manu zu.

Ein Grinsen breitet sich auf meinem Gesicht aus, denn mir fällt ein, was wir gleich für eine verrückte Idee haben werden.

»Ich will nichts von den Jungs, sondern einfach mal in einem Zelt schlafen. Das sah so gemütlich aus.«

»Ich wäre auch gerne oben geblieben«, sagt Andi und seufzt schwer. »Könnten Sie mich bitte hier aussteigen lassen?«, fragt sie, als wir die ersten Häuser erreichen.

»Aber gerne doch«, erwidert Ulrike und hält an.

»Vielen Dank fürs Mitnehmen«, sagt Andi. Wir verabschieden sie im Chor und wünschen ihr schöne Ferien.

Manu kichert, als wir weiterfahren, und nimmt unser Gespräch von vorhin wieder auf.

»Ich habe einen Freund und will von diesen Milchbubis

bestimmt nichts, aber ich würde trotzdem gerne nochmal hoch zum Zeltplatz gehen.«

»Ich habe eine Idee. Sobald meine Eltern schlafen, komme ich zu dir und dann laufen wir hoch«, flüstere ich aufgeregt. Ein Kribbeln der Abenteuerlust breitet sich in meinem Bauch aus.

»Cool! Wir treffen uns bei mir im Garten. Bring eine Taschenlampe mit, meine Batterien sind leer.«

Manu steigt an der Telefonzelle aus. Zwei Straßen weiter folgen Mina und ich. Leider habe ich keine Gelegenheit, Meli zu sagen, was wir vorhaben, und ohne Handy kann ich sie nicht informieren.

Nach dem Zähneputzen sagen wir artig gute Nacht zu meinen Eltern, die gerade fernsehen.

»Hast du etwas von deiner Familie gehört?«, fragt Mama Mina.

»Leider nicht, meine Mutter liegt wahrscheinlich immer noch im Krankenhaus.« Mina sieht so traurig aus, dass Mama nicht weiterfragt.

»Das wird schon wieder«, sagt Papa tröstend. »Schlaft gut, ihr zwei!«

Papa hat leicht reden. Obwohl Minas Mutter nicht im Krankenhaus liegt, sondern direkt neben ihr steht, ist Minas Traurigkeit keineswegs gespielt. Das schlechte Gewissen nagt wieder an mir. Ich seufze schwer, weil ich merke, wie sehr ich beginne, mich in meinem alten Leben wohlzufühlen, obwohl ich das nicht sollte.

Bevor wir Richtung Bett steuern, husche ich schnell in Papas Büro und hole eine Taschenlampe. Ich erinnere mich daran, wie stolz ich damals auf sie war, da sie so viele Funktionen besaß.

Zurück in meinem Zimmer löse ich die Blütentriebe der Grünlilie, die ich mit Stecknadeln am Vorhang fixiert hatte. Die rosa Blumentöpfe stelle ich auf den Boden und lasse den Rollladen nur so weit herunter, dass ich leichter unten durchschlüpfen kann. Dann öffne ich das Fenster.

»Was machst du?«, fragt Mina, die mich entgeistert ansieht.

»Ich treffe mich mit Manu, um zu den Jungs hochzugehen.«

»Spinnst du? Mitten in der Nacht?! Was, wenn Oma und Opa das bemerken?«

»Tun sie nicht.«

»Und das weißt du so genau?«

»Ja, weil ich es schon einmal gemacht habe. Schlafen wäre jetzt wirklich eine feine Sache. Aber was wird passieren, wenn ich mich anders verhalte als damals?« Sehnsüchtig blicke ich zum Bett und gähne.

»Womöglich wird es mich dann nicht geben. Oder wir bleiben für immer hier«, überlegt Mina laut.

»Daran habe ich auch gedacht. Aber ich kann mich nicht an jeden einzelnen Tag erinnern, das alles ist zu lange her. Allerdings ist mir diese Nacht besonders im Gedächtnis geblieben. Ich muss gehen, verstehst du?«

»Ich will mit«, sagt meine Tochter entschlossen.

»Wir laufen zum Waldparkplatz. Es geht nur bergauf und es ist dunkel. Außerdem warst du damals nicht dabei.«

Mina grinst frech. »Hey, Mama. Wer kann schon mit seiner Mutter zusammen Dummheiten machen? Ich möchte zum Brunnen gehen. Der ist kurz vor dem Zeltplatz, und wir kommen dort auf dem Hinweg vorbei. Auf dem Rückweg könnt ihr mich dann wieder abholen.«

Ich seufze. Es fällt mir schwer, meiner Tochter eine Bitte abzuschlagen. »Okay, von mir aus.«

»Hast du eine Tasche und etwas zum Schreiben?«

»Ja, klar«, antworte ich und beginne, im Schrank nach einer Umhängetasche zu suchen. Stifte und Papier liegen auf dem Schreibtisch bereit. Vielleicht hilft ihr das, ihre Gedanken zu ordnen.

Wir warten im Bett, bis meine Eltern schlafengehen. Zum Glück ist für die beiden morgen ein gewöhnlicher Arbeitstag, sonst könnten sie ewig wachbleiben. Kaum höre ich, wie sich die Schlafzimmertür schließt, stehe ich auf.

»Willst du nicht warten, bis sie eingeschlafen sind?«, flüstert Mina.

»Nein, die kommen nie in mein Zimmer.« Trotzdem schießt das Adrenalin durch meine Adern. Als Mutter ist es ein schrecklicher Gedanke, dass sich meine Tochter mitten in der Nacht heimlich draußen herumtreiben könnte, genau wie ich es jetzt tue. Na ja, für Gewissensbisse ist es zu spät.

Wir ziehen uns schnell an und lauschen, ob alles im Haus ruhig ist.

»Dann los.« Ich klettere zuerst durch den offenen Spalt und staune, wie flink und gelenkig ich bin. Wann hat das nur nachgelassen? Ich warte bis Mina neben mir steht. Dann gehe ich zurück zum Fenster, lausche ein letztes Mal und ziehe es leise zu.

Wir schleichen durch die Gärten, huschen wie Wiesel über die Straßen und verschmelzen mit den Schatten der Häuser.

»Nicki, hierher«, höre ich es hinter dem nächsten Buchsbaum flüstern, und mein Herz setzt für einen Moment aus.

Mina findet als Erste ihre Sprache wieder. »O Gott, Manu, hast du mich erschreckt!«

»Hihihi, das wollte ich nicht. Hast du die Taschenlampe, Nicki?« Manu klingt angespannt, auch wenn sie auf ihr typisches Gekicher nicht verzichtet.

»Ja, die hab ich von meinem Paps heimlich ausgeliehen.« Stolz hebe ich das schwere Ding in die Höhe.

»In welche Hosentasche deines Vaters passt die bitte rein? Du Huhn, das ist ein Handscheinwerfer mit Notfallfunktion«, bringt Manu gerade so heraus und erstickt fast an ihrem ansteckendem Lachen.

Natürlich weiß ich heute, dass es keine gewöhnliche Taschenlampe ist, aber für unser Kichern trage ich das schwere Teil gerne noch einmal den weiten Weg.

»Mina, kannst du Roberts Zigaretten einstecken? Bevor meine Mutter sie findet, will ich sie ihm zurückgeben.«

»Klar, gib her.« Mina schiebt die Kippen in ihre Umhängetasche.

»Dann los jetzt«, dränge ich.

»Sag mal, Manu«, beginnt Mina, während wir leise durch die Dunkelheit schleichen, »warum hat Robert heute mit dir rumgealbert und Meli am Anfang ignoriert? Er wollte doch, dass sie mit uns grillt, obwohl sie in der Para-Klasse ist. Will der jetzt auch was von dir?«

Manu grinst im schwachen Licht der Straßenlaterne.

»Robert? Nein, bestimmt nicht. Der kriegt das einfach nicht auf die Reihe. Eigentlich mag er Meli, aber er zeigt es auf die bescheuertste Art – indem er sie erst ignoriert und stattdessen mit mir rumalbert.«

»Krass«, murmelt Mina. »Das hilft ihr sicher total weiter.«

Manu zuckt mit den Schultern. »Tja, Jungs eben. Deshalb hab ich ihm auch die Zigaretten abgenommen. Der qualmt eh zu viel, und als er vorhin so nervig war, dachte ich: ʼSelbst schuldʼ, und hab sie ihm einfach gemopst. Hat ihn schön aufgeregt.«

»Gut so!«, freue ich mich – insgeheim auch, weil Mina langsam merkt, dass es mit Robert nicht so einfach ist.

Wir huschen durch die stille Siedlung, vorbei an den Häusern, bis wir endlich das Ortsende erreichen und auf den Wanderweg zum Waldparkplatz stoßen.

»Sollen wir jetzt deine Taschenlampe anmachen?«, fragt Manu.

»Da vorne ist erst der alte Birnbaum. Es ist noch ein ganzes Stück, bis wir oben ankommen. Ich weiß nicht, ob die Batterien so lange halten«, überlege ich laut.

»Stimmt. Die sollten wir besser für den Wald sparen«, beschließt Mina, und so lassen wir das Licht aus.

Eine Weile laufen wir schweigend nebeneinander her. Ich beobachte die Wolken, wie sie die schmale, zunehmende Mondsichel verdecken und kurz darauf wieder freigeben. Ich frage mich, ob wir nicht besser umkehren sollten, denn das Ganze ist eine dumme, völlig sinnlose Idee. Wir könnten jetzt schlafen, und es würde nichts an meiner Zukunft ändern. Oder doch?

Während ich krampfhaft darüber nachdenke, höre ich Manus Keuchen neben mir.

»Werden Berge nachts steiler, weil die Erde sich gedreht hat?«

»Ich hab den Hang auch nicht so steil in Erinnerung.« Ich muss kurz stehen bleiben und tief durchatmen.

»Da hochzulaufen, war auch eine Schnapsidee von euch.« Mina gähnt herzhaft, und insgeheim muss ich ihr recht geben.

»Jetzt auf, weiter! Macht hier nicht schlapp. Nur die Wegbiegung und dann fängt der Wald an«, versucht Manu, uns aufzumuntern.

Die Bäume kommen aber nicht. Stattdessen endet der betonierte Weg und auf den Kieselsteinen zu gehen, ist noch anstrengender. Ich bin so dumm. Wie konnte ich das vergessen?

»Hier ist die Abzweigung, an der es zu dem unheimlichen Haus geht«, fällt mir ein, als die ersten Stämme vor uns aufragen.

»Dort wurde doch der Hammermörder gesehen und der ist echt voll gefährlich«, überlegt Manu laut.

»Müsst ihr jetzt über so etwas reden? Ich grusle mich schon genug«, flüstert Mina und folgt uns nur langsam zwischen die Bäume.

»Es ist stockfinster. Nicki, mach mal bitte kurz das Licht an, um zu schauen, ob wir überhaupt noch auf dem richtigen Weg sind«, schlägt Manu vor.

Es riecht nach moosigem Boden und frischem Blattgrün. Vorsichtig drehe ich das Licht an und schalte es sofort wieder aus. Wir kreischen alle drei. Nein, es steht nicht der

Hammermörder vor uns. Doch der dichte Laubwald, der nachts von einer Neonröhre angeleuchtet wird, sieht fiesen Monstern überaus ähnlich.

»Ich will heim«, jammert Mina und rückt näher an mich ran.

»Das ist so gespenstisch hier«, erklingt meine Stimme eine Spur schauriger als beabsichtigt und ich fröstle, weil es plötzlich ein paar Grad kühler zu sein scheint.

»Jetzt kommt, nur noch das kurze Stück, dann sind wir oben.« Manu ist durch nichts abzuhalten.

Wir wollen weiterlaufen, doch das geht nicht. Es ist, als würden die Bäume uns mit Absicht über ihre Wurzeln stolpern lassen. Der Weg ist schmal und auf der rechten Seite abschüssig. Bei Tag kein Problem, doch nachts kaum begehbar.

»Lasst uns krabbeln, anders kommen wir nicht voran«, schlage ich vor.

Ich schüttle über mich selbst den Kopf. Wie konnte ich das alles nur vergessen? In der Erinnerung wirkte das hier wie ein netter Spaziergang, bei dem wir uns vor Lachen fast in die Hosen gemacht hatten. Die Realität ist total anders.

Jetzt muss ich doch kichern. »Wenn uns jemand sieht!«

»Hihihi. Wir sind auch so blöd«, kommt es von Manu.

»Da will ich euch nicht widersprechen«, stimmt Mina zu. Ihre Stimme klingt amüsiert anstatt gereizt, was mich enorm erleichtert. Bis jetzt hatte ich das Gefühl, ich zwinge ihr mein altes Leben auf. Was ich auch irgendwie tue, doch ich habe keinen Plan, wie ich es ändern könnte.

Keuchend krabbeln wir weiter, in einen Wald, der uns

zu verschlingen droht. Absolute Dunkelheit umgibt uns, und jeder Schritt fühlt sich an, als würden wir tiefer in einen Albtraum hineinziehen. Mein Körper folgt stur dem Pfad, doch das beklemmende Gefühl bleibt: Werden wir hier jemals wieder hinausfinden? Es erinnert mich an die Geschichte vom Tunnel, die ich heute Morgen vorgelesen habe.

»Kannst du nochmal Licht machen? Wir müssten doch bald beim Brunnen sein«, bittet Mina.

»Ich traue mich nicht. Nachher geht die Lampe an, und jemand steht direkt vor uns. Ich würde tot umfallen vor Schreck.«

»Komm, gib mal her«, meint Manu, und wir tasten nacheinander im Dunkeln.

»Puh, endlich bin ich dieses schwere Teil los«, stöhne ich, als Manu mir die Lampe abnimmt.

»Hihihi. Ja, Scheinwerfer halt. Ich nehme nächstes Mal den Kühlschrank mit, wenn wir die Tür aufmachen, dann haben wir auch Licht!«

Ich kann mich nicht mehr halten und japse vor Lachen nach Luft. »Manu, hör bitte auf!«

Versehentlich dreht sie den Blinker an und die Bäume erstrahlen abwechselnd in Orange und Rot. Wir haben genug gesehen. Wir befinden uns mitten im Wald und haben keine Aussicht auf ein Entkommen.

»Mädels, jetzt hat uns der letzte Schwerverbrecher im Umkreis von einem Kilometer gehört. Wir lassen das Licht an«, bestimmt Manu.

»Aber der Hammermörder …«, werfe ich bedenklich ein.

Manu schaltet die Neonröhre ein und hebt sie bedrohlich in die Höhe. »Der soll sich mal trauen, dann …« Sie tut, als würde sie jemandem mit dem Gerät auf den Kopf hauen. Leider löst sich bei der Aktion der Verschluss und die drei 1,5-Volt-Batterien plumpsen der Reihe nach schwerfällig auf den Boden. Erneut stehen wir im Dunkeln.

»Bitte, habt Erbarmen. Ich kann nicht mehr lachen«, pruste ich.

»Also, mit Manu kann uns nichts passieren«, gackert Mina und tappt mit der Hand über den Boden, um die Batterien zu suchen. Tatsächlich bekommen wir es hin, den Handscheinwerfer zu reparieren und schon leuchtet das Licht wieder auf. Das letzte Stück kommen wir daher zügig voran.

Endlich lichtet sich der Wald und es ist nicht mehr weit bis zum Brunnen. Das Plätschern des Wassers ist schon zu hören.

»Mina, willst du wirklich allein hierbleiben?«, hake ich besorgt nach, als wir ankommen. Meine Tochter hält sogleich ihre schmutzigen Hände unter das fließende Wasser.

»Wenn ihr mir die krasse Taschenlampe als Mordwaffe dalasst, fühle ich mich sicher«, gibt sie überzeugt zur Antwort.

»Wir sind ja nicht weit weg und müssten dich sogar rufen hören«, fügt Manu hinzu.

Schnell waschen wir uns ebenfalls die Hände.

Wir halten kurz inne und lauschen. Bis auf das Plätschern ist es still. Fast zu still, wenn man bedenkt, dass hier ganz in der Nähe rund fünfzehn Jungs zelten.

»Na dann, bis später. Wenn was ist, komm den Berg

hoch.« Besorgt schaue ich meine Tochter an und ahne, wie sie sich fühlen muss. Denn derjenige, den sie vermisst, wird erst in achtzehn Jahren geboren werden. Ricki.

KAPITEL 13

Im Jahr 2021 wurden in einigen Regionen Hubschrauber eingesetzt, um große Versammlungen in Parks, auf Straßen oder bei privaten Feiern zu orten und die Polizei zu benachrichtigen, die dann entsprechende Maßnahmen ergreifen konnte. Dies diente dazu, die Einhaltung der COVID-19-Beschränkungen zu kontrollieren und die Verbreitung des Virus zu verhindern.

DONNERSTAG, DEN 10. JULI 1986

MINA

R oberts Zigaretten!«, rufe ich Manu hinterher und wische meine nassen Hände an der Hose ab.
»Behalte sie oder gib sie ihm beim nächsten Mal«, ruft Manu zurück.

Ich lächle unwillkürlich, während ich ihnen nachsehe. Ihr Leben wirkt wie ein Märchen, voller Leichtigkeit und Unbeschwertheit. Ich denke an meine Klasse, wo viele Mädchen mit Depressionen, Selbstmordgedanken und PMS kämpfen. Sie hingegen haben noch rosige Pausbäckchen und Grübchen vom Lachen. Trotzdem will ich nicht hierbleiben; ich bin viel reifer als sie und sehne mich nach meinen Freunden.

Ich setze mich auf den Rand des Brunnens, aus dem in meiner Zeit nur ein paar Tropfen Wasser sickern. Jetzt plätschert es fröhlich vor sich hin. Ob der Stein an der Seite bereits locker ist? Den hatten wir während der Ausgangssperre entdeckt, um dort Alkohol und Zigaretten zu bunkern. Wenn der Hubschrauber kam, konnten wir schnell alles verstecken und flüchten.

Ein kalter Schauer überkommt mich, wenn ich an die Polizei denke, die mit Scheinwerfern in den Wald leuchtete. Sie blendeten uns, die meisten wurden gefasst, während Ricki, ein paar Freundinnen und ich uns verbergen konnten. Als alle weg waren, hatten wir uns am Brunnen getroffen und sind schweigend über den Feldweg nach Hause gegangen. Mama weiß nichts davon, sonst dürfte ich nicht mehr bei Ricki übernachten.

Ich taste die Mauer ab und finde den lockeren Stein. »Jaaa, ich hab ihn!«, flüstere ich freudig und ziehe den Stein vorsichtig heraus. Ich mache die Taschenlampe an und sehe in den Hohlraum. »Leer. Was habe ich auch erwartet?« Ernüchtert seufze ich leise, doch dann bemerke ich es: Ein schwacher Geruch steigt auf, scharf und beißend – wie verbranntes Gestein. Gleichzeitig streift ein Hauch von Kälte meine Hand.

Ich halte inne und runzle die Stirn. »Schwefel? Krass, wo kommt das her?«

Ich leuchte den Hohlraum noch einmal genauer aus, aber da ist nichts. Nur ein paar Spinnweben und... Dunkelheit.

Ein seltsames Gefühl macht sich in mir breit, kriecht mir über den Nacken. Ich schüttle es ab, nehme den Notizblock aus meiner Tasche und schreibe:

Ricki, ich vermisse dich!

Der Zettel sollte theoretisch in der Zukunft noch dort sein, wenn er nicht durch die Witterung verrottet. Ich stecke ihn zwischen die Zellophanfolie der Zigarettenschachtel und lege diese ins Versteck.

»Aber bevor ich den Stein zurückschiebe, könnte ich eine rauchen«, murmle ich und nehme mir eine Zigarette aus der Lucky-Strike-Schachtel, die zusätzlich ein rotes Feuerzeug enthält. Es ist die gleiche Marke wie die, die an Mamas Zimmerwand hängt. Ob die auch von Robert ist?

Nachdem ich die Zigarette angezündet habe, huste ich überrascht: *Boah, krass stark!* Der Rauch kratzt in meinem Hals, und ich brauche einen Moment, um mich zu fangen. *Wie konnten die so ein Kraut damals rauchen?* frage ich mich und ziehe vorsichtig ein zweites Mal.

Ich lege die Schachtel zurück und schiebe den Stein an seinen Platz. Ich lausche, ob ich Mama und ihre Klassenkameraden höre, doch außer dem Plätschern des Wassers und dem Rauschen der Blätter im Wind durchdringt ab und zu nur der unheimliche Ruf eines Waldkauzes die Stille.

Ich hätte jetzt gerne mit Ricki gesprochen, aber er ist nicht hier und ich habe kein Handy. Also male ich Herzchen, Blümchen und seinen Namen in den Notizblock, erzähle ihm alles, was ich erlebt habe, und lasse die Tränen mit meinen Zeichnungen verschmelzen. Es fühlt sich an wie eine Ewigkeit, obwohl wir uns erst seit einem Tag nicht gesehen haben.

Die Seite reiße ich aus und falte sie klein. Wieder schiebe ich den Stein beiseite und leuchte in den Hohlraum. Doch statt des ersten Zettels finde ich ein Gänseblümchen in der Packung, frisch gepflückt und duftend. Ich starre es an und blinzle mehrmals. »Was zur…?« Meine Stimme bleibt stecken, und ich ziehe das Blümchen vorsichtig heraus. Es ist makellos. Frisch, zart und duftend – als hätte es jemand vor wenigen Minuten gepflückt. Ein kalter Schauer läuft mir über den Rücken. »Wie…?« Ich sehe mich hektisch um, aber ich bin allein.

Ich bette das Blümchen behutsam in meine Hände und spüre Rickis Nähe, obwohl wir Jahre voneinander getrennt sind. Ein Gänseblümchen war die erste Blume, die ich von ihm geschenkt bekam. Ich behalte es als kostbaren Schatz und lege die Zigarettenschachtel mit dem Brief zurück. Dann schiebe ich den Stein hinterher.

Das ist verrückt. Vielleicht gibt es so etwas wie ein Zeitloch? Am liebsten würde ich Mama sofort davon erzählen, doch ich muss warten, bis wir alleine sind.

KAPITEL 14

DONNERSTAG, DEN 10. JULI 1986
NICKI

Wo sind die?«, fragt Manu verblüfft, als wir am Zeltplatz ankommen. Das Lagerfeuer ist heruntergebrannt. Von den Jungs fehlt jede Spur. »Die schlafen.« Meine Stimme ist resigniert, wissend, dass unsere Mühe umsonst war.

»Hihihi, nicht mehr lange. Wir wecken die jetzt.« Zielstrebig läuft Manu auf das Zelt von Robert zu und öffnet den Reißverschluss. »He, ihr Schlafmützen, wir quälen uns den Berg hoch und ihr pennt. Aufstehen!«

»Mensch, Manu, verpiss dich«, kommt die genervte Antwort von Robert.

»Aber hallo, was ist das für ein Empfang? Ich dachte, wir machen jetzt Party«, stichelt Manu weiter.

Die anderen Jungs fangen ebenfalls an, zu motzen. Keiner hat Lust, aufzustehen. Robert gähnt und pellt sich aus seinem Schlafsack. »Ich muss mal.« Er verschwindet hinter einem Baum, während ich mich mit Manu an das abgebrannte Lagerfeuer setze.

»Ihr seid echt verrückt. Mitten in der Nacht zu uns zu kommen! Was sagen eure Eltern dazu?«, fragt Robert vorwurfsvoll, als er sich zu uns setzt. Er gähnt erneut. So verschlafen und mit den verstrubbelten Locken sieht er richtig süß aus.

»Die wissen nichts. Wir sind durchs Fenster abgehauen und hochgelaufen«, erkläre ich kurz und stochere mit einem Stock, der neben mir lag, in der Glut herum.

»Wir haben nicht damit gerechnet, dass ihr alle pennt«, beschwert sich Manu.

»Wir hatten heute Morgen Schule und sind früh aufgestanden«, verteidigt sich Robert und zieht den linken Mundwinkel zu einem angedeuteten Lächeln hoch.

»Na und, wir auch. Gibt es hier noch was zu trinken?«, erkundigt sich Manu und ich merke, wie auch ich durch den langen Marsch durstig bin. Am liebsten hätte ich eben schon das Wasser am Brunnen getrunken.

»Hinterm Zelt ist die Kiste Cola. Musst mal schauen, was noch da ist«, erklärt Robert.

Manu steht auf und macht sich auf die Suche. Mein Gefühl sagt mir, dass ich mitgehen sollte, aber weshalb?

Ich widerstehe dem Drang und bleibe sitzen. Eine Person reicht, um Getränke zu holen.

»Warum ist Meli nicht mitgekommen?«, fragt Robert und seine Stimme klingt rauer als sonst, was ihn reifer wirken lässt.

»Weil ich im Beisein ihrer Mutter nichts von unserem Vorhaben sagen konnte.«

»Warum hast du ihr keinen Zettel zugesteckt?«, bohrt er weiter.

»Ich hatte keinen bei mir.« Ich sehe ihn mit zusammengekniffenen Augen an. Es frustriert mich, dass er nur über Meli redet. Gestresst taste ich nach dem Amulett, doch fasse ins Leere.

»Was macht ihr morgen?« fragt er mit einem schiefen Grinsen, weil er wohl merkt, dass ich nicht über Meli sprechen will.

»Warum rufst du sie nicht an und fragst selbst nach?«

»Weil sie nie ans Telefon geht und ich habe keinen Bock auf ihre Eltern.«

Ich seufze. »Keine Ahnung. Kann sein, dass wir in den *Club* gehen.«

»Cool, ich bringe morgen jemanden mit. Du könntest dich um ihn kümmern.« Er zwinkert mir zu.

»Damit du Meli für dich hast?«

»Es wird echt Zeit, dass du mal einen Freund bekommst. Du bist immer noch ungeküsst!« Er grinst breit, wodurch seine Grübchen zu sehen sind.

»Als ob es darum geht.« Ich funkele ihn böse an.

»Um was geht es dann?«

»Hast du vielleicht schon mal etwas von Liebe gehört?«

Robert beugt sich vor, stützt die Ellenbogen auf den Knien ab und fixiert mich. »Bist du etwa verliebt in mich?«

Seltsam. An so eine Unterhaltung kann ich mich nicht erinnern. Aber wie auch, wenn ich ihm ständig aus dem Weg gegangen bin?

»Das war ich mal, doch ich bin über dich hinweg.« Ich grinse ihn süffisant an, stolz darauf, dass ich cool bleibe.

»Vielleicht wird ja mal was aus uns?«

»Bestimmt nicht!« Zum Glück kommt Manu in diesem Moment mit der Cola ums Eck gelaufen und beendet unser Gespräch.

Sie reicht mir die Flasche und ich trinke einen großen Schluck. Das tut gut, obwohl ich überhaupt keine warme Cola mag.

»Kommst du morgen auch in den *Club*?«, wendet sich Robert an Manu.

»Kindergarten. Das tu ich mir nicht an.« Sie schnaubt verächtlich.

»Ja klar, aber wo willst du sonst ohne Auto hin?«, hakt Robert nach.

»Tja, mein Freund hat ein Auto, und wir fahren zu einer richtigen Disco.«

»Darauf müssen wir leider noch zwei Jahre warten«, bedauert Robert.

»Wir sollten langsam los«, sage ich und denke an Mina, die schon eine ganze Weile allein ist.

»Ja, besser. Nicht, dass ihr noch erwischt werdet und Ärger bekommt«, stimmt Robert zu.

»Als ob du dir Sorgen um uns machst. Du willst bestimmt nur schlafen«, stichelt Manu.

Robert grinst breit. »Auch!«

»Dann tschau«, sagen wir gleichzeitig.

»Tschau! Und Nicki, überlege es dir wegen morgen.«
Erneut zwinkert er.

Die schmale Mondsichel taucht den Weg in ein silbriges
Licht. Die Bäume werfen lange Schatten und das Zirpen
der Grillen ist das einzige Geräusch in der stillen Nacht.
Der Pfad ist steinig und uneben und wir müssen aufpassen, nicht zu stolpern.

»Was sollst du dir überlegen?«, fragt Manu etwas atemlos.

»Ach, er will mich verkuppeln«, sage ich frustriert.

»Aber du bist in Robert verknallt.«

»Überhaupt nicht! Er hat ständig eine andere, und wie
du weißt, jagt er meist Meli nach.«

»Vielleicht sucht er die Richtige.«

»Wir kennen uns ewig, ich bin nur eine Freundin.«

»Hihihi. Tausend Mal berührt, tausend Mal ist nichts passiert«, singt Manu die Textzeile aus dem Lied von Klaus Lage.

»Bestimmt nicht!«, erwidere ich selbstsicher.

Nach wenigen Minuten erreichen wir Mina.

Der Abstieg ist leichter. Durch den Wald gehen wir muti-
ger voran und schalten die Taschenlampe ein. Wir sind erschöpft und sehnen uns nach unseren Betten. Je näher wir
den ersten Häusern kommen, desto schneller werden unsere Schritte. Mina wirkt bedrückt, und ich mache mir Sorgen.

»Was ist los, Liebes?« frage ich sanft, nachdem wir
Manu verabschiedet haben.

Zögernd sagt sie: »Meinst du, es gibt so etwas wie ein
Zeitloch?«

»Ein Zeitloch? Was soll das sein?«

Mina hält mir ein kleines Gänseblümchen entgegen. »Siehst du das?«

»Natürlich. Warum fragst du?«

»Weil es nicht aus dieser Zeit stammt.«

Ich runzle die Stirn. »Was soll das bedeuten?«

Sie nimmt einen tiefen Atemzug und erzählt mir von ihrem geheimen Versteck und der Verfolgung durch die Polizei.

»Wenn ich gewusst hätte, dass sie euch suchen, hätte ich nie erlaubt, dass du bei Ricki übernachtest! Wie konntest du nur so leichtsinnig sein?«, flüstere ich schockiert über ihr nächtliches Treffen.

»Mama, wir sind heute Nacht auch heimlich raus und in den Wald gegangen. Denk lieber darüber nach, was es bedeutet, wenn ich ein Zeitloch gefunden habe.«

Ich bleibe stehen und sehe sie kopfschüttelnd an. »Wie meinst du das? Woher stammt die Blume?«

Mit fester Stimme erklärt Mina, was sie am Brunnen erlebt hat. »Das Blümchen ist von Ricki. Es ist eine Art Briefkasten zwischen 1986 und 2021. Verstehst du?«

Ihre Worte wirbeln in meinem Kopf herum, während ich sie skeptisch mustere. »Ein Briefkasten durch die Zeit? Das klingt völlig verrückt. Aber wenn es wahr ist …, ist nicht alles, was wir hier erleben, absolut verrückt?«

Mina nickt langsam. »Ja, das ist es.«

Ich atme tief durch und lege einen Arm um ihre Schultern. »Wir werden das gemeinsam herausfinden, okay?«

Mina lehnt sich an mich und ich spüre, wie sie sich etwas entspannt.

KAPITEL 15

Der 'Vokuhila' ist eine Abkürzung für 'vorne kurz, hinten lang' und bezeichnet eine Frisur, die in den 1980er Jahren sehr populär war. Charakteristisch für den Vokuhila ist, dass das Haar im vorderen Bereich des Kopfes kurz geschnitten wird, während es im Nackenbereich deutlich länger bleibt, oft bis zu den Schultern oder sogar darüber hinaus. Diese Frisur galt als markantes Stilmerkmal der Pop- und Subkultur jener Zeit.

DONNERSTAG, DEN 10. JULI 1986

MINA

Wir haben den halben Tag im Bett verbracht. Trotz der unbequemen Matratze war mein Schlaf tief und fest. Doch wenn ich mich umsehe, überkommt mich eine Welle der Hoffnungslosigkeit. Ich habe Angst, dass wir nie wieder in die richtige Zeit zurückkommen, und die Sehnsucht nach Ricki schnürt mir die Kehle zu.

Wir sind allein im Haus, denn Opa ist bei der Arbeit und Oma ist mitgegangen, weil sie ihm gelegentlich im Büro aushilft. Es ist noch etwas von der Kartoffelpfanne mit Wurst, Erbsen und Käse übrig, die wir nach dem Aufwachen lauwarm essen. Während ich mechanisch kaue, schweifen meine Gedanken zur letzten Nacht und dem seltsamen Erlebnis am Brunnen. Ich erinnere mich an die Spannung und das Adrenalin, als wir durch den Wald schlichen und wie ich das Gänseblümchen in dem Versteck gefunden habe. Es fühlte sich so real an. Doch jetzt, im grellen Tageslicht, kommen mir Zweifel. War das alles nur Einbildung?

Ich lege die Gabel beiseite und wische mir die Hände ab. »Mama, lass uns endlich handeln. Ich muss wissen, wie unser Leben weitergeht. Hier können wir nicht bleiben«, sage ich entschlossen.

Mama spießt eine Erbse auf. »Stimmt. Ich denke auch über nichts anderes nach. Aber worauf schreiben wir einen Brief, der 35 Jahre übersteht, ohne zu verrotten?«

»Gibt es schon Foliergeräte? Damit ließe sich vielleicht etwas machen«, schlage ich vor.

Stirnrunzelnd sieht sie mich an. »Ich glaube nicht. Am besten wäre es, unsere Nachricht in einen Stein zu meißeln.«

Ich seufze. »Na toll, voll die Steinzeit hier! Und wie sollen wir das hinbekommen?«

»Mit Hammer und Meißel?« Sie hebt ratlos die Schulter und verkneift sich dabei ein grinsen.

»Vielleicht verrottet der Brief auch nicht, wenn er in so einem Zeitloch steckt«, denke ich laut.

Als Mama gerade den Mund öffnet, um zu antworten, klingelt es an der Tür.

»Hey, was ist mit euch los? Wir wollten doch heute in

die Disse, und ihr lauft im Schlafanzug herum«, stichelt Meli, kaum, dass sie zur Haustür reinkommt.

Zu dritt gehen wir ins Kinderzimmer. Mama nimmt Anlauf und springt mit einem Satz ins Bett, sodass es nur so ächzt. Kaum ist Meli in ihrer Nähe, wird sie kindisch. Das macht mir echt Sorgen. Manchmal wirkt Mama auf mich fast hyperaktiv. Vielleicht sollte Oma mal mit ihr zum Arzt gehen.

»Du wolltest!«, verbessert Mama sie und lümmelt sich in die Kissen.

»Ich will auch in den Club. Sonst ist hier ja nichts los. Obwohl, wir könnten vorher noch zum Brunnen gehen«, schlage ich vor.

»Welcher Brunnen?«, fragt Meli abfällig und lässt sich neben Mama nieder, während sie uns abwechselnd fragend ansieht. Ich nehme gegenüber dem Bett im Sessel Platz.

»Stell dir vor, wir sind gestern Nacht zu den Jungs hochgelaufen«, erzählt Mama und strafft ihre Schultern, vermutlich, um sich gegen Melis Vorwürfe zu wappnen.

»Hä. Ohne mich? Ihr seid schöne Freunde! Das hätte ich nicht von dir gedacht, mich einfach nicht mitzunehmen.«

»Wie hätte ich dir Bescheid sagen sollen? Das war spontan, und deine Mutter saß im Auto«, versucht Mama, die angespannte Situation zu beruhigen.

»Außerdem war es mega anstrengend. Mir tun heute alle Knochen weh. Du hast nichts verpasst«, helfe ich Mama.

»Und die Jungs haben geschlafen. Nur Robert war kurz wach und er kommt heute extra wegen dir in den *Club*.«

Mama grinst siegessicher, denn damit hat sie die Freundschaft gerettet.

Während Meli und Mama weiterreden, schweige ich nachdenklich. Eigentlich wollte ich unbedingt mit Ricky in einen Nachtclub, aber seit 2020 sind die Party-Locations wegen Corona geschlossen. Niemals hätte ich mir vorgestellt, stattdessen im Jahr 1986 mit meiner Mutter und ihrer Freundin zum ersten Mal dorthin zu gehen. Das klingt so absurd, aber wenn ich die beiden so anschaue, könnte es tatsächlich ganz lustig werden.

»Kommt, ich mache eure Haare. Ihr werdet richtig heiße Bräute für den Club sein«, schlage ich großzügig vor. Ohne eine Antwort abzuwarten, stehe ich auf und gehe Richtung Bad. Die beiden folgen mir.

»Dann zeig mal, was du kannst.« Meli nimmt ihre Brille ab und lässt sich lässig auf den Stuhl fallen, den Mama ins Bad stellt.

Mit dem Lockenstab zaubere ich Beach-Waves in Melis und Mamas Haare. Das sieht um einiges besser aus als die fusseligen Dauerwellen.

»Warum tragt ihr keinen Vokuhila? Ich dachte, das hatte zu der Zeit jeder.«

»Hä? Was ist das?«, fragt Meli entgeistert.

»Mina, manche Worte kommen erst im Nachhinein in Gebrauch«, sagt Mama genervt.

»Weißt du, Meli, das sagt man in Singapur zu der Frisur, die vorne kurz ist und hinten lang.« Dabei ziehe ich kräftig an ihren Haaren, weil die Locken echt widerspenstig sind.

»Hab ich noch nie gehört!«

Als ich fertig bin, trete ich zurück und mustere die beiden gerührt. Für einen Moment wirken sie, als wären sie Freundinnen aus meiner Welt.

Meli zupft an ihren glatten Haaren. »Kannst du nicht ein bisschen mehr Volumen reinbringen?«

»Das ist okay so, du wirst es mir später danken«, versuche ich, sie zu überzeugen.

Wir schminken uns, bis Meli mich kritisch anschaut. »Hä? Was machst du da mit dem Rougepinsel?«

»Ich trage erst die Foundation auf, dann den Concealer …« Weiter komme ich nicht, denn Mama boxt mich augenblicklich mit ihrem Ellenbogen in die Seite.

»Mach mal, der *Club* hat nicht ewig auf und die Jungs in unserer Zeit mögen es nicht, wenn wir zu stark angemalt sind.«

»Hä? In unserer Zeit? Ich verstehe nur Bahnhof«, beschwert sich Meli.

»Ich meine die Zeitzone … Singapur ist ein paar Stunden voraus«, erklärt Mama, ohne mit der Wimper zu zucken.

Ich grinse spöttisch und ziehe mit dem Kajalstift einen präzisen Lidstrich.

»Das ist ja ein riesiger Balken. Das hat man so in den Fünfzigern getragen«, kommentiert Meli ungläubig.

»Na, ihr habt nicht weniger Eyeliner unterm Auge aufgetragen.«

Mama hat in der Schublade des Spiegelschranks Schmuck entdeckt und steckt sich neongrüne Ohrringe an, schlingt etliche Lederbänder um das Handgelenk und legt eine Silberkette mit einem Herzchen um den Hals. »Eure Sticheleien sind echt ätzend. Überlegt euch lieber, was wir anziehen.«

»Na, unsere Depeche Mode T-Shirts sind voll cool! Mein Onkel war auf einem der Konzerte und hat mir zwei mitgebracht. Eines davon habe ich Nicki geschenkt«, erklärt Meli.

»Dann lasse ich mein Queen T-Shirt an.« Meine Kleidung erinnert mich daran, dass ich nicht hierhergehöre und es reinzustopfen, wie Mama es neuerdings macht, kommt für mich nicht infrage. Doch bald wird auch das Parfüm das Müffeln nicht mehr überdecken können. Doch bevor ich weiter darüber nachdenken kann, wirft Mama mir einen strahlenden Blick zu, sie kann es kaum erwarten, dass unser verrückter Abend endlich beginnt. Und eigentlich hab ich auch voll Bock darauf.

KAPITEL 16

Petting statt Pershing – Ein Spruch der 80er
Dieser Slogan war in den 1980er Jahren ein beliebter
Ausdruck der Friedensbewegung. Während die NATO
Pershing-II-Raketen in Westdeutschland stationierte,
demonstrierten viele dagegen – mit humorvollen
Parolen. Petting stand dabei für Zärtlichkeit und
Liebe, während Pershing die Bedrohung durch
Atomwaffen symbolisierte. Die Botschaft: Lieber Liebe
machen als Krieg führen.

DONNERSTAG, DEN 10. JULI 1986

NICKI

P apa fährt uns zum *Club*. Ich sitze neben ihm und
präge mir jede Einzelheit ein: wie er mit einer
Hand lenkt und den anderen Arm an der Tür abstützt, seine tiefe, verständnisvolle Stimme, wenn er mit
uns spricht. Er hat diesen rasanten Fahrstil – typisch BMW-
Fahrer – doch mein Vertrauen in ihn ist grenzenlos. Immer
wieder sucht er nach einem neuen Radiosender, weil er
keine Schnulzen oder Nachrichten hören will.

All das versuche ich mir einzuprägen, wissend, dass die
Erinnerungen an einen geliebten Menschen irgendwann

verblassen. Die lebendigen Bilder, der Klang seiner Stimme, sein eigener Duft und das sanfte Lächeln, das mein Herz erwärmt, wenn er mich ansieht. Ich war immer unendlich stolz auf meinen lieben, großherzigen Vater, er war mein Held.

Während ich diese Gedanken durchlebe, erreichen wir den *Club*. Papa hält am Bahnhof. Direkt daneben, in einer ehemaligen Fabrik mit Backsteinfassade, ist die Disco für Jugendliche untergebracht. Über der Eingangstür blinkt der Schriftzug *Club* in großen Neonbuchstaben.

Rundherum herrscht das übliche Baustellenchaos. Hier entstehen ein Busbahnhof, neue Parkplätze und ein Taxistand. Alles, was in unserer Zeit schon alt und abgenutzt wirkt, wird hier gerade neu gebaut. Nur den *Club* gibt es nicht mehr, denn der ist über die Jahre einer Tanzschule gewichen, in der Mina Ballettunterricht hat.

»Wenn ihr nicht wisst, wie ihr heimkommt, ruft an«, sagt Papa, bevor wir aussteigen.

»Danke fürs Fahren. Meine Ma holt uns später ab«, fügt Meli hinzu.

Er nimmt seinen Geldbeutel von der Mittelkonsole und reicht mir zwanzig Mark. »Damit ihr euch was zum Trinken kaufen könnt. Viel Spaß.«

»Danke, Paps!« Ich nehme den Schein, stecke ihn in die Hosentasche und gebe Papa ein Küsschen auf die Wange. Dann steige ich aus, klappe den Sitz nach vorne, und Meli und Mina klettern nacheinander raus.

Mina sieht sich staunend um. Ich merke, dass sie etwas sagen will, sich dann aber auf die Lippen beißt.

Über einen Steg aus zusammengelegten Brettern, der

uns durch den Schmutz der Baustelle führt, gelangen wir zum Eingang. Im Flur gibt es auf jeder Seite jeweils eine Tür, hinter denen sich die Toiletten befinden. Durch eine breite Schwingtür betreten wir schließlich das Herzstück des Clubs, einen Raum mit mehreren gemütlichen Sitzecken, in dessen Mitte sich die Tanzfläche befindet, und dahinter eine Bar. Auf einem Podest neben der Tanzfläche steht normalerweise der DJ, der mit seinen Beats für Stimmung sorgt, doch im Moment ist es noch leer und es läuft nur gedämpfte Musik.

Links an der Bar vorbei gelangt man in einen Bereich mit Billardtischen und Flipperautomaten. Die Musik ist dort nicht so laut, sodass man sich unterhalten kann, ohne sich anschreien zu müssen.

»Hier ist ja nichts los«, beschwert sich Meli, als wir den *Club* betreten. Außer ein paar Angestellten ist niemand da.

»Der Laden hat ja gerade erst aufgemacht. Robert wird gleich kommen«, versuche ich, Meli zu besänftigen, obwohl ich mir nicht ganz sicher bin. Wenn jemand unzuverlässig ist, dann Robert. Schon zu oft hatten wir vergeblich auf ihn gewartet.

Ich lasse meinen Blick schweifen. Es ist ein seltsames Gefühl, wieder hier zu sein, mitten in meiner Vergangenheit. Die blinkenden Lichter, der Stoff der Sofas, die verspiegelten Wände, alles wirkt so vertraut und doch irgendwie fremd. War ich damals an diesem Tag auch mit Meli hier und wartete auf Robert? Hatte er uns versetzt oder war er gekommen? Ich suche in meiner Erinnerung.

»Es ist gerade fünf Uhr, wer geht da schon in einen Club?«, motzt Mina.

»Hä? Du hast echt keine Ahnung! Wir dürfen nirgends anders hin und sind froh, dass es den *Club* gibt«, weist Meli sie scharf zurecht.

»Schon gut, reg dich nicht auf«, kontert Mina.

»Das macht sie nicht. Lasst uns die gute Stimmung nicht vermiesen«, versuche ich, zu schlichten.

»Wir suchen jetzt Robi«, beschließt Meli und läuft entschlossen Richtung Ausgang.

Kaum sind wir draußen, nörgelt Mina weiter: »Es regnet! Unsere Haare werden nass.«

»Na und? Ich liebe den Regen. Da bekomme ich so geniale Locken«, sage ich und laufe über die Bretter, die bei jedem unserer Schritte mitschwingen.

»Stimmt! Mist, daran habe ich gar nicht gedacht.« Meli verzieht ironisch das Gesicht. »Jetzt ist es leider zu spät.«

»Ja, und meine ganze Arbeit war umsonst. Die blöden Dauerwellen glatt zu bekommen, hätte ich mir sparen können.« Mina wirft einen genervten Blick Richtung Himmel.

»Jetzt stell dich nicht so an, das ist doch kein Weltuntergang. Ein bisschen Volumen ist besser.« Meli knetet ihre feuchten Haare, die durch den leichten Regen aufspringen.

»Und an die komischen Stoffschuhe denkt ihr nicht? Ich dachte, die weichen im Regen auf?«

»Darfst halt nicht durch die Pfützen laufen«, rät Meli.

Ich sage nichts zu ihren Zickereien. Sobald wir die Baustelle hinter uns lassen und die ersten Wohnhäuser mit ihren Vorgärten erreichen, duftet es nach Sommerabend – frisch gemähter Rasen, üppige Rosensträucher und Lavendel. Ich atme tief ein, und eine unerwartete Vorfreude erfasst mich. Versonnen blicke ich zu den Wolken, die Regentropfen prickeln sanft auf meiner Haut. Es fühlt sich wie ein Déjà-vu an, doch es ist keines. Ich bin schon einmal zu dieser Zeit im Regen durch diese Straße gelaufen. Noch verstehe ich den Zusammenhang nicht.

Das laute Knattern eines Motorrads reißt mich abrupt aus meinen Gedanken. Neben uns hält eine rote *Yamaha DT*. Der unverwechselbare, ölige Geruch des Zweitaktmotors steigt mir in die Nase, ein Duft, der die Erinnerung an damals sofort lebendig werden lässt und eine bittersüße Sehnsucht in mir weckt.

»Hi, geht ihr in den Club?«, fragt Robert, nachdem er sein Visier hochgeklappt hat.

»Da waren wir schon, aber es war tote Hose. Geht ihr jetzt hin?«, will Meli wissen.

»Klar, wir wollen Billard spielen. Kommt doch mit!« Robert grinst Meli selbstsicher an.

Ich starre auf den Typen, der genau wie damals hinter Robert sitzt. Eine Schwäche erfasst mich, und meine Knie fühlen sich an wie Pudding.

Sein Gesicht bleibt durch den Helm verborgen. Doch seine Augen, die mich einst in ihren Bann zogen, treffen mich erneut mitten ins Herz und schauen in meine Seele, als ob er die Jahre sieht, die zwischen uns liegen. Die Welt um mich herum verschwimmt, und ich stehe wieder als sechzehnjähriges Mädchen auf dieser Straße, überwältigt von Gefühlen, die ich längst vergessen glaubte. Ich kann den Blick nicht abwenden; alles was zählt, ist dieser Moment – der mich in eine Vergangenheit zieht, die ich nie ganz losgelassen habe.

Ich zwinge mich, wegzuschauen. Warum ausgerechnet heute? Ist das meine Chance, ihn zu ignorieren und endlich abzuschließen? Vielleicht hätte die Beziehung mit Minas Vater dann besser funktioniert. Aber nein, es gab andere Gründe, warum wir uns scheiden ließen.

Ich beobachte Robert, wie er mit Meli flirtet, dabei im Augenwinkel Mina mustert, mir kurz zuzwinkert und schließlich sein Visier wieder schließt. Das macht die Aussicht auf eine glücklichere Zukunft auch nicht besser.

Als die *Yamaha* mit einem letzten Aufheulen des Motors davonfährt, bleibe ich wie benommen stehen. Der Lärm verblasst, doch in meinem Kopf wirbeln die Gedanken wie ein Sturm durcheinander. Die Vorstellung, ihm im *Club* wieder zu begegnen, lässt längst verkümmerte Schmetterlinge Tango in meinem Bauch tanzen. Was, wenn all diese alten Gefühle mich wieder überrollen und ich erneut daran zerbreche?

Während sie Richtung *Club* fahren, trotten wir drei hinterher. Jeder Schritt fühlt sich schwer an. Ich will zurück in meine Zeit oder wenigstens in mein Kinderzimmer, um die Unbeschwertheit der Jugend ohne Jungs zu genießen. Ich seufze, so laut, dass Mina es unweigerlich hören muss.

»Was ist los?«, fragt sie.

»Lass uns gehen.« Ich hebe mein Gesicht zum verschleierten Himmel und hoffe, in den Regentropfen eine Antwort zu finden.

»Warum?«

Ich zucke gleichgültig mit den Schultern. »Ach, das willst du nicht hören.«

»Doch, Mama. Wenn man dreinschaut, als sei ein frisch manikürter Fingernagel abgebrochen, dann will ich wissen, was los ist!«

Kurz schweige ich, ehe ich leise murmle: »Der gerade eben war mein erster Freund.«

»Hä? Wer?«

»Mina, bitte.«

»'Tschuldigung! Ich verspreche, ich sage nie wieder Hä. Mich nervt das ja selbst«, gibt sie kleinlaut zu.

»O Mann, müsst ihr ständig rumzicken?« Meli hat bemerkt, dass wir langsamer laufen, und wartet auf uns.

»Das sagt die Richtige«, kontert Mina.

Ich verdrehe die Augen, denn ich habe gerade gravierendere Probleme als ihr kindisches Getue.

Lessons In Love von Level 42 dröhnt laut aus den Boxen. Blinzelnd versuche ich, mich an das schummrige Licht zu gewöhnen, während der beißende Zigarettenrauch meine Sicht vernebelt. Der *Club* ist inzwischen gut besucht, und trotz meines Gefühlschaos entgeht mir nicht der Anblick der typischen Jugend von damals: schwarz umrandete Augen, auftoupierte Haare und die unvermeidlichen Vokuhila-Haarschnitte. Die Jungs mit ihren Schnurrbärten stechen besonders hervor.

Meli schlängelt sich zielstrebig ins Billardzimmer, doch da ist niemand. »Wollen die uns verarschen?«, schimpft sie gereizt.

»Die werden gleich kommen.« Dieser Abend hat sich in mein Gedächtnis eingebrannt, auch wenn ich ihn bis eben verdrängt hatte.

Kaum habe ich den Gedanken zu Ende gedacht, taucht Robert im Durchgang auf. »Cool, ihr seid da. Übrigens, das ist mein Cousin.«

Er dreht sich um. Doch niemand folgt ihm.

»Der ist wohl unterwegs verloren gegangen«, bemerkt Meli trocken.

»Er wird gleich da sein. Nicki, kümmerst du dich ein bisschen um ihn.«

»Bestimmt nicht.« Ich setze mich mit Mina auf eines der bequemen dunkelroten Sofas. Warum bin ich nicht gleich darauf gekommen, wer dieser *jemand* ist? Hätte Robert gestern *Cousin* gesagt, hätte ich gewusst, um wen es sich handelt. Dann wäre ich heute gar nicht erst in den *Club* gegangen.

»Sollen wir eine Runde Billard spielen?« Robert schaut Meli an, während er die Kugeln herauslässt.

Sie nimmt sich einen Queue. »Voll cool! Hör mal, Robi, die spielen unser Lieblingslied.«

Self Control. Ich stöhne innerlich auf. Vor zwei Tagen wurde ich von diesem Lied geweckt, damit begann der ganze Albtraum.

Gerade beuge ich mich zu Mina, um ihr zu sagen, dass mir übel ist und ich dringend frische Luft brauche, da kommt Roberts Cousin herein.

Es war mir nicht bewusst, dass bei unserer ersten Begegnung *Self Control* lief. Es ist verrückt und ich kann es selbst nicht glauben: Vor zwei Tagen hatte ich von ihm geträumt und jetzt steht er wenige Meter von mir entfernt. Wenn ich ein Handy hätte, würde ich ihn fotografieren und das Bild an Sebastian schicken, damit er weiß, wer Achim ist.

Lässig lehnt er mit einem Getränk in der Hand am Türrahmen.

»Spitze, ich musste erst die Bedienung anschnauzen.

Wenn ich sage, ich will Eiswürfel und Zitrone in meiner Cola, dann meine ich das so.« Er wendet sich an Robert, und seine sonst angenehme Stimme klingt gereizt.

So ein Macho! Ich bin empört, diese Äußerung habe ich nicht in meinem Tagebuch festgehalten. Verächtlich mustere ich Roberts Cousin. Okay, er sieht ganz nett aus und ist bestimmt ein Mädchenschwarm. Aber seinetwegen jahrelangen Liebeskummer zu haben, war vielleicht doch völlig übertrieben.

Ich kneife die Augen zusammen und beiße mir auf die Unterlippe.

O Mann, Nicki - das war die Untertreibung des Jahrhunderts. Er ist so atemberaubend sexy, als wäre er direkt aus einer Levi's-Werbung zum Leben erwacht. Knapp eins neunzig groß, mit endlos langen Beinen, die in einer Jeans stecken, die schon bessere Tage gesehen hat, und dazu Camel Boots. Jetzt erinnere ich mich, warum ich meine braunen Männerschuhe nicht finden konnte – ich hatte noch keine! Ich kaufte die mega teuren Boots nur, weil Achim welche trug.

Unter seiner schwarzen Lederjacke blitzt ein weißes T-Shirt hervor und mein Blick wandert weiter nach oben zu seiner markanten Kinnlinie. Seine letzte Rasur muss ein paar Tage her sein. Zum Glück trägt er keinen Schnurrbart, der würde nur seine sinnlichen Lippen verdecken. Ich studiere sie eingehend, während sich sein Mund zu einem spöttischen Lächeln verzieht. Erst als ich über seine gerade Nase hinweg in seine blauen Augen mit den langen, dichten Wimpern schaue, merke ich, dass dieses Grinsen mir gilt.

Ich werfe Achim einen gleichgültigen Blick zu, kann es mir aber nicht verkneifen, seine dunklen Haare zu bewundern. Damals fiel ihm immer eine Strähne ins Gesicht, die er entweder cool wegpustete oder die ich sanft hinters Ohr strich. Doch heute kann er lange darauf warten. Ich beschließe, ihn zu ignorieren. Er ist eh zu jung für mich, obwohl er damals meistens älter geschätzt wurde. Nicht siebzehn, sondern zwanzig – verdammt alt eben.

Unterm Strich war das mit uns kindisches Teenie-Liebesgeplänkel, das man als Erwachsener nicht ernst nehmen kann. Was, wenn ich die Zeit jetzt anders verlaufen lasse? Das würde nichts an meinem weiteren Leben ändern. Vielleicht hätte ich einfach einen Jungen weniger geküsst und mir eine Menge Liebeskummer erspart.

O nein, jetzt kommt Achim zu uns geschlendert. »Na, seid ihr Freundinnen von Robert? Ich habe euch noch nie im *Club* gesehen.«

»Ja, sind wir. Und nein, wir waren noch nie hier.«

»Ich wäre auch lieber woanders«, gibt Mina zur Antwort.

»So, wo denn? Übrigens, ich heiße Achim und komme aus Nördlingen. Ich bin gerade zu Besuch bei Robert.«

Er stellt sein Glas auf das Tischchen vor uns und reicht uns die Hand. Ich bin erstaunt über das vertraute Gefühl seines kräftigen Händedrucks. Mein Blick fällt auf eine Reihe von Lederbändern an seinem Handgelenk, ähnlich denjenigen, die ich auch trage.

Dann holt er eine Zigarettenschachtel aus seiner Jacke, die er neben sein Glas legt, und quetscht sich frech zwischen uns, sodass wir ein Stück zur Seite rutschen müssen.

»Man hat nicht jeden Tag die Gelegenheit, neben zwei hübschen Mädels zu sitzen.« Achim legt lässig seine Arme auf die Rückenlehne des Sofas und grinst uns abwechselnd breit an.

»Ein tolles T-Shirt hast du an. Warst du auf dem Depeche Mode Konzert?«, wendet er sich an mich.

»Leider nein, das habe ich von Meli bekommen.« Meine abweisende Stimme soll ihm klarmachen, dass ich kein wirkliches Interesse an einem Gespräch habe.

»Das Konzert war spitze. Nächstes Mal könnten wir zusammen hingehen. Die nassen Haare stehen dir übrigens gut.« Er nimmt eine Strähne und lässt sie spielerisch durch seine Finger gleiten, dabei streift er meinen Nacken. Ein unerwarteter Schauer läuft mir über den Rücken und ich versuche, meine Reaktion zu verbergen.

»Und du solltest dich weniger schminken, das ist echt zu viel des Guten«, kritisiert er Mina.

»Ich laufe so rum, wie ich will. Du kannst ja wegschauen, wenn es dir nicht passt«, antwortet sie ihm selbstbewusst.

»Hey, du gefällst mir. Willst du eine?« Er hält ihr eine Schachtel Marlboro unter die Nase. Mina nimmt sich, ohne zu zögern, eine Zigarette, die er ihr anzündet. Dann bietet er mir eine an.

»Nein, danke. Ich bin Nichtraucherin. Und du, Mina, solltest auch nicht so viel rauchen!«

»Ja, Mama«, kontert sie spöttisch.

»Sei nicht so frech, da hat deine Freundin recht.« Er nimmt ihr die Zigarette aus dem Mund.

»Sheesh. Erst eine anbieten und dann wieder wegnehmen, das geht gar nicht.« Sie greift nach der Schachtel, die auf dem Tischchen liegt, und holt sich eine weitere Zigarette heraus.

Achim nimmt ihr das Feuerzeug aus der Hand und zündet ihr den Glimmstängel erneut an. »Ich bin eben ein Gentleman«, sagt er zwinkernd.

»Das bezweifle ich«, antwortet Mina schnippisch.

»Na Spitze, du glaubst mir nicht? Wie heißt du überhaupt?«

»Mina.« Sie zieht die Nase kraus und sieht Achim abwartend an.

»Mina ... So hieß meine Lieblings-Tante.«

»Zum Glück nicht deine Spülmaschine.«

»Sowas haben wir nicht, mein Spatz. Ich spüle von Hand.« Er nimmt einen Zug von seiner Zigarette und lehnt sich zurück, dabei sieht er mich nachdenklich an. Ich versuche, ihn nicht zu beachten und schaue Meli und Robert beim Billardspielen zu. Dann pustet Achim mir Rauch ins Gesicht, wodurch ich husten muss.

»Tzz, der Typ ist echt frech«, sagt er über sich selbst.

»Allerdings!«, antworte ich eine Spur zu gereizt.

»Rauchst du wirklich nicht?«, hakt er breit grinsend nach.

»Nein, mir schmeckt es nicht.« Es ist frustrierend, wie Achims Charme und seine direkte Art mich zugleich anziehen und abstoßen.

Achim tippt mit den Fingern den Takt zu Samantha Fox sinnlich gehauchtem *Touch Me* auf die Rückenlehne des Sofas und streift dabei wie zufällig meine Haare. Ich lehne mich nach vorne, er tut es ebenfalls. »Hat dir schon mal jemand gesagt, dass du wie Samantha Fox aussiehst?«

»Ja, öfter. Wobei ich das Gefühl hatte, sie meinen damit nicht mein Gesicht.«

Mit zusammengezogenen Augenbrauen mustert er mich skeptisch. »Ich meine wirklich dein Gesicht, vor allem dein Kinn.«

Zu meinem Bedauern lächle ich, weil mir meine eben erst sprießenden Brüste in den Sinn kommen, die im Vergleich zu Samanthas ziemlich mickrig wirken. Überhaupt waren seine Komplimente die ersten, die ich damals bekam. Ich hoffe, dass er sich nicht über meine hirnlose Antwort wundert. Doch dann wendet er sich bereits Mina zu.

»Und was hast du für Katzenkrallen?«

»Hey, lästerst du schon wieder über mich?«, beschwert sich meine Tochter.

»Lass mal anfassen. Sind die scharf?« Er greift nach Minas Fingern. »Voll dick. Hast du irgendeine Krankheit?«

»Ja, Gel-Nägel, und die sind ansteckend. Morgen hast du vielleicht auch welche«, droht Mina und fuchtelt mit ihren Fingern vor seinem Gesicht.

Er schnappt erneut nach ihre Hand und betrachtet sie genauer. »Wenn die Diamanten echt sind, komm ich damit klar. Aber die sehen wirklich spitze aus. Ich habe noch nie gesehen, dass man das vorne weiß lackiert und dann sind sie noch so glänzend. Dafür hast du bestimmt lange gebraucht.«

Ich blicke Mina drohend an, damit sie nichts Falsches sagt.

»Meli und Robert sind fertig. Sollen wir eine Runde spielen?« fragt mich Achim im nächsten Moment.

»Danke, ich habe keine Lust.«

»Aber ich!« Mina springt erfreut auf.

Ich bin erleichtert, für eine Weile meine Ruhe zu haben, auch wenn ich mir nicht sicher bin, wie ich meine verwirrenden Gefühle für Achim in den Griff bekommen soll.

Meli kommt zu mir. »Nicki, ich gehe kurz mit Robi telefonieren. Ich frage meine Ma, ob sie uns erst um zehn abholt. Ich hoffe, sie erlaubt es.«

»Okay«, antworte ich kurz und lehne mich entspannt auf dem Sofa zurück. Insgeheim hoffe ich, dass Melis Mutter nicht einwilligt, damit ich diesem Gefühlschaos schneller entkommen kann.

Wie von selbst wandert mein Blick zu Achim. Jede seiner Bewegungen ist mir vertraut, wie er Geld einwirft, die Kugeln rausholt und sie ins Dreieck legt. Er spielt konzentriert, die Zigarette im Mundwinkel, und streicht gelegentlich eine dunkle Haarsträhne aus dem Gesicht. Die beiden sehen süß aus, wie sie sich beim Billard gegenseitig herausfordern. Meine Tochter hat nicht das Problem, so unsicher zu sein, wie ich es damals war. Neue Leute kennenzulernen, fällt ihr leicht. Sie necken sich, genau wie Achim früher mich geneckt hat.

Ein wehmütiges Gefühl überkommt mich. Auch wenn wir uns nicht oft gesehen haben, knisterte es bei jedem Treffen zwischen uns. Es ist unangenehm, auf die Fehler der Vergangenheit zurückzublicken. Nicht, dass Achim ein Fehler gewesen wäre, wir haben uns nur viel zu oft gegenseitig verletzt, meist unbeabsichtigt. Wo viele Gefühle im Spiel sind, wird man nur all zu leicht enttäuscht. Ausgerechnet jetzt läuft *Love Is A Battlefield* von Pat Benatar im Hintergrund, wie passend.

Auf dem Tischchen vor mir liegen Achims Zigaretten und daneben steht sein Glas Cola, in dem das Eis längst geschmolzen ist. Ich greife danach, nehme einen Schluck und fische die Zitrone heraus, die ich ablutsche, damit sie nicht tropft. Ich betrachte sie kopfschüttelnd. Dies ist dieselbe Zitrone, die Achim damals mit mir geteilt hat. Warum ist sie jetzt wieder hier? Ich verstehe es nicht.

»He, spinnst du? Fast meine Cola leer trinken und dann auch noch meine Zitrone stibitzen?« Achim stürzt sich spielerisch auf mich, seine Bewegungen und sein Lachen tragen die gleiche Leichtigkeit wie vor all den Jahren. Wir albern herum und schließlich nimmt Achim die abgelutschte Zitrone, halbiert sie und schiebt mir, wie damals, eine Hälfte in meinen Mund. Es ist derselbe Moment, der sich wiederholt, und obwohl ich mich damals gezwungen fühlte, spüre ich heute eine tiefere Verbundenheit, während ich in die Zitrone beiße. Dieser kleine Akt schlägt eine Brücke zwischen unserer Vergangenheit und meiner Gegenwart, als ob wir die Zeit selbst überlisten und für einen Augenblick das Gestern im Heute festhalten können.

»Bäh, wie ekelhaft«, meckert Mina, während sie uns zusieht, und kreischt im nächsten Moment begeistert auf. Als ich die wechselnde Musik im Hintergrund höre, wird mir klar, warum.

»Wie krass ist das denn? Die spielen Queen, *It's A Kind Of Magic*. Und wir haben 1986 – Freddie lebt! Boah, ich werde ihn sofort heiraten, dann stirbt er nicht an AIDS.«

»Der ist doch schwul«, wende ich ein, zweifelnd, ob das 1986 schon bekannt war.

»Egal, ich werde ihn trotzdem heiraten.« Mina peilt die Tanzfläche an.

»Halt, du kannst nicht einfach abhauen. Wir spielen doch gerade Billard«, beschwert sich Achim.

»Ich gewinne eh! Kommt mit, lasst uns tanzen.« Sie wackelt hüftschwingend davon.

»Das ist gar nicht wahr, du verlierst gnadenlos.« Achim sieht mich kopfschüttelnd an und kaut immer noch auf der Zitrone. »Boah, wie ist die drauf?«

»Die ist immer so.« Ich stehe auf, um Mina zu folgen.

»Magst du für sie zu Ende spielen oder sollen wir tanzen gehen?«

Ich schaue auf die Spielfläche. »Mir ist aufgefallen, dass du nur noch eine Kugel hast und Mina noch fünf. Du gewinnst.«

»Wir können tauschen. Komm, lass uns spielen«, fordert er mich heraus.

»Ich habe ewig kein Billard gespielt und die Regeln vergessen.« Ich zucke bedauernd mit den Schultern.

»Hast du etwa als Dreijährige bereits gespielt, dass du von *ewig* sprichst?« fragt er ironisch, und da ist wieder dieser skeptische Blick, den ich schon vom Kompliment mit Samantha Fox kenne. Mir wird klar, dass ich besser überlegen sollte, bevor ich spreche. Achim hat die Fähigkeit, zwischen den Zeilen zu lesen und versteckte Botschaften zu erkennen.

»Nee, aber es ist bestimmt schon dreißig Jahre her«, kontere ich ehrlich – und doch klingt es scherzhaft.

»Na spitze, dann fangen wir besser an, bevor du ins Altersheim zurückmusst.«

Ich verdrehe die Augen und grinse. »Mach dir keine Sorgen, ich bin auch noch mit einundfünfzig topfit.«

Seine Lippen verziehen sich zu einem spöttischen Lächeln, doch sein Ton bleibt sachlich, als würde er eine Lektion erteilen: »Die vier liegen recht gut, und du könntest sie einfach einlochen. Bei der blauen Zwei musst du aufpassen, dass du nicht die Schwarze triffst, sonst hättest du verloren.«

»Kein Problem!« Ich wähle die Kugel, die am nächsten am Loch liegt und halte den Billardstock ziemlich unbeholfen.

»Hoffentlich hast du nicht alles vergessen. Sonst wird das hier noch ein langes Spiel«, sagt er schmunzelnd und beobachtet mich gespannt.

»Keine Sorge, zielen kann ich noch – meistens zumindest.« Ich schiebe mir eine Haarsträhne aus dem Gesicht und visiere die Kugel an.

»Warte mal, so wird das nichts.« Achim tritt näher, beugt sich über mich und korrigiert meinen Griff am Queue. Sein Atem streift meinen Nacken, sein Arm berührt meinen, während er mir die richtige Haltung zeigt.

Die Luft zwischen uns knistert, und plötzlich wird mir heiß – aber nicht wegen der Wechseljahre, wie in letzter Zeit so oft.

Gemeinsam stoßen wir die Kugel an. Sie rollt ins Loch.

»Ja, drin!«, juble ich und befreie mich hastig von ihm, seine Nähe löst zu viele längst vergessene Gefühle aus.

»Spitze, weiter so.« Er schmunzelt, während ich die nächste Kugel ins Visier nehme.

Ich mag es, wenn er so schalkhaft grinst, und würde ihn lieber eine Weile fasziniert beobachten, als Billard zu spielen. Schweren Herzens konzentriere ich mich wieder auf die Kugeln und achte auf meine Haltung. Plötzlich habe ich Lust, ihn ein wenig zu reizen und ihm zu zeigen, was er verpasst hat. Ich schaue ihm direkt in die blauen Augen, die sich deutlich von seinen dunklen Haaren abheben. Ein paar Sekunden lang halten unsere Blicke inne, dann konzentriere ich mich wieder. Ein Schuss – und ich treffe. Bei den nächsten beiden Stöße ignoriere ich ihn komplett. Der Ehrgeiz hat mich gepackt und ich will gewinnen.

»Du hast wirklich mit drei angefangen, Billard zu spielen«, bemerkt Achim anerkennend, als nur noch die blaue Kugel übrig ist.

Ich lächle und beiße nervös auf meine Unterlippe. Die Lage ist kritisch, doch ein Sieg ist nicht ausgeschlossen. Also stelle ich mich in Position und suche nach dem richtigen Punkt, um die weiße Kugel anzuspielen.

»Das wird nichts«, warnt Achim leise.

Zu spät. Der Ball rollt und versinkt im Loch.

»Ja, ja! Jaaaa, sie ist drin.« Triumphierend hüpfe ich.

»Freust du dich immer so, wenn etwas drin ist?« fragt er frech.

»Kann schon sein. Nur wirst du das nie erfahren«, kontere ich überlegen.

Er zieht eine Augenbraue hoch und mustert mich. »Bist du dir sicher?« Mit dem Queue in der Hand lehnt er sich lässig an den Tisch, seine Augen funkeln herausfordernd. Ich frage mich, ob meine Spirale auch die Zeitreise mitgemacht hat, und schüttle den Kopf über den absurden Gedanken.

»Absolut sicher.«

Er greift nach der Gürtelschlaufe meiner Jeans und zieht mich so an sich, dass ich zwischen seinen Beinen stehe.

»Ich würde dich gerne küssen«, raunt er nah an meinem Ohr.

»Das ist keine gute Idee.« Ich drücke meine Hände gegen seine Schultern, um etwas Abstand zu schaffen, und schaue doch sehnsüchtig auf seine Lippen.

»Warum nicht?«

»Weil ich nicht will.« Ich seufze über meine Lüge, drehe mich um und gehe.

»Halt! Wo willst du hin?«

»Ich muss mal für kleine Mädchen. Wir treffen uns auf der Tanzfläche.«

Ich brauche einen Moment für mich allein und schlängle mich durch die Tanzenden Richtung Ausgang. Gerade verlässt ein Mädchen die Damentoilette und zupft an ihren auftoupierten Haaren. Ich schlüpfe durch den Türspalt und stelle erleichtert fest, dass ich allein bin. Es riecht nach künstlichem Flieder – das Toilettenspray, das in dieser Zeit so typisch ist. Mir wird bewusst, dass ich nie hier drin war. Ich meide Toiletten, die von vielen Menschen genutzt werden.

Der Raum ist weiß gefliest und obwohl alles noch neu wirkt, sind die Wände an einigen Stellen mit Edding vollgeschrieben. Der Stift liegt unter dem Spiegel, als ob es gewollt wäre, dass jeder etwas hinterlässt. Schmunzelnd lese ich ein paar Zeilen:

Nieder mit der Schwerkraft, es lebe der Leichtsinn.

Alle lieben Rainer, nur nicht Heiner, den mag keiner!

Petting statt Pershing.

Petting. Zum Glück sagt das 2021 niemand mehr und die meisten wissen wahrscheinlich auch nicht mehr, was eine Pershing ist.

Eine Abkühlung wird guttun, also kippe ich mir kaltes Wasser ins Gesicht. Das war eben knapp – viel hat nicht gefehlt, und wir hätten uns beinahe einen Tag zu früh geküsst.

Im Spiegelbild betrachte ich die herunterlaufenden Wassertropfen. Ein selbstbewusstes Mädchen mit funkelnden Augen schaut mir entgegen. Ich schüttle den Kopf über mich selbst, seufze – und versuche, verschüchtert und unschuldig zu wirken.

Kläglich misslungen.

Dann zwinkere ich mir zu und verlasse lächelnd die Toilette.

I Engineer von Animotion setzt ein, und die ersten Synthesizerklänge durchströmen mich wie eine Welle, die alte Erinnerungen an die Oberfläche spült. Jede Note berührt Narben, die nie ganz verheilt sind.

Suchend sehe ich mich um und entdecke Achim sofort. Er tanzt, wie er es immer getan hat – mit minimalen Bewegungen, konzentriert, mit halbgeschlossenen Augen, als wäre er allein mit der Musik.

Er fühlt sie, sinnlich, intensiv, wie ein lautloses Versprechen.

Und ich fühle sie mit ihm.

Die Melodie weckt Erinnerungen an eine andere Zeit, an die Schuldisco in der Turnhalle, irgendwann Ende der 80er. Die Details verschwimmen, aber die Gefühle sind kristallklar. Achim hatte mich damals gesehen, und wie üblich hatte es zwischen uns geknistert – beide gefangen in Beziehungen, die uns voneinander fernhielten.

Ich erinnere mich an seine Worte, als hätte er sie gerade erst gesagt: *Ich würde dich jetzt am liebsten küssen, aber ich will treu bleiben.* Worte, die wie eine Hand mein Herz umklammerten und es zusammenpressten.

Damals saß ich auf der Tribüne, erstarrt, hilflos. Dann lief *Another Brick In The Wall* von Pink Floyd. Ich sah zu, wie er tanzte, in meine Richtung – war es Absicht?

Hatte er mich gesehen, wollte er mich quälen?

Oder war es ihm einfach egal?

Es war das erste Mal, dass ich innerlich weinte, ohne eine einzige Träne.

Und jetzt, hier, tanzt er wieder. Dieselbe Intensität, dieselben Bewegungen – und ich stehe wieder da, mit all dem Schmerz und all der Sehnsucht, die ich nicht zu kontrollieren weiß.

Was für Beziehungen führten wir, wenn jeder an den anderen dachte und eine Sehnsucht verspürte, die mit nichts zu stillen war? Wir hatten uns selbst und die Menschen, mit denen wir zusammen waren, betrogen.

Nun habe ich die Chance, alles besser zu machen. Heute weiß ich, dass er mich geliebt hat und sein Leben mit mir verbringen wollte. Ich habe die Möglichkeit, mit ihm glücklich zu werden.

Er sieht auf und zieht mich mal wieder mit seinem Blick in den Bann. Mit dem Zeigefinger deutet er mir, dass ich zu ihm kommen soll.

Ich schüttle leicht den Kopf und gehe zu einem freien Platz auf der Couch. Sogleich folgt er mir und setzt sich neben mich. »Magst du doch nicht tanzen?«

»Gerade nicht.«

»Du wirkst nachdenklich.« Achim mustert mich neugierig.

»Ich denke immer, du nicht?«

Er sieht mich an, sein spöttisches Lächeln eine stille Herausforderung, die ich noch nicht zu deuten wage.

Robert und Meli gesellen sich zu uns.

»Ganz schön voll hier! Wo ist Mina?«, will Meli wissen und sieht sich um.

»Die tanzt. Und? Dürfen wir länger bleiben?«

»Morgen, wenn wir jemanden haben, der uns heimbringt. Aber heute ist meine Mutter müde und holt uns wie abgemacht.«

»Ach, wie schade.« Mir gelingt ein bedauerndes Lächeln. Ich bin nicht froh, früher gehen zu müssen, aber es ist besser so.

»Lass uns noch ein bisschen tanzen«, schlägt Meli vor.

Robert steht auf und geht voraus.

»Kommt doch mit!« Meli schaut zwischen Achim und mir hin und her.

»Nachher«, erwidere ich, obwohl mir eher nicht nach Tanzen zumute ist. Der Gedanke an unsere unglückliche Vergangenheit lastet schwer auf mir.

»Sind die jetzt zusammen?«, will Achim wissen, als sie sich entfernen.

»Keine Ahnung. Bei denen ist es immer ein Hin und Her«, antworte ich etwas abfällig.

»Gefällt dir Robert?«

»Er ist ein Freund, mehr nicht«, sage ich beiläufig.

»Hast du Geschwister?« Seine Neugier ist die gleiche

wie damals. Früher war ich zurückhaltend und schüchtern, ich wollte mich nicht mit ihm unterhalten. Und heute kenne ich die Fragen und Antworten zu gut. »Weißt du das nicht schon von Robert?«, hake ich eine Spur zu spöttisch nach.

»Ich kann mir nicht alles merken, was er erzählt.« Achim zuckt bedauernd mit den Schultern.

»Robert wollte dich mit mir verkuppeln«, sage ich direkt.

Er hebt überrascht die Augenbrauen. »Sehe ich so aus, als ob ich Hilfe von ihm brauche?«

»Nein. Ich denke, er wollte mir helfen, einen Freund zu finden.« Ich rolle die Augen.

»Stimmt es, dass du noch ungeküsst bist?«

»Ja«, sage ich selbstsicher, obwohl ich mich gleichzeitig wie eine Lügnerin fühle. Damals hatte ich tatsächlich noch niemanden geküsst. Allerdings wurde die Nicki, die jetzt neben ihm sitzt, vor zwei Tagen beim Rummachen mit ihrem Chef erwischt. Nicht gerade ideal, um Ahnungslosigkeit vorzutäuschen.

»Du wirkst auf mich, als ob du genau wüsstest, was du willst.«

»Ja?« Sehnsüchtig blicke ich auf seine Lippen.

»Und du wehrst dich dagegen.«

»Manchmal passen das, was man will, und das, was gut für einen ist, nicht zusammen.«

»Meinst du nicht, dass du es später bereuen würdest, wenn du es nicht versuchst?«

»Es gibt Situationen, da kennt man das Ende und es ist nicht einfach, den Weg dorthin zu ändern.«

Achim zündet sich eine Zigarette an und setzt sich

schräg auf das Sofa, so dass sein Knie die Rückenlehne berührt, auf der er seinen Arm abstützt. Er sieht mich nachdenklich an, während er den Rauch tief inhaliert – die Glut leuchtet kurz auf.

»Warum nur habe ich das Gefühl, dich schon ewig zu kennen?«

Er haucht mir den Rauch ins Gesicht. Ich blinzle, als es in meinen Augen brennt.

»Entschuldigung, das wollte ich nicht.«

»Ich mag es, wie du mich ansiehst, als gäbe es nichts anderes auf der Welt«, erwidere ich kaum hörbar.

Ein amüsiertes Schmunzeln huscht über seine Lippen. »Ich schiele ganz leicht, deshalb hast du das Gefühl.«

»Ach, und ich habe mir mehr eingebildet.« Lächelnd halten wir den Blickkontakt.

»Das hast du dir nicht eingebildet. Denn es ist so.«

Er zieht noch zweimal an der Zigarette und drückt sie dann aus.

»Nicki, komm! Wir müssen gehen.« Mina tippt auf meine Schulter, und ich purzle unsanft von Wolke sieben.

»Ich komme«, sage ich seufzend, obwohl ich gerne noch bleiben würde.

»Sehen wir uns morgen?« Achims Stimme hat diesen verführerischen Klang, der mir immer wieder den Verstand raubt.

»Wir sind im Club. Robi kommt – und du bestimmt auch«, erklärt Meli in ihrer resoluten Art.

»Dann bis morgen.«

Schweren Herzens stehe ich auf. Ein leichter Schwindel erfasst mich, als hätte ich einen Rausch erlebt – einen Rausch, den nur er mir bereiten kann. Warum hat er diese Macht über meine Gefühle? In seiner Nähe verliere ich jede Kontrolle.

Plötzlich greift Achim mein Handgelenk. Ich hatte nicht einmal bemerkt, dass er aufgestanden war. Seine betörenden Augen halten mich fest.

»Ohne einen Kuss kann ich heute Nacht nicht schlafen.« Seine Stimme ist rau, und seine Worte sind kein Wunsch – sondern eine Forderung.

Kurz zögere ich, dann gehe ich auf die Zehenspitzen und berühre flüchtig seine Lippen. Der Kuss ist kaum mehr als ein Hauch – und doch hinterlässt er ein Kribbeln, das nach mehr verlangt.

Als er die Arme um mich legen will, schlüpfe ich unter ihnen hindurch und folge den anderen. Ich unterdrücke den Drang, mich noch einmal umzudrehen. Ich vermisse ihn jetzt schon.

Der Kuss war wie unser erster damals – und doch so anders. Ein bittersüßes Echo vergangener Gefühle.

Während ich mich entferne, dringen die letzten Worte von *Holding Back The Years* an mein Ohr. Die melancholischen Klänge treffen mich wie ein Stich ins Herz. Es ist, als würde der Song die Wahrheit singen, die ich selbst nicht auszusprechen wage:

Manche Momente, so schön sie sind, bleiben nur ein Hauch von dem, was hätte sein können.

Und trotzdem klammere ich mich daran – wie an den letzten Sonnenstrahl eines verblassenden Sommers.

KAPITEL 17

Gegen die Macht der Liebe sind Tristan und Isolde wehrlos. Trotz Verboten und Gefahren, und obwohl Tristan gerade Isoldes Mann besiegt hat, entflammt zwischen ihnen eine leidenschaftliche Liebe – stark und unbezwingbar wie bei Romeo und Julia. Ihr erster Blick und ihre erste Berührung überwinden jede Angst, sogar die vor dem Tod.

DONNERSTAG, DEN 10. JULI 1986

MINA

D as war dein erster Freund?«, frage ich Mama, als wir später allein in ihrem Zimmer sind. Sie lässt sich aufs Bett fallen, grinst verliebt die Decke an und summt leise vor sich hin.

»Ja, das war Achim, meine erste große Liebe«, sagt sie und zuckt mit den Schultern.

»Davon hast du nie erzählt.«

»Weil es nichts zu erzählen gibt. Ich hatte ein gebrochenes Herz. Wir waren nie wirklich zusammen.«

Ihre Augen spiegeln eine Verletzlichkeit wider, die ich so an ihr nicht kenne. »Er scheint nett zu sein. Warum ist nichts aus euch geworden?«

»Er wohnte zu weit weg. Außerdem hat Oma ihn nicht gemocht.«

»Das ist ja kein Grund!«

»Wenn Briefe verschwinden und man nicht erfährt, dass er angerufen hat, wird es schwierig. Da habt ihr es heute einfacher«, murmelt sie und richtet sich auf.

»Das hört sich traurig an«, sage ich mitfühlend, während ich einen grünen Frotteeschlafanzug anziehe und mich wie ein Frosch fühle – er gehört in einen Teich, und ich in eine andere Zeit. Wir beide sind hier fehl am Platz.

»Irgendwann stürzt er ziemlich ab. Nicht der Typ Schwiegersohn, den man sich für seine Tochter wünscht.« Ein bitteres Lächeln huscht über ihr Gesicht.

»Vielleicht hilft ihm eine glückliche Beziehung, sich zu fangen. Es ist doch offensichtlich, dass Achim auf dich steht.«

»Darüber muss ich mir keinen Kopf mehr zerbrechen. Es ist zu spät.«

Ich schüttle das Kissen auf, richte es zurecht und lasse mich ins Bett sinken. »Oder nicht. Vielleicht gibt es einen Grund, warum wir in diese Zeit gekommen sind, um ihn wiederzutreffen?«

»Ich wollte dir nur sagen, dass man mit sechzehn nicht reif genug ist, um ein Tattoo zu bekommen. Ich hatte nicht vor, mein ganzes Leben auf den Kopf zu stellen.« Mama lächelt süffisant.

»Ich bin mir bei meinem Tattoo ganz sicher!«

»Es ist ein verdammt langer Weg, bis man sich überhaupt über irgendwas sicher sein kann.«

Ich seufze. »Egal, das bringt uns jetzt nicht weiter. Wir sind hier gefangen, und ich bin müde. Machst du dich auch bettfertig?«

»Brauche ich nicht, ich kann eh nicht schlafen.«

»Woher weißt du das?«

»Das steht in meinem Tagebuch.« Mama klettert vorsichtig über mich hinweg und öffnet die Tür des alten Nachtschränkchens. »Es muss doch hier sein.« Sie zieht einige Bücher hervor, bis sie schließlich ein rosa Tagebuch findet und ein paar Seiten überfliegt.

»Wenn du nicht schlafen kannst, fang doch gleich an zu schreiben!«, schlage ich vor.

»Das habe ich vor. Mina …« Sie sieht mich besorgt an.

»Ja?«

»Was, wenn ich etwas falsch mache und dadurch die Zukunft verändere? Ich bin jetzt so anders als damals. Mit Achim wird mir das besonders bewusst.« Sie setzt sich auf die Bettkante und blättert durch die Seiten.

»Du solltest versuchen, so zu sein wie früher. Oder kannst du dich nicht mehr daran erinnern?«

»Können schon.« Sie verzieht entschuldigend das Gesicht.

»Dann ist doch alles gut.« Ich gähne und hoffe, dass sie bald zu schreiben anfängt, damit ich schlafen kann.

»Nicht ganz. Damals war ich so unsicher, gefangen in meiner eigenen Schüchternheit. Vor Achim hatte ich fast Angst, weil er so viel reifer und selbstbewusster wirkte.«

»Und jetzt hast du dich im Gegensatz zu damals sofort in ihn verliebt?«

Nachdenklich schüttelt sie den Kopf. »Ich habe nie wirklich aufgehört, ihn zu lieben. Sie verstummt kurz. »Heute war es seltsam.«

»Warum?«

»Weil sich alles verändert hat und doch manche Dinge gleich geblieben sind.«

»Welche?« Ich werde trotz Müdigkeit hellhörig.

»Die Zitrone. Bei unserer ersten Begegnung nahm er sie aus seinem Glas, halbierte sie und gab mir die eine Hälfte. Ich wollte sie nicht annehmen, aus Angst, er könnte denken, ich hätte ein Interesse an ihm. Aber er ließ nicht locker, und schließlich aß ich sie doch.« Sie lächelt, als würde sie den Moment noch einmal durchleben. »Und heute ... fischte ich die Zitrone heraus. Es sah wohl aus, als wollte ich sie essen, doch er hielt mich zurück. In diesem Moment fühlte es sich an, als müssten wir sie teilen – weil das Schicksal es so wollte.«

»War noch etwas Außergewöhnliches?«

»Ja. Als wir uns verabschiedeten, hielt er mich am Handgelenk fest und forderte einen Kuss. Ich gab ihm nur einen flüchtigen, bevor ich unter seinen Armen hindurchschlüpfte. Es war genau wie damals und doch ganz anders.«

»Was war anders?«

»Früher fand ich seine Hartnäckigkeit unangenehm. Heute musste ich all meine Willenskraft aufbringen, um mich gegen seine Anziehung zu wehren.«

»In welchem Jahr hast du Papa kennengelernt?« Wenn Mama schon von ihrer Vergangenheit spricht, kann sie mir auch von meinem Vater erzählen.

Sie lächelt ertappt. »Ich kenne ihn schon.«

»Echt? Das ist ja krass«, sage ich überrascht und versuche, mir vorzustellen, wer es sein könnte. Es gibt einige alte Fotos, aber die meisten interessieren mich nicht wirklich. Auf den mir bekannten Bildern ist Papa bereits ein erwachsener Mann und kein sechzehnjähriger Junge mehr.

»Du kennst ihn auch. Ich wusste nur nicht, wie ich es dir sagen soll und hoffte, dass du es selbst herausfindest.« Ihre Wangen werden wie bei einem Schulmädchen rot.

Plötzlich fällt es mir wie Schuppen von den Augen. »Echt jetzt, es ist *Robert*? Warum bin ich nicht gleich drauf gekommen? Mein Vater heißt ja Robert!«

»Weil er inzwischen einen Bierbauch und einen grauen Vollbart hat. Früher war er wirklich eine Sahneschnitte.«

»Ja, vor allem sein strahlendes Lächeln kam mir gleich so vertraut vor. Und er ist hinter Meli her?«

Mama lacht ironisch. »O ja, das ist er. Auch nachdem wir heiraten ändert sich das nicht.«

»Und jetzt treffe ich euch endlich mal zusammen. Nur seid ihr so alt wie ich. Das glaubt mir niemand. Wann seid ihr zusammengekommen?«

»Wir waren Ende zwanzig. Es war bei einem Konzert, nichts Bekanntes. Robert saß angelehnt an die Wand der Halle auf dem Boden, betrunken, weil Meli seit Monaten denselben Freund datete und nicht vorhatte, sich zu trennen. Ich setzte mich zu ihm und er lehnte seinen Kopf an meine Schulter. Ich nahm ihm das Bier ab, weil er wirklich genug hatte. Während ich überlegte, was ich mit der Flasche tun sollte, trank ich einen Schluck und sah plötzlich in Achims blaue Augen. Er stand wie aus dem Nichts vor uns. *Seit wann trinkst du Bier*, fragte er. Ich wollte erklären, dass es nicht meins war, aber da bemerkte ich seine Freundin, die er an der Hand hielt. Er sollte meine Hand halten, nicht ihre. Achim versuchte, Smalltalk zu machen, aber ich hörte nicht zu und trank die Flasche leer. Als er weg war, sagte Robert, dass Achim mit ihr zusammengezogen sei. Dieser gemeinsame Schmerz hat uns verbunden.«

»Warum habe ich das Gefühl, dass du an dem Tag nicht so glücklich gestrahlt hast wie heute?«

»Wir hatten den schlimmsten Liebeskummer, ohne Hoffnung auf ein Happy End. Das waren keine guten Voraussetzungen für eine glückliche Ehe. Wir kannten uns einfach zu gut.«

»Warum hast du ihn überhaupt geheiratet? War es wegen mir?« bohre ich in der Hoffnung weiter, endlich mehr über meine zerrüttete Familie zu erfahren. Ich hatte mir immer glückliche Eltern gewünscht, doch mit meinen war das unmöglich. Vielleicht, weil mein Vater nicht treu sein konnte oder aus Verzweiflung fremdging, da er wusste, dass seine Frau seinen Cousin mehr liebte als ihn.

»Nein. Irgendwann fragte er mich, ob wir nicht heiraten sollten. Allein wegen der steuerlichen Vorteile.«

»Klingt romantisch! O Mann, wie habt ihr es nur geschafft, so eine tolle Tochter wie mich zu bekommen?«, frage ich grinsend.

»Ja, bitte mach du es besser als wir.«

»Aber sowas von!«

Sie sieht mich an, ihre Augen wirken plötzlich müde. »Es ist alles so kompliziert. Ich möchte das Ganze nicht noch einmal erleben. Es ist einfach nur mühselig.«

»Wann hast du Achim zum letzten Mal gesehen?«

Sie zieht ihre Beine an und schlingt die Arme um die

Knie. »Eine Woche vor meiner Hochzeit. An Roberts Geburtstag.«

Ich runzle die Stirn. »Wie fand er es, dass du Papa heiratest?«

»Wir haben an dem Abend ewig geredet. Achim wollte, dass ich mit ihm komme, aber ich konnte nicht. Ich hab mich nicht getraut, kurz vor der Hochzeit alles hinzuschmeißen.« Sie atmet tief durch. »Am nächsten Tag hat er mir eine SMS geschrieben.«

Ich sehe sie fragend an, aber sie schweigt kurz. Dann fährt sie fort und streicht gedankenverloren über den Einband des Tagebuchs: »Er schrieb mir, dass ich nicht mehr die Nicki sei, die er mal geliebt hatte. Danach habe ich nie wieder etwas von ihm gehört.«

Ein kurzer Moment lang ist es still. Dann frage ich leise: »Über was habt ihr gesprochen?«

Ich sehe, wie sie in ihrer Erinnerung sucht, vielleicht auch darüber nachdenkt, wie viel sie mir erzählen kann. Dann lächelt sie versonnen.

»Es war der Abend, an dem wir zum ersten Mal offen über unsere Gefühle gesprochen haben. Wir erzählten uns, was wir wann wo füreinander empfunden haben, wie sehr wir uns gegenseitig vermisst haben und wie oft wir den Telefonhörer in der Hand hatten, aber uns nicht getraut haben, anzurufen. Wir waren erstaunt, dass wir gleich fühlten, aber nie den Mut fanden, es dem anderen zu sagen, weil wir Angst hatten, verletzt zu werden.« Sie schüttelt den Kopf und lächelt traurig. »Als ich am nächsten Morgen seine Nachricht las, brach es mir das Herz. Ich wusste, dass ich ihn verletzt hatte – aber ich habe genauso gelitten.

Ich hätte alles hinschmeißen sollen, aber eine Woche vor der Hochzeit? Ich konnte nicht. Ich wollte niemanden enttäuschen.«

Ein Moment lang versucht, sie sich zu fassen. Dann fährt sie traurig fort:»Danach habe ich nie wieder etwas von ihm gehört.«

Ich setze mich auf.»Mama, das heißt nicht, dass du jetzt nicht die Chance hast, etwas zu ändern. Bis ich geboren werde, vergeht noch ewig viel Zeit. Du könntest mit ihm zusammen sein.«

»Was ist, wenn ich stattdessen versuche, es mit Robert besser hinzubekommen, damit wir eine glückliche Familie werden?«

Der Gedanke lässt kurz mein Herz jubeln, doch dann schüttle ich den Kopf.»Das wäre zu schön, aber das mit Meli und Robert ist auch was Ernstes. Keine Ahnung, wie es in ein paar Jahren ist, jetzt wäre der falsche Zeitpunkt, um mit Papa zusammenzukommen. Du würdest nur deine Freundin verletzen.«

Sie seufzt tief.»Wann ist schon der richtige Zeitpunkt? Das weiß niemand. Ich weiß nur, dass ich dich nicht verlieren möchte. Deshalb wird alles so bleiben, wie es ist. Willst du morgen zum Brunnen gehen?«

»Du lenkst ab. Aber ja. Warum?« Sehnsucht nach dem Brunnen und Ricki keimt in mir auf. Heute Abend war es schön mit meinem *Vater*, so schön, dass ich fast vergessen habe, dass ich nicht in diese Zeit gehöre. Es war mein erster Club-Besuch und das war mega cool, fast schon ,Eis' , wie mein Dad sagen würde.

»Weil ich eine Idee habe. Du könntest Ricki nochmal

einen Brief schreiben, und Oma hat eine Schweißmaschine für die Gefriertruhe, die wir dafür nutzen könnten.«

»Wow, ihr wart ja richtig fortschrittlich«, sage ich gespielt beeindruckt.

»Stell dir vor, wir sind damals sogar schon auf den Mond geflogen.«

»Hatten die so lange Telefonkabel, dass sie bis zum Mond reichen?«

Wir kichern leise, damit Oma und Opa uns nicht hören.

Ich merke auf. »Ah, jetzt verstehe ich. Dann passiert dem Brief nichts, wenn er durch die Zeit reist.«

»So habe ich mir das gedacht. Ich bin gespannt, ob das klappt«, sagt Mama nachdenklich.

Den restlichen Abend schreibe ich einen Brief an Ricki, während Mama in ihrem alten Tagebuch notiert, was ihr durch den Kopf geht.

KAPITEL 18

Meine beste Freundin Meli und ich sagen oft zur gleichen Zeit dasselbe und reagieren ähnlich in verschiedenen Situationen. Aus diesem Grund haben wir ein Ritual erfunden: Wir haken unsere kleinen Finger ein, um uns etwas zu wünschen und unsere besondere Verbindung zu feiern

FREITAG, DEN 11. JULI 1986

NICKI

Mina atmet gleichmäßig. Langsam habe ich mich daran gewöhnt, die Nacht zu zweit in diesem kleinen Bett zu verbringen. Lächelnd starre ich in die Dunkelheit, während der zarte Nachklang von Achims Kuss noch auf meinen Lippen prickelt. Unzählige Male habe ich davon geträumt, die Zeit mit ihm erneut zu erleben, um unser Scheitern zu verhindern. Jetzt, da ich die Chance habe, meinem Herzen zu folgen, spüre ich die Last der Entscheidung schwer auf meinen Schultern. Es scheint unmöglich, mit Achim zusammen zu sein, ohne Mina dabei zu gefährden.

Irgendwann schlafe ich ein und beim Erwachen am nächsten Morgen lächle ich über die sanften Sonnenstrahlen, die durch die schmalen Spalten der Rollläden dringen und den Raum in ein warmes rötliches Licht tauchen. Der Anblick des Kinderzimmers, in dem ich mich geborgen und sicher fühle, erfüllt mich mit einer tiefen Zufriedenheit. Die Welt draußen kann sich weiterdrehen, solange ich hier in dieser heilen, kleinen Welt verweilen darf.

Wir vertrödeln den ganzen Morgen und schaffen es nicht, zum Brunnen zu gehen. Später kommt Meli vorbei und wir machen uns für den *Club* fertig. Dieses Mal nehmen wir den Kassettenrekorder mit ins Bad und lassen *Depeche Mode* laufen. Schon die ersten Klänge stimmen uns auf den Abend ein.

»Mina, ich will so Augen haben wie du gestern«, fordert Meli.

»Ich kann dir einen Lidstrich ziehen, aber falsche Wimpern habe ich keine«, bedauert Mina und zuckt mit den Schultern.

»Dann lasst uns in die Stadt gehen und welche kaufen«, schlage ich vor.

»Gibt es die nicht nur an Fasching?«, bemerkt Meli skeptisch.

»Vielleicht, aber wir können es ja versuchen. Fragen kostet nichts.« Ich habe plötzlich Lust, mehr von meiner Vergangenheit zu sehen, und ein Stadtbummel wäre ideal dafür.

Mina gibt sich alle Mühe, uns so zu stylen wie sich selbst. Sie benutzt dafür die Kosmetikprodukte meiner

Mutter, die zwar nicht an ihre eigenen herankommen, aber dennoch schafft sie Erstaunliches.

»Es sieht ja mega geil aus«, staunt Meli, während sie sich im Spiegel betrachtet. »Aber meinst du nicht, der helle Glitzerpunkt auf der Nase ist zu viel?«

»Das ist das Highlight, nicht wegwischen!«, entgegnet Mina. »Was ziehen wir an? Ihr wollt doch nicht wieder in T-Shirt und Jeans in den Club? Habt ihr kein Bustier mit Pailletten oder irgendetwas Abgefahrenes?« Sie klingt fast verzweifelt.

»Wir könnten die selbstgestrickten Depeche-Mode-Pullis anziehen«, schlagen Meli und ich gleichzeitig vor. Wir grinsen uns an, haken die kleinen Finger ein, drücken die Augen zusammen und wünschen uns etwas.

Mina schnaubt verächtlich. Sie kennt unser Ritual, das wir nicht aufgeben können.

»Mein Pulli hat sogar einen weiten Ausschnitt, der über die Schulter rutscht«, füge ich versöhnlich hinzu.

»Ich hole noch meinen und den von Robert«, schlägt Meli vor und macht sich sofort auf den Weg.

»Zeig mir mal den Pulli«, fordert Mina mich auf, während wir zu meinem Kleiderschrank gehen. Ich finde das gute Stück sofort.

Mina hält den schwarzen Strickpulli mit dem weißen Depeche-Mode-Schriftzug in die Höhe und begutachtet ihn kritisch. »Schau mal, hier unten haben wir unsere Namen eingearbeitet, als Markenzeichen.« Ich zeige auf die kleine Tasche im unteren Teil des Pullovers. »Da konnte man Spickzettel verstecken.«

»Du hast Spickzettel benutzt?« Mina sieht mich überrascht an.

Ich zucke gleichgültig mit den Schultern. »Du etwa nicht?«
Mina grinst und wühlt weiter im Kleiderschrank. Sie
findet ein paar Strümpfe mit Spitze und eine alte Kette mit
Strasssteinen, die aus meiner Kindheit stammt. »Brauchst
du die noch?«, fragt sie und hält die Kette hoch.

»Die hatte ich immer beim Sissi-Spielen an.«

»Und spielst du mit sechzehn noch Sissi?«

»Vielleicht. An Fasching«, versuche ich, die Kette zu retten.

»Da sind wir nicht mehr hier«, erwidert Mina trocken.

»Ja, egal. Nimm sie«, gebe ich nach.

Mina kombiniert die schwarze Gummihose mit einem
korallenfarbenen Shirt, dessen Zipfel sie bis zu den Knien
runterhängen lässt. Darüber trägt sie den übergroßen Strickpulli. Die Kette hängt sie geschickt so in die Maschen des
Pullovers, dass es aussieht, als würde sie glitzernde BH-Trä-
ger darunter anhaben. Schließlich zieht sie meine Kinder-
strümpfe mit Spitze an, die aus ihren Stiefeln hervorblitzen.
Im Bad schnappt sie sich noch das teure Dior-Parfüm meiner Mutter. Ein Duft, der sich unmöglich verbergen lässt.

Meli starrt sie mit großen Augen an, als sie zurückkommt. »Du machst einfache Sachen richtig schön. Ich
wünschte, ich könnte das auch.«

Mina seufzt ein wenig herablassend. »Es ist nicht leicht
mit euren Sachen, doch besser, als wie in den Achtzigern
rumzulaufen.«

»Hä? In was für Achtzigern?«, fragt Meli verwirrt.

»Egal«, mische ich mich ein, um von der Bemerkung
abzulenken »Jetzt sind wir alle drei hübsch. Lasst uns gehen!«, sage ich gut gelaunt.

Bevor wir das Haus verlassen, laufe ich schnell ins Büro und schnappe mir die Pocketkamera. »Wenn wir schon so mega aussehen, können wir ein paar Fotos machen.« Dann plündere ich schweren Herzens meine Kasse für die Weihnachtsgeschenke, aber für Mina ist es mir das wert.

Gerade als wir gehen wollen, kommt meine Mutter aus der Küche. »Ist bei euch der Winter ausgebrochen?« Sie schaut skeptisch auf unsere Strickpullis und Schnürstiefel. »Schau mal, Ulrike, wir brauchen uns ja wirklich keine Sorgen zu machen – unsere Kinder erkälten sich im Hochsommer ganz bestimmt nicht.«

Ulrike, die zum Kaffeetrinken da ist, schließt sich an: »Von der Kälte vielleicht nicht, aber von den Bazillen beim Knutschen.« Beide lachen hämisch.

»O Mann, können Mütter peinlich sein«, murmelt Mina, als wir das Haus verlassen.

»Ja, besonders unsere«, stimme ich zu und hoffe, dass sie mich damit nicht auch gemeint hat.

KAPITEL 19

Fluorchlorkohlenwasserstoffe (FCKW) wurden in Kühlschränken und oft als Treibmittel in Haarsprays verwendet, bis man ihre schädlichen Auswirkungen auf die Ozonschicht erkannte. Ab 1986 wurden weltweit Maßnahmen ergriffen, um ihren Einsatz zu reduzieren und schließlich zu verbieten. Dies führte zur Entwicklung umweltfreundlicherer Alternativen für Haarsprays und andere Aerosolprodukte.

FREITAG, 11. JULI 1986

MINA

Neugierig lasse ich den Blick durch die Fußgängerzone von 1986 schweifen. Gestern waren wir zwar im Club am Bahnhof, doch abgesehen von den Bauarbeiten, die man sich nur fertig vorstellen muss, wirkt es dort beinahe wie in meiner Zeit.»Boah, wir müssen als Erstes beim Kochlöffel einen Hawaii-Burger essen. Der schmeckt tierisch gut!« Mama ist aufgekratzt, wahrscheinlich weil sie mitten in ihrer Vergangenheit steht.

In dem Fachwerkhaus, in dem der Kochlöffel ist, befindet sich 2021 ein Handyladen. Handy. Ricki. Ich vermisse beide schmerzlich und habe wenig Hoffnung, dass wir jemals wieder in unsere Zeit zurückfinden. Ich seufze betrübt und stelle fest, dass sich neben dem Kochlöffel bereits der Drogeriemarkt Müller befindet. Sonst hat sich nicht viel verändert, wie auch in einer Stadt mit denkmalgeschützten Fachwerkhäusern?

Mamas Begeisterung schwindet schon beim ersten Bissen. »Bäh. Ist der fad, schmeckt nur nach künstlicher Ananas.«

»Warum packt man eine Ananas in einen Burger? Muss ich das verstehen?« Etwas angewidert beiß ich erneut in das lasche, helle Brötchen.

Meli mampft und schluckt. »Hä? Schmeckt wie immer! Ist doch geil, stellt euch nicht so an.«

»Ich glaube, damals war überall Ananas drin«, sagt Mama schmatzend.

»Wie *damals*?« Meli starrt meine Mutter an, als sei sie nicht ganz dicht.

»Na, in den Siebzigern. Da gab es doch überall Hawaii-Toast und so.« Dann sieht sie mich an. »Wenn du weiterisst, schmeckt es ganz okay. Man gewöhnt sich an alles.«

Der Hawaii-Burger ist schnell gegessen, denn arg viel war da nicht dran. »Lasst uns in den Müller gehen und fragen, ob die Wimpern haben«, schlage ich den letzten Happen kauend vor.

Im Drogeriemarkt wirkt alles doch recht altbacken und bieder, ganz anders als in meiner Zeit. Die Abteilung mit den Kosmetikartikeln ist um einiges kleiner, und das schummrige Licht lässt die Farben der Produkte noch blasser erscheinen. Meli sucht sofort nach einem grünen Kajalstift, während ich die Verkäuferin, die neben mir Lidschatten einsortiert, frage:»Entschuldigung, haben Sie falsche Wimpern?« Die ältere Frau, ungefähr in Mamas tatsächlichem Alter, lächelt mich an.

»Du hast doch welche dran.«

»Ja, aber meine Freundinnen nicht.«

Sie mustert Nicki und Meli abschätzend und schmunzelt, als ob sie uns niedlich findet.»Stimmt. Das tut mir leid, wir haben nur an Fasching falsche Wimpern. Aber ihr könntet es mal in der Apotheke versuchen. Die müssten welche haben.«

»Dankeschön, dann gehen wir dorthin«, antwortet Mama höflich hinter mir.

»Halt, wartet mal. In der Apotheke kosten die über dreißig D-Mark, das könnt ihr euch bestimmt nicht leisten. Außerdem sind die nicht so lang wie die Faschingswimpern. Wenn ihr Zeit habt, schaue ich im Lager nach, ob wir doch noch welche haben.«

»Danke, das ist nett von Ihnen«, schleimt Mama und kaum ist die Verkäuferin weg, jauchzt sie.»Da ist ja mein Lipgloss, das habe ich immer benutzt.«

»Bist du plemplem?«, fragt Meli mit großen Augen. »Das hast du doch erst neulich gekauft.«

»Äh, ja, aber das ist schon wieder leer.«

»Haarspray brauchen wir auch noch, dann könnt ihr eure Dauerwellen besser bändigen«, lenke ich von Mamas Versprecher ab und greife nach einer der besagten Dosen.

»Nein, nicht die!«, ertönt es im Chor. Ich sehe Meli und Mama stutzig an, die mal wieder ihre kleinen Finger einhaken und die Augen zukneifen.

»Warum nicht?«

»Da ist FCKW drin, nimm die Pumpflasche. Lebst du hinterm Mond, dass du das nicht weißt?«, fragt Meli entgeistert.

»Warum verkaufen die dann Dosen, wenn da Gift drin ist? Außerdem kann man das Haarspray aus der Pumpflasche nicht fein dosieren. Die Haare verkleben doch total«, kläre ich sie auf. Langsam verstehe ich, warum sie so krass störrische Frisuren hatten – sie konnten mit dem Haarspray aus der Pumpflasche nicht umgehen.

»Egal. Das FCKW aus der Dose zerstört die Ozonschicht. Dann sind die UV-Strahlen zu stark und das gibt Hautkrebs. Deshalb nur die Pumpflasche«, erklärt Mama fachmännisch.

»Und was ist in meiner Zeit mit der Ozonschicht?«, will ich wissen. Meli hält uns eh für plemplem, wie sie so schön sagt.

»Heute spricht jeder über die Klimaerwärmung. Da interessiert sich niemand mehr für eine Ozonschicht«, sagt Mama leichthin mit einem Schulterzucken.

»Hä? Klimaerwärmung? Was ist das? Egal, lasst uns nach oben gehen, vielleicht gibt es billige Wolle«, schlägt Meli vor und schlendert schon in Richtung Treppe los.

»Für was brauchst du Wolle?«, frage ich und folge ihr mit Mama. Inzwischen finde ich Meli ganz niedlich.

»Zum Stricken, du Mondfrau. Kennst du das auch nicht?«, bekomme ich als patzige Antwort.

In dem Moment kommt die strahlende Verkäuferin auf uns zu.

»Ich habe tatsächlich welche gefunden. Wie viele braucht ihr?«

Wir kaufen zwei Packungen und nehmen den umschwärmten, weltallerbesten Lipgloss sowie einen schwarzen statt grünen Kajalstift mit.

Auf dem Weg zur Kasse bringt Mama erneut etwas völlig aus der Fassung. »O mein Gott! Die weiße Yoghurtina-Crisp – meine Lieblingsschokolade. Wie habe ich sie vermisst.«

»Ähm, Nicki, reiß dich mal zusammen«, zische ich meiner Mutter zu.

»Hä? Die steht doch immer da. Und wir haben vor einer Woche so viel davon gegessen, dass uns schlecht war. *Nicole*, ich mache mir echt Sorgen! In den letzten Tagen verhältst du dich wirklich merkwürdig. Ich glaube, ich rufe mal das grüne Wägelchen, damit sie dich abholen.«

Doch Mama ist in ihrer Begeisterung nicht zu bremsen. Sie nimmt gleich fünf Tafeln und sieht sich suchend um. »Wenn es die Schokolade gibt, dann müsste es auch den blauen P.K.-Kaugummi geben, das waren so Dragees. Und jetzt weiß ich auch, warum ich immer Joghurt falsch geschrieben habe. Wenn es hier mit Y draufsteht, das ist ja fies.«

»Das ist nicht fies, das ist Englisch«, verbessere ich sie und schüttle den Kopf.

Meli fasst Mama an der Schulter und schiebt sie zur Kasse. »Du brauchst dringend frische Luft.«

»Aber mein Kaugummi …«

»Ja, ja, du bekommst ihn. Den gibt es an der Kasse, falls du das auch vergessen haben solltest.«

»Weißt du, Mina, der schmeckt etwas seltsam, aber nach einer Weile echt gut. Ich habe den immer gekauft.« Sie kichert vor sich hin und strahlt über das ganze Gesicht, als sie den Packung im Regal an der Kasse entdeckt. Dass sie nicht vor Freude auf und ab hüpft, kostet sie bestimmt enorme Selbstbeherrschung.

Ich packe den Einkauf in die Umhängetasche, die ich am Brunnen dabei hatte. Da habe ich auch die Pocketkamera und das kleine Portemonnaie von Mama drin. Es passt gerade so alles rein.

Doch eine Tafel Schokolade nimmt Mama direkt an sich und kaum, dass wir draußen sind, stopft sie die Hälfte davon in sich hinein und reißt nebenbei die Kaugummipackung auf. »Boah, so lecker. Und ihr müsst *den* erst mal probieren, der schmeckt echt ulkig.«

»Ich kenne den in- und auswendig«, bemerkt Meli resigniert und nimmt sich gleich zwei Kaugummis. Dann macht sie eine große Blase und lässt sie laut platzen. Die Passanten, die an uns vorbeilaufen, drehen sich erschrocken um, und Meli kichert wie eine Hexe.

»O mein Gott, wo bin ich nur hingeraten? Ihr beide gehört in den Kindergarten«, bemerke ich genervt, muss aber doch lachen. Vielleicht liegt es auch an dem Kaugummi, der nach einem undefinierbaren Kraut schmeckt, aber Pfefferminze ist es nicht. Eher süß und leicht künstlich. Es ist mir ein Rätsel. »Bäh, kein Wunder, dass es den nicht mehr …« Schnell stopfe ich noch einen in den Mund, damit ich nichts Falsches sage.

»Der schmeckt grauenhaft, stimmt's? Aber irgendwie muss man ihn trotzdem mögen«, sagt Mama, während Meli erneut eine riesige Blase macht.

Wir setzen uns auf eine der Bänke am Marktplatz. Ich klebe den beiden die falschen Wimpern auf und ziehe die Lidstriche nach. Dann tragen wir Mamas gehyptes Lipgloss auf, das lecker nach künstlicher Erdbeere schmeckt. Kaugummikauend und wimpernklimpernd schlendern wir die Straße entlang, begutachten die Schaufenster und lachen über alles und jeden.

Am Ende der Fußgängerzone geht es in eine Seitenstraße mit einigen alten Bäumen und einem Bach, der unter unserer Straße hindurchfließt. Ein Fahrradfahrer in blauer Arbeitslatzhose überholt uns sturmklingelnd und schneidet uns den Weg ab – zugegeben, wir nehmen auch fast die ganze Breite der Straße ein.

»Tut mir leid, ich muss in die Schmiedgasse«, sagt er mit einer tiefen, sanften Stimme, die auf unerklärliche Weise etwas Vertrautes an sich hat.

»Hallo, Hannes, ich bin's, Meli.«

Der Mann mit dem locker gebundenen Pferdeschwanz hält an und dreht sich zu uns um. »Tag, Meli. Ich habe dich gar nicht erkannt. Du bist ja eine richtiges Fräulein geworden. Kannst du deiner Mutter sagen, dass das Schloss der Kommode repariert ist, oder willst du es gleich mitnehmen?« Amüsiert sieht er uns an. Er wird wohl ein paar Jahre älter sein als mein Vater 2021, hat volles dunkles Haar – doch trotz seines Lächelns liegt eine leise Traurigkeit in seinem Blick.

»Bloß nicht, wir gehen noch in den Club«, erklärt Meli und macht die nächste Blase mit ihrem Kaugummi.

»Das habe ich mir fast gedacht, so herausgeputzt, wie ihr seid. Hast du auch einen Kaugummi für mich?« Er schmunzelt.

»Ich nicht, aber Nicki.«

Schon reicht Mama ihm ihr Päckchen, und er schiebt sich ein Dragee in den Mund, sein Grinsen wird breiter.

»Mmh, der schmeckt gut. Danke, sehr nett von dir, Nicki. Und Mädels, auf eurem nächsten Pulli muss das hier draufstehen.«

Er zieht den Latz seiner Hose ein Stück herunter, sodass das *Metallica* -Logo auf seinem schwarzen T-Shirt deutlich zu sehen ist. »Das ist wahre Musik.«

»Das ist uns zu hart, *Depeche Mode* ist besser«, kontert Meli überzeugt.

Hannes zwinkert uns zu. »Na dann, gebt gut auf euch acht. Und richte deiner Mutter einen lieben Gruß aus.«

»Mache ich«, erwidert Meli und winkt ihm hinterher, als er in der Schmiedgasse verschwindet.

»Wer war das?«, will Mama wissen. »Der war nett und hat voll die strahlend blauen Augen.«

Ich habe schon bemerkt, dass sie ältere Männer trotz ihrer Jugend immer noch attraktiv findet.

»Unser Hufschmied vom Stall. Am Ende der Straße ist seine Schmiede und dahinter hat er eine Firma. Mama hat erzählt, dass er so traurig ist, seit sein Sohn bei einem Verkehrsunfall gestorben ist.«

Mitleidig wandert Mamas Blick in die Gasse, in der er verschwunden ist. »Wie schrecklich … Aber wow, was für eine urige Straße, ein Haus ist schnuckliger als das andere, und das mitten in der Stadt.«

»Hannes hat auch ein richtig schönes Fachwerkhaus, an das direkt der Bach angrenzt. Da habe ich öfters mit ein paar Mädchen aus dem Reitstall gespielt«, schwärmt Meli.

»Jetzt kommt! Schaut mal, da ist ein Brautmodenge-schäft«, rufe ich den beiden zu, die immer noch wie ge-bannt in die Schmiedgasse starren, während ich schon auf die andere Straßenseite wechsle.

Der Brautladen ist ebenfalls in einem Fachwerkhaus un-tergebracht und wirkt von außen klein und bezaubernd. An der Ecke führt eine Treppe hoch zur Eingangstür. Ich betrachte das Schaufenster, bis Mama und Meli neben mir stehen.

»Wie schön, seht nur. Ein Traum aus Tüll und Spitze. Ich will so ein Kleid tragen.« Mit sehnsüchtigem Blick bleibt Mama vor dem Laden stehen.

»Wir sind erst sechzehn, das wird nicht klappen«, be-zweifelt Meli.

»Ich werde immer auf zwanzig geschätzt, wenn ich so wie heute geschminkt bin«, sage ich selbstbewusst und steuere zielstrebig auf die Eingangstür zu.

Wie ich von Mama weiß, hatte mein Vater nichts von ei-ner traditionellen Hochzeit gehalten. Deshalb hatte Mama nie ein Brautkleid an. Ich kenne ihren sehnsüchtigsten Wunsch, einmal wie eine Prinzessin auszusehen.

»Willst du da wirklich rein?«, fragt sie entsetzt.

»Warum nicht?«, antworte ich mit einer Gegenfrage.

»Aber ihr müsst euch benehmen, nicht so wie beim Müller, sonst fliegen wir gleich raus.«

»Dann aber ohne Kaugummi.«

»Ja, *Mama*.« Endlich schmeckt er angenehm. Schweren Herzens werfe ich den seltsamen Kaugummi in den Müll-eimer, der neben einer Bank vor dem Brautladen steht.

»Hä? Das verstehe ich jetzt nicht. Aber gut, wenn ihr

meint …« Meli spuckt ihn, ohne lange zu zögern, in die Tonne. Sie weiß aber auch nicht, dass es den Kaugummi im Jahr 2021 nicht mehr geben wird.

Das Licht im Brautmodengeschäft ist schummrig und im Hintergrund läuft leise Musik aus einem Radio.

»Guten Tag, wie kann ich Ihnen behilflich sein?« Eine Verkäuferin tritt uns entgegen, die nicht weniger geschminkt ist als wir. Zusätzlich hat sie sich niedliche Apfelbäckchen auf die Wangen gemalt.

»Unsere Freundin möchte heiraten und wir suchen nach dem passenden Brautkleid«, erkläre ich.

»In welcher Preisklasse?«, erkundigt sich die Verkäuferin und mustert dabei kritisch unsere selbstgestrickten Pullis.

»Was kostet das Kleid mit dem Tüll im Schaufenster?«, frage ich und ignoriere ihren spitzen Blick.

Die Verkäuferin, deren Namensschild an der weißen Bluse »Frau Erzenhöfer« steht, zieht skeptisch eine Augenbraue in die Höhe. »Das Kleid ist unser exklusivstes Modell. Besonders auffällig sind die aufwendig applizierten Blüten und die fallenden Träger, die dem Kleid eine elegante und verspielte Note verleihen.«

»Hört sich teuer an«, murmelt Meli.

»Dreitausendachthundert Mark. Es wird hinten geschnürt und sogar die Schleppe ist mit Blüten besetzt.«

»Mein Papa hat mir versprochen, dass ich das schönste Brautkleid bekommen werde, damit ich wie eine Prinzessin aussehe. Und das Kleid würde doch eine Prinzessin tragen, oder?«, bohrt Mama nach.

»Durchaus, das ist ein hochwertiges Modell und jeder Prinzessin würdig.« Dabei schenkt die Verkäuferin Mama ein dünnlippiges Lächeln.

»Dann möchte ich es anprobieren.« Jetzt hat Mama Blut geleckt.

»Sie haben bestimmt Größe Sechsunddreißig?«, schätzt die Verkäuferin.

Ein Strahlen huscht über ihr Gesicht. »Ich hoffe, es ist keine Vierundvierzig mehr.«

»O Gott, nein, niemals. Sie haben eine ganz schmale Hüfte. Aus der Vierundvierzig könnten wir zwei Kleider für Sie nähen.« Die Verkäuferin lacht über ihren eigenen Witz. »Sie können sich schon einmal in der Kabine ausziehen, ich hole das Kleid.«

»Hä? Da ist gerade eine *Yamaha* vorbeigefahren. Das war Robi!« Meli stürmt zur Tür.

Ich folge ihr.

Meli winkt Robert hinterher, während ich merke, wie mein Herz schneller schlägt. Meinem Vater jetzt bewusst gegenüberzustehen ist aufregend. Der Klang des Motorrads hallt noch in meinen Ohren nach, vermischt mit dem leisen Murmeln der Stadt um uns herum. Am liebsten würde ich ihm einfach um den Hals fallen und sagen: »Tag, Paps, schön dich hier zu sehen.« Der würde vor Schreck vom Motorrad kippen. Ich grinse in mich hinein.

Tatsächlich wendet die Maschine mit den zwei Typen darauf und kommt neben uns zum Stehen. Es ist Achim, der fährt, und hinter ihm sitzt Robert. Sie nehmen beide ihre Helme ab.

»Hier seid ihr, wir haben euch gesucht.« Robert schüttelt lässig seine Locken und plötzlich fällt mir auf: Seine Frisur ist fast die gleiche wie Melis. Ausrasierter Nacken mit längeren, wilden Locken. Haben sie sich das voneinander abgeschaut oder war diese Frisur bei Frauen und Männern einfach angesagt?

»Robi, woher wusstet ihr, dass wir in der Stadt sind?« Meli gluckst überrascht und kann ihre Freude nicht verbergen.

»Ich habe bei Nicki angerufen und ihre Mutter sagte, dass ihr unterwegs seid.« Er lächelt und seine Grübchen treten hervor, die gleichen, die ich geerbt habe. Der Gedanke daran macht mich glücklich.

»Dass du uns mal suchst, das muss ich mir rot im Kalender anstreichen!« Meli himmelt mein Dad verliebt an.

»Hä? Trägt die etwa meinen Pulli?«, fragt der, als sein Blick auf mich fällt. Dieses vertraute »hä«, das genauso klingt wie Meli! Robert sieht mich so durchdringend an, dass ich für einen Moment glaube, er hat mich als seine Tochter erkannt.

»Nein, ich habe ihn an«, betont Meli schnell.

»Gut! Sonst müsstest du den Ausschnitt enger machen. Der ist viel zu weit.«

»Wo ist Nicki?«, fragt Achim, während er das Motorrad lässig mit beiden Beinen auf dem Boden stützt.

»Ähm, ja …« Ich kichere und deute mit dem Zeigefinger auf das Geschäft hinter uns.

»Nicki ist in einem Brautladen?« Achim ist fassungslos.

»Ja, sie wollte schon immer so ein Kleid anprobieren«, erkläre ich.

»Schon immer?« Roberts empörte Stimme klingt etwas

zu schrill. »Na ja, wenn man mit drei wie ein Profi Billard spielt und ständig Komplimente bekommt, man sähe aus wie Samantha Fox, kann man sich mit sechzehn auch ein Hochzeitskleid aussuchen.« Achim grinst schief und schüttelt dabei gedankenverloren den Kopf.

»Hat sie es schon an?«, fragt Robert neugierig.

»Sie schlüpft gerade rein«, wirft Meli ein.

»Kommt, das müssen wir uns ansehen.« Achim zwinkert uns zu und parkt das Motorrad direkt vor dem Schaufenster.

KAPITEL 20

Tschitti Tschitti Bäng Bäng – Das magische Auto
Ein alter Rennwagen, der von einem Erfinder umgebaut wird und plötzlich fliegen, schwimmen und sprechen kann. Der Film aus den 1960er Jahren basiert auf einem Buch von Ian Fleming, dem Schöpfer von James Bond.

FREITAG, DEN 11. JULI 1986

ACHIM

Beim Betreten des Ladens wird der Raum von warmem Licht durchflutet. Es riecht nach Stoffen, Parfüm und einem Hauch von Staub. Eine Mischung, die unangenehme Erinnerungen an meine Kindheit wachruft, die ich lieber vergessen würde.

Der schwere Geruch nach *4711 Kölnisch Wasser* ist derselbe wie im Kleiderschrank meiner Großtante, wo ich mich verstecken musste, wenn sie mich bestrafen wollte.

Die Stimmen von Robert und Meli sowie die sanften

Klänge aus dem Radio holen mich in die Gegenwart zurück. Doch dann zieht die Verkäuferin einen roten Vorhang zur Seite, und in diesem Augenblick scheint all die Härte der Realität zu verblassen.

Mein Atem stockt, als ich Nicki im Brautkleid sehe. Hier steht kein gewöhnliches Mädchen, sondern eine Vision, die in diesem Kleid wie eine Königin erscheint. Ihre Präsenz wechselt zwischen kindlicher Unschuld und verführerischer Eleganz, und ich kämpfe damit, die Tränen zurückzuhalten.

»Wow, Schatz. Das Kleid steht dir. Wir könnten sofort heiraten«, sagt Robert, ebenfalls überwältigt von ihrem Anblick, und drückt seine Lippen auf ihre Wange. Eilig wischt Nicki den Kuss ab.

Ich schmunzle, doch innerlich brodelt es. Robert redet ständig davon, dass seine *beste Freundin* endlich einen Freund bräuchte, und zieht dabei mich in Betracht. Doch ich habe keinen Bock, mich von ihm verkuppeln zu lassen. Außerdem scheint ihm Nicki nicht so gleichgültig zu sein, wie er tut, und das macht mich stutzig. Seit ich das erste Mal in ihre goldbraunen Augen blickte, spüre ich eine unerklärliche Verbindung. Aber tief in meinem Inneren weiß ich, dass Prinzessinnen nicht in eine Welt passen, die von Motoröl, Zigarettenrauch und ungesagten Worten geprägt ist.

Die Verkäuferin mustert Robert skeptisch. »Das soll ihr zukünftiger Mann sein?«

Nicki lächelt süß. »Das ist nur der Cousin meines zukünftigen Mannes. Er liebt es, zu scherzen.« Sie schwebt auf mich zu, und in dieser Sekunde flammt in mir der Wunsch auf, sie eines Tages wirklich am Altar zu erwarten.

»Das hier ist mein Bräutigam.« Sie hakt sich bei mir ein, und mein Herz schlägt wie wild.

Die Verkäuferin lächelt erleichtert. »Ah, sehr schön. Herzlichen Glückwunsch zu Ihrer bezaubernden Braut. Das Kleid steht ihr ausgezeichnet! Haben Sie schon etwas Passendes für den feierlichen Anlass? Wir haben auch Herrenmode, perfekt zu diesem märchenhaften Kleid. Hier entlang.«

Ehe ich mich versehe, trage ich einen metallicblauen Anzug. Der Schnitt ist stilvoll, und obwohl ich normalerweise keine klassischen Klamotten mag, fühle ich mich überraschend wohl darin.

»Der Anzug passt außerordentlich gut zu ihren blauen Augen. Und wenn Sie Zeit und Lust haben, dann könnten Sie bei der Modenschau im Herbst mitlaufen. Sie sind so ein wunderschönes Paar.« Frau Erzenhöfer, wie ich auf ihrem Namensschild lese, ist völlig in ihrem Element und überschlägt sich fast vor Begeisterung.

»Sehr gerne, was meinst du, Schnecke?«, sage ich erleichtert, froh, dass mir so schnell ein Kosenamen für Nicki eingefallen ist. *Schatz*, wie Robert wollte ich nicht sagen. Stattdessen kam mir die Schnecke in den Sinn, die gestern auf ihren Espadrilles gemalt war.

Nicki wirkt verwundert. »Ja, wenn es dir nichts ausmacht. Du siehst nicht gerade aus, als würde dir so etwas Spaß machen.«

»Solange du dabei bist, laufe ich auch bei einer Brautmodenschau mit.« Wir lächeln uns an. Alles um mich herum verschwimmt, nur wir beide existieren – bis Mina sich räuspert.

»Darf ich ein Bild machen?« fragt sie, bereits mit der Pocketkamera in der Hand.

»Natürlich, und vielleicht könnten Sie mir einen Abzug zukommen lassen?« Frau Erzenhöfer lächelt erwartungsvoll.

»Das mache ich gerne«, verspricht Mina und stellt sich vor uns, um diesen besonderen Augenblick festzuhalten.

Im Hintergrund beginnt *Total Eclipse Of The Heart* von Bonnie Tyler. Die ersten Töne des Songs füllen den Raum, sanft und doch eindringlich, wie ein Versprechen. Der Rhythmus zieht mich in seinen Bann, und mit jeder Note wird die Magie des Augenblicks greifbarer.

Nicki tastet nach meiner Hand. Ihre Berührung ist wie ein elektrischer Impuls, der sich durch meinen Körper zieht und mein Herz trifft. Der Text des Liedes hallt in mir nach.

Ich spüre eine Verbundenheit, die Worte nicht beschreiben können. Ein Wunsch brennt in mir, ihre Hand niemals wieder loszulassen. Und während der Song seinen Höhepunkt erreicht, wird mir klar, dass sich in diesem Augenblick alles verändert hat.

»Und weil Sie so nette Freunde haben, stellen Sie sich doch bitte alle neben das Brautpaar«, schlägt Frau Erzenhöfer vor.

Robert grinst. »Moment, ich ziehe Nickis Pulli an, dann haben wir alle das Gleiche an.« Er verschwindet kurz in der Umkleide.

Meli und Mina stellen sich rechts und links auf, während Robert sich vor uns hinkniet und präsentierend auf uns deutet.

»Ach, wie schön. Sie sollten diese Pullover für alle Gäste stricken!« Frau Erzenhöfer lacht und knipst fast den gesamten Film voll. Ich schmunzle bei dem Gedanken, siebzehn zu sein und bereits die Frau fürs Leben gefunden zu haben.

»Wo kann man denn einen coolen Schlitten für die Hochzeit mieten?«, frage ich scherzhaft.

»Heiraten Sie im Winter?« Die Verkäuferin kichert.

»Oder lieber eine Kutsche, Schnecke?« Ich wende mich an Nicki.

»Ich hätte gerne so einen Oldtimer wie bei Tschitti Tschitti Bäng Bäng.«

»Tschitti was? Spitze. Ich weiß nur, was ein Gangbang ist«, antworte ich trocken und zucke entschuldigend mit den Schultern.

»Ein fliegendes Auto. Nicht das, woran du denkst!« Nickis Wangen färben sich leicht rot.

Während Meli und Robert ihr Lachen kaum unterdrücken können und fast keine Luft mehr bekommen, bereue ich es ein wenig, sie in Verlegenheit gebracht zu haben.

Die Verkäuferin wendet sich an Nicki, und ich sehe ihr an, dass sie sich köstlich über uns amüsiert. Wahrscheinlich hat sie längst begriffen, dass wir nicht wirklich vorhaben zu heiraten. »Möchten Sie noch ein paar andere Modelle anprobieren?«

»Nein, danke. Ich habe mein Kleid gefunden. Am liebsten würde ich es gleich anlassen«, sagt Nicki strahlend, bevor sie verschwindet, um sich umzuziehen.

»Können wir unser Motorrad auf Ihrem Parkplatz stehenlassen, solange wir in der Stadt sind?«, frage ich, als ich aus der Umkleide komme und Frau Erzenhöfer den Anzug zurückgebe.

»Aber natürlich«, antwortet sie freundlich. »Und vergessen Sie nicht die Herbstmodenschau – und mir ein paar Abzüge von den Bildern zu schicken.«

Nachdem wir uns höflich verabschiedet und ich mich bedankt habe, lachen wir ausgelassen, sobald wir außer Sichtweite des Ladens sind.

»Ihr seid so ein reizendes Paar«, flötet Meli.

»Und ein Gangbang im Oldtimer würde perfekt zu dem Anzug passen«, säuselt Robert.

»Kommt, lasst uns ein Eis essen. Es ist so warm heute«, meint Mina fröhlich und zeigt auf eine Eisdiele auf der anderen Straßenseite. »In eurer Zeit soll das ja besonders günstig gewesen sein.«

»Hä. Was meinst du mit *unserer Zeit*?« fragt Meli stirnrunzelnd. Ich werfe Nicki einen prüfenden Blick zu; Meli hat offenbar auch die seltsamen Versprecher bemerkt, die mir gestern bei Nicki ebenfalls aufgefallen sind.

Mina stockt kurz und lacht dann künstlich auf. »Na ja, in Singapur ist alles teurer als hier, und wir sind ja in einer anderen Zeitzone«, fügt sie schnell hinzu, doch die Worte klingen gezwungen. Meli lacht mit und scheint mit der Antwort zufrieden zu sein, aber ich kann das Gefühl nicht abschütteln, dass etwas mit Nicki und Mina nicht stimmt.

Mit einem Eis in der Hand schlendern wir weiter Richtung *Club*, doch die leichte Beklommenheit bleibt. Es liegt nicht nur an Minas gezwungener Ausrede, sondern an etwas Tieferem. Im Laden war es, als wären Nicki und ich wirklich ein Brautpaar gewesen, zumindest sahen wir so aus. Der Gedanke, dass wir uns so nah waren, ohne dass es vielleicht wirklich echt war, wurmt mich.

Meine Finger zucken leicht, als ich einen Blick auf Nicki werfe. Ihre freie Hand schwingt locker an ihrer Seite, und für einen kurzen Moment verspüre ich den Impuls, sie einfach zu nehmen. Doch dann regt sich mein schlechtes Gewissen. Es wäre falsch.

Noch nicht.

Nicht, bevor ich mit Ina gesprochen habe.

»Ich sollte kurz jemanden anrufen«, sage ich schließlich, als wir an einer Telefonzelle vorbeikommen.

Nicki sieht mich unsicher an – fast so, als wüsste sie, was in mir vorgeht.

Und jetzt muss ich Ina anrufen. Manchmal bleibt einem wirklich nichts erspart.

KAPITEL 21

Das Spiel mit den Enten, also den Automodellen Citroën 2CV, funktioniert folgendermaßen: Wenn eine grüne Ente vorbeifährt, darf man seinen Nebenmann zwicken. Bei einer blauen Ente gibt es einen Boxhieb. Eine rote Ente wird mit einem Kuss bedacht. Bei einer weißen Ente wird geheiratet – zum Glück tauchen diese nur selten auf – und bei einer rot-schwarzen Ente lest einfach selbst. ;)

FREITAG, 11. JULI 1986

NICKI

Achim wirkt distanziert. Habe ich ihn mit dem Brautkleid überrumpelt? Immerhin habe ich ihn ungefragt zu meinem Bräutigam erklärt. 1986 gab es diesen Nachmittag nicht; wir trafen uns erst am Abend. Zielstrebig läuft Achim zur Telefonzelle, die an der vielbefahrenen Straße mit den alten Kastanienbäumen steht. Es herrscht reger Feierabendverkehr.

Ich beobachte die quietschbunten Autos, die wie Spielzeug aussehen. Sie sind deutlich kleiner als die Fahrzeuge in meiner eigentlichen Zeit, und statt Schwarz oder Grautönen dominieren hier kräftige Farben. Rot, Gelb, Orange und Grün.

Ein Bus fährt an die Haltestelle und Robert, der neben mir steht, winkt ab, um zu signalisieren, dass wir nicht einsteigen wollen.

»Was ist mit Achim?«, frage ich.

»Was soll mit ihm sein?«

»Er wirkt bedrückt.«

»Aua!«, schimpft Robert und reibt sich seinen Oberarm.

»*Tschuldigung*, ich wollte nicht so arg zuschlagen, aber da war eine blaue Ente, das war Reflex. Ich musste hauen«, sage ich mit einem Kichern und staune über mich selbst. Ich bin total im damaligen Hier und Jetzt. Jegliche erwachsene Vernunft ist nicht mehr vorhanden. »Ein Glück, dass es nur eine blaue war.«

»Ihr mit euren kindischen Spielen«, sagt er kopfschüttelnd.

»Was ist jetzt mit Achim?«, versuche ich wieder, auf das Thema zurückzukommen, von dem ich selbst abgelenkt habe.

»Der ist heute nicht gut drauf.« Robert setzt sich auf die Mauer, die den Gehweg von dem ehemaligen Stadtgraben trennt.

»Hat es was mit mir zu tun?« Ich setze mich neben ihn und lasse die Beine baumeln.

»Na ja, nicht direkt«, druckst Robert rum.

»Sondern?«, bohre ich weiter.

»Er hat eine Freundin. Hat er dir das nicht gesagt?« Mitleidig sieht er mich an.

Ein Schmerz durchzieht mein Körper. »Nein.« Grübelnd suche ich in meiner Erinnerung.

Jetzt ist zwar einiges anders, aber dass er damals in einer Beziehung war, daran erinnere ich mich nicht. Erst ein Jahr später, in den Sommerferien, telefonierte er mit seiner Freundin, um sie zu beruhigen, weil sie auf ihn wartete, obwohl er lieber Zeit mit mir verbrachte.

»Hey, sei nicht traurig. Ich bin für dich da.« Aufmunternd lächelt Robert mich an und streicht mir über den Rücken.

»Ich bin nicht traurig. Das ist mir komplett egal, ich habe gerade mal fünf Sätze mit ihm gesprochen«, sage ich gleichgültig und ignoriere den schmerzhaften Stich in meiner Brust.

»Dann ist gut, ich bin auch viel netter als er.« Jetzt zwinkert Robert mir zu.

Merkwürdig. Sollte er mich nicht erst in einigen Jahren trösten, wenn Achim mit seiner festen Freundin vor mir steht?

Ich schaue zu meiner ehemaligen großen Liebe. Er lehnt lässig an der Tür, ein Bein hat er auf der Ablage mit den Telefonbüchern abgestützt und sieht dabei zu mir.

Früher hätte ich verlegen weggeschaut und meine Gesichtsfarbe wäre mir entgleist, jetzt halte ich seinem Blick stand.

Wird er mich heute so wie damals küssen?

Alles in mir schreit: *Ich will dich!* Doch meine Vernunft hält dagegen: *Lass die Finger von ihm – er hat eine Freundin.*

Ich zwinge mich, wieder auf den Verkehr zu achten. In mir nagt die Eifersucht. Woher kommt dieses blöde Gefühl?

»Alles in Ordnung.« Achim kommt sichtbar erleichtert

aus der Telefonzelle. »Lasst uns in den *Club* gehen, mir ist gerade nach einer Cola mit Zitrone und Eiswürfeln.« Dabei sieht er mich kurz an, doch er wirkt eher bedrückt, als dass es eine Andeutung sein könnte, wieder seine Zitrone mit mir zu teilen.

Mina läuft auf Achim zu und schiebt ihren Arm in seinen, während Meli sich auf der anderen Seite einhakt. Warum verstehen die sich auf einmal so blendend mit ihm?

Robert hilft mir von der Mauer und wir schlendern hinterher.

»Willst du einen Kaugummi?« Ich halte ihm die Packung aus meiner Hosentasche unter die Nase.

»Igitt, wie der schon riecht. Hast du keinen anderen?«

»Ich liebe den!«

»Kaugummi?« Achim dreht sich um und sieht zu, wie ich mir ein Dragee in den Mund schiebe.

»Nicki hat nur den widerlichen P.K.-Kaugummi«, kommentiert Robert angewidert.

»Egal, her damit. Nach einer Weile schmeckt der ganz gut.« Achim hält mir seine geöffnete Hand hin und ich drücke gleich zwei Dragees aus der Packung.

»Ich will auch.« Wie immer verlangt Meli ebenfalls zwei, um bessere Blasen machen zu können.

Ich öffne eine neue Verpackung und so nehmen Mina und Robert am Ende doch einen.

Zu fünft laufen wir eingehakt und kaugummikauend in einer Reihe. Den Leuten, die uns entgegenkommen, bleibt nichts anderes übrig, als auszuweichen.

Plötzlich fängt Meli an, Ein Hut, ein Stock, ein Regenschirm zu spielen.

»Auf mitmachen, ihr Spielverderber!« ruft sie lachend, und Robert und ich steigen automatisch mit ein. Das letzte Mal, dass ich dieses Spiel gespielt habe, liegt über dreißig Jahre zurück.

Mina verdreht die Augen und murmelt ein: »O mein Gott, das kommt safe auf TikTok!« Doch schließlich lässt auch sie sich anstecken. Und als Achim mitmacht – zuerst zögerlich, dann mit einem resignierten Grinsen – breitet sich ein Lächeln auf meinem Gesicht aus.

Obwohl mich dieses Kinderspiel zu Tränen rührt, halte ich mich an der Gegenwart fest. An diesem einen perfekten Moment, in dem ich noch einmal kindisch sein und diese unbeschwerte Leichtigkeit spüren darf.

Der Weg zum *Club*, die vertrauten Gesichter, unser zwang- loses Lachen – all das hat geholfen, mich wieder in diese Zeit eintauchen zu lassen. Achim wirkt ebenfalls gelöster, das bedrückte Schweigen vorhin scheint wie weggeblasen. Doch ich frage mich trotzdem, mit wem er telefoniert hat.

Ich lächle, weil dieses Gefühl der Eifersucht und das Kribbeln im Bauch, als stünde ich bei einer Achterbahn kurz vor dem freien Fall, so ewig her ist. Und weil ich das Leben wieder so intensiv spüre wie lange nicht mehr. Schon allein bei dem Gedanken fühle ich den Kuss vom letzten Abend auf meinen Lippen.

Der *Club* ist heute deutlich voller als gestern. Während wir uns durch die Menge drängeln, schnappt Robert nach meiner Hand. Verblüfft ziehe ich sie weg. Damals hat er mich nie beachtet, besonders nicht, wenn Meli in der Nähe war.

Achim hat es irgendwie geschafft, einen Platz auf den Sofas zu ergattern, aber wir sitzen weit auseinander. Robert nimmt mich sofort in Beschlag, während Achim sich bestens mit Mina und Meli unterhält. Es wirkt, als würden sie Robert nicht einmal vermissen.

Ich komme mir vor, als wäre ich im falschen Film. Das war doch 1986 alles ganz anders.

»Dir steht der Depeche-Mode-Pulli am besten von euch dreien«, sagt Robert dicht an meinem Ohr, gerade laut genug, dass ich ihn verstehen kann.

Überrascht sehe ich ihn an. »Besser als Meli?« Das kann nicht sein, oder?

Er zieht den linken Mundwinkel nach oben und deutet ein Lächeln an. »Du hast dich in den letzten Tagen verändert.«

»Was meinst du damit?«

»Du wirkst … na ja, so wie Nena.«

Die Sängerin, von der er absolut schwärmt? »Nena ist doch megacool«, entgegne ich verwirrt.

»Du bist genauso cool.« Er mustert mich fast bewundernd. »Fast schon Eis. Wirklich.«

Verwirrt ziehe ich den Ausschnitt meines Pullovers auf meine Schulter. Seine halb geschlossenen Augen und dieser intensive Blick irritieren mich. Robert war einmal mein Ehemann und davor mein bester Freund, aber so kenne ich ihn nicht.

»*Stripped* von Depeche Mode!«, rufe ich erleichtert und flüchte zur Tanzfläche.

Die ersten Klänge des Songs hallen durch den *Club* – die tiefen, rhythmischen Beats und der mechanische Puls, der wie ein Herzschlag wirkt. Früher hätte ich das nie gewagt, besonders nicht mit dem auffälligen Schriftzug auf meinem Pulli, der im Schwarzlicht leuchtet.

Ich schließe die Augen und lasse die Musik durch meinen Körper fließen. Es ist, als ob der Song meine innere Veränderung widerspiegelt. Es passt nichts mehr zusammen. Meine Vergangenheit scheint sich zu verändern, oder ... Moment. Plötzlich wird mir klar: Nicht die Vergangenheit hat sich geändert. Nicht mein Aussehen – ich habe mich verändert.

Ein schwerer Kloß schnürt mir die Kehle zu, während ich weiter tanze. Was mache ich jetzt mit dieser Erkenntnis? Ich kann nicht zurück in die Rolle, die ich damals gespielt habe. So viel habe ich verpasst, weil ich nie den Mut hatte, einfach ich selbst zu sein.

Wo ist Achim nur? Früher war er immer an meiner Seite, beschützte mich. Vielleicht mochte er das, weil ich so verletzlich wirkte. Aber jetzt? Jetzt komme ich allein zurecht, und womöglich ist genau das das Problem?

Meine Gefühle fahren Achterbahn. Mein Blick sucht immer wieder nach Achim. Er sitzt inzwischen mit Robert zusammen, während Mina und Meli aufstehen und zu mir kommen.

Mina schreit mir ins Ohr: »Achim ist mega nett. Mit dem kann man sich so genial unterhalten.«

»Du verstehst dich ja prächtig mit ihm«, bemerke ich etwas schnippisch.

»Eifersüchtig?« Sie grinst breit, als hätte sie mich durchschaut.

Im Hintergrund beginnt *A Question Of Lust* zu spielen,

der melancholische Klang flutet die Tanzfläche. Ob es an unseren Pullis liegt, dass heute so viel Depeche Mode läuft?

Ich lasse meinen Blick schweifen und suche nach Meli. Sie tanzt etwas abseits und unterhält sich mit einem Klassenkameraden.

Überrascht kneife ich die Augen zusammen. Ich kann es kaum fassen. »Mina, schau mal unauffällig nach links, wer da kommt.« Vor lauter Aufregung zwicke ich sie etwas zu fest in den Arm.

»Aua, spinnst du? Wen meinst du denn?« Sie reibt sich die gekniffene Stelle und sieht neugierig in die Richtung, die ich andeute.

Sebastian, mein Chef aus der Zukunft, bahnt sich mit geschmeidigen Bewegungen einen Weg durch die Tanzenden. Seine Haltung, seine Bewegungen sind mir so vertraut, dass ich ihn überall erkennen würde, auch wenn er heute ein paar Brezeln weniger auf den Hüften hat. Er fährt sich durch sein dunkelblondes, nach hinten gestyltes Haar, und sein weit geöffnetes weißes Hemd passt perfekt zu seiner engen Jeans.

Er sieht unverschämt gut aus, auch wenn er für eine Jugenddisco ein bisschen zu reif wirkt. Aber meinem einundfünfzigjährigen Ich gefällt genau das.

»Das soll dein Chef sein?« Mina starrt ihn an. »Der sieht mega gut aus, fast wie Tim!«

»Er ist ja auch Tim's Vater«, flüstere ich und versuche, unauffällig zu bleiben.

Zu spät. Sebastian grinst uns an und kommt direkt auf uns zu.

»Hi, Sebastian«, sage ich so lässig wie möglich.

»Kennen wir uns?« Er mustert mich, bevor sein Blick über meinen Pulli wandert. »Geil! Selbstgestrickt?«

»Ja. Du bist doch Bäcker, oder?«

»Stimmt.« Sein Lächeln wird breiter. »Und was bist du für eine Zimtschnecke?«

»Deine Verkäuferin aus der Zukunft«, antworte ich keck.

»Wie süß. Dann wirst du bestimmt viele Brötchen für mich verkaufen.«

»Was machst du im *Club*? Hier sind doch nur Kinder.« Ich hoffe, dass er mir meine Aufregung nicht ansieht.

»Meine kleine Schwester Claudia wollte unbedingt herkommen, also hab ich mich geopfert.« Er zeigt auf eine blonde junge Frau, die uns freundlich zulächelt und Minas glitzernde Träger bewundert, die mal meine Sissi-Kette gewesen waren.

»Und du? Musst du auch auf deinen kleinen Bruder aufpassen?« Er schaut grinsend zu Robert, der sich zielstrebig zu uns drängt.

»Tag, Nachbar«, begrüßt ihn Robert. »Auch in der Kinderdisco unterwegs?«

»Ja, die perfekte Uhrzeit für einen Bäcker, der mitten in der Nacht aufstehen muss.«

»Die Bäckerei hat doch gerade zu. Ich muss im Nachbarort Brot für meine Oma holen«, entgegnet Robert trocken.

»Betriebsferien«, erklärt Sebastian. »Aber sag, du bist hier ja mit scharfen Bräuten unterwegs. Sind die nicht ein bisschen zu alt für dich?«

»Die sind jünger als ich. Alles nur Spachtelmasse«, sagt Robert und grinst frech. »Ohne Schminke würdest du sie nicht wiedererkennen.«

Mina verdreht die Augen. »Stimmt gar nicht. Ich hab Ende Januar Geburtstag.«

»Aber ich bin erst seit ein paar Tagen sechzehn«, füge ich hinzu und lächle bedauernd.

Sebastian schaut mich amüsiert an. »Schade, dann bist du mir leider zu jung. Aber wir können uns in vier Jahren verabreden.«

»Ich komme dann in deinem Laden vorbei«, erwidere ich mit gespielter Coolness.

»Na hoffentlich. Du bist ja meine Verkäuferin aus der Zukunft.«

»Heirate bis dahin bloß nicht und warte lieber auf mich.« Ich deute auf Betti, Claudias Freundin, die ich natürlich sofort erkannt habe.

Sebastian schmunzelt. »Sie ist achtzehn, aber immer noch zu jung für mich. Also keine Sorge, ich warte auf dich. Bis dann in der Zukunft.«

Kaum hat er sich umgedreht, flüstert mir Mina entnervt ins Ohr: »Du solltest echt nicht so viele Bemerkungen machen.«

»Ach, ich finde das witzig. Mich nimmt doch keiner ernst.« Ich kichere. »Und falls wir nicht mehr in die Gegenwart zurückkommen, mache ich mich als Wahrsagerin selbstständig.«

»Haha«, sagt Mina trocken. »Ich finde es überhaupt nicht witzig, hör bitte damit auf.«

Sofort wird mir klar, dass ich zu weit gegangen bin. »Tut mir leid. Ich bin gerade so aufgeregt, dass ich unser Problem ganz vergessen habe.«

Mina seufzt. »Schon gut. Aber irgendwann sollten wir

uns wirklich Gedanken machen, wie wir wieder in unsere Zeit kommen.«

Ich nicke nur stumm.

Das Licht wird gedämpft, die Musik wird sanfter, und die ersten leisen Klänge von *A Different Corner* von George Michael durchziehen den Raum. Die Melodie ist bittersüß, wie ein zarter Hauch, der alles umhüllt. Mina schnappt sich ihren Vater zum Tanzen, der eben noch mich im Visier hatte.

Achim sitzt immer noch auf demselben Platz und zündet sich eine Zigarette an. Der Rauch kringelt sich träge in die Luft, als hätte auch er keine Eile, irgendwohin zu entweichen. Ich frage mich, ob er an seine Freundin denkt. Ob er Sehnsucht nach ihr hat. Sein Verhalten ist so schwer zu deuten, dass ich langsam an uns zweifle.

Unsere Blicke begegnen sich kurz, doch sein Gesicht bleibt unergründlich. Gleichgültigkeit? Bedauern? Bevor ich den Gedanken weiterverfolgen kann, spüre ich eine sanfte Berührung an meiner Taille.

»Das Lied ist zwar kitschig«, sagt Sebastian hinter mir, »doch bis du für mich Brötchen verkaufen wirst, dauert es noch. Vielleicht können wir bis dahin eine Runde tanzen?«

Ich drehe mich überrascht zu ihm um. »Gerne«, sage ich schließlich.

Er zieht mich vorsichtig an sich.

Die melancholischen Zeilen des Songs lassen mich erstarren.

Sebastian war damals hier.

Das wird mir plötzlich klar.

Doch ich bin ihm nicht begegnet, weil ich schüchtern und still war – weil ich nicht den Mut hatte, aus mir herauszukommen.

Die Nähe zu ihm fühlt sich seltsam vertraut und doch völlig anders an. Er ist schlank, durchtrainiert, und mir fehlen selbst etliche Kilos. Ohne diese Barrieren sind wir uns so viel näher. Doch ich kann nicht leugnen, dass es keineswegs unangenehm ist.

Die ganze Situation überfordert mich. In diesem Raum sind drei Männer, die mein Leben geprägt haben: der Mann, den ich geheiratet habe, meine erste große Liebe und vielleicht meine letzte Liebe.

Robert ist Vergangenheit. Was ich einmal für ihn empfunden habe, ist längst verblasst. Doch ganz loslassen kann ich ihn nie – nicht, solange Mina uns verbindet.

Achim ist anders. Mit ihm konnte ich immer sein, wie ich wirklich bin. Er hat mich nie in Frage gestellt, nie versucht, mich zu verändern. Bei ihm fühlte sich alles leicht an, selbstverständlich.

Und dann ist da Sebastian. Er hat mich in den letzten Jahren mehr aufgewühlt als irgendjemand sonst. Nicht dieser schneidende, tiefe Schmerz wie bei Achim, sondern ein ruheloses, verwirrendes Chaos. Ein ständiges Hin und Her zwischen Anziehung und Zweifel. Vielleicht bin ich deshalb gerade ihm am nächsten.

Ich kenne Sebastian in- und auswendig. Ich weiß, was er mag und was ihm gefällt. Wir haben so viele Stunden zusammen in der Backstube verbracht, dass ich seine geheimsten Wünsche erfüllen könnte.

Ich wäre die perfekte Frau für ihn.

Ein kurzer, triumphierender Gedanke – und dann trifft mich die Wahrheit mit voller Wucht.

Nein. Ich bin nicht die perfekte Frau für ihn.

Ich bin sechzehn.

Er ist siebenundzwanzig.

Mit einundfünfzig war unser Altersunterschied bedeutungslos, aber jetzt? Jetzt ist es unmöglich.

Warum spielen meine Gefühle nur so verrückt?

Eben habe ich noch wegen Achim gelitten, weil er so unnahbar ist, und jetzt würde ich am liebsten bei Sebastian bleiben.

Der Kloß in meinem Hals löst sich erst, als ich mich räuspere. Ich suche nach einem Vorwand, um etwas Abstand zu Sebastian zu gewinnen, und nehme das Gespräch wieder auf, auch wenn es völlig sinnlos erscheint.

»Wenn ich deine Brötchen verkaufen werde, wirst du für mich dann auch einen Granatsplitter machen?«

»Für dich werde ich alles backen«, verspricht er mit einem Lächeln. »Auch einen Granatsplitter.«

Er ist so lieb. Als er mich näher an sich zieht, verringert er den Abstand erneut, und ich wehre mich nicht dagegen. Dieser Moment gehört uns. Mein Kopf sinkt auf seine Schulter, und die gefühlvolle Stimme von George Michael lullt mich ein. Ich seufze und wünsche mir, er würde ewig weitersingen.

»Was ist los?«, fragt mich Sebastian leise, als er meinen Seufzer bemerkt.

»Du tanzt gut.«

»Das ist auch eine Leidenschaft von mir, nur nicht zu dieser Musik.«

Bevor ich antworten kann, spüre ich, wie jemand ihm auf die Schulter tippt.

Sebastian dreht sich überrascht um, und mein Herz macht einen Satz.

Achim steht direkt vor uns, sein Blick ist fest auf mich gerichtet. Der Rauch seiner Zigarette schwebt noch leicht um ihn herum.

»Entschuldigung, die Frau gehört mir.« Seine Stimme ist ruhig, aber bestimmt, während er mich sanft, doch entschlossen an sich zieht.

Kaum dass seine Arme sich um mich schließen, durchströmt mich eine tiefe Erleichterung. Als hätte ich endlich aufgehört, gegen etwas anzukämpfen. Meine Schultern entspannen sich, mein Herzschlag beruhigt sich – und in seinen Augen finde ich etwas, das mich schon so lange gefehlt hat.

»Das ist übrigens Achim – meine Gegenwart«, stelle ich ihn vor. Schließlich wollte Sebastian vor drei Tagen wissen, wer Achim ist.

»Dann bis in der Zukunft.«

»Mit Granatsplitter?«

»Unbedingt!«

In diesem Moment beginnt *Holding Back The Years* von Simply Red zu spielen. Eine Gänsehaut durchfährt mich.

Es hätte keinen passenderen Moment geben können – für unseren allerersten gemeinsamen Tanz.

KAPITEL 22

1986 war es meist der Mann, der den ersten Kuss initiierte, da traditionelle Geschlechterrollen dies vorgaben. Männer galten als mutig, Frauen signalisierten Interesse eher subtil. Wenn Frauen den ersten Schritt machten, galt das oft als unüblich und zu forsch. Dennoch hing es immer von der Persönlichkeit und Dynamik der Beteiligten ab.

FREITAG, 11. JULI 1986

ACHIM

Nicki weicht mir heute ständig aus. Dabei hat sie mich gestern geküsst – so kurz, dass ich dachte, ich hätte es mir eingebildet. Doch der Moment hat mich völlig aus der Bahn geworfen. Seitdem kann ich an nichts anderes mehr denken.

Jetzt halte ich sie in meinen Armen. Ihr Kopf reicht mir nur bis zur Brust, und als sie sich an mich lehnt, spüre ich den Drang, sie fester an mich zu ziehen.

Die Musik ist kitschig, eigentlich nicht mein Stil. Aber irgendetwas daran trifft mich – oder vielleicht ist es nur die

Art, wie sie sich in meinen Armen anfühlt. Ich weiß nicht, ob sie die Nähe zulässt, weil sie es will, oder weil sie nicht weiß, wie sie sich entziehen soll.

Eben hat sie mit diesem Typen getanzt – viel zu alt für sie. Ein Ziehen in meiner Brust. Eifersucht? Nein ... oder?

»Wer war der Grufti? Und warum weichst du mir ständig aus?« Meine Stimme ist schärfer, als ich wollte – aber es muss raus.

»Das mache ich gar nicht. Du warst kühl zu mir,« kontert sie sofort.

Vielleicht war ich tatsächlich abweisend, weil ich nicht wusste, wie ich mit ihr umgehen soll. »Ich war nicht absichtlich kühl zu dir. Wenn du das so empfunden hast, tut es mir leid.« Ich bemühe mich um einen sanfteren Ton, doch ihr trauriger Blick verunsichert mich.

»Es war, als würden wir uns nicht kennen. Aber eigentlich kennen wir uns auch nicht.«

»Du hast mich gestern zu diesem Lied geküsst. Heute hättest du mit ihm dazu getanzt, wenn ich nicht dazwischengegangen wäre.« Es klingt kleinlich, und ich hasse mich dafür.

»Du wolltest mich gestern nicht gehen lassen. Was blieb mir anderes übrig?«

»Mir kam es nicht so vor, als ob es dir missfallen hätte.« Mein Blick bleibt an ihren Augen hängen. Der Kuss, ihre Nähe – das hat mich die ganze Nacht wachgehalten.

»Meine Lippen haben noch den ganzen Abend geprickelt!« Ihr Ton klingt überrascht – und das gibt mir Hoffnung. War es für sie auch mehr?

»Meine ebenfalls. Ich habe heute Nacht kein Auge zugemacht, weil ich ständig an dich denken musste.« Es rutscht mir raus, bevor ich es verhindern kann. Nicki wirkt überrascht, fast verletzt.

»Und was sagt deine Freundin dazu?«

»Welche Freundin?« Mit ehrlicher Verwirrung blicke ich sie an.

»Alles, was ich will, bist duuu …«, singe ich leise mit, während im Hintergrund *Münchener Freiheit* läuft.

»Und mit wem hast du telefoniert?«

Ich rolle mit den Augen. »Mit meiner Ex. Sie hat mir geschrieben und wollte, dass ich sie anrufe.«

»Warum?«

Ein spöttisches Grinsen huscht über mein Gesicht. »Weil sie mich zurückhaben will.«

»Ach so.« Ihr Blick wandert erneut zu dem Grufti.

»Hallo? Willst du nicht wissen, was ich ihr gesagt habe?« Ich sehe sie herausfordernd an.

»Das geht mich nichts an.«

»Doch!«, sage ich scharf.

»Ich will nicht, dass du ihr meinetwegen weh tust.«

»Spitze. Meinst du, ich kann mit ihr zusammen sein, wenn ich ständig an dich denke?«

»Ich befürchte, dass genau so unser Leben ist. *Den, den wir lieben, bekommen wir nicht. Entweder bleiben wir allein oder gehen Kompromisse ein – und leben mit einer ewigen Sehnsucht im Herzen.*

»So will ich nicht enden.«

Sie sieht mich an, als wollte sie noch etwas sagen, doch sie bleibt stumm.

In ihrem Blick liegt etwas, das mich irritiert. Fast so, als hätte sie bereits eine Antwort, die ich nicht hören will.

Ihre Nähe bringt mich um den Verstand – der Duft ihrer Haare, die Wärme ihres Körpers. Alles in mir schreit danach, sie zu küssen.

Mein Blick bleibt an ihren Lippen hängen, und für einen Moment ist da dieses unbeschreibliche Prickeln, das mich fast um den Verstand bringt. Es fühlt sich an, als hätte ich sie schon tausendmal geküsst – als wüsste ich mit jeder Faser meines Körpers, wie fantastisch es sein muss.

Doch ich halte inne.

Was, wenn sie den Moment gestern bereut?

Ich suche in ihren Augen nach einer Antwort, aber ihre Gefühle scheinen so verworren wie meine eigenen.

Stattdessen tanzen wir eng aneinander, als könnten wir so die Unsicherheiten wegwischen. Doch das Verlangen bleibt spürbar, wie etwas, das wir beide nicht aussprechen wollen.

»Wie lange wart ihr zusammen?« Ihre Stimme reißt mich aus meinen Gedanken.

»Fast zwei Monate.«

Nicki lacht ironisch. »Wow, so lange. Da lebt man sich schon auseinander.«

»Du glaubst mir nicht?«

»Ich glaube dir«, sagt sie, aber irgendetwas in ihrem Ton passt nicht.

Ich liebe dich von Clowns & Helden läuft. Plötzlich sinkt ihr Kopf gegen meine Schulter, und sie schüttelt ihn leicht – als würde das Lied etwas in ihr aufreißen.

»Was hast du?«, frage ich besorgt.

Sie sieht mich an und lächelt schief. »Eine Menge neuer Erkenntnisse.« Ihre Augen sind ein Rätsel.

»Welche?« Ich will in ihren Kopf.

»Das ist zu schwer zu sagen.«

»Komm, setzen wir uns«, schlage ich vor, weil ich das Gefühl habe, wir müssen reden – jetzt, bevor es zu spät ist.

Ihre Hand in meiner fühlt sich an wie ein unausgesprochenes Versprechen.

Wir suchen uns in dem Getümmel ein freies Sofa.

Der Lärm dröhnt, der Rauch kratzt in der Kehle, und doch fühlt sich die Stille zwischen uns schwerer an als alles andere.

Ich weiß nicht, was ich sagen soll. Alles scheint plötzlich mehr Bedeutung zu haben, als es sollte.

KAPITEL 23

1986 war Rauchen weit verbreitet und gesellschaftlich akzeptiert, selbst in öffentlichen Räumen wie Restaurants oder Büros. Vor allem Jugendliche sahen es als modisch oder rebellisch an. Trotz zunehmender Warnungen vor den gesundheitlichen Risiken gab es noch wenig Bewusstsein für Passivrauchen und Zigaretten waren relativ günstig.

FREITAG, DEN 11. JULI 1986

NICKI

Bevor er sich hinsetzt, zieht er seine Zigarettenschachtel aus der Hosentasche und zündet sich eine an. Dabei beobachtet er mich mit einer Miene, als wolle er in meine Seele schauen. Sein Blick ist plötzlich tiefgründig und fast schon erwachsen. Das irritiert mich kurz. Wann ist er so reif geworden?

Wie er dasteht und auf mich herabsieht, wird mir klar: Zwischen Achim und mir ist nicht einfach Liebe. Es ist so viel mehr. Auch wenn ich es damals nicht sofort begriffen habe – ich war zu jung, zu unerfahren, lebte noch in meiner Kinderwelt. Aber es war Liebe auf den ersten Blick, gegen die ich mich lange gewehrt habe. Ich tat ihm damit weh, und doch hatte ich mein Herz längst an ihn verloren. Und jetzt erneut?

Wir haben unendlich viele schmerzhafte Abschiede vor uns. Und jedes Mal, wenn wir uns wiedersehen, stehen wir uns fremd und unsicher gegenüber, weil wir nicht wissen, woran wir sind. Ich wollte ihm immer sagen, wie sehr ich ohne ihn leide. Wie sehr ich ihn vermisse. Wie verzweifelt ich bin, weil ohne ihn diese Leere bleibt. Diese Sehnsucht nach ihm ist ein betäubender Schmerz, der mich oft daran hindert, glücklich zu sein. Und jetzt? Ich sitze neben ihm und soll ihm dieses ganze Gefühlschaos noch einmal antun, obwohl ich genau weiß, wie es endet. Warum stehe ich nicht auf und gehe? Dann müsste er nur einmal kurz leiden. Doch ich kann nicht.

»Zu was für Erkenntnissen bist du gekommen?«, fragt er schließlich und setzt sich neben mich. »Ich hab das Gefühl, als würde es mich auch betreffen.«

Ich lehne mich mit angewinkeltem Bein gegen die Rückenlehne des Sofas, mein Körper ihm zugewandt. Auch Achim hat ein Bein angezogen und sitzt mir genauso gegenüber. Unsere Blicke treffen sich, so nah, dass ich seinen Atem spüre.

»Wir werden uns wehtun«, sage ich nach kurzem Zögern, »weil wir beide so tief empfinden.«

»Meinst du nicht, dass es deshalb gerade etwas Besonderes ist zwischen uns?«

»Vielleicht schon, wenn die Entfernung nicht wäre.«

»Ich weiß, das ist ein Problem. Doch wenn wir es beide wollen, könnten wir es schaffen«, erwidert er sanft.

Leicht schüttle ich den Kopf. Nachdenklich sieht er mich an, zieht tief den Rauch ein und hält kurz den Atem an. Dann pustet er ihn langsam an mir vorbei. Wir lächeln uns zu, und er streicht mir eine Haarsträhne hinters Ohr. Es wäre der perfekte Moment gewesen, mich zu küssen.

Aber er tut es nicht.

Stattdessen gleitet seine Hand über den Depeche-Mode-Schriftzug auf meinem Pullover.

»Strickst du mir auch einen?« Er sieht mich herausfordernd an.

In meinem Kopf blitzt eine Erinnerung auf: Ich hatte ihm mal einen Pullover gestrickt und seine Ex-Freundin hat ihn samt meiner Briefe in den Müll geworfen. Ganz zu schweigen davon, dass ich mir nicht mal sicher bin, ob ich überhaupt noch stricken kann. »Vielleicht ... Wenn ich Zeit habe?«

Er hebt eine Augenbraue. »Ihr Mädels hört doch nur wegen Robert *Depeche Mode*. Und er hört es nur wegen mir. Ich hab ihm seine erste Platte geschenkt. Eigentlich steht er ja auf *Nena*.«

Natürlich hat er recht: Was Robert cool fand, fanden wir auch Eis.

»Also gut«, sage ich schließlich.

Seine Augen leuchten kurz auf, doch etwas in seinem Blick bleibt zögerlich – eine Unsicherheit, die ich von ihm nicht gewohnt bin. War er nicht der, der mich damals ohne Vorwarnung einfach geküsst hat? Jetzt sitzt er da, zieht ein paarmal an seiner Zigarette und dreht sie langsam im

207

Aschenbecher, bis die Glut spitz wird. Dann drückt er sie aus und sieht mich erneut an.

»Hast du noch einen Kaugummi? Ich hab meinen alten geschluckt.«

»Das darf man nicht! Das klebt den Magen zusammen, sagt mein Opa«, antworte ich, während ich vergeblich versuche, ihn strafend anzuschauen. Aus meiner Hosentasche ziehe ich das zerknüllte Päckchen und reiche ihm zwei Dragees.

»Aber nicht wieder schlucken!« Ich schmunzle, während ich meinen alten Kaugummi in den Aschenbecher werfe und selbst einen neuen nehme.

»Und das ist eklig, weil es an der Glut kleben bleibt, sagt meine Oma.«

Wir lächeln uns an, und für einen Moment scheint alles leicht.

»So ein Pech. Ich hole ihn nicht wieder raus.« Ich trage etwas von meinem Lipgloss auf, der sich ebenfalls in der Tasche befindet. Der süße Duft schwebt kurz zwischen uns. Doch seine Miene wird ernst, und die Leichtigkeit verfliegt.

Das Gespräch stockt.

Es liegt daran, dass wir beide etwas anderes wollen, das spüre ich. Sehnsüchtig wandern meine Augen zu seinen Lippen, und ein warmer Schauer durchfährt mich. Seine starke, männliche Ausstrahlung ist immer noch dieselbe – genauso wie das Gefühl von Geborgenheit und Liebe, das er in mir auslöst und in das ich mich für einen Herzschlag lang dankbar fallen lassen würde.

Doch er berührt mich nicht. Keine Hand, die nach meiner greift, keine Bewegung, die mich näher zieht. Stattdessen sitzt er einfach da.

Wir konnten stundenlang ineinander versinken, ganz gleich, wo wir waren – die Welt um uns herum wurde bedeutungslos. Wie lange ist es her, dass er mich so gehalten hat? Dass er mir dieses Gefühl gegeben hat?

»Ich hab wirklich mit meiner Ex telefoniert.«

»Ich glaube dir«, antworte ich, ohne zu zögern. »Aber warum hat Robert behauptet, du würdest mit deiner Freundin telefonieren?«

»Ich vermute, weil er dich jetzt auf einmal gut findet und meint, du stehst voll auf ihn«, erwidert Achim und wirkt dabei nachdenklich. Ob es daran liegt?«

»Das war mal. Ich bin über ihn hinweg«, erkläre ich, während mein Blick zur Tanzfläche wandert, wo Robert mit Meli tanzt.

Achims Augen bleiben an meinen Lippen hängen. »Es wäre leichter, dich zu küssen, wenn Robert uns nicht die ganze Zeit beobachten würde«, sagt er sanft und zuckt bedauernd mit den Schultern.

»Komm, lass uns tanzen.« Ich nehme seine Hand, meine Finger umschließen seine fest.

Ich kann nichts sagen, nichts denken. Alles, was ich spüre, ist die Wärme seiner Nähe.

Die ersten Töne von *Another Brick In The Wall* steigen auf, wie ein leiser Schatten, der den Raum einnimmt und mich einhüllt. Mein Herz setzt für einen Moment aus. Nicht dieses Lied. Nicht jetzt.

»Mein Lieblingslied«, murmelt Achim und lächelt.

Ein *Ich weiß* liegt mir auf den Lippen, doch ich schlucke es hinunter. Zu viel würde es verraten.

Die Bässe des Songs dröhnten durch den stickigen

Raum, der vom flackernden Licht der Discokugel erleuchtet wird. Der hypnotische Rhythmus lässt den Boden unter unseren Füßen vibrieren, und ich spürte die Energie der Menge um uns herum, doch meine Aufmerksamkeit gehörte nur ihm.

Langsam beginnen wir, uns im Takt zu bewegen, doch die Stimmen des Chors prallen wie Donner auf mich. Jede Zeile zerrt an einer längst vergrabenen Erinnerung, die sich jetzt mit voller Wucht ihren Weg zurück in mein Bewusstsein bahnt.

Sein Blick hatte mich damals gefesselt, und gleichzeitig zerstörte er mich. Weil ich wusste, dass er mich küssen wollte, aber nicht konnte. Wegen ihr.

Und jetzt? Jetzt hält er *meine* Hände, und dieses Lied spielt wieder, wie ein stummer Zeuge meiner damals so hoffnungslosen Sehnsucht.

Wie sehr hatte ich mir gewünscht, mit ihm zu tanzen, ihn nicht nur aus der Ferne zu bewundern. Es hatte fast körperlich wehgetan, ihn nicht berühren zu dürfen.

Die Musik wird intensiver, und jede Note scheint eine Geschichte zu erzählen, die nur wir verstehen.

Achim sieht mich an, sein Blick ist voller Tiefe, als würde er sich an etwas erinnern, das unmöglich ist. Unser Kuss gehört seiner Zukunft, aber vielleicht gibt es eine unsichtbare Verbindung, die uns immer wieder zueinander führt.

Langsam löst er seine Hände aus meinen, legt sie um meine Taille und zieht mich näher an sich. Der Moment streckte sich endlos, bevor er sich vorbeugt und seine Lippen meine treffen.

Der erste Kuss ist weich, vorsichtig, fast suchend. Doch dann wird es intensiver.

Seine Lippen bewegen sich gegen meine, und ich offne mich ihm, spürte seine Zunge, warm und forschend, wie sie sich gegen meine schiebt. Ein heißes Prickeln schiesst durch mich, als ob die Welt unter uns zerbrechen könnte und ich nichts anderes mehr brauche als ihn.

Ich habe nicht vergessen, wie sich seine Küsse anfühlen, selbst wenn so viel Zeit vergangen ist. Die Melodie, die Worte, sein Atem – alles verschmilzt zu einem perfekten Augenblick.

Es war immer nur er, den ich wirklich wollte. Alle anderen Beziehungen in meinem Leben waren nur ein hilfloser Versuch, die Lücke zu füllen, die er hinterlassen hat. Selbst die guten Momente hatten nie diese Tiefe, nie diese Wärme.

Gleichzeitig weiß ich, dass ich ihn wieder loslassen muss und dass wir nie zusammen sein dürfen. Doch bevor die Melancholie überhandnimmt, unterbricht Achim meine trüben Gedanken – indem er mir meinen Kaugummi aus dem Mund klaut.

»Das ist meiner«, murmle ich gegen seine Lippen.

Als Entschädigung bekomme ich seinen. Ich hatte völlig vergessen, dass er mir immer meinen Kaugummi weggenommen hatte, und ich grinse unkontrolliert, was das Küssen erschwert. Achim schmunzelt ebenfalls, und für einen Moment ist alles wieder leicht – keine Zweifel, kein Schicksal, nur wir beide.

»Mhh, du schmeckst nach Erdbeere.« Fest umschließt er meine Taille und hebt mich hoch. Ein überraschter Laut entweicht mir, als ich den Boden unter den Füßen verliere.

Die Bewegung wirbelt mich durch die Luft, und für einen Augenblick fühlt es sich an, als könnte ich fliegen. Alles um mich herum verschwimmt, bis ich nur noch das sichere Gefühl seiner Arme spüre.

»Achim!«, kichere ich, während er mich langsam wieder an sich hinabgleiten lässt. Unsere Lippen finden sich erneut, und die Welt um mich scheint stillzustehen. Ich verliere jedes Gefühl für Zeit – es gibt nur uns, diesen Moment, seine Nähe.

Es fühlt sich an, als hätte es die Jahre ohne ihn nie gegeben. Als wären wir immer füreinander bestimmt gewesen. Seine Küsse gehen tiefer, berühren etwas in mir, das ich lange verborgen glaubte. In diesem Augenblick ergibt alles Sinn – bis ein Klopfen auf Achims Schulter mich aus der Trance reißt.

»Hey, Alter, wir sollten langsam los. Meli muss um halb elf zu Hause sein, sonst gibt's Ärger. Und wir müssen das Motorrad beim Brautmodengeschäft abholen.« Robert schüttelt über sich selbst den Kopf.

»Und wie kommen wir heim?«, fragt Mina, während das Licht angeht und leise »Gute Nacht, Freunde« von Reinhard Mey aus den Lautsprechern erklingt. Es ist zehn Uhr, und der Clubabend neigt sich dem Ende zu.

»Ich komme zurück und hole euch nacheinander ab«, erklärt Robert mit einer Zuversicht, die ich nicht ganz teile.

Sebastian, der neben Mina steht und unser Gespräch mitgehört hat, meldet sich zu Wort. »Wo müsst ihr hin?«

»Achim muss zu mir, und die beiden Mädels wohnen in einem Ort davor«, erklärt Robert nüchtern.

Sebastian grinst. »Kein Problem. Ich hab noch Platz.

Meine Schwester fährt bei mir mit, und Betti ist mit ihrem eigenen Auto da. Drei Leute passen noch rein – wenn's mehr werden, müsst ihr stapeln.« Sein Blick trifft mich, und er zwinkert amüsiert.

»Wenn das keine Umstände macht …«, beginne ich, doch ich spüre, wie Achim meine Hand fester drückt, als wolle er mich davor bewahren, etwas zu sagen.

»Keine Sorge«, meint Sebastian. »Dafür darfst du mir auch so einen Pulli stricken.«

»Da kann ich mir auch ein Taxi für die Arbeitskosten leisten.« Ein Schmunzeln breitet sich über mein Gesicht aus. Die Vorstellung, dass Sebastian einen Pulli von mir trägt, ist auf seltsame Weise reizvoll. Warum nicht, wenn ich Achim schon einen stricke?

»Dann lieber Taxi?«, kontert er lachend.

»Ich brauche schwarze Wolle«, sage ich gespielt ernst, »aber es könnte etwas dauern. Achims Pulli kommt zuerst.«

Während sich Meli und Robert verabschieden, beugt sich Robert zu mir und raunt mir ins Ohr: »Wenn ich gewusst hätte, was für eine scharfe Braut du bist, wärst du jetzt mit mir zusammen.«

Ich schüttle den Kopf. Ich weiß, dass Robert nur wegen der veränderten Nicki fasziniert ist, die ich jetzt bin.

Aber Achim? Ihm ist egal, welche Version von Nicki vor ihm steht. Oberflächlichkeiten zählen für ihn nicht. Er sieht mich, so wie ich bin, und blickt tiefer in mein Herz als jeder andere.

Wir laufen zum Parkplatz, wo Sebastians Auto steht – ein alter, völlig verrosteter Toyota mit einem riesigen KENWOOD-Aufkleber auf der Rückscheibe.

»Der fährt noch? Das Teil ist doch reif für den Schrottplatz!«, entfährt es Mina entgeistert.

»Sag nichts gegen mein Auto, sonst kannst du laufen«, erwidert Sebastian mit einem Zwinkern, was seine Drohung weniger ernst wirken lässt.

Ich beobachte, wie er im Schein der Straßenlaterne nach dem Schlüsselloch sucht.

»Wie umständlich, dass ihr die Türen selbst aufschließen müsst«, bemerkt Mina, und ich stupse sie leicht an, damit sie vorsichtiger ist.

»Na hallo, so gut läuft meine Bäckerei auch wieder nicht, dass ich mir einen Chauffeur leisten könnte«, empört sich Sebastian ohne zu ahnen, dass Autos in der Zukunft per *Keyless-Go-System* oder durch Fingerdrucksensoren geöffnet werden.

»Bruderherz, mach mal hinne, es ist kalt!«, beschwert sich Claudia.

»In zwei Tagen soll es nachts nur noch acht Grad geben. Das habe ich heute im Radio gehört. Also genieß den warmen Sommerabend, solange er noch da ist«, erwidert Sebastian lässig und findet endlich das Schlüsselloch.

Mina steigt als Erste ein und schaut sich suchend um. »Hä? Wo ist denn der Sicherheitsgurt?«

»Also, wir haben hinten keine Sicherheitsgurte, die gibt es wohl nur in Singapur«, bemerkt Achim spöttisch.

Mina rutscht unruhig auf ihrem Sitz. »Voll komisch, ohne Gurt zu fahren. Fühlt sich irgendwie falsch an.«

Im Auto riecht es nach kaltem Rauch. Als ich nach vorne schaue, entdecke ich den übervollen Aschenbecher neben einer Schachtel Marlboro. Ich rutsche neben Mina, gefolgt von Achim, der Mühe hat, seine langen Beine unterzubringen.

»Ich kann auch hinten sitzen, vorne hast du mehr Platz«, bietet Claudia ihm an.

»Geht schon, ich will doch bei meiner Schnecke sitzen.«

»He, das ist meine Zimtschnecke!« Sebastian wirft uns einen Blick im Rückspiegel zu, die Augenbraue hochgezogen, aber er grinst, als fände er es süß, dass wir wie Kletten aneinanderhängen.

»Deine Zimtschnecke bin ich erst in der Zukunft, wenn ich bei dir arbeite«, gehe ich auf seine Stichelei ein.

»Hm, ich hab eher das Gefühl, die Zukunft ist zur Gegenwart geworden«, murmelt er und legt knarrend den Rückwärtsgang ein.

Im Rückspiegel trifft sein Blick meinen, dann wandert er tiefer. »Erlaubt dein Vater, dass du so einen gewagten Ausschnitt trägst?«

Ich schiebe den verrutschten Pulli auf meine Schulter zurück. »Schau lieber, dass du kein Auto rammst, anstatt mir auf den Ausschnitt zu starren.«

»Das ist ein bisschen schwierig, wenn du so nah hinter mir sitzt – ich sehe nichts!«

Ich lehne mich zur Seite und lande in Achims Armen.

»Kennt ihr euch schon länger?«, fragt er misstrauisch.

»Wohl aus der Zukunft«, sagt Sebastian und lacht. »Ich schwöre bei meinem rostigen Toyota, sie kommt mir so vertraut, aber auch unerreichbar vor. Du brauchst dir also keine Sorgen zu machen, sie ist deine Gegenwart.«

»Ich sage mir immer, wenn eine Frau nicht freiwillig bei mir bleiben will, dann soll sie gehen«, sagt Achim gleichgültig.

»Ein bisschen sollte man schon um sein Glück kämpfen«, entgegne ich, in der Hoffnung, dass er diesmal nicht denselben Fehler macht.

»Warum?«, fragt Achim herausfordernd.

»Weil es immer Missverständnisse geben kann und man schnell was falsch versteht, wenn man nicht nachfragt.«

»Da hast du allerdings recht«, wirft Sebastian ein, während Claudia das Radio anschaltet. *Depeche Mode* dröhnt aus den Lautsprechern.

Sebastian dreht die Musik ein wenig runter und sieht zu mir: »Jetzt kannst du dich wieder anders hinsetzen, damit wir uns besser unterhalten können.«

»Über was denn?«

»Wann kann ich mit dir als Verkäuferin rechnen?«

»Wenn ich hinter dem Tresen keine Rollkragenpullover tragen muss, dann im November 2007. Da lasse ich mich scheiden und brauche dringend einen Job.«

Mina piekst mich in die Seite und gibt mir damit zu verstehen, dass ich aufpassen soll, was ich sage, sonst fliegen wir noch auf. Aber ich kenne Sebastian gut. Wir teilen den gleichen Humor. In der Backstube scherzen wir ständig und nehmen uns dabei nicht allzu ernst.

»Das ist aber noch lange hin«, bedauert Sebastian und bietet uns Zigaretten aus der Schachtel in der Mittelkonsole an. Alle außer mir nehmen eine, und ich werde fast erstickt vom Qualm.

»Zurück zu unserer Verkäuferin der Zukunft«, sagt Sebastian und bläst den Rauch langsam aus.

»Was willst du wissen?« Ich lehne mich interessiert nach vorne.

»Bin ich 2007 immer noch Bäcker?«

»Ja, warum? Stört dich das?«

»Ich würde mein Schicksal gerne ändern. Ich hab keinen Bock mehr, Bäcker zu sein.«

»Na ja, so wie du das machst, ist es auch ein bisschen langweilig«, sage ich trocken und muss vom stickigen Dunst husten.

»Wie meinst du das?« Er wirft mir einen fragenden Blick durch den Rückspiegel zu.

»Ich würde die alte Bäckerei nicht so radikal umbauen. Das sieht in ein paar Jahren altbacken und bieder aus«, bemerke ich, als wäre ich mit sechzehn schon eine Expertin.

»Wow, jetzt bin ich platt. Tatsächlich hab ich mich informiert, um das alte Haus komplett zu modernisieren. Und du findest das nicht gut?«

»Nein, überhaupt nicht.«

»Warum?« Sebastian blickt mich erneut durch den Rückspiegel an.

»Das kann ich dir jetzt nicht alles erklären, wir sind gleich da.«

»Wie wäre es, wenn ihr Morgen bei mir vorbeikommt und wir weiterreden? Hättet ihr Lust?«

»Das wäre megacool«, antworte ich begeistert.

»Klar, ich wohne zurzeit eh gleich gegenüber«, wirft Achim ein und pustet mir absichtlich noch mehr Rauch ins Gesicht. Ich weiß, dass es ihm nicht gefällt, dass ich mich so gut mit Sebastian verstehe. Aber hier geht es um mehr als nur ein bisschen albern zu sein. Ich könnte tatsächlich etwas für Sebastians Sohn tun, und das hier ist die Gelegenheit. Leider muss ich das Achim antun und hoffe, dass er es irgendwann verstehen wird.

»Dann morgen um 14 Uhr?«, fragt Sebastian lächelnd.

»Ist gebongt!«

»So, wir sind da. Wo wohnt ihr denn genau?«, hakt Sebastian nach und beendet damit das Gespräch über die Bäckerei.

»Hier rechts, dann zweimal links – das dritte Haus«, erkläre ich.

»Bei uns ist noch niemand zu Hause«, bemerkt Mina, als Sebastian vor dem Haus anhält.

Claudia steigt aus und hält die Tür auf. Mina klettert hinaus und wartet auf mich, doch Achim hält mich fest.

»Hey, lass mich los!«, wehre ich mich kichernd und versuche, mich loszureißen.

»Ich entführe Nicki und bringe sie später heim«, sagt Achim trocken. Zuerst denke ich, er macht einen Scherz.

»Wie denn?«, frage ich entsetzt.

»Mit Roberts *Yamaha*«, erklärt er und sieht mich bittend an.

In meinem Kopf überschlagen sich die Gedanken. Will er mich jetzt schon entführen? Das ist viel zu früh! In meiner Erinnerung hat er das erst in den Herbstferien getan. Wenn er es jetzt macht, könnte das alles verändern – meine Vergangenheit und vielleicht sogar die Zukunft. Aber wie soll ich ihn davon abhalten, ohne Verdacht zu erregen?

KAPITEL 24

1986 war saurer Regen eines der größten Umweltthemen. Schadstoffe wie Schwefel- und Stickstoffoxide aus Industrie und Verkehr gelangten in die Atmosphäre, reagierten dort mit Wasser und fielen als säurehaltiger Regen wieder herab. Die Folgen waren erschreckend: Böden versauerten, Gewässer kippten um, und überall wurden Wälder krank. Das Waldsterben wurde zu einem Symbol für die Zerstörung der Natur durch den Menschen – abgestorbene Bäume und kahle Berghänge erinnerten uns daran, dass auch die scheinbar unerschütterlichen Wälder nicht unverwundbar sind.

FREITAG, DEN 11. JULI 1986

MINA

Schicksal hin oder her – Achim war und ist Mamas erste große Liebe, und bis zu meiner Geburt bleiben noch achtzehn Jahre. Sollen sie doch ihre gemeinsame Zeit genießen, alt genug sind sie ja. Ich lasse meine Zigarette fallen und trete sie mit dem Fuß aus. »Wegen mir, geh mit. Der Schlüssel ist in meiner Tasche. Ich mache das Fenster auf, komm nach Hause, wann du willst.«

»Mina, das geht nicht.« Sie versucht, sich aus Achims Umarmung zu lösen, doch Claudia schiebt lachend den Sitz zurück und steigt ein. Sekunden später fährt Sebastian los.

Allein stehe ich auf der dunklen Straße und starre dem rostigen *Toyota* hinterher. Gerade, als mich ein mulmiges Gefühl beschleicht, höre ich das vertraute Motorgeräusch von Roberts *Yamaha*.

Kaum ist Mama weg, taucht Papa auf. Ich bin wohl ein echt gut behütetes Kind, auch wenn beide ein paar Monate jünger sind als ich. Bei dem Gedanken huscht ein Schmunzeln über mein Gesicht.

Robert hält neben mir an, klappt sein Visier hoch und fragt: »Was machst du allein auf der Straße, und wo ist Nicki?«

»Die ist mit zu Achim.«

Genervt verdreht er die Augen. »Also zu mir. Auf deren Geknutsche hab ich echt keinen Bock. Ich dachte, die fressen sich auf der Tanzfläche gegenseitig auf. Was mach ich jetzt?«

»Wenn du nichts vorhast, könnten wir zum Brunnen unterhalb vom Waldparkplatz fahren? Ich will da seit Tagen hin.« Der Gedanke kommt mir spontan, dorthin zu fahren wäre um einiges entspannter, als den ganzen Weg zu laufen.

»Was willst du denn da?«

»Ja oder nein? Ich will nicht mitten in der Nacht von meinen … äh, Nickis Eltern auf der Straße erwischt werden.«

»Also gut, steig auf.« Er reicht mir schon den zweiten Helm, der am Lenker hängt.

»Warte kurz, ich mache nur das Fenster auf, falls Nicki vor mir nach Hause kommt. Die hat keinen Schlüssel.« Außerdem brauche ich noch den Brief für Ricki und die Taschenlampe von Opa.

Fünf Minuten später sitze ich hinter meinem Vater und wir fahren hinaus in die Nacht. Die Straße endet am Waldparkplatz, von dort laufen wir das letzte Stück eine steile Wiese hinunter, bis wir den Brunnen erreichen.

»O Mann, worauf hab ich mich da eingelassen?«

»Jetzt motz nicht. Schau nur, was für eine sternenklare Nacht es ist. Und die schmale Mondsichel sieht aus, als wäre sie nur für uns aufgehängt.«

»Da hinten kommen Wolken und die Moskitos stürzen sich auf mich.« Robert schlägt sich auf den Oberarm und auch mich streifen die summenden Insekten. Das Gras ist hoch und ich hoffe inständig, dass die Zecken zu dieser Zeit schlafen und keinen Hunger auf Menschenblut haben.

»Wir sind vor ein paar Tagen den Berg hochgelaufen, das war viel anstrengender. Also beschwer dich nicht.«

»Das hat keiner von euch verlangt. Ihr habt uns nur um den Schlaf gebracht.«

»Ach je, eine Runde Mitleid.«

»Was willst du überhaupt mitten in der Nacht hier?« Neugierig betrachtet er mich im Mondlicht.

»Ich hab da was für dich.« Mit einem belustigten Grinsen schaue ich ihn an.

»Hm? Was denn?«

»Wirst du gleich sehen. Wir sind da.« Ich hole den schweren Handscheinwerfer aus der Tasche und leuchte auf den Brunnen.

»Du hattest die ganze Zeit 'ne Lampe und sagst nichts? Ich hätte mir fast die Beine gebrochen«, meckert Robert.

»Ich hab keinen Bock auf den Hammermörder. Der wurde hier in der Gegend mal gesichtet.«

»Dem kannst du nur noch als Geist begegnen. Der ist tot.«

»Echt jetzt?« Ich leuchte ihm ins Gesicht, um zu kontrollieren, ob er die Wahrheit sagt.

»Ja, wirklich. Hör auf, das blendet!« Er hebt schützend die Hand vor die Augen.

»Sag das mal Manu und Nicki. Die haben mir mit ihren Gruselgeschichten über den Hammermörder voll Angst gemacht.«

Robert schüttelt den Kopf. »Bei den beiden wundert mich nichts, die passen in der Schule ja auch nie auf.«

»Anstatt über meine Ma… äh… über sie zu lästern, könntest du mir helfen, den Stein hier rauszuziehen.« Ich zeige auf die Stelle.

»Vielleicht klappt's mit kürzeren Nägeln besser?« Er greift nach meinen Fingern und hält sie ins Licht der Lampe, mustert sie neugierig.

»Ja, bestimmt. Aber dafür hab ich ja dich dabei.« Ich entziehe ihm meine Hand, woraufhin er mich grinsend begutachtet. Unser Wortgefecht hat etwas Spielerisches, nichts davon ist ernst gemeint.

Robert tut mir den Gefallen, tastet nach dem Stein, zieht ihn heraus und legt ihn zur Seite. »Bitteschön. Aber mal ehrlich – wer kommt auf die Idee, einen Brunnen nach einem lockeren Stein abzusuchen? Und was soll das jetzt?«

»Tja, das wirst du gleich sehen.« Ich beuge mich runter und leuchte in den Hohlraum. Was sage ich bloß, wenn da drin irgendwas ist, das nicht in diese Zeit gehört? Plötzlich fällt mir ein, dass er ja mein Vater ist und von einem Vater könnte man doch erwarten, dass er einem in so einem Schlamassel hilft oder zumindest Anteilnahme zeigt, oder?

»Kannst du mir einen Stock geben?«

Ich richte den Scheinwerfer auf den Boden, damit er was sehen kann.

»Für was? Was machst du da überhaupt?« Murrend reicht er mir den nächstbesten Stecken.

Gespannt suche ich nach der Zigarettenschachtel. Sie ist noch da. Meine Anspannung steigt ins Unermessliche, als ich sie im Schein der Lampe betrachte. Sie ist ein wenig ramponiert, aber das ist nicht das Schlimmste. Enttäuscht stelle ich fest, dass nur die Zigaretten und das Feuerzeug drin sind. Kein Zettel. Meine Botschaft ist weg. Haben die Mäuse sie gefressen?

»Was hast du für mich? Sag schon«, reißt mich Robert aus meiner Ratlosigkeit.

Ich reiche ihm stumm die Schachtel. Während er sie dreht und wendet, nutze ich den Moment, um den einge-schweißten Brief unbemerkt in das Versteck zu legen.

War meine Entdeckung eines Zeitlochs wirklich nur eine Illusion?

»Wem gehören die?«, fragt Robert und mustert die Zi-garetten skeptisch.

»Dir, Manu hat sie mir letztes Mal gegeben.« Meine Stimme klingt belustigt.

»Und warum hast du sie hier versteckt?« Er untersucht das Feuerzeug, zündet es an und für einen Moment erhellt das flackernde Licht sein Gesicht. Ich sehe Verwunderung darin, aber auch etwas Misstrauen.

»Ich kann die Zigaretten nicht mit zu Nicki nehmen«, murmele ich.

Er lächelt schief. »Ach so. Aber mal ehrlich, die Kippen

waren mir nicht so wichtig, dass wir deswegen hier hochfahren mussten.« Er schüttelt den Kopf. Jetzt hält er mich bestimmt für völlig durchgeknallt.

»Wir könnten ja eine rauchen, wenn wir schon mal hier sind.« Ich lächle entschuldigend. Hier rauche ich mehr als in meiner Zeit, und das unter der Nase meiner Eltern. Zu Hause würde ich das niemals wagen.

Mein Vater zündet uns beiden eine Zigarette an und setzt sich neben mich. Der Rauch kringelt sich in die Nachtluft.

»Du bist echt ulkig«, sagt er schließlich. »Seit du da bist, ist nichts mehr, wie es war.«

Erschrocken sehe ich ihn an. Weiß er es? Ist es aufgeflogen, dass wir nicht aus dieser Zeit stammen? Oder denkt er einfach, dass Mama und ich ein bisschen verrückt sind?

Robert wirkt nachdenklich, fast so, als suche er nach den richtigen Worten. Dann räuspert er sich und sagt leise: »Nicki hat sich total verändert.«

»Du magst sie?«, frage ich vorsichtig. Ich habe beobachtet, wie er heute immer wieder Mamas Nähe gesucht hat. Es freut mich, schließlich sind es meine Eltern und es wäre schön, wenn sie sich verstehen würden. Doch es ist auch kompliziert. Sie sollten erst in achtzehn Jahren heiraten, sonst gibt es mich vielleicht gar nicht. Ich reibe mir die Schläfen. Diese Zeitreise ist einfach zu verrückt.

»Irgendwie schon«, antwortet er zögernd.

Mein Vater spricht nicht oft über seine Gefühle, aber ich will es genau wissen. »Lieber als Meli?«

Er überlegt eine Weile, bevor er leise sagt: »Nicki ist verlässlicher als Meli. Aber … Achim will was von ihr und gegen ihn habe ich keine Chance. Nicht, dass ich Nicki nicht rumkriegen könnte ..., aber Achim ist mein Vetter. Und ich glaube, er ist besser für sie, als ich es wäre.«

»Magst du Kinder?«, bohre ich weiter, ohne den Blick von ihm abzuwenden. Es interessiert mich ehrlich gesagt nicht besonders, ob er jetzt Meli oder Mama besser findet. Ich will wissen, warum er als Vater nie für mich da war.

»Wie kommst du auf Kinder?« Fragend sieht er mich an und da wir gleichzeitig an unseren Zigaretten ziehen, habe ich kurz Zeit, ihn zu mustern.

»Jetzt sag schon, magst du Kinder oder findest du sie eher anstrengend?«

»Über Kinder hab' ich mir nie Gedanken gemacht.« Er kickt mit dem Fuß einen kleinen Stein weg, der vor ihm liegt.

»Warum nicht?«, hake ich weiter nach. Warum weicht er aus?

Er lacht leise auf, als wäre die Frage völlig absurd. »Warum? Willst du etwa ein Kind von mir?«

»Spinnst du? Natürlich nicht!« Ich schüttle energisch den Kopf und sehe ihn herausfordernd an.

Robert grinst selbstbewusst. »Na ja, auf mich steht jedes Mädchen, ich könnte alle haben.«

»Mich nicht!«, antworte ich prompt. »Ich hab' seit zwei Jahren einen Freund und das wird auch so bleiben.« Ich ziehe noch einmal an meiner Zigarette, obwohl sie mir wirklich nicht schmeckt und drücke sie schließlich aus. Den Rest lege ich in den Hohlraum des Brunnens.

»Warum dann die ganze Fragerei?« Er schaut mir direkt in die Augen.

»Weil ich das Gefühl habe, dass du später mal kein guter Vater sein wirst und dir deine Kinder egal sind.« Meine

Worte sind direkt, vielleicht zu direkt, aber ich will Antworten. Irgendwie fühle ich, dass mehr dahintersteckt.

Er raucht weiter, stumm, dann murmelt er: »Du hast vielleicht komische Gedanken.«

»Du erinnerst mich einfach an meinen Vater«, sage ich schließlich. Vielleicht begreift er es ja so besser.

»War er nicht gut zu dir?« Sein Blick wird weicher.

Ich schüttle den Kopf, kämpfe mit meinen Emotionen. »Es ist nicht so, dass er schlecht zu mir war. Es war mehr so, als ob ich keinen Platz in seinem Leben hatte. Vielleicht, weil meine Eltern geschieden sind und sie nie wirklich miteinander reden konnten.«

Robert schweigt einen Moment, dann sagt er plötzlich, als ob es eine Tatsache wäre, die keinen weiteren Kommentar verdient: »Mit solchen Problemen werde ich mich nie rumplagen.«

»Was meinst du?« Da ist etwas in seiner Haltung, das mich nervös macht.

Er zögert, bevor er schließlich murmelt: »Ich kann keine Kinder bekommen.«

»Was?« Meine Stimme schlägt einen Ton zu hoch an. Das kann nicht wahr sein, oder?

»Häng das bitte nicht an die große Glocke, okay?« Er wirkt unsicher, als hätte er mehr preisgegeben, als er wollte.

»Nein, natürlich nicht. Aber woher weißt du das?« Ich kann es kaum glauben. All die Jahre dachte ich, er wäre mein Vater, und jetzt das?

»Ich hatte einen angeborenen Hodenhochstand. Es ist fast unmöglich, dass ich Kinder zeugen kann.« Er zuckt mit den Schultern, als wäre das alles keine große Sache.

»*Fast*«, sage ich nachdenklich. »Also ist es doch möglich.«

»So möglich wie ein Lottogewinn.« Er lacht trocken auf.

»Und wenn es passieren würde? Würdest du dich freuen?« Ich will wissen, was er denkt.

Er sieht mich lange an, bevor er antwortet: »Mina, ich bin sechzehn. Warum sollte ich jetzt schon darüber nachdenken? Ehrlich gesagt, mache ich mir mehr Gedanken darüber, dass ich wohl nie eine feste Beziehung haben werde. Die meisten Frauen wollen schließlich Kinder.«

»Aber was, wenn nicht?«, frage ich mit fester Stimme. »Wenn mein Freund mir sagen würde, dass er keine Kinder zeugen kann, würde das nichts an meiner Liebe zu ihm ändern.«

Überrascht, als hätte er diese Möglichkeit nie in Betracht gezogen, fragt er: »Wirklich?«

Ich nicke. »Das Leben wird anders, ja. Aber das heißt nicht, dass es schlechter wird.«

Robert drückt die Zigarette aus und will sie wegkickern.

»Halt, nicht! Gib her.«

Ich lege den Zigarettenstummel neben meinen in den Hohlraum des Brunnens, als Zeichen dafür, dass ich hier war und mit meinem *vielleicht* Vater geraucht habe. Währenddessen taste ich nach dem Brief und stelle fest, dass er unverändert daliegt. »Darf ich die Zigarettenschachtel wiederhaben?«

»Ja klar, ich bin es schon gewohnt, dass die Frauen ganz scharf auf meine Zigarettenschachteln sind.« Robert reicht sie mir und ich lege sie zu meinen anderen Sachen.

»Die bei Nicki im Zimmer auch?«, frage ich mit einem schelmischen Grinsen.

»Klar, war auch meine!« Er schmunzelt und hilft mir, den Stein wieder an seinen Platz zu schieben. »Ich komme jetzt aber nicht jeden Tag hier hoch, um mit dir eine zu rauchen.«

»Schade eigentlich, ich fand's schön.« Ich sehe ihn herausfordernd an.

»Echt jetzt?«, sagt er erstaunt und setzt sich wieder.

Gleichzeitig hören wir die leisen Tropfen, die auf die Laubbäume fallen, als wären wir unter einem schützenden Dach. Doch das Prasseln wird allmählich lauter.

»Mist, saurer Regen. Komm, lass uns schnell gehen.« Bevor ich ihn fragen kann, was es mit dem ominösen sauren Regen auf sich hat, steht er auf, nimmt meine Hand und wir springen los, den steilen Hang über die Wiese hinauf, die immer nasser wird.

Meine Füße verlieren den Halt, ich kreische und liege im nächsten Moment der Länge nach auf dem regennassen Gras. Robert, der immer noch meine Hand hält, fällt mit mir und wir rutschen ein Stück den Berg abwärts.

»Boah ey, jetzt bin ich total nass!«, schimpft Robert aufgebracht.

»Ich auch!« Ich kann nicht anders, als zu kichern. Das Ganze ist einfach zu komisch.

Robert sieht mich an und zieht einen Grashalm aus meinem Haar. »Du hast schöne Haare. Ich dachte, du bist eingebildet, aber eigentlich bist du ganz nett.«

»Und ich dachte, du bist voll der Macho ohne Herz. Aber ich glaube, dein Herz versteckst du nur unter deiner spröden Hülle.«

Sein linker Mundwinkel zieht sich nach oben und deutet ein Grinsen an. »Kann schon sein. Verrate es aber niemandem.« Dann fragt er: »Bist du schon mal den Berg hinunter gekugelt?«

»Nein, wie geht das?«

Robert legt sich auf das Gras und lässt sich den Hang runterrollen. Ich mache es ihm nach und während ich rolle, kreische ich vor Vergnügen, während die kalten Tropfen unsere Haut zum Dampfen bringen. Unten angekommen, rolle ich über ihn drüber. Wir lachen, bis uns der Bauch wehtut.

»Na bravo, jetzt müssen wir das ganze Stück erneut hochlaufen«, sage ich und mache mich wieder auf den Weg nach oben.

Robert beginnt zu singen: »Rainy days never say goodbye to desire when we are together.«

»Was ist das für ein Lied?«

»Du kennst *Gazebo* nicht?«

»Muss ich?«

»Ja, schon.« Er singt es mir noch einmal vor und ich kann nicht anders, als mitzumachen.

Wir rutschen, stolpern, lachen und singen *Rainy Days*. Unsere Klamotten sind völlig verschmutzt und triefen vor Nässe, sodass wir aussehen wie zwei in Seegras eingehüllte Wassermänner.

Ich hatte noch nie so viel Spaß mit meinem Vater wie in diesem Moment. Diese Entdeckung des vermeintlichen Zeitlochs hat sich allein schon deshalb gelohnt, trotz der Enttäuschung darüber, dass ich keine Nachricht von Ricki erhalten habe.

KAPITEL 25

FREITAG, 11. JULI 1986

NICKI

Achim, ich muss hier raus. Ich kann nicht mit dir mit, so sehr ich es mir auch wünsche«, flüstere ich, fast mehr zu mir selbst als zu ihm. Alles in mir will bei ihm sein, jeder Atemzug schmerzt vor Verlangen. Doch der Zeitpunkt ist falsch. So war es nicht in meiner Vergangenheit – und der Gedanke, ihn erneut zu verlieren, schnürt mir die Brust zu.

Achim kurbelt das Fenster ein Stück herunter, wirft seine Zigarette hinaus und dreht sich zu mir. »Ich bringe dich später heim, Nicki. Das ist kein Problem.« Seine Stimme ist ruhig, doch seine Augen suchen meine. »Ich muss spätestens nächstes Wochenende wieder nach Nördlingen. Ich will bis dahin jede Minute mit dir verbringen. Verstehst du?«

Er nimmt meine Hand, sanft, aber mit einem Hauch von Zögern. Etwas arbeitet in ihm. Es ist, als wollte er mich festhalten, obwohl er weiß, dass er mich nicht behalten kann.

»Was machen wir, wenn Robert nicht rechtzeitig kommt?« frage ich leise.

Achim lächelt. »Dann laufen wir. Ist nicht weit. Du bist diese Woche schon weiter gelaufen.«

»Robert, immer am Tratschen!« Ich rolle mit den Augen.

»Wie lange seid ihr schon zusammen?« fragt Claudia und reißt mich aus meinem Gedankenkarussell.

»Seit gestern.« Achim sieht zu mir, als wolle er sicherstellen, dass ich mit seiner Antwort einverstanden bin.

Bevor ich reagieren kann, mischt sich Sebastian ein. »Sei bloß nett zu ihr!«

»Ich bin immer nett. Ich würde nie etwas tun, was ein Mädchen nicht will.«

»Ach, ich kann mich schon gegen ihn wehren.« Ich versuche, die Spannung zu lockern.

Sebastian und Claudia lachen, Achim stimmt ein – doch sein Lächeln erreicht seine Augen nicht.

»Du bist das süße Rotkäppchen und er der böse Wolf.« Sebastian zwinkert mir zu. »Aber hey, wenn du willst, bring ich dir Karate bei. Dann kannst du dich bestens verteidigen.«

Achim presst die Lippen zusammen. Die Luft im Wagen wird schwerer. Er mag Sebastian nicht – das ist deutlich.

»Mein Bruder hat den schwarzen Gürtel«, sagt Claudia stolz.

»Achim kann auch Karate«, entgegne ich, als wäre das ein Wettbewerb.

Achim hebt eine Augenbraue, leicht amüsiert. »Noch hab ich keinen schwarzen Gürtel. Woher weißt du das überhaupt?«

»Von Robert. Am Montag hat er Meli und mir gezeigt, wie man mit dem Fuß im Drehen zuschlägt. Ich hab davon einen riesigen blauen Fleck.« Ich lache und zeige auf meinen Arm – doch in dem Moment wird mir übel. Der Boden scheint kurz zu schwanken. Montag? Wir sind erst am Dienstag hierhergekommen. Wie kann ich mich an etwas erinnern, das die frühere Nicki erlebt hat?

Achim mustert mich besorgt. »Ich hab den Fleck gesehen. Dein Pulli rutscht oft genug von deiner Schulter.«

»Alles gut.« Ich versuche, meine Stimme fest klingen zu lassen, doch mein Herz hämmert.

Zum Glück lenkt Sebastian das Gespräch auf Achim. »Wie alt bist du eigentlich?« fragt er und wirft einen Blick in den Rückspiegel.

»Siebzehn.«

»Bald achtzehn?«

»In zehn Monaten.«

Während er spricht, zieht Achim meinen verrutschten Pullover zurück über meine Schulter. Seine Hand ist warm. Die Geste fühlt sich so vertraut an, dass ich für einen Moment vergesse, was diese Nähe bedeutet. Doch mit der Vertrautheit kommt auch der Schmerz – weil ich weiß, dass sie nicht ewig sein wird.

»Alle Achtung, hätte dich älter geschätzt!« Sebastian nickt anerkennend.

»Ich musste früh erwachsen werden«, erwidert Achim leise.

Endlich kommen wir an. Sebastian hält vor der Einfahrt der Bäckerei.

»Danke fürs Mitnehmen«, sage ich, als ich aussteige.

»War mir ein Vergnügen.« Er zwinkert. »Dann bis morgen?«

»Bis morgen«, sagen Achim und ich wie aus einem Mund.

»Ich freu mich. Und bleibt anständig!« Lachend verschwindet Sebastian mit seiner Schwester in der Dunkelheit.

Achim sieht ihm nach. In seinen Augen liegt ein Schmerz, den ich nicht verstehe. Auch ich hätte gerne einen Blick in die alte Bäckerei geworfen, aber ich will nicht, dass Achim denkt, ich würde Sebastian hinterherschauen.

Jetzt stehen wir allein auf der Straße. Die kühle Abendluft streicht um uns. Plötzlich fühle ich mich unsicher.

Wo ist die souveräne, einundfünfzigjährige Frau?

In mir schlägt nur das Herz der sechzehnjährigen Nicki – unregelmäßig und voller Angst, mit Achim allein zu sein.

KAPITEL 26

Es heißt, Träume seien das Tor zu einer anderen Wirklichkeit, einer Welt, die hinter der unseren liegt, wo die Grenzen zwischen Zeit und Raum verschwimmen. In den Träumen zeigt sich, was im Verborgenen ruht und unausgesprochen bleibt.

FREITAG, 11. JULI 1986

ACHIM

Wir überqueren die Straße zu Roberts Elternhaus, einem modernen Neubau, der im scharfen Kontrast zum alten Haus der Großmutter daneben steht – einem Überbleibsel aus den Fünfzigerjahren, das wie ein stummer Zeuge vergangener Tage wirkt. Hier wohnt meine Mutter, die gerade mit Roberts Eltern im Urlaub ist. Schon der bloße Anblick verfinstert meine Laune. Eigentlich lebe ich bei ihrer Tante, doch für die Ferien werde ich hierher bestellt – der unerwünschte Bastard, der auf seinen kleinen Cousin aufpassen soll. Weil Robert nicht mit in den Urlaub will. Mich hat man erst gar nicht gefragt.

Ich beuge mich über den Blumentopf neben der Haustür. Kalte, feuchte Erde schiebt sich unter meine Fingernägel, als ich hineingreife. »Spitze. Wie tief hat der Eumel das wieder vergraben?«

Ich unterdrücke die Frustration, die in mir brodelt. Endlich finde ich den Schlüssel. Meine schmutzigen Finger wische ich an der Jeans ab und zögere, bevor ich ihn ins Schloss schiebe. Kurz flammt der Drang auf, das Ding wieder tiefer zu vergraben. Robert würde es verdienen.

Nicki steht still neben mir, die Arme um sich geschlungen. Im Schein der Außenbeleuchtung wirkt sie wie eine kleine Schnecke, kurz bevor sie sich in ihr Haus zurückzieht. Was habe ich mir nur dabei gedacht, sie mitzunehmen? Nur, um herauszufinden, was hinter ihrem seltsamen Verhalten steckt? Und was war das für eine merkwürdige Unterhaltung mit Sebastian im Auto? Hier passt nichts zusammen – oder bilde ich mir das nur ein?

»Tut mir leid, es gibt noch kein Licht«, erkläre ich, als wir in den dunklen Flur treten wo einige Lampen noch nicht installiert sind. Der Duft von Neubau und frischem Holz schlägt uns entgegen.

»Macht nichts«, sagt sie leise.

Ich spüre ihre Unsicherheit. Schuld kriecht in mir hoch. Behutsam nehme ich ihre kalte Hand und führe sie in den oberen Bereich des Hauses – Roberts Reich. Ein eigenes Bad, ein Balkon. Alles, was ein Kronprinz braucht. Natürlich sieht das Zimmer aus wie aus einem Katalog: die beste Stereoanlage, der größte Fernseher, eine Videoanlage – alles vom Feinsten. Meine Tante hat sich ins Zeug gelegt, um ihm ein Zimmer zu schaffen, mit dem er die Mädels beeindrucken kann.

Eine riesige Palme breitet ihre Blätter aus, daneben eine Hängematte, als wäre man in einem Ferienparadies. Der Blickfang: ein überdimensionales Miami Vice-Poster, so groß, dass es kaum zu übersehen ist. Drumherum prangen Nena und Depeche Mode.

»Robert hat echt ein tolles Zimmer«, sagt Nicki, ihre Augen wandern langsam durch den Raum.

»Warst du noch nie hier?« Ich deute auf das alberne Kussmund-Sofa. »Nimm Platz.«

»Doch, zweimal. Mit Meli.« Sie setzt sich vorsichtig auf die Kante.

Umständlich ziehe ich meine Jacke aus, werfe sie über den Sessel und gehe zum Fernseher. Mit einem kurzen Flackern erwacht er zum Leben.

Ich schalte durch die Programme – Nachrichten. Auf dem dritten Kanal läuft Sport unter der Lupe.

»Willst du Fußball sehen?« frage ich unsicher.

»Nicht wegen mir, außer du möchtest.« Sie beißt sich auf die Unterlippe, und für einen Moment verliere ich mich in dem Gedanken, sie einfach zu küssen. Es war so unbeschreiblich schön im *Club*, dieses Gefühl lässt mich nicht los. Doch bevor ich mich darauf einlasse, muss ich erst meine Zweifel loswerden. Ich will nicht wieder enttäuscht werden.

»Mich langweilt Fußball«, sage ich schließlich.

Ein Staunen huscht über ihr Gesicht. »Selten, dass ein Junge das nicht mag.«

»Ich schau's manchmal, damit ich bei den Kumpels nicht als Außenseiter dastehe«, gebe ich zu und lege die Fernbedienung auf den Glastisch, wo einige persönliche Dinge von mir liegen.

»Ich finde es nur spannend, wenn wir im Endspiel gewonnen haben. Dann bin ich beim Feiern dabei.«

»Europa- oder Weltmeisterschaft?« Ich kratze mich am Kopf und versuche, mich zu erinnern.

»Ach, Fußball interessiert mich kein bisschen«, sagt sie abwinkend, als würde sie sich über sich selbst ärgern.

»Ich hol uns was zu trinken.« Nachdenklich gehe ich nach unten.

Ein Schmunzeln huscht über mein Gesicht, als ich zurückkomme. Nicki sitzt immer noch unverändert da. Ich stelle die Flasche Wasser und die Gläser auf den Couchtisch, dann knie ich mich neben sie. »Mach mal deinen Arm frei. Ich habe eine Creme, die hilft gegen Prellungen.«

»Es tut nicht weh.«

Trotzdem ziehe ich ihr den Pulli über die Schulter und massiere sanft die Verfärbung mit Arnikasalbe ein. »Ich bin schuld an dem Fleck, schließlich habe ich Robert Karate beigebracht.«

»Danke, das fühlt sich wirklich gut an.« Ihr schüchternes Lächeln breitet sich langsam aus, und für einen Moment sehe ich die Anspannung von ihr abfallen.

Ich lege die Tube auf den Tisch, schalte den Fernseher aus und setze mich neben sie. »Wärst du lieber mit Sebastian mitgegangen?«

»Quatsch, wie kommst du darauf?«

»Ihr habt auf der Tanzfläche vertraut gewirkt. Er hat geflirtet und du hast nicht abgeneigt ausgesehen.«

Ihr Blick wird weicher. Die süße Nicki im bezaubernden Brautkleid ist zurück. »Ich bin hier und nicht bei Sebastian.« Sie tastet nach meiner Hand, und unsere Finger verschränken sich.

»Ich mag dich. Aber wenn ich merke, dass du nur mit mir spielst, dann bin ich weg«, warne ich sie lieber gleich, damit sie weiß, woran sie mit mir ist.

»Wie meinst du das?«

Ich lasse ihre Hand los, greife nach dem Umschlag auf dem Tisch und ziehe den Brief heraus, den ich Nicki reiche. Es sind nur wenige Zeilen darauf geschrieben, dafür umso mehr Herzchen gezeichnet:

Lieber Achim,

ruf mich bitte an, damit wir nochmal drüber quatschen können. Es tut mir voll leid, dass ich mit Tobi rumgeknutscht habe. Ich hatte an dem Abend zu viel getrunken und bereue es übel.

Deine Ina.

P.S. Ich mag dich total!!!

»So meine ich das. Wenn du lieber bei dem Grufti sein willst, werde ich dich nicht aufhalten.«

Sie reicht mir nachdenklich den Brief zurück. »Du hast heute mit Ina telefoniert?«

»Ja, ich sagte ihr, dass es vorbei ist. Wir passten einfach nicht zusammen.«

»Warum nicht?«

»Sie mochte keine Blumen.«

Nickis Gesicht verliert alle Farbe. Unbewusst fährt ihre Hand zu ihrem Hals, als hätte sie Schwierigkeiten zu atmen. Doch dann zwingt sie sich, wieder zu lächeln. »Ina mag keine Blumen?«

»Ja. Aber was ist das für ein Mensch, der mit so etwas nichts anfangen kann?«

»Du meinst, sie schneidet die Köpfe ab, wenn sie welche bekommt?«

»Das würde ich ihr zutrauen!«

Nicki nickt, als würde sie Ina kennen. Unsere Blicke treffen sich und für einen Moment scheint sie etwas sagen zu wollen, doch sie schweigt.

Die Sehnsucht, sie zu küssen, wird immer stärker. Doch anstatt ihr nachzugeben, greife ich zur Packung Marlboro. »Stört es dich, wenn ich rauche?«

Sie schüttelt den Kopf. »Warum lebst du nicht bei deiner Mutter?«

Ich zünde die Zigarette an, nehme einen tiefen Zug und lasse den Rauch langsam in die Luft aufsteigen. »Meine Großtante braucht mich. Ich helfe ihr im Garten und im Haushalt. Sie hat zwar eine Tochter, doch die lebt ihr eigenes Leben. Aber das spielt keine Rolle. Ich muss ständig an das Brautkleid denken«, sage ich, obwohl das nicht die ganze Wahrheit ist. Es ist ihr Blick, der mich nicht loslässt – als wüsste sie Dinge, die sie niemals aussprechen wird.

»Tut mir leid, dass ich dich als meinen Bräutigam ausgegeben habe.«

»Kein Problem. Du warst wunderschön. Genau so stelle ich mir meine zukünftige Frau vor.« Ich mustere sie kurz.

»Wir sind ein bisschen jung fürs Heiraten.«

»Stimmt. Und auch zu jung, um Brautkleider anzuprobieren.«

Sie schluckt, offensichtlich verunsichert. »Ach, das war Minas Idee.«

Ich schnaube abfällig. »Spitze. So wie die Sache mit dem Eis, das zu unserer Zeit besonders billig ist, oder?«

Nicki scheint einen Moment zu wanken, richtet sich dann jedoch auf. »Das war ein Versprecher, sie meinte es nicht so.«

»Klar. Nicki, ich bin nicht dumm. Erklär mir, was hier vor sich geht.«

»Bitte frag nicht weiter.« Bevor ich reagieren kann, legt sie mir die Finger auf die Lippen. Ihre Berührung macht mich hilflos, und ich nehme nur ihre Hand, um sie festzuhalten.

»Nicki …, wann war die letzte Weltmeisterschaft?« Ich habe so eine Ahnung, dass sie die Antwort nicht weiß – und genau das wäre ein Problem.

»Das interessiert mich nicht.« Sie zuckt mit den Schultern und vermeidet mich anzusehen.

»Aber du warst bei der Siegesfeier?« Mein Ton klingt schärfer, als ich es wollte.

»Äh, ja, klar.« Sie spielt nervös mit einer Haarsträhne.

Ein letztes Mal ziehe ich an der Zigarette und mache sie aus. »1980, als Deutschland Europameister wurde? Oder 1974, als sie Weltmeister waren?« Meine Großtante hat das kürzlich erzählt, sonst hätte ich keine Ahnung.

Nicki runzelt die Stirn, als würde sie den Faden verlieren. »Warum fragst du das?«

»Wann war die letzte Weltmeisterschaft? Und in welchem Land?« Meine Worte treffen wie Nadelstiche, aber ich kann nicht aufhören.

»Weiß nicht …« Sie schüttelt den Kopf und entzieht mir ihre Finger. Ihre Hände ballen sich zu Fäusten.

»Es ist keine zwei Wochen her. Die Weltmeisterschaft in Mexiko. Überall war Werbung: Zeitungen, Fernsehen …, selbst auf dem Senfglas.« Ich greife danach und halte es ihr hin. Ihre Augen weiten sich, als sie das Maskottchen darauf sieht.

»Das kann nicht an dir vorbeigegangen sein.« Meine Stimme klingt dumpf, wie aus weiter Ferne. »Und dann wie du Billard gespielt hast …« Ich schüttle den Kopf, unfähig, die Erinnerungen zu ordnen.

Nicki starrt auf das Glas, dann zu mir und ich erkenne, wie ihr Widerstand bröckelt. »Es tut mir leid. Ich hatte nie vor, es dir zu sagen. Doch du hast mich in die Enge getrieben. Was habe ich für eine Wahl?« In ihrem flehenden Blick schimmern Tränen.

»Keine!«, sage ich ein wenig zu kalt.

Sie nimmt einen zitternden Atemzug, bevor sie das unvermeidliche ausspricht, das alles verändern: »Ich weiß, es klingt verrückt, aber … ich habe eine Zeitreise gemacht.«

Ihre Worte hängen wie Nebel in der Luft, sickern langsam in mein Bewusstsein. Ich starre sie an, während mein Verstand versucht, die Bedeutung zu erfassen. Doch irgendetwas in ihren Augen … hat sich verändert.

»Bitte, was?« Mein Lachen platzt aus mir heraus – doch sie sieht mich so ernst an, so vollkommen überzeugt.

»Es ist okay, wenn du mir nicht glaubst.« Doch in ihrem Blick liegt etwas, das mich zweifeln lässt. Ein Funke von … Angst?

Für einen flüchtigen Moment frage ich mich, was wäre, wenn sie tatsächlich durch die Zeit gereist wäre? Ein völlig absurder Gedanke.

»Wie soll ich dir das bitte glauben?« Ich habe mich in sie verliebt, und jetzt macht sie alles zunichte.

»Das habe ich mich auch gefragt, als ich plötzlich im Jahr 1986 gelandet bin. Aber leider befreit uns niemand aus diesem Albtraum.«

»Nicki, lass es! Es wird mir langsam zu blöd.« Meine Geduld schwindet, meine Stimme wird lauter.

Doch sie hält meinem Blick stand. »Ich weiß, wie bescheuert sich das anhört, aber … wir brauchen Hilfe. Ich schaffe das nicht allein. Mina ist hier nicht gemeldet, sie existiert quasi nicht einmal. Wir müssen zurück in unsere Gegenwart.« Ihre Augen spiegeln tiefen Schmerz.

»Selbst wenn das wahr wäre … wie soll ich dir helfen?«

»Ja, stimmt. Du kannst nichts tun.« Ihre Schultern sinken, sie starrt auf ihre Hände, als wäre sie ein Häufchen Elend.

»Erklär es mir … Vielleicht begreife ich es dann.«

Sie atmet tief durch, als müsse sie Kraft sammeln. »Du und ich … wir haben uns geliebt. So sehr, dass ich dachte, nichts könnte uns je trennen. Aber es hat nicht gereicht. Irgendwann haben wir uns aus den Augen verloren. Wir waren zu jung. Die Entfernung, die hohen Telefonkosten … und unsere Briefe wurden auch immer weniger. Und wenn wir uns doch sahen, war dieses Gefühl immer noch da – es hat nie nachgelassen. Aber trotzdem haben wir es nicht geschafft, zusammenzukommen.«

Ich spüre, wie sich mein Magen zusammenzieht, doch bevor ich etwas sagen kann, spricht sie weiter: »Dann kam Robert. Er war immer für mich da. Und nachdem wir geheiratet hatten … bekamen wir Mina."

»Mina?« Mein Mund fühlt sich plötzlich trocken an.

Nicki nickt langsam. »Unsere Tochter. Also … meine und Roberts. Aber jetzt bin ich hier, und ich weiß nicht, wie wir zurück in unsere Zeit gelangen sollen.«

Stille. Minutenlang. Mein Kopf schüttelt sich fast von selbst. »Das kann unmöglich dein Ernst sein!«

Nicki seufzt und sieht mir direkt in die Augen. Sie weiß, was ich denke. Wahrscheinlich erkennt sie den Zweifel in meinem Blick. »Es bringt nichts«, murmelt sie mehr zu sich selbst. »Es ist zu absurd, zu viel … Du wirst mir niemals glauben. Und das ist okay. Es war dumm von mir, es überhaupt zu sagen.«

Ich will etwas erwidern, doch meine Lippen bleiben stumm. Da steht sie auf.

»Es tut mir leid. Vielleicht ist es besser, es gleich hier zu beenden … dann tut es wenigstens nicht über Jahrzehnte hinweg weh.«

Sie dreht sich um und verlässt den Raum, bevor ich eine Antwort finden kann.

Als die Tür ins Schloss fällt, umfängt mich eine seltsame Kälte. Ihr Bild bleibt in meinem Kopf haften – die Tränen in ihren Augen, die Verzweiflung in ihrer Stimme. Und so sehr ich es auch will, ich kann den scharfen Nachgeschmack ihrer Worte nicht abschütteln.

Was, wenn sie die Wahrheit sagt? Was, wenn sie tatsächlich aus der Zukunft kommt?

Ich höre, wie sie die Treppe hinunterläuft und kurze darauf die Tür ins Schloss fällt.

Dann ist es still, und in diesem Moment fühle ich mich so allein wie nie zuvor.

Zu albern. Zeitreise. Was Dümmeres fällt ihr nicht ein?

Ich gehe zum Plattenspieler und lasse laut *Depeche Mode* laufen.

Dann mache ich das Licht aus, lege mich mit dem Rücken auf den Korkboden und starre die Schatten an der Decke an, die durch die Straßenlaternen entstehen. Es regnet, doch das ist mir egal, soll sie ruhig nass werden.

»Verdammt, warum?« Mit geballten Fäusten schlage ich auf den Boden, um den brennenden Schmerz in meiner Brust für einen Moment zu betäuben. Tränen laufen über meine Schläfen ins Haar, und verärgert wische ich sie weg. Sie ist es nicht wert! Erst Ina, jetzt Nicki.

Stripped läuft und ich sehe sie vor meinem inneren Auge tanzen. Ich fühle mit ihr. Einsam, allein, versunken in einer Melodie mitten unter Menschen. Dann dieses Lächeln, als sie im Brautkleid auf mich zukommt, meine Hand nimmt und es sich so vollkommen richtig anfühlt.

Ich will sie!

Ich will sie zurück!

Und jetzt heule ich richtig.

Ein Lichtkegel durchflutet für einen Moment den Raum. Ich höre Robert herfahren. Wie vom Blitz getroffen springe ich auf, schnappe meine Jacke und nehme mehrere Stufen auf einmal nach unten.

»Robert. Gut, dass du da bist, ich brauche kurz dein Motorrad.«

Er bleibt sitzen, hebt nur sein Visier und schaut mich abschätzig an. »Wo ist Nicki?«

»Sie ist losgelaufen.« Ich versuche, ruhig zu bleiben, während mein Herz wie eine Trommel in meiner Brust hämmert.

»Allein?«

»Verdammt, ja! Steig jetzt ab, ich muss sie suchen!« Meine Stimme bebt vor Zorn.

»Du Arsch! Was hast du gemacht?«, brüllt er zurück. Doch er wartet keine Antwort ab. Der Motor heult auf und im nächsten Moment rast er los.

»Bleib stehen, du Wichser!« Mein Schrei hallt in der Dunkelheit wider. Wut kocht in mir hoch, heiß und unbändig. Was zur Hölle mischt er sich ein? Fluchend starre ich ihm hinterher, unfähig, mich zu bewegen.

»Gibt's Probleme?«

Ich drehe mich um. Sebastian. Der Letzte, den ich jetzt gebrauchen kann.

Seine Hand landet auf meiner Schulter und etwas in mir explodiert. Mit einem Ruck versuche ich, mich loszureißen, aber sein Griff ist fest – er hat die Kontrolle, die ich verloren habe. Ein Glück, dass er den schwarzen Gürtel hat, sonst hätte ich meine ganze Wut an ihm ausgelassen.

»Komm«, sagt er leise, beinahe beschwörend. »Lass uns um die Häuser ziehen. Du kannst mir erzählen, was passiert ist.«

Ich atme schwer. Das Adrenalin pumpt durch meinen Körper, doch seine Stimme beruhigt mich irgendwie.

»Wohin?« frage ich, immer noch in Rage.

»Ins Lidfass nach Stuttgart.«

»Ich bin nicht volljährig.«

»Aber ich.«

Besser mit ihm weggehen, als später meinen Cousin zu vermöbeln. Außerdem … Nicki. Ihre Worte hallen in meinem Kopf wider. Sie war mit Robert zusammen? Mina ist die Tochter der beiden? Das passt doch perfekt. Dann kann sie ihn jetzt auch um Hilfe mit ihrem Zeitreise-Mist bitten. Ich bin raus.

Es ist vorbei – endgültig.

KAPITEL 27

Das Großvater-Paradoxon: Wenn man in der Zeit zurückreist und etwas verändert, könnte das dazu führen, dass wichtige Ereignisse, die zu deiner eigenen Existenz geführt haben, nicht mehr eintreten. Ein klassisches Beispiel dafür wäre, wenn jemand seinen Großvater in der Vergangenheit tötet – in diesem Fall würde man selbst nie geboren werden, was ein unerklärliches Paradox erzeugt.

FREITAG, 11. JULI 1986

NICKI

Achim, warum folgst du mir nicht? Was habe ich nur angerichtet? Wie konnte ich hoffen, dass du mir glaubst? So nach dem Motto: »Ach so, eine Zeitreise! Spitze. Das ist ja cool, erzähl mal.«

Als ob du dich auf diese Absurdität einlassen könntest. Niemand würde uns das abnehmen. Wir sind allein. Ich bin am Ende – komplett!

Mit schmerzendem Herzen und schnellen Schritten lasse ich das Dorf hinter mir und biege auf den betonierten Feldweg ein, ohne Straßenbeleuchtung. Der Regen verschleiert die Sicht, die mondlose Nacht hüllt alles in Schatten. Nur schemenhaft zeichnen sich die Silhouetten der Obstbäume und des Waldes ab.

Wieder bin ich nachts unterwegs – doch diesmal allein. Der Schmerz treibt mich voran, meine Beine bewegen sich wie von selbst.

Gedanken an Mina durchzucken mich. Was, wenn jemand herausfindet, dass sie nirgendwo gemeldet ist? Das Bild verfolgt mich: Sie steht verlassen da, Tränen in den Augen, während ein graues Heim sie aufnimmt. Und ich, ihre Mutter, bin machtlos – weil ich genauso alt bin wie sie.

Ich werde mein Leben ein zweites Mal leben müssen, jeden Fehler noch einmal machen, nur damit meine Tochter geboren wird – falls das überhaupt möglich ist. Sie ist ja schon hier. Und jetzt habe ich auch noch Achim verloren.

Für immer.

Er wird Ina heiraten, weil er mich verachtet. Ob sie Blumen mag oder nicht, spielt keine Rolle mehr. In seinen Augen bin ich nichts wert.

Mir ist kalt. Vielleicht wegen des Regens. Vielleicht, weil ich weiß, dass Achim mich nie wieder in seinen Armen halten wird. Der Schmerz darüber, ist unerträglich.

Ist er jetzt also 2021 mit Ina verheiratet?

Hatte ich deshalb diesen Traum?

Doch da kam er mir hinterher, gestand mir seine Liebe. Und nun?

»Achim, warum kommst du nicht? Ich liebe dich, und ich habe dich noch nie so gebraucht wie jetzt«, flüstere ich kraftlos. Tränen laufen über meine Wangen und vermischen sich mit dem Regen. Ich bin völlig durchnässt, der Wind zieht durch die Maschen und ich friere erbärmlich.

Der einzige schöne, warme Sommertag war an meinem Geburtstag, in der Woche nach dem Endspiel: Argentinien gegen Deutschland, 2:3.

»Verdammt, warum weiß ich das plötzlich? Warum erinnere ich mich, woher der blaue Fleck auf meinem Oberarm stammt? Ich will das nicht wissen!«, schreie ich in die Nacht. Die Tage vor der Zeitreise brennen wie ein Fluch in meinem Kopf. Ich ertrage sie nicht, ich kann sie nicht aushalten – aus Panik, dass sie mich von der einzigen Wahrheit fortreißen: Ich habe im Jahr 2021 gelebt! Doch was, wenn genau das verblasst? Ein Schrei steigt in meiner Kehle auf, bleibt wie ein Kloß stecken. Mit aller Wut, die ich noch in mir finde, trete ich in eine Pfütze. Die verschmutzte Fontäne, die hochspritzt, trifft mich wie ein höhnischer Schlag, durchnässt mich endgültig bis auf die Haut. Alles in mir tobt – und doch hört mich niemand. Ich bin allein in diesem Albtraum.

Ich zittere. Ist es die Kälte oder die Angst? Ich weiß es nicht. Ich habe so eine Scheißangst.

Ohne Achim schaffe ich das nicht. Ich sehe seine blauen Augen, distanziert und kühl.

Ich bleibe stehen und schüttle den Kopf über mich selbst. Warum habe ich ihn nicht einfach verführt? Mit all der Lebenserfahrung, die ich ihm voraus habe, hätte ich Gefühle in ihm wecken können, von denen er nicht einmal zu träumen wagt. Er hätte mich nie wieder losgelassen. Stattdessen fühle ich mich wie dieses schüchterne, sechzehnjährige

Mäuschen, das sich nicht traut, piep zu sagen. Und dann habe ich ihn auch noch mit diesem Zeitreise-Mist konfrontiert. Als ob ich ernsthaft auf Verständnis hoffen könnte. Ich hab's vermasselt, bevor es überhaupt begonnen hat.

Wir werden nie zusammenkommen.

Niemals!

Achims Worte schießen mir durch den Kopf, die er bei unserem letzten Treffen sagte: »Ich wette mit dir, entweder klappt es in diesem Leben mit uns – oder im nächsten. Und wenn wir beide Schnecken werden!«

Ich lasse mich auf die Knie fallen und krümme mich heulend zusammen. In diesem Leben wird er mich nur noch missachten.

Mir bleibt nichts anderes, als zu warten, bis wir als Schnecken wiedergeboren werden.

Ein Schluchzen zerreißt meine Brust. Ich heule so jämmerlich wie noch nie und kann mich nicht erinnern, wann ich mich das letzte Mal so hoffnungslos gefühlt habe.

Ich bin gefangen im falschen Leben.

Statt alles besser zu machen, wird es schlimmer als je zuvor.

Ich fühle mich unendlich allein.

Der prasselnde Regen wird von einem näherkommenden knatternden Motorengeräusch übertönt.

»Achim!« Ein Funke Hoffnung durchfährt meinen frierenden Körper und lässt mich aufstehen. Mein Herz schlägt schneller. Meine Sehnsucht nach ihm ist unermesslich groß.

Langsam drehe ich mich um. Der Lichtschein kommt auf mich zu – viel zu schnell.

Was sage ich jetzt zu ihm? Dass alles nur Spaß war? Soll ich ignorieren, was vorgefallen ist, oder weiter darauf hoffen, dass er mich versteht?

Meine Gedanken drehen sich im Kreis. Neben mir hält ein Motorrad – für einen Moment glaube ich, es könnte Achim sein. Doch die kleinere Statur verraten mir, dass es Robert ist. Für einen kurzen Augenblick hatte ich Erleichterung gespürt, doch die Illusion bricht in sich zusammen wie ein Kartenhaus.

Ein tiefer Schluchzer löst sich, und obwohl ich mir fest vorgenommen habe, nicht vor ihm zu weinen, steigen mir erneut die Tränen in die Augen.

Robert öffnet sein Visier, eine nasse Haarsträhne hängt ihm im Gesicht. »Nicki, was ist passiert?«

»Nichts. Alles in Ordnung.«

»Warum läufst du allein durch den Regen, und das ohne Achim?« Er ist sichtlich besorgt, fast sanft.

»Ich wollte nicht länger bleiben. Er wäre mit dem Motorrad nachgekommen, sobald du da bist. Na ja, jetzt kommst eben du.« Ich versuche, gleichgültig zu klingen, doch vom vielen Heulen kann ich das Schluchzen kaum unterdrücken.

Mitleidig sieht er mich an und reicht mir den zweiten Helm. Zögernd nehme ich ihn an und stülpe ihn mir über den Kopf. Ich steige hinter Robert auf. Als ich meine Arme um ihn lege, um mich festzuhalten, werden meine Hände erdig, und ich ziehe einen verhakten Grasbüschel aus dem Reißverschluss seiner Lederjacke.

»Bist du gestürzt?« Mein eigener Kummer tritt kurz in den Hintergrund.

»Nein. Ich hatte gerade wirklich ein schönes Erlebnis, doch du zitterst ja, lass uns losfahren.« Darüber bin ich froh, denn meine Gedanken werden von Achim beherrscht, ich kann mich jetzt auf nichts anderes konzentrieren.

Der Fahrtwind peitscht mir ins Gesicht, doch das kalte Wasser auf meiner Haut fühlt sich an wie ein Echo des Schmerzes, den ich tief in mir spüre.

Robert hält in unserer Straße an. Ich steige ab, sage kurz »Danke!« und will weglaufen.

»Nicki, warte mal.« Er zögert, dann steigt er ab und legt eine Hand auf meine Schulter, dreht mich zu sich um. »Nicki, was ist passiert? Du siehst aus, als wäre die Welt untergegangen.«

»Nichts. Es ist nichts, Robert.«

»Das ist nicht nichts, Nicki. Es geht um Achim, oder?«

Ich merke, wie die Tränen in meinen Augen erneut aufsteigen. »Er glaubt mir nicht …« Die Worte bleiben mir im Hals stecken.

Robert nimmt mich in den Arm und ich spüre seine Wärme in der Geste. »Was glaubt er dir nicht, Nicki?«

»Er hasst mich.« Die Worte kommen endlich heraus und ich kann das Schluchzen nicht mehr zurückhalten.

Robert bleibt einen Moment still, bevor er leise antwortet. »Achim könnte dich niemals hassen.«

»Doch, er tut es«, flüstere ich, während ich mich in seiner Umarmung vergrabe. »Ich hab alles vermasselt.«

»Ich rede mit ihm. Das bekommen wir wieder hin.« So sanft habe ich Robert noch nie erlebt. Was ist nur mit ihm geschehen? Doch meine Zähne klappern vor Kälte und ich schaffe es kaum, darüber nachzudenken. »Ich bin total durchnässt, und du solltest auch schnell heim, sonst werden wir krank.« Ein Niesen unterbricht meine Worte.

»Ja, reden wir morgen. Tschüss, Nicki.«

»Tschüss, Robert. Und danke.«

Das Fenster zu meinem Zimmer steht einen Spalt weit offen und Licht brennt dahinter. Doch als ich einsteige, merke ich, dass Mina nicht da ist. Sie ist bestimmt im Badezimmer. Ich ziehe mein langes Nachthemd an, setze mich aufs Bett und warte, während ich immer noch leise schluchze.

Mina kommt nicht. Als ich im Bad nachschaue, finde ich sie dort auch nicht. Wo kann sie nur sein? Ich gehe zurück ins Zimmer und öffne erneut das Fenster. Hat sie jemanden getroffen? Ist sie unterwegs?

Mein Blick fällt auf den Boden: Dort liegt ihr Depeche-Mode-Pullover zusammen mit der Kette, der Hose und dem korallrote Shirt. Die Sachen sind nass, mit Erde beschmutzt und als ich den Pullover aufhebe, bleiben einige Grashalme an meiner Hand hängen – genau wie bei Robert.

Ein ungutes Gefühl breitet sich in mir aus. Ich lege die Kleidung auf die Heizung, direkt neben meine, und gehe erneut ins Bad, um mich zu waschen. Mit einem Handtuch rubbele ich meine Haare trocken, doch das flaue Gefühl weicht einer aufsteigenden Panik. Wo ist sie? Ich hätte sie niemals alleinlassen dürfen. Warum gibt es nur noch keine Handys? Warum muss alles so kompliziert sein?

Ich schüttle die Bettdecke auf und lege mich hin, aber die Angst schnürt mir die Luft ab. Achim, ich brauche dich! Und Mina … Wo bist du nur? Die Vorstellung, dass sie in Gefahr sein könnte, lässt die Tränen erneut laufen. Die Einsamkeit ist erdrückend und ich weiß nicht weiter.

Irgendwann muss ich eingeschlafen sein, denn ich schrecke hoch, als jemand über mich aus dem Bett klettert. Mein Herz rast und ein Schauer läuft mir über den Rücken. Sofort bin ich hellwach.

»O mein Gott, Mina! Wo warst du?« Meine Stimme ist viel zu laut.

»Mensch, Mama, erschreck mich nicht so! Warum lässt du das Fenster auf und das Licht an?« Mina sitzt im frosch-grünen Schlafanzug vor mir und sieht mich verschlafen an. Erleichterung durchflutet mich und ich könnte vor Glück weinen.

»Wo warst du?«, frage ich erneut und ziehe sie fest an mich.

Doch sie befreit sich aus meiner Umarmung. »Ich hab geschlafen, weil du nicht gekommen bist.«

»Wie meinst du das? Hier im Bett war niemand …« Mein Magen zieht sich zusammen und eine kalte Welle der Unruhe erfasst mich, als ich ihre Worte höre. Ungläubig sehen wir uns an und in diesem Moment weiß ich, dass etwas nicht stimmt.

KAPITEL 28

Das Nachtleben in Stuttgart 1986 war eine lebendige Mischung aus internationalen Einflüssen und lokaler Kultur. Die Stadt war bekannt für ihre vielseitige Club- und Kneipenszene, wo Rock, Pop, Punk und die aufkommende elektronische Musik ihren Platz fanden.

SAMSTAG, DEN 12. JULI 1986

ACHIM

Hastig durchqueren wir den Stuttgarter Regen und treten ins Litfaß ein. Ein schwerer Duft aus Alkohol und Zigarettendunst hängt in der Luft. Auf der Fahrt hierher hatte mir Sebastian erzählt, dass es in dieser Bar nicht nur türkisches Bier, Snacks und Livebands gibt, sondern auch brasilianische Musik, arabische Nächte und Fußballübertragungen. Die Öffnungszeiten sind großzügig – oft bis in die frühen Morgenstunden.

Während Sebastian zwei Weizen bestellt, lasse ich meinen Blick durch den Raum schweifen. Die Wände aus dunklem Holz, die alten Bilder und das Stimmengewirr schaffen eine Atmosphäre, die zugleich gemütlich und lebendig ist. Menschen drängen sich dicht an den Tischen, und ein paar bekannte Gesichter nicken Sebastian zu. Es ist offensichtlich: Er ist hier Stammgast.

Während ich auf mein Glas starre, mustert er mich.

»Du warst die ganze Fahrt über verdammt still. Was geht dir durch den Kopf?«

Ein Teil von mir will nichts sagen, zu sehr nagt die Enttäuschung über Nicki in mir, doch schließlich platzt es aus mir heraus.

»Alles ist ein verdammtes Chaos. Aber egal, es ist vorbei, bevor es richtig angefangen hat.«

»Wovon redest du?«

»Es würde mir leichter fallen, wenn ich wüsste, was zwischen dir und Nicki läuft.«

Sebastian grinst breit. »Nichts. Ich habe sie erst heute im Club kennengelernt. Aber ich gebe zu, sie hat etwas … Eine Anziehung, die schwer zu erklären ist. Du musst dir keine Sorgen machen, falls das dein Problem ist.«

»Ach, wäre es das nur, käme ich damit klar. Aber ist dir nichts an ihr aufgefallen? Etwas Seltsames?«

»Du meinst, wie sie spricht, als würde sie dich schon ewig kennen?«

»Ja, und dann diese merkwürdigen Versprecher. Sie ist sechzehn, aber sie sagt, sie habe ewig kein Billard gespielt und die Regeln vergessen.«

Sebastian schmunzelt. »Die Kleine hat Humor!«

»*Humor*?! Sie behauptet, sie kommt aus dem Jahr 2021. Und Mina, ihre *Freundin*, ist in Wahrheit ihre Tochter. Und jetzt rate mal, wer der Vater ist: Robert. Ist das nicht spitze?« Ich stoße bitter die Luft aus.

Sebastians Stirn runzelt sich, doch dann bricht er in schallendes Gelächter aus. »Du darfst sie nicht ernst nehmen. Ich mache das auch manchmal. Ich zitiere irgendwelche Filme und verwirre die Leute damit, bis sie es kapieren.«

»Ich habe mir schon gedacht, dass du mir nicht glaubst!«

Meine Stimme ist so voller Frustration, dass Sebastians Grinsen augenblicklich verschwindet. Kopfschüttelnd betrachtet er mich. »Das klingt ja auch zu absurd.«

»Ich wusste, dass du zweifeln würdest.«

»Achim, ich bemühe mich, es ernst zu nehmen. Aber … vertraust du ihr in der Sache?«

Sebastians Frage bringt meine Gedanken erneut ins Wanken. Es sollte ihr erster Kuss gewesen sein. Das wusste ich. Aber nichts daran fühlte sich an, als käme es von einem unschuldigen Mädchen. Ihre Lippen – so selbstsicher, so vertraut. Fast, als hätte sie mich schon tausendmal geküsst. Aber wie konnte das sein?

»Das ist es ja,« sage ich schließlich und balle meine Hände zu Fäusten. »Irgendwie tue ich es. Als sie mir das erzählt hat, war sie vollkommen ehrlich. Keine Spur von Lüge, nur … pure Verzweiflung.«

Sebastian nimmt einen Schluck von seinem Weizen. »Hast du daran gedacht, dass sie vielleicht psychisch etwas durchmacht? Stress, ein Trauma, oder … Na ja, manche Menschen verlieren in schwierigen Phasen den Bezug zur Realität.«

Ich blicke weg. »Aber sie wirkt nicht, als wäre sie krank.

Sie ist so klar in ihren Worten, erzählt alles mit einer Überzeugung, als ob es wirklich passiert ist.«

Sebastian legt mir eine Hand auf die Schulter. »Lass mich sie morgen in der Bäckerei beobachten. Vielleicht hilft ein Gespräch, um herauszufinden, was dahintersteckt.«

Ich nicke langsam. »Danke. Ich weiß, wie verrückt das alles klingt.«

Er lehnt sich zurück und mustert mich. »Ich gebe zu, sie macht mich neugierig. Aber sei vorsichtig, okay?«

In diesem Moment dringt ein Klavierintro aus den Lautsprechern, sanft, doch unverkennbar. Bonnie Tylers »Total Eclipse Of The Heart«. Die ersten Takte schwingen durch die Luft und ich halte inne. Die Melodie trifft mich unvorbereitet, wie ein Blitz, der die Dunkelheit durchschneidet. Vor meinem inneren Auge leuchtet ein Bild auf: Nicki im Brautmodenladen, strahlend schön im weißen Kleid.

KAPITEL 29

Der Schmetterlingseffekt: Eine winzige Veränderung in der Vergangenheit kann unerwartet massive Folgen für die Zukunft haben. Dieses Konzept illustriert, wie ein einfacher Schmetterlingsflügelschlag an einem Ort einen Sturm an einem ganz anderen Ort auslöst. Es verdeutlicht die komplexen Zusammenhänge in der Welt, wo selbst kleine Handlungen weitreichende Auswirkungen haben können.

SAMSTAG, DEN 12. JULI 1986

MINA

Ich hatte schon Panik, dass du gemeinsam mit deinen Eltern heim kommst«, wispre ich Mama zu, die aufgestanden ist und leise das Fenster schließt. Draußen weht ein kräftiger Wind, der das Tosen des Regens ins Zimmer trägt und mir trotz Sommer Herbstvibes gibt.

»Davor hatte ich auch Angst. Aber was mich wirklich verwirrt: Du warst vorhin definitiv nicht hier im Raum.« Ihr Blick schweift umher, als würde sie nach Antworten suchen. Warum ist Mama so durcheinander? Natürlich war ich da, aber ich beschließe, das Thema nicht weiter zu vertiefen.

Vom Bett aus mustere ich sie, das weiße Nachthemd mit den blauen Blümchen reicht bis zum Boden und verleiht ihr ein weiches, fast zartes Aussehen. »Der Tag war echt heftig. Ich hatte so viel Spaß mit meinem Vater wie nie zuvor«, sage ich.

»Mit Robert?«

»Gibt es sonst noch andere Väter zur Auswahl?«, frage ich etwas schärfer als beabsichtigt.

»Nein, was denkst du von mir?« Ein verletzter Ausdruck huscht über ihr Gesicht.

»Ist doch auch egal. Ich war am Brunnen und habe den Brief in das Versteck gelegt.«

»Du bist allein da hoch gelaufen?« Ihre Stimme klingt entsetzt.

»Nein, Robert kam gerade von Meli, als ich auf der Straße stand und euch hinterhergesehen habe.«

»Das hat er mir nicht erzählt.«

»Es gab keine Nachricht von Ricki. Aber die Zettel waren nicht mehr in der Zigarettenschachtel. Vermutlich haben die Mäuse sie gefressen.«

Mama setzt sich neben mich auf das Bett. »Schade, es wäre vielleicht eine Lösung gewesen, wenn wir Kontakt zu Ricki hätten.«

»Womöglich habe ich mir das mit dem Gänseblümchen nur eingebildet. Ich weiß nicht mehr, was ich denken soll.«.

»Ich habe es doch auch gesehen. Und du sagst, deine Nachricht an ihn war weg?«

»Ja.« Müdigkeit überkommt mich. Mein Kopf dröhnt und ich kuschle mich in die Kissen.

»Robert hat dich doch nicht angebaggert, oder?«

»Mama, das ist mein Vater!« Ich setze mich wieder auf und sehe sie eindringlich an.

»Das weiß er ja nicht. Keine Frau ist vor ihm sicher!«

»Ich glaube, Papa hat ein ganz anderes Problem.«

»Und das hast du in so kurzer Zeit herausgefunden?«, sagt sie abfällig, doch ein leiser Zweifel schwingt mit.

»Wusstest du, dass er denkt, keine Kinder zeugen zu können?«

»Was für ein Unsinn!« Sie schüttelt entschieden den Kopf.

Ich erzähle Mama von unserem Gespräch und ihre Miene wird ernst. »Gab es einen anderen Mann außer Papa?«

»Nein. Nachdem wir ein Paar wurden, war ich mit niemand anderem zusammen. Du bist seine Tochter!« Ihre Stimme wird lauter und ich spüre die Aufregung in ihren Worten.

»Und er hat dir nie gesagt, dass er vielleicht keine Kinder bekommen kann?«

Sie schnaubt verächtlich. »Nein, hat er nicht!«

»Warum erzählt er es mir und seiner Frau nicht?«, frage ich leise.

»Wenn du es so genau wissen willst: *Ich* hatte Angst, nicht schwanger zu werden, und das wusste er.«

Meine Mutter überrascht mich immer wieder. »Warum das? Hattest du eine Krankheit? Bin ich deshalb ein Einzelkind?«

»Nein, ich hatte eine Fehlgeburt, bevor ich mit deinem Vater zusammenkam.«

»Von Achim?« Ich ahne die Antwort.

»Ja«, sagt sie knapp.

»Wusste er davon?«

»Nein. Wir haben uns danach aus den Augen verloren.«

»Was war mit dem Kind?« Der Wunsch nach Geschwistern nagt schon immer an mir; am liebsten hätte ich einen großen Bruder.

»Ich hatte gerade einen neuen Job angefangen und wurde krank. Weil ich nicht fehlen wollte, nahm ich Medikamente ein.« Sie hält inne, als würden ihr die nächsten Worte schwerfallen. »Damals wusste ich nicht, dass ich schwanger war. Danach bekam ich starke Blutungen.«

»Hat Papa das mitbekommen?«

Sie nickt langsam. »Ja. Meli und Robert haben mich ins Krankenhaus gebracht. Er kannte auch meine Angst, keine Kinder mehr bekommen zu können. Deshalb haben wir nie verhütet. Nach unserer Hochzeitsreise war ich dann schwanger. Du kannst dir nicht vorstellen, wie glücklich ich darüber war.«

»Also bin ich doch ein Lottogewinn.«

»Warum das?«

»Das hat Robert gesagt. Dass es wie ein Lottogewinn wäre, ein Kind zu bekommen.«

»Na ja, so hat er sich dir gegenüber nicht gerade verhalten.«

»Wie lief es bei dir heute?«, frage ich, um von dem Thema abzulenken – ich will nicht mehr über meinen Vater sprechen.

Mama wirkt plötzlich sehr müde. »Ich habe Achim gesagt, dass wir aus der Zukunft kommen.«

Ich starre sie an. »Echt jetzt? Und wie hat er reagiert?«

»Er hat es nicht verstanden. Es war ein riesiger Fehler,

ihm davon zu erzählen. Jetzt verachtet er mich.« Ihre Unterlippe zittert und ihre geröteten Augen fallen mir auf.

»Shit. Wir können mit niemandem darüber reden. Was machen wir jetzt?« Am liebsten würde ich auch weinen, aber ich halte die Tränen zurück.

»Ich weiß es nicht. Ich kann mich nicht erinnern, jemals so viel Angst um dich gehabt zu haben wie in den letzten Stunden. Ich will hier einfach nur weg!«

KAPITEL 30

Am 12. Juli 1986 lagen die Temperaturen zwischen 7 und 16 Grad. Der Himmel war meist wolkenverhangen, aber es blieb trocken. Die Woche vom 8. bis 14. Juli 1986 war alles andere als sommerlich! Temperaturen zwischen 6,5 C und 19,0 C, viel Regen und Wolken prägten das Bild. Nur am 13. und 14. Juli gab es einen Hauch von Sommer: trocken und etwas Sonne.

SAMSTAG, DEN 12. JULI 1986

NICKI

Heute ist Papa zu Hause und weil er vor Mama wach ist, bestreicht er zur Abwechslung die Knäckebrote mit Nutella und gießt den Pfefferminztee ein. Der Duft kriecht mir in die Nase, aber mein Magen bleibt flau. Ich habe die ganze Nacht kein Auge zugemacht; Liebeskummer nagte an mir und noch schwerer wiegt die Angst um Mina.

Ich bin sicher, dass sie gestern nicht da war, als ich das Bett aufschüttelte, die leere Stelle neben mir wirkt wie ein

Hinweis darauf. Was war nur so außer Kontrolle geraten, dass die Gefahr bestand, Mina zu verlieren?

»Na, hattet ihr ein paar schöne Tage?«, fragt Papa und lächelt.

Ich zwinge mich, meine trüben Gedanken beiseitezuschieben, und gebe mir Mühe, die gelöste, fröhliche Tochter zu spielen. In Papas Gegenwart war das sonst nie schwer, doch heute muss ich mich zusammenreißen. »Ferien sind immer toll und wir waren mit Meli unterwegs.«

»Habt ihr Lust, heute mit nach Stuttgart zu kommen? Ich habe dort geschäftlich zu tun. Ihr könntet bummeln gehen. Danach treffen wir uns bei *McDonald's*.« Erwartungsvoll sieht er uns an.

Ein flüchtiges Ziehen schleicht sich in meine Brust. Auch das noch … Ich war damals zum ersten Mal mit Papa und Meli in Stuttgart, und jetzt habe ich etwas anderes vor. »Wir fahren nachher zur Bäckerei Saalbach. Dort möchte ich nächstes Schuljahr ein Praktikum machen.« Unsicherheit schwingt in meiner Stimme.

»Beim Bäcker? Da hast du unmögliche Arbeitszeiten. Das würde ich mir gründlich überlegen«, mischt sich Mama bedenklich ein, die sich zu uns an den Frühstückstisch setzt.

»Irgendwo muss ich ein Praktikum machen. Aber … ich könnte auch absagen. Ich würde gern mit nach Stuttgart gehen.« Ein sanftes Drängen begleitet meine Worte. Ich muss mit, um zu verhindern, dass alles noch chaotischer wird.

»Dafür ist ein Praktikum da, damit sie die Vor- und

Nachteile eines Berufs kennenlernt«, antwortet Papa ruhig an Mama gewandt.

»Aber ich wecke sie nicht um drei Uhr nachts auf«, entgegnet sie.

»Ich schaue mir das heute nur an und kann mich dann immer noch entscheiden.«

»Ich finde es gut, dass Nicki ihre Ferien nutzt, um sich um einen Praktikumsplatz zu kümmern«, sagt Papa, das Thema abschließend.

»Aber kommt um sechs zu den Burkhards, wir machen heute einen spanischen Abend«, setzt Mama an mich gewandt hinterher.

Ein leiser Schatten fällt auf den Tag, weil mein Leben schon wieder anders verläuft, als es sollte.

Kurz nach eins radeln wir zu Sebastian, endlich bei Sonnenschein. Der Sommer scheint durchzubrechen und außer ein paar Bauern auf den Feldern begegnen wir niemandem. Es ist derselbe Weg, den ich gestern Nacht gelaufen bin, und der Gedanke an den Schmerz schnürt mir die Brust zu.

Je näher wir dem Nachbarort kommen, desto mehr zittern meine Knie. Hoffentlich kommt Achim zu Sebastian – er muss einfach!

Mir geht sein bitterer Blick nicht aus dem Kopf, wie er mich ansah, als ich ging. Es war nicht das erste Mal, dass ich ihn enttäuschte. Wenn ich ehrlich bin, hat er meinen Humor nie ganz nachvollziehen können. Vielleicht, weil ich unbeschwert aufwachsen durfte, während sein Leben von klein auf ein Kampf war.

Für ihn war ich eine verwöhnte Prinzessin, gefangen in meinem Elfenbeinturm. Das hat es uns oft schwer gemacht, wirklich zueinander durchzudringen. Dass mir das erst jetzt, nach all den Jahren, klar wird, ist fast schon tragisch.

Wie oft haben wir aneinander vorbeigeredet, ohne es zu merken?

Im Traum nannte Achim mich Schnecke – und jetzt verstehe ich endlich, warum. Und er hatte so recht: Mein Rückzug war pure Angst – Angst davor, meine Gefühle zu zeigen, Angst davor, verletzt zu werden.

Und je mehr ich mich zurückzog, desto mehr erwartete ich, dass er alles von selbst versteht.

Nun sehe ich, wie unterschiedlich unsere Bedürfnisse waren.

Ich habe damals, wenn er von Einsamkeit sprach, nicht gewusst, was es für ihn bedeutete. Für mich war er der coole Typ, der mit seinem lässigen Spruch alles überspielte. Aber was ihm wirklich fehlte, war Geborgenheit. Ein Zuhause, in dem jemand auf ihn wartete, ihn vermisste – ein Ort, an dem er er selbst sein konnte. Und was mache ich jetzt? Ich füge ihm erneut Schmerz zu, ohne es zu wollen, ohne zu wissen, wie ich es verhindern kann. Und ich bringe Mina in Gefahr, weil nichts so ist, wie es damals war. Vielleicht stimmt auch an meinen Erinnerungen vieles nicht, und ich habe all die Jahre etwas gesucht, das es nie gegeben hat. Oder ist mein ganzes Leben ein Scherbenhaufen? Mir ist zum Heulen zumute.

Am liebsten würde ich nach Hause rennen, die Decke über den Kopf ziehen und weinen. Aber welches Zuhause und welche Decke, in welcher Zeit? Wo gehöre ich hin?

Mina darf von alldem nichts merken, damit sie nicht beginnt, sich um sich selbst zu fürchten. Also drücke ich die Pedale fester, zwinge mich zum Weiterfahren. Vielleicht wartet am Ende dieses Weges nicht nur Sebastian, sondern auch eine Antwort.

Ein Auto fährt an uns vorbei und hupt. Erschrocken reiße ich den Lenker nach rechts; gedankenverloren war ich wohl zu weit in die Mitte der Straße geraten. Doch es sind nur Claudia und Betti, die uns durch die offenen Fenster zuwinken, bevor sie an der nächste Kreuzung verschwinden. Ich habe nicht bemerkt, dass wir den verkehrsberuhigten Weg längst hinter uns gelassen haben und uns schon mitten im Ort befinden.

Nach einer leichten Rechtskurve taucht Roberts Elternhaus auf. Achim schraubt im Hof am Motorrad herum, das wieder strahlend sauber ist. Seine Hände sind schwarz vom Öl, aber das macht nichts; selbst so sieht er umwerfend aus. Mein Herz schlägt schneller und es lässt sich nicht beruhigen. Ich will nicht, dass alles zu Ende ist, aber ich habe keinen Plan, wie ich mich jetzt verhalten soll.

Nur eines weiß ich: Es erleichtert mich, doch noch im Jahr 1986 zu sein. Liebeskummer mag schmerzhaft sein, aber wenigstens fühlt man sich lebendig.

»Hey, Achim. Ich dachte, du wolltest mit zu Sebastian. Warum werkelst du noch am Motorrad rum?«, spricht Mina ihn direkt an. Ich bin so froh darüber, dass ich sie dafür am liebsten an mich drücken würde.

»Na, ihr Hühner, ihr seid ja überpünktlich«, scherzt er und ich spüre einen Funken Hoffnung, dass er mich vielleicht doch noch ein wenig mag.

»Hallo, Achim«, sage ich leise und lächle ihn unsicher an. »Ich wasche kurz meine Hände, dann können wir zu Sebastian.« Er sieht dabei nur Mina an, mich nicht. Ein eisiger Schauer durchfährt mich und ich könnte heulen. Offensichtlich verzeiht er mir genauso wenig wie dieser Ina, die ihn zurückhaben wollte.

Um zur Bäckerei zu gelangen, überqueren wir die Straße – mein alltäglicher Arbeitsweg, doch heute ist es anders. Vor mir steht nicht der schlichte Bau der späten Achtziger, sondern das alte Fachwerkhaus, wie ich es nur von einem verblassten Foto kenne: Efeu rankt bis zum Erker im ersten Stock, daneben eine große Scheune. Über dem Eingang ein verschnörkeltes Schild mit einer dekorativen Brezel und der Aufschrift *Bäckerei Saalbach*. Ich spüre eine Rührung, die ich mir nicht erklären kann.

»Schön, dass ihr es nicht vergessen habt«, begrüßt uns Sebastian mit seinem Boxer Falco, der uns neugierig beschnuppert.

»Beißt der?« Achim macht einen Schritt zurück.

»Hast du Angst vor Hunden? Keine Sorge, der ist harmlos.« Sebastian ruft den Boxer zur Ordnung. »Ab in den Garten«, befiehlt er und zeigt in die Richtung. Falco trottet gehorsam davon.

Im Verkaufsraum umfängt uns eine nostalgische Behaglichkeit. Einfaches Holz, das über die Jahre dunkel wurde, ein uriger Verkaufstresen und eine antike Kasse erzählen von vergangener Zeit. Ich kann kaum glauben, dass Sebastian all dies verändern will.

»Mein Großvater hängt an der Bäckerei, wie sie ist. Aber ich möchte ein neues Gebäude, moderner und effizienter.«

Ich berühre die alte Mauer und schließe die Augen. »Ich verstehe deinen Großvater. Dieses Haus erzählt Geschichten.«

Sebastian beobachtet mich, erst skeptisch, dann nachdenklich. »Du würdest es erhalten? Schau dich um, es ist renovierungsbedürftig.«

»Und dennoch einzigartig. Hast du schon mal die Holzstruktur prüfen lassen?« Ich klopfe leicht gegen den Putz – kein hohles Geräusch.

»Schon alles untersucht. Ich dachte, du würdest umdenken, wenn du siehst, wie heruntergekommen es ist.«

»Häuser wie dieses haben Charme, der bleibt. Anders als die Neubauten von heute, die in zwanzig Jahren altmodisch wirken.«

Nachdenklich streicht sich Sebastian über das Kinn. »Da ist was dran.«

»Du könntest alles renovieren und einen modernen Anbau integrieren«, schlägt Achim vor. »Das Beste beider Welten.«

»Genau, du kannst Alt und Modern kombinieren.« Eine stille Freude durchzieht mich, als ich merke, dass Sebastian offen dafür scheint. Ich will nicht zu früh hoffen – warum sollte er auf meine Meinung hören?

Sebastian führt uns weiter in die Backstube. Auch hier hält die Zeit inne: Kupferne Backformen, ein alter Steinofen. Ein Hauch von Teig und Brotduft hängt in der Luft.

»Es ist nicht viel Platz«, erklärt Sebastian.

»Aber er hat mega Vibes«, meint Mina, während sie den Ofen bestaunt.

»Wie in einem Museum.« Achim bewundert die alten Backformen.

Wir treten in den Garten, der bis zum Waldrand reicht – eine weite grüne Fläche, die 2021 längst bebaut ist. Achim und Sebastian rauchen eine und ich beobachte Falco, der mit Achim Ball spielt, der seine Angst wohl überwunden hat.

»Du könntest den alten Ofen erhalten und ihn als Herzstück der Backstube nutzen«, überlege ich. »Die Leute werden für ein ofenfrisches Bauernbrot Schlange stehen.«

Sebastian grinst mich an. »Wenn du das sagst, muss es wohl stimmen.«

»Familienbetriebe sind etwas Besonderes. Schätze dich glücklich«, bewundert Achim ihn.

Sebastian atmet tief ein. »Manchmal fühlt es sich wie eine Bürde an. Ich würde gerne studieren, aber mein Vater und Großvater erwarten, dass ich die Bäckerei übernehme.«

Ich denke an seinen Sohn und den Wunsch, den er 2021 äußerte – Bäcker zu werden. Vielleicht kann ich heute etwas bewirken.

»Lasst uns Kaffeetrinken gehen.« Sebastian führt uns durch die Backstube in einen lichtdurchfluteten Vesperraum mit Blick in den Garten, wo ein gedeckter Kaffeetisch auf uns wartet.

KAPITEL 31

Ein Granatsplitter ist ein süßes Gebäck, das klassisch aus Resten von Torten- und Biskuitböden hergestellt wird. Die übrig gebliebenen Stücke werden mit einer Mischung aus Buttercreme, Kakao und etwas Rum vermengt. Diese Masse wird etwa 10 cm hoch auf einen Boden aus Mürbeteig geschichtet und dann mit Kuvertüre überzogen. Vor allem in Süddeutschland wird der Granatsplitter traditionell so zubereitet, dass die Zutaten grob und nicht zu fein vermengt bleiben, was ihm eine besondere Struktur und Biss verleiht.

SAMSTAG, DEN 12. JULI 1986

NICKI

Nicki, schau mal, was im Kühlschrank steht.« Sebastian schenkt mir ein warmes Lächeln und deutet mit einem Blick hinter mich.

Ich öffne die Tür – und da stehen sie: Granatsplitter. Für einen Moment bin ich sprachlos. »O … das ist ja …« Ich lache leise, halb überrascht, halb verlegen. »Wirklich? Du hast sie gemacht?«

»Extra für dich.« Sein Blick ist ruhig, doch ich bemerke, wie es ihn freut, meine Überraschung zu betrachten.

Ich stelle den Teller mit den kostbaren Süßigkeiten auf

den Tisch, wo bereits eine Thermoskanne mit Kaffee steht.

Wir setzen uns auf die alten Holzbänke und Achim nimmt mir gegenüber Platz. Ich vermeide seinen Blick, doch allein seine Nähe lässt mein Herz schwer werden. Die unerwiderte Sehnsucht in mir wächst, während ich insgeheim hoffe, dass er ahnt, was er mir bedeutet.

Sebastian gießt Kaffee ein und ich reiche jedem ein glänzendes Schokohäufchen. Die Stille wird nur vom genussvollen Kauen und dem leisen Rascheln des Papiers unterbrochen. »Mmh, lecker – ich liebe das so«, murmle ich mit vollem Mund und schließe die Augen für einen Moment.

»Da ist mein bester Rum drin«, verrät Sebastian.

»Schmeckt besser als ein Dickmann!« Mina lächelt, doch ihre Worte ziehen sofort neugierige Blicke von Achim und Sebastian auf sich.

»Was ist ein Dickmann?«, fragt Sebastian und sieht erst Mina, dann mich an.

»Ein Schokokuss«, antworte ich schnell.

Achim hebt spöttisch die Augenbrauen. »Du meinst einen Mohr–«

»Das ist sowas von diskriminierend und darf man nicht mehr sagen«, unterbricht ihn Mina scharf, ihre Augen funkeln und einen Moment lang spüre ich die Wucht ihres modernen Weltbilds, das hier, in dieser Vergangenheit, wie ein Störsignal wirkt.

Achims Mundwinkel verziehen sich ironisch. »Ach so, und Dickmann ist nicht diskriminierend?«

Eine seltsame Stille senkt sich über uns.

»Was stimmt eigentlich mit euch nicht?«, fragt Sebastian und sieht uns wissend an.

Ein ungutes Gefühl steigt in mir auf. Schnell nehme ich einen Schluck von meinem Kaffee, der viel zu heiß ist. Ich fühle mich ertappt, als würde sich zwischen uns eine Wahrheit abzeichnen, die ich nicht mehr verbergen kann.

»Nicki«, beschwört Achim mich. »Du solltest dich einem Erwachsenen anvertrauen.«

»Und wie soll er uns helfen?« Mein Ton ist schärfer, als ich beabsichtigt habe. In all dem Chaos habe ich zwar geahnt, dass Sebastian mehr weiß, aber dass Achim mich so direkt dazu drängt, gibt mir das Gefühl, bloßgestellt zu werden.

Achim bleibt unbeirrt. »Gestern Abend, als ich mich mit Robert gestritten habe, hat Sebastian es mitbekommen. Wir haben geredet, und ich habe ihm erzählt, was du mir gesagt hast – dass du aus der Zukunft kommst.«

»Na, großartig!« Meine Stimme ist voller Bitterkeit, die sich nicht verstecken lässt. Enttäuschung und Ärger brodeln in mir und Sebastians fragender Blick wird unerträglich. »Er soll uns helfen? Du glaubst doch selbst nicht an das, was ich dir gesagt habe.«

Ich senke den Kopf, starre in meine Hände. Nur einen Moment lang. Ich kämpfe gegen die Tränen und dieses erdrückende Gefühl, vollkommen allein zu sein.

»Nicki, du kannst mir vertrauen, falls du Achim nicht total verarscht und ihm nur irgendwelche Märchen erzählt hast.«

Am liebsten würde ich aufstehen und gehen, doch innerlich zittere ich so sehr, dass es mir unmöglich ist.

Mina bricht das Schweigen, ihre Stimme klingt entschlossen. »Das würde meine Mutter nie machen. Wir haben ein echtes Problem. Vor allem ich, weil ich bald vielleicht nicht mehr existiere.«

Minas Worte treffen mich wie ein Schlag. Ich erkenne, wie sehr ich mich in mein eigenes Gefühlschaos verstrickt habe, ohne wirklich über die Konsequenzen nachzudenken. Ich bin hier die Erwachsene – die Verantwortung liegt bei mir. Ein leiser Entschluss formt sich in mir und ich straffe die Schultern, um meiner Tochter wenigstens jetzt Halt zu geben. »Ja, wir haben ein Problem, und ich weiß nicht, wie wir in unsere Zeit zurückkommen.«

»Und in welche genau?«, fragt Sebastian, einen Hauch von Skepsis in seiner Stimme, doch auch einen Funken Neugier.

»Das Jahr 2021«, sage ich und die Worte wirken in dieser Umgebung surreal.

Sebastian murmelt nachdenklich: »Meine Verkäuferin der Zukunft.« Ein unsicheres Schmunzeln huscht über sein Gesicht, als ob er versuchen würde, zu begreifen, was das alles bedeutet.

Ich hebe die Mundwinkel leicht. »Sorry. Manchmal kommt der Übermut einer Sechzehnjährigen durch.«

Er sieht mich einen Moment an, ein Ausdruck von Verwirrung und Faszination in seinen Augen. »Ich fand's … niedlich«, bemerkt er schließlich und schiebt sich das letzte Stück Granatsplitter in den Mund.

»Wie alt seid ihr wirklich?«, wirft Achim ein.

»Ich bin sechzehn und meine Mutter ist einundfünfzig.«

»Also warst du 1986 so alt wie heute«, überlegt Achim, als würde er versuchen, die Realität zu begreifen, die wir ihm aufzwingen.

Sebastian, scheinbar wieder gefasst, erhebt sich. »Wie seid ihr hierhergekommen? Ich denke, jede Kleinigkeit könnte wichtig sein.« Er greift Block und Stift aus der Schublade des Vertikos und setzt sich wieder an den Tisch, bereit zuzuhören.

»Du willst uns wirklich helfen?« Meine Stimme klingt zögerlich, doch in mir keimt ein Funken Hoffnung.

»Schau, ich bewerte das nicht. Ich notiere nur eure Aussagen, und dann sehen wir weiter.« Seine Worte sind ruhig und dennoch vorsichtig, als hätte er beschlossen, sich auf etwas Unerklärliches einzulassen.

Er glaubt uns oder er versucht es zumindest. Für einen Moment fühle ich mich nicht mehr allein. Nicht mehr so verloren. Vorsichtig schiele ich zu Achim, und obwohl sein Ausdruck ernst bleibt, scheint sich etwas in seiner Haltung zu ändern – vielleicht der Hauch eines Einsehens.

Ich räuspere mich und versuche, mich zu erinnern. »Mina ist gegen unseren Fernseher gefallen, es gab einen Stromschlag und plötzlich waren wir hier.«

»Warum fiel Mina gegen den Fernseher?«, stutzt Sebastian und hebt eine Augenbraue.

»Ich möchte ein Tattoo und Mama wollte ihre Ruhe«, wirft Mina ein.

Achim fragt erstaunt: »Warum will ein Mädchen eine Tätowierung?«

»Im Jahr 2021 triffst du nur selten jemanden, der keins hat«, antworte ich ruhig.

Sebastian schüttelt den Kopf. »Anker und so, wie im Gefängnis?«, murmelt er, sichtlich fassungslos.

»Nein, alles Mögliche, was sich zeichnen lässt. Heute ist

es ganz normal überall Tattoos zu haben. Nur Mama stellt sich quer«, beschwert sich Mina.

Sebastian schmunzelt, doch sein Lächeln wirkt nachdenklich. »Also, Mina, da muss ich deiner Mutter recht geben. Ich würde meiner Tochter das auch nicht erlauben.« Seine Worte sind vorsichtig, als würde er wissen, dass er in ein heikles Terrain tritt.

»Ihr lebt sowas von hinterm Mond!« Mina schnaubt genervt.

Ein kalter Schauer durchläuft mich. Ein Gedanke blitzt auf, so klar und schrecklich wie ein Verhängnis. »O nein! … Am Ende war es der Wunsch, der uns hierhergebracht hat.«

Meine Stimme zittert, und für einen Augenblick liegt eine eisige Stille in der Luft.

»Was meinst du?« Sebastian mustert mich mit einem Ausdruck, in dem sich Skepsis und Sorge mischen.

»Als der Fernseher herunterfiel, hatte ich mir gewünscht, Mina zeigen zu können, wie es damals war – 1986.« Ich habe augenblicklich das Gefühl, dass das Blut in meinen Adern gefriert.

»Und noch ein Wunsch ging in Erfüllung …« Ich starre Sebastian geschockt an. »In der Backstube … Da habe ich mir gewünscht, dich, Sebastian, früher kennengelernt zu haben.«

»Warum das?«, fragt Mina irritiert und verschränkt die Arme.

Sebastian runzelt die Stirn, sein Blick forschend, als würde er durch meine Erinnerung wandern. »Das würde mich auch interessieren«, murmelt er beinahe zu sich selbst.

»Und mich erst!« Achim schnaubt leise und kneift die Augen zusammen, als wäre ich eine Ehebrecherin. »Ich habe doch sofort gemerkt, dass da was zwischen euch läuft.«

»Das wüsste ich aber«, widerspricht Sebastian.

Mina funkelt mich an. »Oder auch nicht. Wir kommen aus der Zukunft«, entgegnet sie schnippisch. »Also hattest du was mit deinem Chef! Deshalb warst du immer so mies drauf. Mann, Mama, der ist doch mit Betti verheiratet!«

»Mina, kannst du einfach mal die Klappe halten? Es ist doch alles schon kompliziert genug«, entgegne ich, die Hand an meine Stirn gepresst.

Achim lacht trocken. »Spitze. Warum knutschst du dann mit mir rum, wenn du was von nem andern willst?«

Seufzend lasse ich die Schultern sinken. »Ich bin sechzehn und fühle mich wie sechzehn. Gleichzeitig bin ich einundfünfzig und stand vor nicht mal einer Woche mit Sebastian in der Backstube.« Meine Stimme bricht und ich lege den Kopf auf meine verschränkten Arme. Ich will einfach raus aus diesem endlosen Albtraum der Gefühle.

Sebastian legt mir sanft eine Hand auf den Kopf und streicht mir übers Haar. »Was ist, Nicki?«, erkundigt er sich leise. »Oder willst du sie lieber trösten?« Seine Worte richten sich an Achim.

»Nee, sie ist eh zu alt für mich.«

»Was?« Ich hebe den Kopf und starre ihn fassungslos an. »Du bist ein Jahr älter als ich.«

»Normalerweise schon«, entgegnet er mit einem ironischen Lächeln. »Aber momentan hast du mehr Lebenserfahrung als meine Mutter. Damit muss ich erst einmal klarkommen. Außerdem hast du gestern gesagt, dass du mit Robert zusammen warst?«

»Robert ist mein Vater«, wirft Mina trocken ein.

Sebastian kann ein leises Lachen nicht unterdrücken. »Das ist wirklich … mehr als merkwürdig.«

»O Mann, ich war so dumm, dir das alles zu erzählen.«

Achim mustert mich, als wolle er meine Gedanken lesen. »Nicki, dir blieb keine Wahl. Robert hat mir oft genug von dir erzählt. Aber dann lernte ich dich kennen – völlig anders. Selbst er erkennt dich nicht mehr wieder, obwohl ihr in der gleichen Klasse seid. Und dann, wie du Billard gespielt hast … Anfangs wusstest du wirklich nicht mehr, wie das geht, oder?«

Ein schwaches Lächeln huscht über mein Gesicht, als die Erinnerung auftaucht. »Nein, ich hatte es vergessen.«

»Genau so sah es aus. Aber dann fiel dir alles wieder ein, nicht wahr?«

Ich nicke und für einen Moment sind unsere Blicke ineinander verhakt, als würden unausgesprochene Worte dazwischen schweben.

Sebastian räuspert sich, hebt den Stift und beugt sich konzentriert über das Notizbuch. »Also nochmal von vorn: Wie hat dein Tag begonnen, Nicki?« Seine Stimme ist geduldig, fast wie die eines Kriminalbeamten, der nach einer heißen Spur sucht.

»Um 2.15 Uhr hat der Wecker geklingelt. Ich bin aufgewacht und habe mich extrem schlecht gefühlt.«

»Warum?« Sebastians Stimme ist durchdringend, als würde er versuchen, einen verborgenen Faden zu finden, der alles verbindet.

»Ich habe von Achim geträumt. Er wollte Ina heiraten. Ich habe beobachtet, wie sie die Blumen abschnitt und ihn am Altar warten ließ.«

Achim blinzelt, als müsse er das erst verarbeiten. »Deshalb warst du so seltsam, als du Inas Brief gelesen hast?«

Sein Blick ist prüfend, aber die Enttäuschung ist daraus gewichen. Langsam nicke ich. »Das hat mich erschüttert, weil Ina in meinem Traum genau das getan hat.«

Sebastian, der bisher alles mit ruhiger Hand notiert hat, hebt nun den Kopf. »Beeindruckend. Aber lassen wir uns nicht aufhalten. Also, der Wecker klingelte?«

»Dann bin ich arbeiten gegangen …« Ich stocke, die Worte bleiben mir kurz im Hals stecken. Die Erinnerungen an die Pandemie und alles, was damit einherging, kommen mir in den Sinn, doch sie wirken hier, in dieser Zeit, fast unwirklich. Sebastians Blick bleibt auf mir, forschend und ein wenig ungeduldig. Ich setze schließlich fort. »Na ja, wir hatten eine kleine Auseinandersetzung. Ich war schon nach dem Traum völlig aufgelöst und habe in der Backstube geweint. Du hast versucht, mich zu trösten, aber dann kam deine Frau herein … und hat mich gefeuert.« Die Erinnerung schmerzt und ich schüttle fassungslos den Kopf. »Beim Hinausgehen blieb ich kurz vor dem Bild der alten Bäckerei stehen. Ein letztes Mal wandte ich mich dir zu und wünschte mir, ich hätte dich früher kennengelernt.« Ich halte kurz inne und schlucke schwer. »Jetzt sitze ich hier – in dem Haus von dem Bild. Dass sich dieser Wunsch so schnell erfüllt und dabei alles durcheinanderwirbelt … Das hätte ich nie geahnt.«

»Du kanntest mich 1986 noch nicht?« Sebastian wirkt, als kämpfe er darum, das Unmögliche zu begreifen.

»Nein.« Ich nehme einen Schluck und senke den Blick.

»Wann hast du mich kennengelernt?« Es scheint, als würde er das Puzzle seiner eigenen Zukunft zusammensetzen.

»2007, nach meiner Trennung von Robert. Ich brauchte einen Job und sah an deiner Tür, dass du eine Verkäuferin suchtest.«

Sebastians Augen werden prüfender. »Und wir hatten ein Verhältnis?«

Unsicher sehe ich zu Mina und Achim, die mich beide gespannt anstarren.

»Ich gehe raus. Das will ich jetzt nicht hören«, murmelt Mina und wirft mir einen letzten, verletzten Blick zu. »Kommst du mit, Achim?«

Achim zögert. »Ich bleibe.«

Wir warten, bis Mina im Garten verschwindet. Achim richtet sich an mich. »Also, was war zwischen euch?«

Ich atme tief ein, sprach jedoch an Sebastian gerichtet. »Als ich dich das erste Mal sah, erinnerte mich etwas in dir an Achim. Ihr habt nicht nur die gleichen blauen Augen, es ist auch die Art, wie ihr Menschen wahrnehmt.« Meine Stimme wird sanfter. »Ich fühlte mich sofort zu dir hingezogen. Aber du warst verheiratet. Es hat geknistert zwischen uns, ja … Aber mehr war da nicht. Nicht, bis sich deine Frau von dir getrennt hat.«

»Betti? Die Freundin von Claudia?« Sebastians Ton klingt ungläubig.

Ich nicke zögernd. »Ja, die Betti.« Am liebsten hätte ich das verschwiegen, aber Mina hat es ohnehin preisgegeben.

»Betti …«, murmelt Sebastian und schaut Richtung Decke, als würde er das Bild innerlich ordnen. Seine Augen sind dunkel, voller Fragen, die ich nicht beantworten darf.

Ich schlucke schwer und setze leise fort. »Du hast sie geliebt und es hat dich zerrissen, als sie ging. Wir haben wir viel Zeit zusammen verbracht. Doch Betti stand immer wie ein Schatten zwischen uns.« Ich halte einen Moment inne, den Blick gesenkt. »Ausgelöst durch eine Pandemie und die Ausgangssperren ist sie wieder zu dir gezogen. Und an jenem Morgen, als du mich getröstet hast, war da dieser Moment … Deine Frau kam im unpassendsten Augenblick in die Backstube, als wir eng umschlungen dastanden, und ich … seufzend Achim zu dir sagte.«

»Du nanntest mich Achim?« In seinen Augen sehe ich das Echo dieses Moments.

»Es war nur ein Versehen …, weil der Traum so real war.« Achim, der bisher zugehört hat, spricht schließlich mit einer Stimme, die weicher klingt, als ich erwartet hatte. »Dann … bedeute ich dir etwas?«

»Seit dem Moment, als wir uns zum ersten Mal trafen.«

Achim nickt langsam.

Sebastian räuspert sich schließlich und erhebt sich.»Ich glaube, ihr beide habt etwas zu besprechen. Ich sollte mal nach Mina und Falco schauen.«

KAPITEL 32

Du kannst Musik nicht berühren,
aber sie dich.

SAMSTAG, DEN 12. JULI 1986

ACHIM

Wir blickend schweigend Sebastian nach, wie er in den Garten hinausgeht. Nicki wirkt erschöpft, dunkle Ringe unter ihren Augen verraten schlaflose Nächte, die auch mich nicht verschont haben. Der Drang, sie einfach in den Arm zu nehmen, ist überwältigend, doch die Verwirrung, die in mir tobt, hält mich zurück. Alles fühlt sich unwirklich an, als wären wir in einen fremden Traum hineingezogen worden.

Schließlich durchbricht sie das Schweigen: »Du hast vorhin gesagt, dass du dich mit Robert gestritten hast?«

»Ja. Ich wollte das Motorrad, um dir nachzufahren, aber er hat es mir nicht gegeben. Stattdessen hat er dich selbst gesucht.« In ihrem Blick flackert etwas auf – Hoffnung vielleicht. Doch ich nehme sie ihr lieber gleich wieder.

»Ich hatte vor, heute nach Hause zu fahren.«

Sie sieht mich erschrocken an. »Wegen mir?«

Ich nicke nur.

»Bitte nicht. Ich habe kein Recht, dich aufzuhalten. Alles ist schon kompliziert genug. Aber ... ich will nicht, dass du gehst.«

»Ich war so wütend auf dich, wollte einfach weg. Aber dann, als ich mit Sebastian sprach, habe ich gemerkt ... Du hast mir gefehlt.«

»Weißt du, wann du deine Meinung geändert hast?«

»Warum ist das wichtig?«, frage ich müde.

»Nur so ein Gefühl ... War es gegen drei?«

»3:20 Uhr«, antworte ich, während ihr Gesicht sich vor Überraschung verändert.

»Das war genau der Zeitpunkt, zu dem Mina wieder auftauchte.«

Ich mustere sie nachdenklich. »Es lief *Total Eclipse Of The Heart*. Ich musste an dich denken.«

»Das kam doch im Brautmodenladen.« Sie wirkt, als würde sie die Bedeutung erst langsam erfassen.

»Genau da wusste ich, dass ich nicht so leicht von dir loskomme.« Ich halte einen Moment inne. »Aber ich muss ehrlich sagen, ich kann nicht einfach weitermachen, als wäre nichts geschehen. Das alles ... Es ist schwer zu fassen.«

Wie vom Blitz getroffen kommt Sebastian zurück. »Ist Mina hier?«

»Nein, sie war doch mit Falco draußen«, antworte ich, doch Nicki springt auf, läuft in den Garten und ruft verzweifelt nach Mina.

»Sie wird schon gleich wieder auftauchen«, sage ich zu Sebastian, etwas verwirrt über Nickis Reaktion.

»Hm, hoffentlich.« Sebastians Blick ist ernst.

»Wie meinst du das?«

»Wenn sich in Nickis Vergangenheit etwas Gravierendes verändert, könnte Mina aufhören zu existieren. Verstehst du?«

»Sag jetzt nicht, dass du ihnen glaubst. Zeitreise – Wie soll das gehen?«

»Meinst du, zwei Sechzehnjährige würden sich so eine Geschichte ausdenken? Hast du gehört, wie sie über die Tätowierung gestritten haben? Wer käme bei uns auf die Idee, sich tätowieren zu lassen? Außer jemandem, der im Gefängnis war.«

Plötzlich steht Nicki in der Tür, ihre Augen weit vor Panik. »Sie ist weg!«

»Nicki, es wird alles gut«, sage ich besänftigend und ziehe sie vorsichtig in meine Arme. Sie zittert, vergräbt ihr Gesicht an meiner Schulter, und ich spüre die Wärme ihrer Tränen. Etwas in mir beginnt wieder zu leben – ein Gefühl, das ich verloren glaubte: Liebe, die sich ihren Weg zurückbahnt.

Zaghaft schlingt sie ihre Arme um mich. Der Moment fühlt sich so richtig an, dass ich sie am liebsten nie wieder loslassen möchte.

»Mina wird gleich wieder da sein«, versucht Sebastian, sie zu beruhigen.

»Ich habe alles durcheinandergebracht«, wispert sie unter Schluchzen. »Wie soll ich das jemals wieder hinbiegen?«

»Nicki, wir stehen dir bei. Du bist nicht allein«, tröste ich sanft und wünsche mir, ihren Schmerz einfach fortnehmen zu können.

Sebastian reicht ihr ein Taschentuch, und sie löst sich leicht aus meiner Umarmung, um sich die Tränen abzutupfen. »Danke. Es tut mir leid, dass ich euch damit belaste.«

Ich halte sie weiter nah bei mir und suche ihren Blick. »Nicki, du hast keine Ahnung, wie wichtig du mir in diesen wenigen Tagen geworden bist.«

»Da ist sie!«, ruft Sebastian plötzlich und deutet zum Fenster.

Nicki zieht sich hastig aus meinem Griff und will hinauslaufen, doch ich halte sie zurück. »Wenn Mina dich so sieht, erschreckt sie sich nur. Beruhige dich erst.«

»Ihr müsst möglichst schnell in eure Zeit zurück«, hören wir Sebastian noch beim Hinausgehen sagen, mit Block und Stift in der Hand, als wäre er Sherlock Holmes.

Nicki wirft mir einen verzweifelten Blick zu. »Ich habe mich so erschreckt … Sie war wirklich weg, oder?«

Langsam nicke ich. »Ja, ich kann's selbst kaum glauben. Vielleicht findet Sebastian heraus, wo sie war.«

KAPITEL 33

Wünsche sind wie leise Versprechen an uns selbst, oft getragen von dem, was uns tief bewegt oder inspiriert. Sie sind kleine Funken, die das Leben bunter machen, indem sie zeigen, was uns wirklich wichtig ist. Manchmal motivieren sie uns, konkret zu handeln und Dinge zu verändern.

SAMSTAG, DEN 12. JULI 1986

MINA

Glaubst du uns?«, frage ich und sehe Sebastian prüfend an, als er in den Garten kommt. Er lächelt leicht und krault seinen Hund, der sofort zu ihm gerannt ist.

»Sitzt du schon die ganze Zeit hier auf der Stufe?«

»Ich hab mit Falco gespielt und Sonne getankt. Warum?« Ich ziehe die Augenbrauen hoch.

»Seit du hier sitzt, war niemand hier? Hast du was gehört?«

»Äh, nein? Wer soll denn hier vorbeikommen?« Ich

blicke über den alten Gemüsegarten, den Weidezaun, die blühenden Büsche mit ihren rosa und lila Blüten und den großen Apfelbaum. »Das Grundstück ist wunderschön – richtig retro.«

»Das ist das Werk meiner Oma.« Sebastian lächelt, dann verzieht er kurz den Mund. »Eure Geschichte, die ihr uns erzählt habt … Echt krass. Das muss ich erstmal verdauen.«

»Ja, das glaub ich dir. Mir geht's genauso. Und dann höre ich sowas über Mama. Ich mag Betti wirklich, aber … das schockt mich.«

Sebastian setzt sich zu mir auf die Stufe und legt den Arm um meine Schulter. »Hör mal, deine Mutter ist nicht allein verantwortlich. Da gehören immer zwei dazu. Mach ihr keinen Vorwurf. Jetzt müsst ihr zusammenhalten. Sie sollte das tun, was sie damals auch getan hat, damit ihr nichts verändert, das in eurer Zukunft wichtig ist.«

»Bis ich geboren werde dauert es doch noch ewig. Wegen ein paar Kleinigkeiten wird schon nichts passieren, oder?« Ein seltsames Gefühl kriecht in mir hoch, wie ein Déjà-vu. Für einen Moment sehe ich Bilder vor mir, dann verschwinden sie wieder. Irgendwas stimmt nicht.

Sebastian runzelt die Stirn. »Manchmal reicht eine einzige, scheinbar unbedeutende Entscheidung und das Leben nimmt eine völlig andere Richtung. Wäre ich bei meiner Exfreundin geblieben, wäre ich jetzt im Urlaub – und hätte euch nie kennengelernt. Es sind oft diese kleinen Momente, die alles verändern.«

»So hab ich das noch nie gesehen.« Ich nicke langsam, spüre das Gewicht seiner Worte. »Ich sollte aufpassen, dass Mama keine Fehler macht. Sie und Achim gehören jetzt zusammen.«

Er zeigt ein schiefes lächeln. »Ja, auf jeden Fall. Die beiden haben sich damals ineinander verliebt. So etwas sollte man nicht durcheinanderbringen.«

»Sebastian?«

»Ja?«

»Wenn ich was für Mama mache, solltest du etwas für deinen Sohn tun.«

»Meinen Sohn?« Er runzelt die Stirn und schaut mich verwirrt an.

»Mist, sorry. Ich rede schon wieder zu viel. Aber ja – wir verstehen uns gut, und er würde sich echt freuen.«

»Ich werde einen Sohn haben?«

»Du musst die Bäckerei genau so lassen, wie sie ist. Für Tim.«

»Tim?«

»Dein Sohn. Er kommt ganz nach dir.«

»Ist Tim auch Bäcker?« Seine Stimme klingt ungläubig, als könnte er es nicht fassen.

»Er studiert. Aber er würde es gern werden und den Familienbetrieb übernehmen – wenn er darf.«

»Woher weißt du das?«

»Du machst immer vor dem Sommerurlaub ein Grillfest für deine Angestellten. Letztes Mal war ich dabei, und da hat er zu mir gesagt, er wünschte, die Bäckerei wäre noch wie früher – vor dem Umbau.«

»Aber warum studiert er dann?«

»Weil du es so willst. Er hat sogar sein Studium abgebrochen, aber er traut sich nicht, es dir zu sagen.«

»Bin ich so ein strenger Vater?« Er kratzt sich nachdenklich an der Stirn.

»Nein, im Gegenteil. Du bist total okay. Und genau darum will er dich nicht enttäuschen.«

Sebastian sieht in sich gekehrt in die Ferne. »Setzt sich deine Mutter deshalb so für die Bäckerei ein?«

Ich nicke. »Sie macht das halt ein bisschen plump.«

Sebastian grinst. »Sie ist etwas chaotisch, oder?«

»O ja.« Ich verdrehe die Augen. »Manchmal habe ich mir gewünscht, wir wären eine ganz normale Familie.«

»Gewünscht, ja?«

»Genau. Vielleicht war das sogar an dem Morgen vor der Zeitreise, als unser Kühlschrank mal wieder leer war«, überlege ich laut und spüre, wie die Erinnerung langsam klarer wird.

Sebastian zückt sein Notizbuch und schreibt ein paar Zeilen. »Ganz schön viele Wünsche, die du und Nicki habt.«

»Es heißt doch, dass Wünsche in Erfüllung gehen, wenn man sie nur stark genug fühlt, oder?«

»Vielleicht sollte ich das auch mal probieren.« Sein Blick wird versonnen.

»Hast du einen?«

»Seit ich meinen Segelschein gemacht habe, träume ich von einem Häuschen am Meer. Am liebsten auf Ibiza.«

»Nimmst du Achim, Mama und mich mit?«

»Wenn sich dieser Wunsch erfüllt, dann verspreche ich es. Und wenn deiner nach einer normalen Familie wahr wird …, dann gehört dein Vater natürlich dazu.«

»O ja.« Ich grinse breit. »Das wäre richtig cool, fast Eis.«

Ich zwinkere ihm zu, doch ich merke, wie sein Blick plötzlich ernst wird.

»Weißt du, Mina, mein Leben war bisher so: Ich habe oft mit dem Schicksal gehadert. Ich wollte studieren, Karriere machen, frei sein, ein dickes Auto fahren. Ich hab das hier immer nur als … na ja, Verpflichtung gesehen. Eine Last, die man irgendwie schultern muss, weil es dazu gehört. Aber jetzt merke ich, dass es mehr ist. Diese Bäckerei ist unsere Geschichte. Es ist Beständigkeit in einer Welt, die sich ständig verändert. Und ich bin nur ein Teil davon. Ein Pfeiler einer Brücke, die meine Großeltern mit meinem Sohn verbindet.«

Sein Blick wandert wieder über den Garten und ein leises Lächeln spielt um seine Lippen. »Womöglich bedeutet es auch mir mehr, als ich jemals zugeben wollte.«

Ich sehe ihn schweigend an. In diesem Moment wird mir klar, dass diese Reise in die Vergangenheit mehr bewirkt hat, als ich je erwartet hätte. Es geht nicht nur darum, Fehler zu vermeiden oder die Zukunft zu retten. »Es geht vielleicht darum, etwas zu finden, was schon immer da war: den Sinn in dem, was wir haben – und die Verbindung, die es schafft?«

Sebastian nickt langsam. »Wenn ich Tim und Betti glücklich mache, dann habe ich ein erfülltes Leben. Anstatt dem Glück hinterherzujagen, könnte ich es einfach hier finden.« Er lächelt sanft. »Glaubst du, Tim würde sich freuen, wenn ich ihm die alten Rezepte meines Großvaters aufschreibe?«

»Es würde ihm mehr als gefallen! Und er interessiert sich auch für die Familiengeschichte – wie das alles damals mit der Bäckerei begann.«

»Ich hab da schon eine Idee …« Dann schaut er mich wieder an, sein Blick ist nun klar und wachsam. »Aber jetzt gibt es etwas Wichtigeres, Mina. Ihr müsst wieder in eure Zeit und wir müssen herausfinden, wie! Was genau ist an dem Morgen passiert, bevor ihr die Zeitreise gemacht habt?«

Ich versuche nachzudenken, doch es fühlt sich an, als wäre dieser Morgen ewig her. Die Erinnerung verschwimmt, und das macht mir Angst. Nur langsam kehren die Bilder zurück.

Sebastian hebt Block und Kugelschreiber, als wäre ich ein Fall, den er aufklären müsste. »Erzähl mal.«

»Hm. Es hatte tagelang geregnet, überall gab es Hochwasserwarnungen, und dann kam ein fettes Gewitter. Mama und ich sind einmal richtig zusammengezuckt, so laut hat's geknallt.«

»War das, als du gegen den Fernseher gefallen bist?«

»Auch. Mama hat die Nachrichten geschaut. Ich wollte das Gequatsche über die Pandemie nicht hören. Ich hab ihr die Fernbedienung weggenommen, sie hat sie festgehalten, und als ich sie ihr entriss, bin ich rückwärts gegen den Fernseher geflogen. Es blitzte und donnerte gleichzeitig, alles war rot im Raum, und dann war da Rauch. Als er sich verzogen hat, saßen wir in einer anderen Zeit.« Ich schaue ihn an. »Ich bin die Gleiche geblieben. Nur Mama … Sie sieht jetzt aus wie meine Schwester.«

Er schmunzelt, doch sein Blick bleibt ernst. »Vielleicht hat der Blitz einen Kurzschluss ausgelöst.«

»Weißt du, was du werden solltest?«

»Was denn?«

»Kriminalbeamter!«

Sebastian zieht die Nase kraus. »Fast. Eigentlich wollte ich Kriminalromane schreiben. Aber psst.« Er legt den Finger auf die Lippen.

Ich grinse. »Ist das ein heimlicher Wunsch von dir?«

Er schmunzelt. »Wir sollten reingehen.« Kopfschüttelnd wirft er Falcos Ball, dem der Hund bellend hinterherrennt.

Drinnen treffe ich Mama und Achim in der Küche an. Mama steht am Spülbecken und wäscht die Teller, während Achim sie mit einem Handtuch abtrocknet. Beide wirken ein wenig angespannt, fast so, als würde da noch etwas Unausgesprochenes zwischen ihnen liegen.

»Wir müssen uns langsam auf den Weg machen, wir wollen doch zu Meli, zum spanischen Abend«, sagt Mama zur Begrüßung.

Sebastian nutzt den Moment und fragt locker: »Passt es, wenn ich euch Montag gegen elf abhole?« Sein Blick springt zwischen Mama und mir hin und her, als würde er nach Zustimmung suchen.

Mama nickt. »Äh, klar, gerne. Was hast du denn vor?«

»Ich dachte, ihr könntet mir beim Renovieren helfen.« Er legt die Worte fast beiläufig hin, doch sein Blick verrät, dass er gespannt auf unsere Reaktionen wartet.

»Wirklich jetzt? Du willst die Bäckerei nicht mehr komplett umbauen lassen?« Achim hebt eine Augenbraue und sieht ihn an, als müsse er prüfen, ob er es wirklich ernst meint.

Sebastian grinst und schüttelt leicht den Kopf. »Nein, ich hab's mir anders überlegt. Zumindest streichen wir erstmal den Verkaufsraum neu. Für den restlichen Umbau brauchen wir Handwerker und einen Architekten.«

»Yes!« Mama und ich schlagen uns synchron wie Teamkolleginnen ab. Ein triumphierendes Grinsen breitet sich auf unseren Gesichtern aus, und ohne groß zu überlegen, ziehen wir Sebastian in eine spontane Umarmung. Für einen Moment ist die Anspannung im Raum wie weggeblasen. Es fühlt sich an wie ein echter Sieg – der erste auf dieser verrückten Reise in die Vergangenheit. Und verdammt, es tut gut.

KAPITEL 34

SAMSTAG, DEN 12. JULI 1986

ACHIM

Wie wär's mit Pizza? Ich hab noch Salami und Käse im Kühlschrank und im Garten jede Menge reife Tomaten«, schlägt Sebastian vor, nachdem Nicki und Mina gegangen sind. Mein Magen knurrt zustimmend, und die Idee, ohne Robert zu essen, klingt spitze. Er ist heute Morgen mit seinem BMX abgehauen, weil ich die *Yamaha* geputzt habe. Wahrscheinlich sitzt er jetzt bei Oma, die ihn sowieso immer bevorzugt behandelt.

In der Küche schneide ich die Tomaten klein, während Sebastian den Teig knetet. Der Duft von frischen Zutaten und das leise Klirren von Geschirr erfüllen die Backstube. Es fühlt sich fast an, als hätte ich einen großen Bruder – einen, der wirklich für mich da ist.

»Sag mal, glaubst du den beiden jetzt wegen dieser Zeitreise?« Ich stelle die Frage beiläufig, aber innerlich brennt sie mir schon länger unter den Nägeln.

Sebastian lehnt sich an die Arbeitsfläche, wischt sich die Hände an seiner Schürze ab und schaut mich nachdenklich an. »Ich weiß nicht, was ich glauben soll. Ihre Geschichten passen einfach zu gut zusammen, um komplett erfunden zu sein. Wenn sie tatsächlich aus der Zukunft kommen ..., dann muss es doch auch einen Weg zurück geben.«

»Vielleicht erledigt sich das von allein, wenn die Zeit reif ist? Ihre Ankunft hier war ja auch ein Zufall.«

Sebastian nickt, und auf seiner Stirn formen sich nachdenkliche Falten. »Oder es gab einen Auslöser ... Beide haben erzählt, dass Mina gegen den Fernseher gefallen ist, es geblitzt hat und dann Rauch aufstieg. Elektrizität ... vielleicht ist das der Schlüssel.«

»Also sollen wir Nicki und Mina gegen den nächsten Fernseher schubsen und hoffen, dass sie wieder verschwinden?« Ein freches Lächeln huscht über mein Gesicht, aber Sebastian bleibt ernst.

»Klingt verrückt, ich weiß. Aber elektrische Impulse oder Spannung könnten tatsächlich eine Rolle spielen.« Er lässt seinen Blick durch die Backstube schweifen. »Oder es liegt an einem bestimmten Ort. Vielleicht müssen wir die Umstände wiederholen, die es damals ausgelöst haben.«

Ich lege das Messer beiseite und überlege. »Aber wenn wir etwas falsch machen, könnte Mina verschwinden.«

Da hellt sich Sebastians Miene plötzlich auf. »Wie wär's, wenn wir nachher in die Videothek fahren und *Zurück in die Zukunft* ausleihen? Manchmal steckt in diesen durchgedrehten Geschichten mehr Weisheit, als man denkt.«

»Gute Idee! Ich hab den Film im Kino gesehen. Ging's da nicht auch um einen Blitz, der die Rückreise möglich gemacht hat?«

»Genau! Nach dem Essen holen wir den Film und schauen, ob er uns weiterhilft. Ich hab zwar nur ein paar Sachen auf dem Dachboden, weil ich erst wieder bei meinen Eltern eingezogen bin, aber den Fernseher können wir anschließen.«

»Spitze! Das machen wir.«

Der Duft von geschmolzenem Käse und geröstetem Teig erfüllt die Backstube. Kaum ist die Pizza fertig, taucht Robert auf, zieht tief die Luft ein und grinst. »Da bist du ja Achim! Ich hab dich überall gesucht. Bin dem Geruch gefolgt – was gibt's?«

»Pizza. Willst du ein Stück?« Sebastian holt Teller aus dem Schrank.

»Klar, wenn ich darf?« Robert blickt mich zögernd an.

»Warum nicht. Und danke übrigens, dass du gestern nach Nicki geschaut hast.« Es fühlt sich seltsam, aber auch irgendwie gut an, ihm entgegenzukommen.

»Kein Problem«, murmelt er, während sein Ton ernster wird. »Die war echt fertig. Sie hat immer wieder gesagt, dass sie alles vermasselt hat und du ihr nie verzeihen würdest. Ich wollte sie heute nochmal sehen, aber ihr Vater meinte, sie wäre beim Bäcker, um sich nach einem Praktikum fürs neue Schuljahr umzusehen. War sie hier?«

»Ja, wir haben alles geklärt. Und du? Was hast du gemacht?«

»War mit Meli in Stuttgart – krass-cooler Tag, fast schon Eis.« Robert grinst zufrieden und schnappt sich ein Stück Pizza. Kurz wirft er mir einen Seitenblick zu. »Übrigens, Mina ist echt in Ordnung. Hab gestern mit ihr geredet, und jetzt weiß ich, was ich will!«

Seine Worte hängen wie ein schwebender Hammer in der Luft, bevor er herzhaft in die Pizza beißt. Das entspannte Schmatzen passt so gar nicht zu dem Chaos, das er gerade in mir losgetreten hat. Was, wenn Mina und Nicki am Ende nicht nur meine, sondern unsere ganze Welt auf den Kopf stellen?

KAPITEL 35

SAMSTAG, DEN 12. JULI 1986

NICKI

Na endlich seid ihr da!«, ruft Meli, und ich starre sie mit großen Augen an.

»Krass, wie kommst du an den?« Sie trägt den Mantel, den wir damals gemeinsam gekauft haben. Mein Kopf rattert. Wie ist das möglich?

»Den habe ich heute in Stuttgart ergattert.« Ihr freches Grinsen hat etwas Strahlendes, Zufriedenes – als hätte sie die Welt erobert.

»Ich will auch so einen!« Flehend sehe ich sie an. Damals war das unser Highlight, und jetzt soll ich leer ausgehen? Unvorstellbar!

Grinsend reicht sie mir eine Tüte. »Hä? Natürlich habe ich an euch gedacht und zwei zusätzlich mitgebracht. Hier.«

»Wow! Du bist die Beste, wirklich. Das werde ich dir nie vergessen!« Ich werfe mich ihr regelrecht um den Hals. »Danke, danke, danke!«

Wir schlüpfen sofort in die Mäntel und kichern, als wir uns im großen Spiegel im Eingangsbereich betrachten.

»Wie Drillinge«, stellt Mina gerührt fest. Wir sind gleich groß, und jede ist auf ihre Weise einzigartig und schön.

»Wie bist du überhaupt nach Stuttgart gekommen?«, frage ich immer noch fassungslos, während mein Verstand die Situation zu begreifen versucht.

»Na, ich wollte zu dir, aber du treulose Tomate warst natürlich nicht da. Dein Vater hat mir die Tür geöffnet, und genau in dem Moment kam Robi mit seinem BMX in den Hof gefahren. Dein Paps hat uns angesehen und gefragt, ob wir Lust auf Stuttgart haben – er müsse geschäftlich in die Stadtmitte und wollte sowieso etwas für euch kaufen. Ich sollte ihn beraten.«

Ich schüttle den Kopf. Es ist seltsam, wie Dinge, die einem so viel bedeuten, irgendwie den Weg zurückfinden.

»Kommt zum Essen!«, ruft uns Ulrike aus der Küche.

Das Abendessen ist ein Gedicht und ich wusste das als Kind nie zu schätzen. Unsere Väter haben, passend zu den Urlaubsfilmen, ein spanisches Menü gezaubert: Miesmuscheln in Weißweinsoße, Gambas al Ajillo, Tapas und eine Paella, die auf der Zunge zergeht. Ein Fest für die Sinne.

Nach dem Essen holen sie die Filme heraus, und wir lachen über die Aufnahmen vom letzten Jahren. Für mich sind diese Bilder jedoch mehr als nur Erinnerungen. Für die anderen ist es ein jährliches Ritual, doch für mich liegt dieses Glück Jahrzehnte zurück – eine Kindheit, die ich Mina nie bieten konnte. Diese Erkenntnis sticht.

Später ziehen wir uns in Melis Zimmer zurück, erreichbar über die Wendeltreppe, die ich erst vor ein paar Tagen geputzt habe.

»Na endlich! Ich dachte, die Filme enden nie«, beschwert sich Meli, während sie die Rollos herunterzieht.

»Die waren krass!« Mina klingt beeindruckt. »Ihr hattet es echt gut – ein Haus am Meer, Pool, die ganze Familie und deine beste Freundin immer an deiner Seite. Das ist wie ein Traum.«

Meli zündet ein paar Kerzen an und zuckt mit den Schultern. »Ja, darüber bin ich auch froh. Allein mit den Eltern wäre ätzend.«

»Ich wünschte, ich könnte wenigstens einmal mit meinen Eltern in den Urlaub fahren«, murmelt Mina.

»Du warst doch erst in Singapur, oder? Das klingt doch auch wie Ferien«, meint Meli verwundert.

»Die arbeiten dort und haben kaum Zeit für mich.« Minas Stimme klingt kühl, fast resigniert. Ich spüre, wie das schlechte Gewissen an mir nagt.

»Ach so. Aber jetzt kommt! Setzt euch, ich platze fast. Ich muss euch erzählen, was heute passiert ist!« Meli strahlt, während sie den Kassettenrekorder mit unserer Lieblingskassette anschaltet.

Kaum drückt sie auf »Play«, erklingen die ersten Takte

von *The Last Kiss* von David Cassidy. Mein Atem stockt. Das Lied hat mich damals durch so viele Abschiede mit Achim begleitet. Jedes Mal, wenn ich dachte, ihn zum letzten Mal zu küssen, lief diese Melodie in meinem Kopf – bittersüß und voller Wehmut.

Wir setzen uns im Schneidersitz um das Tablett, auf dem die Kerzen flackern. In der Mitte liegt ein unförmiger Stein – der *Großmummrich*, unser größter Schatz aus Kindertagen. Ein Lächeln breitet sich auf meinem Gesicht aus, als ich ihn erkenne. Mina verdreht die Augen, aber ein kleines Schmunzeln huscht über ihr Gesicht. Sie kennt diesen Stein aus meinen Erzählungen, als ich ihr das Buch von *Kalle Blomquist* vorgelesen habe.

»Niemand sagt ein Wort über das, was ich euch jetzt erzähle«, beginnt Meli feierlich. »Ihr müsst auf den *Großmummrich* schwören.«

»Okay, wir schwören!« Unsere Hände berühren den Stein, und wir murmeln den alten Spruch, den wir als Kinder immer gesagt haben.

»Also … Robi und ich sind jetzt zusammen.« Melis Stimme ist leise, fast unsicher. Dann fügt sie hastig hinzu: »Er hat mir erzählt, dass er … vielleicht keine Kinder bekommen kann. Und … er wollte, dass ich es weiß.«

Ihre Wangen färben sich leicht, während sie nervös eine Haarsträhne zurückstreicht. Mina starrt sie mit großen Augen an. »Echt jetzt?«

»Er muss dich wirklich mögen, wenn er dir das anvertraut.« Ich lächle sie beruhigend an.

Meli nickt langsam und senkt den Blick auf den *Großmummrich*.

»Ja. Er hat gesagt, dass er mit mir zusammen sein will. Ich finde das so … süß.«

»Und ohne Kinder könnt ihr viel verreisen und das Leben genießen«, malt Mina Melis Zukunft aus.

»Das wäre cool. Obwohl ich mir immer ein großes Haus mit offener Küche und einer Treppe zu den Schlafzimmern gewünscht habe. Vor der Garage steht mein rotes Cabrio, und Robi und ich haben eine Tochter, die Nina heißt. Aber egal – wir können auch ein Kind adoptieren oder unseren Hund Nina nennen.« Sie lächelt dabei so versonnen, dass ich weiß, sie sieht all das ganz klar vor sich.

Mir läuft es kalt den Rücken hinunter. Dass ich heute nicht in Stuttgart war, hat Robert die Gelegenheit gegeben, mit Meli allein zu reden. Dass er sich öffnet, verändert alles. Robert, der sonst so wenig von sich preisgibt, hatte den Mut, etwas auszusprechen, das viele für sich behalten würden. Und vielleicht war es genau Minas Gespräch am Brunnen, das ihn dazu ermutigt hat.

Damals schien unsere Jugend unbeschwert, doch jetzt wird mir klar, wie oft wir Dinge unausgesprochen ließen. Wie wir nie für das gekämpft haben, was uns wichtig war.

Meli liebt Robert.

Ich liebe Achim.

Sind wir deshalb vier frustrierte Erwachsene, die ihr Leben nie in den Griff bekamen?

Dass Robert jetzt den ersten Schritt wagt, alles riskiert und sich Meli anvertraut, verändert alles.

Verändert vor allem uns.

Mir wird flau im Magen.

KAPITEL 36

Wenn ein Mensch immer wieder in deinen Gedanken auftaucht, dann hat er längst einen besonderen Platz in deinem Herzen eingenommen.

SAMSTAG, DEN 12. JULI 1986

MINA

Der Sonntag war die totale Langeweile. Robert und Achim mussten tatsächlich mit ihrer Oma in die Kirche gehen und am Nachmittag mit irgendwelchen Großtanten und Onkels Kaffee trinken. Wie ulkig ist das denn? Jugendliche, die am Sonntag mit ihrer Oma Zeit in der Kirche verbringen – echt jetzt? Davon hat Papa mir nie etwas erzählt.

Meli kam auf die glorreiche Idee, auf den Spielplatz zu gehen – in der Hoffnung, sie würden vielleicht nach dem Kaffeetrinken vorbeifahren.

Ganz schön uncool, so ohne Handy. Man kann nicht mal eben eine Nachricht schicken wie: *Ich denk an dich.* Oder kurz nach dem Standort seiner Freunde schauen, um zu wissen, wo sie gerade sind. Nein, hier sitzt man gelangweilt herum, lauscht auf Motorgeräusche. Telefone gibt es zwar schon, aber da kann jeder mithören. Und es ist eh schon peinlich genug, mit einem Jungen zu reden, wenn man frisch verliebt ist.

Aber okay, denen geht es immer noch besser als mir. Mein Freund ist in der Zukunft – weit weg und unerreichbar. Vier Tage habe ich Ricki jetzt nicht gesehen, und die Sehnsucht nach ihm ist extrem. Es fühlt sich an, als hätte jemand ein Loch in mein Herz gerissen, das mit jedem Tag größer wird.

Also hängen wir da und tun uns selbst leid, während wir am Klettergerüst herumturnen. Irgendwann gehen wir zu Meli und baden im Pool. Das Wasser ist erfrischend und für einen kurzen Moment vergesse ich alles. Danach chillen wir auf den Liegen, jeder mit einem kitschigen Denise-Roman in der Hand. Dass ich mich auf so etwas einlasse, hätte ich mir nie träumen lassen, aber irgendwie passt es gerade. Alles was vom Liebeskummer ablenkt, ist willkommen.

Abends grillen wir bei den Burkhards und meine Großeltern kommen auch. Jeder scheint gut gelaunt zu sein, und auch ich lasse mich mitreißen. Sobald Meli, Mama oder ich ein Motorgeräusch hören, horchen wir auf – aber Achim und mein Pa kommen wohl nicht los von ihrer Oma.

Kurz vor Mitternacht liege ich im Bett, halb eingeschlafen, als es klopft. Das Geräusch durchdringt die Stille wie ein Tropfen auf Glas.

»Was war das?«, flüstere ich Mama zu.

»Da ist jemand draußen. Vielleicht Meli?« Behutsam zieht sie den Rollladen hoch und öffnet das Fenster.

»Achim«, rutscht es ihr überrascht heraus. Schnell hält sie sich die Hand vor den Mund, weil sie ein bisschen zu laut war.

»Ich muss mit dir reden«, höre ich ihn sagen.

»Psst, meine Eltern sind noch wach. Warte, ich komme.«

Mama schaut zu mir. »Achim ist da. Ist es okay für dich, wenn ich kurz rausgehe?«

Ein Grinsen breitet sich auf meinem Gesicht aus. »Klar. Lass dir ruhig Zeit – dann hab ich endlich das Bett für mich allein.«

KAPITEL 37

In der Farbpsychologie steht Rosa für Feinfühligkeit, Zartheit und Sanftheit. Es vereint die kraftvolle Energie von Rot mit der Klarheit und Reinheit von Weiß. Dadurch verkörpert Rosa sowohl eine sanfte, romantische als auch eine sensible Seite. Es symbolisiert das Erwachen erster Gefühle und deren Bedürfnis nach Schutz. In kräftigeren Mischungen neigt Rosa zur intensiven Farbwirkung des Rottons, was darauf hinweist, dass anfängliche Zurückhaltung auch in Leidenschaft umschlagen kann.

SONNTAG, DEN 13. JULI 1986

NICKI

Achim lehnt lässig an der Gartenmauer, die Hände tief in die Hosentaschen geschoben, während ein belustigtes Zucken um seine Mundwinkel spielt. Ich klettere im langen Nachthemd aus dem Fenster und lande mit einem leisen Aufprall direkt vor seinen Füßen.

Er streckt mir die Hand entgegen und zieht mich hoch – eine kleine Geste, die mehr in mir auslöst, als ich zugeben will.

»In letzter Zeit bin ich öfter durchs Fenster rein- und rausgeklettert als durch die Haustür gegangen«, sage ich halb scherzhaft, halb ernst.

»Bei dir wundert mich nichts mehr.« Sein Blick bleibt an mir hängen und für einen Moment scheint es, als hätte er sich daran gewöhnt, dass ich älter bin als seine Mutter.

»Komm, lass uns ins Gartenhäuschen gehen.«

Die Tür gibt ein leises, klagendes Quietschen von sich, als ich sie öffne. Sofort umfängt mich der vertraute Duft von Lavendel. Vor meinem inneren Auge sehe ich mich mit Meli, wie wir die duftenden Bündel in der Hütte aufgehängt haben. Im Dunkeln taste ich nach Streichhölzern. Hinter mir wird es hell, sodass ich über die Schulter blicke. »Zu dumm, ich habe nicht daran gedacht, dass du ein Feuerzeug hast.«

»Das habe ich gemerkt.« Achim schmunzelt und zündet die Kerze auf dem Tisch an.

Mein Blick wandert durch das kleines Holzhaus. Wände, Decke und Boden sind weiß gestrichen, die Rahmen und Möbel leuchten in zartem Rosa. Das Regal über der Kommode ist voll mit meinen Lieblingsbücher: Astrid Lindgren, Enid Blyton, Erich Kästner – ein Stück meiner Kindheit. Die Teelichter, die Achim nach und nach anzündet, tauchen den Raum in sanftes, goldenes Licht. Der Efeu, der von draußen hereinkriecht, rankt sich bis zur Decke und verleiht der Hütte etwas Märchenhaftes.

»So muss es auf Wolke sieben aussehen«, murmelt Achim, fast ehrfürchtig, bevor seine Augen sich verdunkeln. »Geht's dir gut?«

Ich nicke, obwohl meine Kehle eng wird. »Es ist so seltsam … Ich habe das alles hier zuletzt vor fünfunddreißig Jahren gesehen. Ich könnte heulen.«

Er tritt näher, legt die Arme um mich und ich lehne meinen Kopf an seine Brust. »Du bist nicht allein, Nicki. Egal, was kommt – ich bin hier.«

»Setzen wir uns.« Ich deute auf das gestreifte Sofa hinter ihm. Die Bretter knarren bedenklich, als wir uns niederlassen, doch sie halten.

»Hier ist alles rosa.« Achim grinst schief.

»Meine Lieblingsfarbe.«

Sein Blick wandert durch den Raum. »Funktioniert der Herd?«

»Der wird nur lauwarm. Magst du einen Tee?«

»Sehr gerne.«

Ich nehme eine Glasflasche aus dem Schränkchen, gieße Wasser in die Teekanne und stelle sie auf die Herdplatte. Während ich ihn einschalte, beobachtet er mich.

»Ich hoffe, das Wasser ist nicht auch fünfunddreißig Jahre alt«, flachst er grinsend.

»Keine Sorge. Am Montag habe ich mit Meli hier gespielt.«

»Gespielt?« Er zieht eine Augenbraue hoch.

Ich werde ernst. »Es ist seltsam. Ich erinnere mich daran, was ich am Montag hier gemacht habe. Aber was ich am Montag 2021 gemacht habe, weiß ich nicht mehr.«

»Mit Sebastian gespielt?« Ein Hauch von Sarkasmus schwingt in seinen Worten.

»Keine Ahnung.« Ich lehne mich an die Kommode, zucke ratlos mit den Schultern und starre Achim an, ohne ihn wirklich wahrzunehmen.

»Vielleicht wirst du wirklich wieder sechzehn.«

»Genau das macht mir Angst.«

»Warum?«

»Ich fange an, mich an Dinge zu erinnern, die hier vor der Zeitreise passiert sind. Was ist, wenn ich Mina vergesse?«

Achim runzelt die Stirn, als würde er nach der richtigen Antwort suchen. »Vermutlich gehört das dazu. Deine Erinnerungen verschwinden – genau wie Mina, denn sie muss ja erst noch geboren werden.«

»Das klingt logisch … aber muss ich dann alles noch einmal erleben? All den Liebeskummer, die gescheiterte Ehe mit Robert …?«

»Vermutlich. Doch wenn du dich nicht mehr daran erinnerst, wird es dich auch nicht belasten.« Seine Stimme klingt weicher, als wolle er mir die Angst nehmen. »Warum hat die Ehe mit Robert nicht funktioniert?«

Ich atme langsam aus, hebe die Schultern und lächle schwach. »Ich mochte Robert. Wirklich. Aber wir passten einfach nicht zusammen. Und dann … da war noch jemand, an den ich immer denken musste.«

»Also wirklich so: Den, den wir lieben, bekommen wir nicht. Entweder wir bleiben allein oder machen Kompromisse – und tragen diese ewige Sehnsucht im Herzen?«

»Du hast dir meinen Spruch gemerkt, den ich im Club gesagt habe?«

»Ich merke mir so einiges und denke darüber nach.«

»Das gefällt mir, weil wir uns da ähnlich sind. Leider haben wir deshalb auch zu viel hinterfragt, anstatt einfach mal leichtsinnig zu sein.«

»Und es mit einer festen Beziehung zu versuchen?«

Ich hole zwei Teebeutel aus der Schublade. Während der Tee zieht, drehe ich mich zu ihm um. »Ich wäre gerne mit dir zusammen gewesen, aber die Entfernung hat uns immer daran gehindert.«

»So weit ist das doch nicht.«

»Siebenundachtzig Kilometer. Als Jugendliche ohne Geld war das unüberwindbar.«

Ich schenke den Tee ein und reiche ihm eine dampfende Tasse.

»Haben wir keinen Kontakt mehr?«, fragt er.

»Nein. Du warst enttäuscht von mir, weil ich bei Robert blieb und nicht mit dir ging.«

»Verständlich. Doch du warst nicht glücklich mit ihm. Wie könnten wir es schaffen, zusammenzubleiben?« Achim lächelt zögernd, fast, als wäre der Gedanke ein Tabu.

»Kämpfe um mich. Es bringt nichts, wenn wir uns am Ende gestehen, wie sehr wir uns lieben, und es zu spät ist.«

»War es so?«

»Ich hatte Angst, verletzt zu werden, wenn ich dir sage, was ich für dich empfinde.«

»Spitze, wir sind echt gut im Vermasseln.«

Ich lache leise auf. »Ja, das sind wir. Vielleicht kannst du mich dieses Mal retten.« Ich lehne meinen Kopf an seine Schulter und unterdrücke den Wunsch, einfach bei ihm zu bleiben.

»Ich werde dich retten, das kannst du mir glauben. Ich will nicht jahrelang mit dieser Sehnsucht herumlaufen, ohne zu wissen, woran ich bin.« Achim hält inne, seine Augen ruhen nachdenklich auf mir. »Darf ich rauchen?«

Ich greife ins Regal und hole einen handgetöpferten Aschenbecher hervor.

Er mustert die ausgedrückten Zigaretten darin und hebt eine Augenbraue. »Robert?«

»Ja, er war oft mit Meli hier.«

Achim zündet sich eine Zigarette an, sein Blick bleibt auf mir haften, forschend und zugleich ruhig. »Hat Robert es nie bei dir versucht?«

»Einmal«, sage ich zögernd. »Vor einem Jahr, an der Garagenmauer. Ich stand mit dem Rücken zur Wand, und er hatte die Arme links und rechts von mir abgestützt. Sein Gesicht kam immer näher. In meiner Panik habe ich mich einfach unter seinem Arm hindurchgeduckt und bin weggelaufen.«

Er grinst. »So wie neulich bei mir. Aber ich habe gespürt, dass du mich gern geküsst hättest.«

»Ja, stimmt. Aber damals, als ich wirklich sechzehn war, hatte ich Angst vor dir.«

»Angst? Vor mir? Warum?«

Ich beobachte den Rauch, wie er in die Luft aufsteigt und sich langsam auflöst. »Du warst so erwachsen. Es hat mich verunsichert, wie klar du gezeigt hast, was du von mir wolltest.«

»Ich lasse mir nichts vor der Nase wegschnappen, was ich haben will.«

Ich ziehe die Knie an und umarme sie. »Du hattest mir nicht einmal die Zeit gegeben, herauszufinden, was ich will.«

»Schnecke,« sagt er und lehnt sich zurück, »Zeit ist etwas, wovon wir beide nie genug haben werden. In ein paar Tagen bin ich wieder weg.«

»Heute weiß ich das. Damals dachte ich, du wärst wie Robert – der jede Woche eine andere Freundin hat.«

»Ich suche die wahre Liebe.«

»Genau das habe ich auch immer gesucht.«

Er nickt nachdenklich. »Und Sebastian?«

Ich seufze. »Nach meiner Scheidung brachte er in meinen grauen Alltag ein kleines bisschen Farbe.«

»Ich verstehe dich. Sebastian ist ein feiner Kerl.«

»Das hat nichts mit dir zu tun. Du warst meine erste Liebe, und er eben die letzte.«

Achims Blick wird weich. »Ich wäre gern deine letzte Liebe.«

Ein Kribbeln zieht über meine Arme, seine Worte hallen in mir nach. »Dann würde mein größter Wunsch in Erfüllung gehen.«

Er nimmt meine Hand in seine. »Und was ist mit Mina?«

»Du musst nur rechtzeitig Schluss machen, damit ich Robert heirate und Mina geboren wird. Danach, wenn du willst, können wir den Rest unseres Lebens gemeinsam verbringen.«

Achim rümpft die Nase. »Ausgerechnet Robert. Würdest du mich danach wirklich noch zurückhaben wollen?«

»Ja«, antworte ich leise, aber bestimmt. »Das will ich. Das wird mir mit jedem Moment klarer.«

Er nimmt einen tiefen Zug und schnippt die Glut in den Aschenbecher. Die Stille breitet sich aus, nur unterbrochen vom leisen Knistern der Kerzen. Ihr Licht wirft einen bläulichen Schimmer auf seine dunklen Strähnen.

»Du, Achim?«

»Ja?«

»Kannst du diese Rauchkringel machen? Ich fand das immer so schön.«

»Er neigt den Kopf, ein kleines Grinsen erscheint. »Für dich? Gerne.«

Mit einem tiefen Zug an der Zigarette inhaliert er den Rauch und lässt ihn in kleinen, perfekten Ringen aufsteigen. Für einen Moment fühle ich mich wie damals, mit der gleichen kindlichen Faszination und Leichtigkeit. Der Gedanke lässt mich innehalten, und ich lege mich in seinen Arm.

Ich sehe den Kringeln nach. »Ich wünschte, all unsere Probleme würden sich wie Rauch in Luft auflösen.«

Sein Lächeln ist warm, voller Zuneigung. »Haben wir das früher zusammen gemacht?«

»Nicht nur.«

»Was sonst?« Seine blauen Augen wirken im dämmrigen Licht der Hütte dunkler, fast geheimnisvoll, als er mich ansieht.

»Wir haben stundenlang geknutscht, bis meine Lippen wund waren. Ich musste ständig Labello benutzen.«

Sein Lächeln wird breiter. »Hm, könnten wir das jetzt nicht auch machen?«

»Wunde Lippen knutschen? Wenn ich so darüber nachdenke, war das immer ganz nett.«

»Nett?« Er drückt die Zigarette aus und nimmt einen Schluck Tee.

»Nein, mehr als das. Es war… einfach alles. Liebe, Sehnsucht, Nähe – und diese Leichtigkeit, die man nur einmal im Leben fühlt.«

Unsere Blicke treffen sich, und da ist dieses Leuchten, dieses Strahlen, das nur mir gehört. Meine Hand tastet im Regal nach der Play-Taste des Rekorders.

KAPITEL 38

MONTAG, DEN 14. JULI 1986
ACHIM

The Power Of Love von Frankie Goes To Hollywood erfüllt den Raum, ein Lied, das wie für diesen Moment gemacht scheint. Ihre Augen verweilen auf meinen Lippen und mein Herz schlägt schneller. Hier liegt sie, die Frau, die all unsere gemeinsamen Erinnerungen kennt – und die Frage, die mir seit einiger Zeit im Kopf herumschwirrt, entweicht mir, bevor ich sie zurückhalten kann.

»Nicki … haben wir je …?«

Sie grinst, legt mir die Hand auf den Mund und blinzelt schelmisch. »Ich hab geahnt, dass du das wissen willst.«

»Und?«, frage ich und spiele mit den bauschigen Ärmeln ihres Nachthemds, das sie wie eine Elfe aussehen lässt.

»Nur einmal«, murmelt sie schließlich.

»Nur? Wann?« Ich sehe sie ungläubig an. Bei der Nähe und Vertrautheit, die wir jetzt fühlen, hätte ich anderes erwartet.

»1998«, sagt sie zögernd, lehnt ihren Kopf an meine Schulter und schließt die Augen.

»Ernsthaft? In zwölf Jahren? Das kann ich kaum glauben.«

»Ich wünschte, es wäre anders gewesen. Wir haben uns nie lange genug gesehen oder waren ständig in irgendwelchen Beziehungen.«

»Waren wir nie hier allein in der Hütte?«

Sie dreht eine meiner Haarsträhnen zwischen den Fingern. Die Berührung ist kaum spürbar, doch sie löst ein Prickeln auf meiner Kopfhaut aus, das sich wie ein warmer Strom durch meinen gesamten Körper zieht. Meine Gedanken überschlagen sich – ein Teil von mir will einfach nur in diesem Moment verweilen, während ein anderer rastlos wird und nach Antworten sucht.

»Ich weiß nicht, ob ich dir das alles erzählen sollte. Es ist deine Zukunft …«

»Nicki«, sage ich bittend und ziehe sie sanft zu mir. »Es fühlt sich an, als wäre ich blind an deiner Seite und könnte nicht das sehen, was du siehst.«

Sie atmet tief durch. »Nach den Sommerferien haben wir uns regelmäßig Briefe geschrieben, aber … ich konnte nie richtig über Liebe schreiben, auch wenn ich es fühlte. Kurz vor den Herbstferien hast du mir eine Karte geschickt und gefragt, ob ich mir vorstellen könnte, mit dir zu schlafen.«

»Und? Was hast du geantwortet?«

»Ich erinnere mich nicht mehr genau, aber ich wollte es. Nur … als wir dann alleine waren, habe ich Angst bekommen.«

»Habe ich was falsch gemacht?«, frage ich besorgt und versuche, ihren Blick einzufangen.

»Nicht wirklich. Es war eher, dass wir nie über unsere Gefühle gesprochen haben. Ich wollte hören, dass du mich liebst, nicht nur fühlen.« Sie sieht mich mit einem traurigen Lächeln an.

»Und … was war 1998?«

Ihre Augen beginnen zu leuchten. »Das war anders. Endlich waren wir beide frei, keine Hindernisse mehr. Wir sind einfach übereinander hergefallen, jegliche Vernunft war vergessen. Es hat geregnet, aber wir haben nur gelacht und uns geliebt. Es war voller Gefühle, wie ich sie nie zuvor erlebt habe. So etwas gab es nur mit dir.«

Ich schlucke schwer und stelle mir vor, wie das gewesen sein muss. »Warum sind wir dann nicht zusammengeblieben?«

»Es war dein Abschiedsfest am Stausee. Kurz darauf bist du für Monate nach Amerika – auf Motorradtour mit einem Freund.«

Ich schüttle fassungslos den Kopf. »Unglaublich.«

»Es fühlte sich an, als hättest du mein Herz einfach mitgenommen.« Ihre Augen glänzen feucht und ich fühle mich schlecht für das, was ich noch nicht getan habe, aber tun werde.

»Es tut mir leid«, flüstere ich und lege meinen Arm um sie, ziehe sie näher zu mir.

»Das ist der Lauf der Dinge«, sagt sie leise, »aber die Sehnsucht …, die bleibt.«

»Sag mal, was haben wir 1998 gemacht?« Ich grinse und sehe sie herausfordernd an. »Warum hast du damals so viel gefühlt wie nie zuvor?«

Sie tippt mir gegen die Stirn. »Wir denken zu viel. Sich fallenzulassen ist das, was uns beiden schwerfällt.«

»Waren wir betrunken?«

»Nein, ganz und gar nüchtern. Vielleicht betrunken vor Liebe. Du hast kaum was von deinem Abschiedsfest gehabt, weil wir uns die ganze Zeit abgesondert haben. Ich wollte dich einfach mal nur für mich – dir nah sein, dich fühlen, geliebt werden.« Sie lächelt versonnen und scheint einige Details für sich zu behalten.

»Was? Erzähl es mir.«

»Ich erinnere mich kaum an Einzelheiten. Ich weiß nicht mal, ob wir Klamotten anhatten oder wie du dich angefühlt hast – alles war ein Nebel purer Gefühle. Ich glaube, dass echte Liebe bedeutet, sich wirklich hinzugeben … Das habe ich wohl erst mit dir verstanden.«

Ich schlucke schwer. »Aber wie ich mich anfühle, kannst du auch jetzt herausfinden.«

»Vielleicht ein bisschen.« Ihre Augen funkeln keck und mein Herz schlägt schneller.

»Habe ich dir jemals etwas geschenkt?«

Sie wird wachsam, fast vorsichtig. »Ja. Es war eine Kette – ein Anhänger, der aussah wie drei Anker, die sich in der Mitte treffen.«

»War?«

Sie senkt den Blick und schüttelt traurig den Kopf. »Ich habe sie bei der Zeitreise verloren.«

»Du hattest sie an?«

»Meistens. Sie hat mir unendlich viel bedeutet.«

Ich zögere einen Moment, dann greife ich in meine Tasche und hole die Kette meiner Großtante Mina hervor. »Dann soll sie wieder dir gehören.«

Nickis Augen weiten sich und Tränen schimmern in ihrem Blick. »Achim … Ich hab sie so vermisst.«

»Als ich klein war, kam eine alte Frau oft an unseren Gartenzaun. Sie hieß auch Mina. Sie brachte mir Süßigkeiten und erzählte mir Geschichten. Eines Tages drückte sie mir die Kette in die Hand und sagte: *Die kannst du mal einem Mädchen schenken, das du von Herzen liebst. Sie wird immer den Weg zu dir zurückfinden.*«

Ich lege ihr die Kette um den Hals und sie greift nach dem Amulett, als wollte sie sicherstellen, dass es wirklich da ist.

»Du hast mir nie gesagt, dass die Kette für die Frau bestimmt ist, die du wirklich liebst.«

»Ich dachte, du würdest es fühlen. Sonst hätte ich sie dir doch nicht geschenkt.«

Ihr Blick trifft meinen – ein Ausdruck, der mir den Atem raubt. Es ist, als würde sie mich jetzt zum ersten Mal wirklich sehen. »Das … das habe ich nicht geahnt.«

»Jetzt weißt du es. «

Ich blicke in ihre strahlenden Augen und frage mich, wie dort so viel Liebe sein kann. Eine Zuneigung, die mir gilt – so rein und intensiv, dass sie mich tief im Innersten berührt. Mein Herz spürt eine Hoffnung, die mein kaltes Leben für einen Moment verblassen lässt.

Ich lege meine Hand an ihr Kinn, hebe es sanft und ziehe sie näher zu mir. Ihre Augen flackern kurz zu meinen, bevor sie sich schließen. Als sich unsere Lippen berühren, spüre ich die Wärme, die von ihr ausgeht. Der Kuss beginnt vorsichtig, fast wie eine Frage, doch dann wird er tiefer, voller Zärtlichkeit und Vertrauen.

Als wir uns langsam voneinander lösen, bleibt ein leises Prickeln auf meinen Lippen zurück, und ich weiß, dass der Rest dieser Nacht magisch sein wird – nicht wegen der Sterne, die draußen leuchten, sondern wegen des Lichts, das sie in mir entfacht hat.

KAPITEL 39

Das Amulett des Lebens ist ein Anhänger aus der Eisenzeit, vermutlich aus dem 1. Jahrhundert v.Chr., und ein einzigartiges Kunstwerk, das kaum jemand kennt. Das Amulett vereint das Symbol der Triskele, das für die drei Reiche steht, mit der Lunulae, die Mond und Weiblichkeit repräsentierten. Der Fund wird irgendwo auf dem europäischen Festland vermutet, vielleicht in Gallien.

MONTAG, DEN 14. JULI 1986
MINA

Eine Wohltat, allein einzuschlafen. Fast so erholsam wie zu Hause in meinem Bett. Doch am Morgen liegt Mama neben mir, tief und fest schlafend, nicht wachzukriegen.

Und mein Handy … Ich vermisse es. Was macht man ohne Smartphone, wenn man wartet? Man stirbt vor Langeweile. Und Langeweile hasse ich – da weiß ich nichts mit mir anzufangen. Wie es Ricki wohl geht? Ich will mein Handy! Ohne fühle ich mich abgeschnitten vom Rest der Welt. Es fehlt, selbst nur für einen Blick auf die Uhr oder um kurz das Wetter zu checken. Um die Freundin zu fragen, was sie gerade machen. Oder um sicherzustellen, dass das Ei nicht zu lange kocht. Oder um Ricki zu schreiben, ob er mich vermisst. Nichts geht ohne!

Stattdessen sitze ich einfach nur da und starre in die Leere. Ich könnte bei *SHEIN* nach coolen Klamotten suchen, überprüfen ob das Apache-205-Konzert stattfindet, oder bei Instagram und TikTok vorbeischauen. Von mir aus auch den Inzidenzwert abchecken. Aber nein – das gibt es 1986 nicht. Kein Wunder, dass die Leute in dieser Zeit ständig Musik hören oder dumme Werbesprüche wiederholen – 'Haribo macht Kinder froh' scheinen sie als Lebensmotto zu nehmen.

Frustriert stehe ich auf. Wir sind allein; Opa ist bei der Arbeit, und Oma ist vermutlich mit ihm gegangen. Seufzend dusche ich, föhne meine Haare und mache Locken, Strähne für Strähne – einfach, weil ich nichts anderes zu tun habe. Mama schläft immer noch.

Gegen halb elf durchbricht endlich das Klingeln die Stille. Mit einem Gefühl von Erleichterung springe ich auf, eile nach vorne und öffne die Tür.

»Hi! Endlich! Ich wäre fast an Langeweile gestorben«, begrüße ich Sebastian und Achim und bin wirklich froh, sie zu sehen.

»Wow, ein Engel macht uns die Tür auf. Du bist wunderschön«, bewundert mich Sebastian und lässt eine blonde Locke spielerisch durch seine Finger gleiten.

»Zu viel Schminke. Ohne sie siehst du bestimmt besser aus«, kommentiert Achim trocken, er mustern mich dabei ungerührt.

»Danke, Achim, wie charmant«, lache ich ironisch. »Wollt ihr reinkommen? Wir sind allein.«

»Gerne. Wir waren schon im Baumarkt und können gleich zur Bäckerei fahren. Wo ist Nicki?«, fragt Sebastian.

»Schläft noch. Ich hab sie nicht wachbekommen.«

»Da lang?« Achim deutet den Flur hinunter und schlendert schon Richtung Kinderzimmer.

»Ja. Warum bist du im Gegensatz zu Mama so munter?«, rufe ich ihm nach, wodurch er sich zu mir umdreht.

»Hab nicht geschlafen. Ich hab beim Ausräumen geholfen.«

Sebastian hält mir ein paar Briefe und eine Zeitung hin. »Das war in eurem Briefkasten. Ich dachte, ich bringe es gleich mit.«

»Danke, das ist lieb.« Ich blättere durch die Post, obwohl ich weiß, dass nichts für mich dabei ist. Aber Mama bekommt ständig Briefe von irgendwelchen Freundinnen – wohl ihr Ersatz für WhatsApp. Die Umschläge sehen oft lustig aus, bunt bemalt und beklebt, selbst wenn der Inhalt langweilig ist.

In der Küche stehen eine Packung Knäckebrot, ein Glas Nutella und eine Kanne lauwarmer Pfefferminztee. Ich lege die Post auf die Theke und gehe dahinter, um mir Tee einzuschenken. Mit fragendem Blick halte ich Sebastian eine Tasse hin. »Willst du auch ein Knäckebrot?«

Er nimmt sie und nippt daran. »Wenn ich gewusst hätte, dass ihr nichts zu essen habt, hätte ich ein paar Brezeln mitgebracht.«

»Das wäre ein Traum. Mama liebt Knäckebrot und ich esse deswegen seit Tagen nichts anderes.« Genervt verdrehe ich die Augen, während ich Nutella darauf streiche. Sebastian sitzt entspannt auf einem Barhocker an der Theke und grinst breit. »Na gut, dann gib mal das Hasenfutter her.«

»Ich will auch eins.« Achim kommt zu uns, lässt sich lässig neben Sebastian nieder und beide werden von mir bedient. Drei Bissen – und das Brot ist verschwunden.

»Hast du Mama wachbekommen?«, frage ich und streiche die nächste Runde.

»Klar.« Ein sanftes Lächeln huscht über sein Gesicht und ich muss mich zusammenreißen, ihn nicht bewundernd anzustarren. Ich kann verstehen, warum Mama damals für Robert geschwärmt hat, weshalb sie Sebastian so mag und Achim ihre große Liebe ist. Die drei haben alle etwas an sich, das man einfach mögen muss.

»Gibt's hier nur Pfefferminztee? Keinen Kaffee?« Sebastian runzelt die Stirn.

»Nein und daran darf man auch nichts ändern. Willkommen zum Zeitreise-Frühstück. Prost.« Ich lege die Brote auf den Teller, reiche Achim eine Tasse und stoße scherzhaft mit ihnen an.

»Habt ihr hier auch 'nen Kinderherd?« Achim grinst verschmitzt.

»Hä? Wie meinst du das?« Ich sehe ihn fragend an.

»Der Tee hat die gleiche Temperatur wie der, den Nicki heute Nacht in der Hütte gekocht hat.«

»Ihr habt Tee gemacht? Spannend.« Sebastian lacht und zwinkert.

»Auch.« Achim schmunzelt.

»Themawechsel, bitte! Ihr redet hier über meine Mutter. Ich will nicht jedes Detail wissen.«

»Wer spricht über mich?« Mama kommt in die Küche und schmiegt sich an Achim. Sie sehen sich verliebt an, als wäre alles wieder gut zwischen ihnen, und ich verkneife mir ein Grinsen. Sie ist immerhin älter als seine Mutter.

»Ich hab nur erwähnt, dass du Tee gekocht hast.« Die beiden verlieren sich im Blick des jeweils anderen, als würden sie sich gleich küssen.

»Mama, schau mal, du hast Post von deiner besten Freundin.« Ich reiche ihr die Karte und widerwillig reißt sie sich von Achim los.

»Meli schreibt dir Postkarten?«, fragt er mit hochgezogener Augenbraue.

»Nicht Meli. In 2021 ist meine engste Verbündete Su. Sie ist jetzt in meiner Klasse, aber Freundinnen werden wir erst später.« Sie dreht die Karte um und liest laut:

Liebe Nicki und Alina,
wir sind immer noch unterwegs und ich wollte euch
eine Postkarte aus Wien schicken.
Leider fahren wir hier nur durch, ich würde
so gerne mehr davon sehen.
Eure Su

Mama stockt und sieht mich an. »Haben wir Su erzählt, dass du bei mir wohnst?«

»Keine Ahnung.« Ich zucke mit den Schultern.

Sie legt die Postkarte zur Seite und dabei blitzt etwas an ihrem Hals auf.

Ich stutze. »Woher hast du dein Amulett? Warst du bei Erna? Ist mein Handy vielleicht auch dort?«

»Achim hat sie mir gegeben.«

»Wie kommt Achim an deine Kette?« Ich ziehe die Augenbrauen zusammen und schaue beide an.

»Achim hat sie mir damals geschenkt – und jetzt wieder. Es ist wohl wie mit dem Mantel. Bei unserer Zeitreise sind die Dinge an ihren Ursprungsort zurückgekehrt.«

Nachdenklich nicke ich und streiche eine weitere Runde Knäckebrote.

»Sebastian, wer war eigentlich die Großtante Mina in eurem Laden? Kanntest du sie gut?«, fragt Achim und beißt in sein Brot.

Sebastian ist sichtlich überrascht von der Frage. »Du meinst Tante Wilhelmine? Die Abkürzung mochte sie nicht. Sie ist die älteste Schwester meines Opas. Sie war etwas Besonderes – erzählte die schönsten Geschichten. Oft saß sie oben im Erker und beobachtete die Straße.« Er macht eine kurze Pause. »Bis zuletzt liebte sie es, im Laden zu bedienen und den Kindern Süßigkeiten zu schenken. Alle nannten sie Tante Wilhelmine.«

»Sie sagte, sie sei meine Tante Mina.«

Sebastian runzelt die Stirn. »Seltsam. Nur mein Opa nannte sie Mina.«

Achims Worte im Club schossen mir durch den Kopf. Seine Großtante hieß Mina – genau wie ich.

»Hat sie dir auch eine Kette für deine Freundin geschenkt?«

Sebastian schüttelt nachdenklich den Kopf. »Nein. Mir hat sie ihre Schreibmaschine vermacht. Sie sagte, ich solle die Geschichten aufschreiben, die mir vor die Füße fallen. Darin würde ich meine wahre Bestimmung finden.«

»Passt ja perfekt«, platzt es aus mir heraus.

»Noch nicht zu früh freuen.« Sebastian grinst und Klopf aufs Holz. »Kommt, wir haben viel vor. Auf geht's!«

Nachdem wir kurz aufgeräumt haben und Mama einen Zettel mit der Nachricht hinterlässt, dass es heute spät wird, steigen wir in Sebastians Auto. Diesmal sitzt Achim vorne und Mama hinter ihm, sodass er nach ihrer Hand fassen kann. Die beiden können die Finger nicht voneinander lassen.

In einer kleinen Seitenstraße hält Sebastian vor einem Handarbeitsladen.

»Also, Nicki renoviert nicht nur eine Bäckerei, sie darf jetzt auch noch zwei Pullover stricken.« Sebastians Augen funkeln schelmisch, während er Mama direkt ansieht.

»Ich möchte auch einen! Mir hat sie noch nie einen Pullover gemacht, und ich bin schließlich ihre Tochter«, beschwere ich mich spielerisch.

»Ehrlich gesagt, habe ich seit dreißig Jahren nicht mehr gestrickt. Ich weiß nicht, ob ich das noch kann«, murmelt Mama unsicher.

»Das ist bestimmt wie Fahrradfahren«, ermutigt Achim sie und öffnet die Autotür.

Sebastian steigt aus und wir folgen ihm in den Laden.

»Kommst du öfter hierher?«, erkundigt sich Mama.

»Meine Mutter strickt und näht viel, sie ist praktisch Stammkundin«, antwortet er schmunzelnd.

Drinnen umfängt uns ein warmer, leicht wolliger Duft. Überall stapeln sich bunte Knäuel – flauschig, mit glitzernden Fäden, glänzend oder matt – ein Paradies aus Farben und Texturen.

»Hier riecht's, als hätten hundert Schafe ein Luxus-Wellnessprogramm bekommen – und die Rechnung dafür steht direkt im Preisschild.« Ich lasse meinen Blick staunend durch den Raum schweifen. Kurz überlege ich tatsächlich, stricken zu lernen, aber dann fällt mir ein, dass man dabei kein Handy halten kann. Der Laden ist also wohl dem Untergang geweiht.

»Beim Müller ist es billiger.« Mama lässt ihre Finger über ein flauschiges rosa Angoragarn gleiten, das stolze 19,99 DM kostet.

»Wir sind jetzt schon hier. Was brauchen wir?«, fragt Sebastian.

Mama überlegt kurz, dann kommt es wie aus der Pistole geschossen: »Sechshundert Gramm Schwarz und ein Knäuel Weiß.«

Ich runzle die Stirn. Woher weiß sie das so genau?

»Wir nehmen 1.800 Gramm Schwarz und 300 Gramm Weiß.« Sebastian wendet sich an die Verkäuferin.

»… und bitte geschnitten,« ruft Achim hinterher, als wären wir bei Metzger.

Die Frau hinter der Theke hebt die Augenbrauen und schmunzelt. »Baumwolle, Mohair, Angora oder Schurwolle? Dürfen es ein paar Gramm mehr sein?« Sie spricht, als würde sie bei Achims Scherz mitspielen.

»Ein bisschen von allem?«, schlägt Sebastian unschlüssig vor.

»Hundert Prozent Polyacryl,« entscheidet Mama schließlich.

Achim zieht eine Grimasse. »Polyacryl? Das klingt… billig.«

»Billig, ja,« bestätigt Mama trocken, »aber in fünfunddreißig Jahren wird dieser Pullover immer noch seine
Form haben.«

»Na gut, dann eben Polyacryl und zwei Päckchen Strick-
nadeln dazu.«

Mama mustert Sebastian mit einem Hauch von Schalk.
»Warum kaufst du so viel Wolle? Soll ich dir ein Kleid stricken?«

»Du wolltest doch zuerst Achim einen Pullover ma-
chen,« kontert er und zwinkert. »Ich lade ihn ein – und
Mina natürlich auch, aber sie muss ihren selbst machen.«
Für einen Moment fühle ich mich ganz in die Runde der
Strickpullis aufgenommen.

»Danke, Mann! Aber das ist echt nicht nötig«, meint
Achim und kratzt sich verlegen am Kopf. »Wolle kann ich
mir, glaube ich, noch leisten.«

Sebastian legt ihm freundschaftlich die Hand auf die
Schulter. »Spar lieber für deinen Führerschein, damit du
uns öfter besuchen kannst.«

»Danke. Das ist echt nett von dir.« Achim klopft ihm auf
den Rücken, und ich sehe in seinen Augen einen Hauch
von Dankbarkeit.

Für einen Augenblick scheint alles so leicht, so harmo-
nisch. Eine kleine Gemeinschaft, die sich gegenseitig trägt,
egal ob mit Wolle oder Worten.

KAPITEL 40

Ein Amulett gilt als Glücksbringer, weil es seit jeher als Schutzsymbol dient, das negative Energien abwehrt und positive Kräfte anzieht. Durch seine persönliche oder kulturelle Bedeutung trägt es die Wünsche und Hoffnungen seines Trägers. Amulette sind oft mit Symbolen versehen, die Eigenschaften wie Stärke, Liebe oder Schutz verkörpern und so das Schicksal beeinflussen sollen, um dem Träger Glück und Sicherheit zu bringen.

MONTAG, DEN 14. JULI 1986

NICKI

aum ist man weg, drücken sich alle vor der Arbeit«, bemerkt Sebastian trocken, als wir vollbepackt mit einem Arsenal an Farben und Zubehör die Bäckerei betreten.

Staunend lasse ich den Blick schweifen. Der Laden ist bis auf den Verkaufstresen leergeräumt, auf dem einige Süßigkeiten zurückgeblieben sind: Gummibärchen, weiße Mäuse, Ahoj-Brause und mehr. Ein kleiner Gruß aus einer anderen Zeit.

Wir stellen die Eimer hinter den Tresen neben einen

Ghettoblaster. Achim drückt auf die Play-Taste und es dröhnt *Depeche Mode* durch den leeren Raum, ehe er die Lautstärke herunterdreht. Sebastian öffnet eine Dose mit Colafläschchen und reicht sie herum. »Dann lasst uns auf die Bäckerei anstoßen.«

Jeder greift nach einem Fläschchen und beißt den Deckel ab. Mina zieht die Nase kraus und ahmt uns nach. Dann stoßen wir an.

»Prost!«

Erst so tun, als würden wir trinken, bevor das süße Gummizeug gegessen wird. Ich bin überrascht, wie gut es mir wieder schmeckt.

»Deine Eltern wollten doch in der Mittagspause essen gehen und anschließend deinen Onkel mitbringen«, erinnert sich Achim.

»Spitze, und wir essen Knäckebrot.« Sebastian spricht das *Spitze* mit derselben Betonung wie Achim, das P und Tz langgezogen. Die beiden tauschen einen verschwörerischen Blick. Es freut mich, die Freundschaft zwischen ihnen aufblühen zu sehen.

Der schöne, alte Holzboden ist inzwischen freigelegt. Der Laden wirkt riesig ohne die Regale und Ständer, die ihn sonst füllen.

»In dem Erker könnte eine gemütliche Kaffee-Ecke entstehen. Das ist mir beim letzten Mal gar nicht aufgefallen«, werfe ich ein und schaue zu Sebastian.

»Der war auch komplett zugestellt und von außen total verwachsen. Wusste selbst nicht, dass es hier unten einen Erker gibt«, erklärt er.

»Habt ihr irgendwo noch ein Tischchen und ein paar

Stühle für die Ecke?«, frage ich und stelle mir vor, wie viele Geheimnisse dieses alte Haus wohl noch birgt.

»Wir sind kein Café,« entgegnet er mit einem abwehrenden Unterton.

»Das gehört heutzutage zu jeder Bäckerei dazu. Man trinkt schnell einen Kaffee und isst eine Kleinigkeit«, erklärt Mina mit Überzeugung.

»Dafür müsste ich ja extra jemanden einstellen. Es sei denn, du übernimmst den Job und spielst die Kellnerin mit Tablett und Schürze,« entgegnet Sebastian grinsend.

»Nein, das holt sich jeder selbst ab und zahlt gleich. Man nimmt kurz Platz, isst, trinkt und geht wieder«, erkläre ich.

Sebastian setzt sich schwungvoll auf den Tresen, schwingt nachdenklich die Beine und betrachtet den Raum. »Hm, vielleicht war der Erker zugemacht worden, weil die Nische so unpraktisch ist. Aber als Kaffee-Ecke, mit dem Blick in den Garten, wäre sie ideal.«

»Hier scheint die Sonne rein und strahlt genau auf die Theke«, bemerkt Mina.

»Auf geht's, lasst uns auf dem Dachboden nachschauen. Mal sehen, ob wir da ein paar brauchbare Möbel finden.« Sebastian springt vom Tresen und läuft voraus. Wir folgen ihm durch das knarrende Treppenhaus bis nach oben.

»Wow, wie schön! Das ist eine wahre Fundgrube.« Staunend bleibe ich stehen und lasse den Blick schweifen.

Der Dachboden ist riesig, mit acht kleinen Dachgauben, durch die das Tageslicht in sanften Strahlen fällt und den Staub in der Luft glitzern lässt. In der Mitte liegt ein alter Perserteppich, dessen Farben trotz der Jahre noch leuchten. Darauf steht ein antikes Sofa mit abgewetztem

Biedermeier-Stoff, flankiert von einem Ohrensessel, der genauso alt wie einladend wirkt. An den Wänden reihen sich Regale aneinander, vollgestopft mit Büchern, deren vergilbte Einbände wie ein Schatz aus einer anderen Zeit wirken. Dazwischen entdecke ich kleine Skulpturen – einen Elefanten aus Ebenholz, eine Lampe mit bunten Glaselementen, die im Licht der Gauben schimmern. Auf einem kleinen Tisch sind Getränke für einen gemütlichen Fernsehabend zurechtgestellt. Der Geruch nach Staub und Geschichte mischt sich mit dem scharfen Aroma des übervollen Aschenbechers.

»Wohnst du hier?«, frage ich Sebastian, erstaunt über den Charme des Dachbodens, der mich an meine Hütte erinnert.

Er lacht leise. »So könnte man es sagen. Achim und ich haben es uns hier gemütlich gemacht. Wir haben Video geschaut.« Er deutet schmunzelnd auf den Fernseher, der auf einem antiken Schränkchen steht. Am Boden liegt der Videorekorder und die Hülle von *Zurück in die Zukunft*.

»Oh, wow – ihr habt euch tatsächlich Gedanken gemacht, wie wir in unsere Zeit zurückkommen könnten«, staunt Mina.

Sebastian blickt uns ernst an. »Das ist unser Ziel. Ihr müsst unbedingt zurück.«

Ich nicke zustimmend und lasse meinen Blick schweifen. »Dieser Ort hat etwas Magisches. Du solltest wirklich hier wohnen.«

»Und Möbel hast du auch genug. Du müsstest nur ein bisschen abstauben,« bemerkt Achim mit einem leichten Schmunzeln und zieht mich sanft in seinen Arm.

Sebastian zeigt auf einen runden Tisch, der zwischen einem Regal und einem Schrank eingeklemmt ist. »Schau mal, das könnte interessant sein.«

»Warte, ich helfe dir.« Achim gibt mir einen kurzen Kuss, lässt mich los und geht zu ihm. Ich folge den beiden.

»Ich würde gerne mal einen Nachmittag an diesem Ort verbringen und mir alles genau anschauen,« schwärme ich und entdecke immer neue Details zwischen all den alten Dingen.

Da spüre ich es – ein brennender Schmerz durchzuckt mich, als hätte sich ein glühendes Stück Metall in meine Haut versenkt.

»Aua!«

Ich fasse erschrocken an das heiße Amulett. In Panik stoße ich gegen das alte Regal, ein Gegenstand stürzt direkt auf den Boden zu. Doch Achim, schneller als mein Blick es erfassen kann, schnappt danach und fängt es im letzten Augenblick auf. Wir starren auf das Buch in Achims Händen.

»Was war das?«, will Sebastian wissen und eilt rasch zu mir.

»Mein Amulett … Es ist plötzlich heiß geworden.« Meine Stimme klingt mir selbst fremd.

Mina greift nach dem Anhänger, ihre Fingerspitzen berühren das Metall vorsichtig. »Stimmt, es ist richtig warm«, haucht sie.

Achim fixiert den Umschlag des Buches mit konzentriertem Blick. »Schaut mal«, murmelt er und hält es mir hin. »Das Zeichen … Es ist dasselbe wie auf deinem Amulett.«

Ein eisiger Schauer breitet sich über meinen Rücken aus. Mina keucht fassungslos. »Das ist … Das ist Mamas Anhänger!«

Sebastian dreht das Buch vorsichtig um und liest die goldene Schrift auf dem Einband. »Das Buch der Zeitreisenden«, murmelt er und seine Stimme hat einen ernsten, fast ehrfürchtigen Klang.

Minas Augen weiten sich. »Vielleicht … liegt es gar nicht am Stromschlag, dass wir hier gelandet sind? Vielleicht … ist das Amulett der Grund?«

Ein schwindelerregendes Gefühl steigt in mir auf und ich klammere mich an Achims Arm.

»Geht es dir gut?«, fragt er besorgt und stützt mich.

Sebastian räuspert sich. »Wollt ihr das Buch hier oben in Ruhe durchlesen?«

Seine Augen wandern ernst zwischen Mina und mir hin und her. Ich schlucke unsicher. Der Gedanke, dass wir diese Zeit bald verlassen müssen, schnürt mir die Kehle zu. Achim scheint es genauso zu gehen. Wir haben uns gerade erst gefunden … und jetzt soll ich ihn wieder verlassen?

Doch dann fällt mein Blick auf Mina. Sie steht voller Erwartung da, ihre Augen glänzen vor Aufregung. Ich weiß genau, dass sie am liebsten sofort zurück möchte.

»Lasst uns erst im Laden helfen und das Buch heute Abend gemeinsam lesen – wenn ihr einverstanden seid«, schlage ich vor und suche Minas Zustimmung.

»Falls das wirklich die Anleitung für Zeitreisen ist und wir damit garantiert zurückkommen, dann … ja, okay«, sagt sie zögernd.

Sebastian tritt ans Fenster und schlägt das Buch auf. Die

Seiten knistern leise. »Die Schrift ist altmodisch … und fast wie in Rätseln geschrieben.« Er hält inne, bevor er langsam liest: »*Das Amulett ist der Schlüssel zur Zeit. Es führt durch Türen, die nur ein Auserwählter öffnen darf.*« Er blättert weiter. »Das Buch wird uns helfen, Mina. Ihr werdet zurückkommen, ganz sicher.«

Achim schüttelt leicht den Kopf. »Das ist alles ein wenig unheimlich.«

Sebastian klappt die Seiten zu, und eine kleine Staubwolke steigt auf. Er niest laut, was die angespannte Stimmung unterbricht.

»Gesundheit!«, rufen wir alle gleichzeitig.

»Danke. Ich sollte wirklich mal abstauben.« Er legt das alte Buch behutsam auf einen Tisch. »Aber bis dahin lassen wir es besser hier oben. Sobald wir Zeit haben, lesen wir es gemeinsam.«

»Dann haben wir noch viel vor. Das Tischchen und die zwei Stühle wären perfekt für den Erker«, schlage ich schließlich vor, um uns alle zurück in die Gegenwart zu holen. »Wenn wir sie abschleifen und weiß streichen, passen sie wunderbar.«

»Einverstanden«, stimmt Sebastian zu. Er und Achim schnappen sich den Tisch, während Mina und ich jeweils einen Stuhl nach unten tragen.

Schon im Flur hören wir, dass nicht mehr *Depeche Mode*, sondern *Metallica* läuft. Die dumpfen Bässe dröhnen uns entgegen.

»O nein, das muss Onkel Hannes gewesen sein. Na warte, der bekommt was zu hören«, brummt Sebastian.

Wir bringen die Möbelstücke in den Garten und folgen Sebastian zurück in den Verkaufsraum, während Achim draußen noch eine raucht. Falco springt schwanzwedelnd um ihn herum und will spielen.

Sebastian klopft sich die staubigen Hände an der Hose ab und reicht seinem Onkel die Hand, der im Laden schon wartet.

»Hey, du alter Rocker, hör auf, uns mit deinem Gedröhne zu foltern!«, begrüßt er den Mann mittleren Alters grinsend, der mir sehr bekannt vorkommt.

»Es ist eine Schande, dass mein Lieblingsneffe so ein elendiger Popper ist und diese Synthe-Scheiße hört.«

Die beiden albern herum, als würden sie gleich in einen Karatekampf starten, doch dann umarmen sie sich breit grinsend. Mina und ich stehen noch in der Tür und beobachten die Szene, bis Hannes' Blick auf uns fällt.

»Basti, Basti, das hätte ich nicht gedacht, dass du schon die hübschen, jungen Mädels mit deiner Musik verschandelst. Ihr wart doch neulich mit Meli in der Stadt und hattet diese Strickpullover an. Und von dir habe ich einen Kaugummi bekommen, oder? Nicki, richtig?«

»Ja, genau. Du bist der Hufschmied,« antworte ich mit einem Lächeln. Doch kaum, dass er zurücklächelt, erstarrt sein Gesicht – irgendetwas hinter uns scheint ihn plötzlich in Schrecken zu versetzen.

Eine Frauenstimme ruft von draußen: »Wo ist denn unser Lieblingsneffe?«

»Rosi, komm mal her,« stammelt er betroffen.

Die Albernheit von eben ist verschwunden und sein Blick fixiert etwas hinter mir. Ich drehe mich um und sehe, dass Achim uns gefolgt ist. Sein Gesicht wirkt blass, als würde er selbst spüren, dass irgendetwas nicht stimmt.

»Hanni, Schatz, was ist denn los mit dir? Geht's dir

nicht gut?« Eine Frau mit langem schwarzen Haar betritt den Raum, sie trägt ein Deep-Purple-Shirt und Jeans. Obwohl sie etwa in Hannes' Alter ist, wirkt sie jung und voller Leben.

Plötzlich stockt sie und wird kreidebleich. Ihr Blick trifft Achim und ein ersticktes Schluchzen entweicht ihr. »Achim! Hanni, wie ... wie kommt unser Achim hierher?«

Ihre Stimme bricht und ich erkenne Verwirrung, Trauer, ungläubige Hoffnung, die sich wie Schatten auf ihr Gesicht legen.

»Das ist unmöglich.« Hannes tritt langsam zu ihr und legt seinen Arm um ihre Schulter. »Unser Achim wäre jetzt achtunddreißig. Das hier ist ein junger Mann – er wird kaum zwanzig sein. Das ist nicht unser Achim, Rosi. Er sieht nur ... fast genauso aus.«

»Das ist Achim von dem Haus schräg gegenüber. Sebastian dreht kopfschüttelnd die Musik herunter.

Doch Rosi scheint seine Worte nicht zu hören. Wie in Trance tritt sie auf Achim zu, der weiterhin regungslos hinter mir und Mina steht. Ihre Hand hebt sich, als wollte sie sein Gesicht berühren, und ihre Stimme ist nur noch ein heißeres Flüstern. »Achim ... mein Junge ... bist du das?«

Die Stille im Raum ist schwer und bedrückend. Hannes und Rosi wirken wie gefangen in einer Erinnerung, die sie für immer verloren glaubten, und Achim sieht aus, als wüsste er nicht, was mit ihm geschieht. Ich möchte etwas sagen, irgendetwas, das die Spannung löst, aber die Worte bleiben mir im Hals stecken. Nur das leise Summen der Musik im Hintergrund klingt wie ein Klagegesang.

KAPITEL 41

MONTAG, DEN 14. JULI 1986

ACHIM

Ich weiß nicht, wie mir geschieht. Eine völlig fremde Frau klammert sich weinend an meinen Hals, als wollte sie mich nie wieder loslassen. Sie nennt mich bei meinem Spitznamen – Achim –, den ich mir selbst gegeben habe, als ich sprechen lernte. Doch jetzt höre ich diesen Namen aus dem Mund einer Unbekannten– und er klingt … falsch und zugleich voller Wärme. Ich schwöre, ich habe sie noch nie zuvor gesehen.

»Rosilein, bevor du den jungen Herrn mit deinen Tränen ertränkst, solltest du dich vielleicht vorstellen«, sagt der Mann, der sich wohl gerade aus seiner eigenen Schockstarre gelöst hat, und kommt zu uns. Nur langsam löst sich die Fremde von mir.

»Ich bin Hannes und das hier ist meine Frau Rosi.« Seine Stimme bebt leicht, dann blickt er mir fest in die Augen. »Wir haben vor fast achtzehn Jahren unseren Sohn bei einem Autounfall verloren. Er sah dir so ähnlich ... Es ist nahezu unheimlich.«

Der Mann, der sogar etwas größer ist als ich, hat jetzt selbst Tränen in den Augen, und ich fühle mich plötzlich völlig verloren. Ich habe noch immer die Angst im Nacken, Nicki zu verlieren – und jetzt auch noch das? Wem sehe ich da so ähnlich? Und was wollen die beiden von mir?

Fragend schaue ich zu Sebastian und der kommt mir sofort zu Hilfe.

»Achim, was weißt du über deinen Vater?«, fragt er ruhig.

»Nichts, nur dass er Joachim Schmied hieß und blaue Augen und fast schwarze Haare hatte, wie ich.« Ich spüre, wie meine Stimme bricht, als ob diese wenigen Worte mich Kraft kosten.

»Mein Cousin hieß Joachim Saalbach. Wenn ich mich dunkel erinnere, sah er dir wirklich ähnlich. Und dann dein Vorname«, überlegt Sebastian laut.

»Meine Großtante ließ mich so taufen, weil mein Vater so hieß und meine Mutter keinen Namen für mich hatte«, erkläre ich verwirrt.

»Der Spitzname von unserem Achim war bei seinen Freunden Schmiedi. Wie heißt denn deine Mutter?«, forscht Rosi nach und sieht mich hoffnungsvoll an.

340

Ich zögere kurz, bevor ich den Namen ausspreche. »Elvira.«

»Hast du das gehört, Hannilein? Elvira! Für sie liegt doch ein Brief auf Achims Schreibtisch.« Rosi ist sichtlich aufgeregt, aber ich verstehe nur Bahnhof.

»Und was steht drin?«, will Sebastian wissen.

In mir keimt die Hoffnung auf, etwas über meinen Vater zu erfahren, doch gleichzeitig wächst die Angst. Was, wenn er tot ist? Dann hätte ich nicht mal mehr einen Vater in meinen Gedanken, mit dem ich mich unterhalte, wenn ich mich einsam fühle. Mein Vater soll leben – weil ich so viele Fragen an ihn habe. Fragen, auf die meine Mutter mir nie eine Antwort gegeben hat.

Nicki kommt zu mir und nimmt meine Hand. Es ist das Beste, was mir in diesem Moment passieren kann, und ich ziehe sie fest an mich.

»In Achims Zimmer ist noch alles so, wie er es verlassen hat. Ich habe den Brief nie angerührt. Es steht keine Adresse drauf, sonst wäre ich schon hingefahren«, erklärt Rosi.

Einen Moment stehen wir schweigend da, bis Sebastian sagt: »Geht doch zusammen in die Schmiede und lest Achims Brief an Elvira.«

»Basti, du bist der Beste – genau das machen wir. Kommst du mit uns?« Hannes sieht mich erwartungsvoll an.

»Ich kann euch ebenfalls begleiten«, schlägt Sebastian vor, weil ich nicht antworte. Meine Kehle ist wie zugeschnürt.

Ich muss mich erst räuspern, weil mir die Stimme versagt hat. »Nicki … Kann Nicki mitkommen?«

»Klar, das Mädel war mir gleich sympathisch.« Hannes lächelt Nicki zu.

Als wir im VW-Bus von Hannes und Rosi sitzen, sehe ich erst, dass Nickis Finger ganz weiß sind, weil ich sie so fest gedrückt habe. Ich lockere meinen Griff und massiere ihre Hand, damit das Blut zurück in die Fingerspitzen fließt.

Meine Gedanken schwirren wie wild. In letzter Zeit erlebe ich ein einziges Gefühlschaos. Wenn ich noch vor ein paar Tagen gedacht habe, dass ich nur eine leere Hülle bin, dann stimmt das jetzt nicht mehr. Ich bin gefüllt bis zum Rand – voll mit Gefühlen, die mich überwältigen. Früher war da nur Wut und Einsamkeit. Ich glaube, ich habe das letzte Mal mit fünf Jahren geweint. Doch seit Nicki in mein Leben gekommen ist, würde selbst ein doppelseitig beschriebenes Blatt Papier nicht reichen, um alles, was ich fühle, aufzuschreiben.

Rosi dreht sich zu uns um und schüttelt den Kopf, als könne sie es selbst kaum fassen. »Ich begreife nicht, dass du unserem Jungen so ähnlich siehst. Es ist wie ein Wunder.«

Wir fahren an dem Brautmodengeschäft vorbei und biegen in eine schmale Gasse, die gesäumt wird von Buchen. Am Ende der Straße steht ein Haus, das noch älter aussieht als das von Sebastian.

Hannes lenkt den Wagen in den Innenhof, in dessen Mitte eine riesige Eiche steht, und parkt neben einem neueren Gebäude. Durch die Fenster erkenne ich, dass es eine Werkstatt sein muss, und die Vorhänge im ersten Stock lassen erahnen, dass sich dort eine Wohnung befindet.

Schweigend steigen wir aus, sogar Rosi bleibt still. Die Luft ist schwer und drückend. Es fühlt sich an, als stünde ich am Rande eines Grabes – eine seltsame Vorahnung, als würde ich gleich einem Teil meiner Vergangenheit begegnen, den ich noch gar nicht kannte und zugleich schon wieder verloren habe.

»Hier ist meine Firma. Ich habe fünf Angestellte und da drüben, das alte Fachwerkhaus, ist unsere Schmiede. Darüber war früher die Wohnung von Rosis Eltern. Die Schmiede stammt von ihren Vorfahren.« Hannes zeigt in die Richtung des Hauses, aber sein Blick bleibt bei mir hängen. »Doch lass uns erst hochgehen, bevor ich dir alles zeige.«

Hannes öffnet die Haustür, und wir treten in ein helles, freundliches Treppenhaus, in dem ein Gummibaum wächst, der sich hier offensichtlich wohlfühlt und bis zur Decke rankt. Doch die Wärme des Flurs dringt nicht zu mir durch; die Kälte in mir bleibt.

Aus der Wohnung im oberen Stockwerk hören wir Hundegebell.

»Aus, Rex und Hasso!«, ruft Hannes. Sofort verstummt das Bellen.

Wir steigen die Treppen hinauf. Rosi holt den Wohnungsschlüssel aus ihrer Tasche und reicht ihn Hannes, der die Tür entriegelt.

Es riecht nach Haushaltswachs, wie bei meiner Tante in Nördlingen. Rex und Hasso, zwei Schäferhunde, begrüßen uns schwanzwedelnd. Ich spüre, wie die Anspannung in mir etwas nachlässt, als ich die beiden streichle – zaghaft, aber mit wachsendem Mut. Vielleicht ist es Falco, der mir diese Ruhe gegeben hat, oder das Vertrauen in seine Hunde, das Hannes ausstrahlt.

Vor einer weiteren verschlossenen Zimmertür bleibt Hannes stehen und greift nach dem Schlüssel, der auf dem Türrahmen liegt. Mit einer ruhigen Bewegung schließt er auf, und lässt uns eintreten. Rosi geht voraus und öffnet die Fensterläden.

Wir stehen in einem Jugendzimmer, das meinem so ähnlich sieht, dass mir die Kehle wie zugeschnürt ist. Mein Atem stockt, als mir klar wird, dass das hier Achims Zimmer war, der möglicherweise mein … Ich schlucke schwer und Gänsehaut breitet sich über meine Arme aus. Ohne es zu merken, drücke ich Nickis Hand so fest, dass ich Angst habe, ihr wehzutun.

An den Wänden hängen Poster der Rolling Stones und ein Plakat mit der Aufschrift NO WAR!. Ein schlichter Kleiderschrank steht in der Ecke, daneben ein Stuhl mit einer Bundeswehrjacke. Auf der Kommode entdecke ich einen Plattenspieler, darauf liegt eine Bravo mit Pierre Brice als Winnetou auf dem Titelbild. Eine grüne Flasche mit Kerzenwachs in allen Farben, das einst heruntergelaufen ist, steht wie ein stummer Zeuge vergangener Jahre daneben.

Über der Kommode hängt ein Regal mit Büchern von Karl May. Dazwischen steht ein Konfirmationsfoto, auf dem ein Junge zu sehen ist, der uns entgegenlächelt. Mir stockt der Atem – der Junge auf dem Bild könnte ich sein. Oder mein Spiegelbild aus einer anderen Zeit.

»Hier auf seinem Schreibtisch liegt der Brief. Du darfst ihn gerne lesen«, sagt Rosi mit brüchiger Stimme.

Ich will – doch ich kann nicht. Mein Blick ist zu tränenverschleiert. Ich fühle mich überwältigt, gefangen in einer Mischung aus Furcht und Hoffnung.

»Darf Nicki ihn vorlesen?«, frage ich leise.

»Natürlich.« Hannes reicht Nicki den schlichten, vergilbten Brief.

»Kann ich mich hinsetzen? Meine Knie sind ganz weich.«

»Natürlich, Kind. Nimm den Schreibtischstuhl.« Rosi und Hannes lassen sich auf der Bettkante nieder, während Rosi stumm auf den Platz zwischen ihnen deutet.

»Komm her, Achim.«

Zögernd lasse ich Nickis Hand los und nehme den freien Platz ein.

Mein Herz pocht so laut in den Ohren, dass ich kaum noch etwas höre. Nicki holt tief Luft, ihre Finger zittern, als sie den Brief mit einer kleinen Schere aufschneidet. Sie faltet das knisternde Papier vorsichtig auseinander und ich sehe, dass auch ihre Augen feucht glänzen.

Sie blickt kurz zu uns auf. Rosi, Hannes und ich nicken ihr zu – ein stiller Zuspruch, und dann beginnt sie zu lesen:

22. November 1968

Liebe Elli,

Warum hast du mir nicht schon früher gesagt, dass du schwanger bist? Du bedeutest mir mehr als alles andere auf der Welt, und du musst sofort zu mir kommen. Meine Eltern werden dich aufnehmen, als wärst du ihre Tochter, und unserem Kind wird es gut gehen, auch wenn ich beim Bund bin. Das verspreche ich dir. Du brauchst keine Angst vor deinem Vater zu haben, denn wir gehören zusammen.

Dein Achim

Als Nicki das letzte Wort liest, sacke ich zusammen. Die Sätze hallen in mir nach wie ein lang verlorenes Echo, das jetzt eine Antwort gefunden hat. Ich spüre, wie meine Wangen heiß werden und die Tränen mir die Sicht nehmen. Fragen, die ich nie laut gestellt habe, und die Hoffnungen, die ich nie auszudrücken gewagt hatte, drängen sich an die Oberfläche.

Hannes sieht mich an, als ob er in meinen Augen etwas sucht, und Rosi legt mir behutsam die Hand auf den Arm. Dann durchbricht ihre Stimme die Stille, rau und voller Emotionen. »Unser Achim … Er wusste es. Er wusste von dir. Er wollte euch beschützen.« Ihre Worte schwanken, als würde sie gegen die Tränen ankämpfen, doch ihr Blick bleibt fest auf mir.

»Das war einen Tag vor seinem Unfall«, stammelt Hannes.

»Als ich die Schere nahm, habe ich das Passbild hier gesehen.« Nicki greift danach und zeigt es mir.

Die ganze Zeit habe ich es geschafft, nicht zu weinen, aber jetzt, als ich die Frau auf dem Bild erkenne, bricht der Schmerz aus mir heraus, und ich schluchze. »Das ist meine Mutter.«

»… und wir sind deine Großeltern.« Hannes zieht mich fest an sich und Rosis Arme umschlingen mich. In diesem Moment zerbricht all die jahrelange Einsamkeit wie Glas und ich weine mit ihnen, als ob die Last einer ganzen Kindheit aus mir herausfließt.

»Mein Junge, was können wir für dich Gutes tun?«, fragt Rosi, deren Stimme vor Tränen zittert.

»Ihr braucht nichts für mich tun, mir geht's gut«,

schluchze ich, doch in mir hallt der Gedanke: *Gebt mir meinen Vater wieder.* Ich habe Großeltern und sie scheinen aufrichtig liebevoll zu sein. Aber das ist so neu, so überwältigend, dass ich kaum weiß, wie ich damit umgehen soll. Bis jetzt hatte ich nur meinen Vater vermisst.

»Weißt du, Achim, wir konnten dir nicht deinen ersten Teddy kaufen und auch nicht deine ersten Schuhe. Wir haben so vieles verpasst, und Großeltern sind nun mal dafür da, ihre Enkel zu verwöhnen. Da kommst du nicht drum herum«, sagt Hannes und lächelt mich an, als wäre ich ein kleiner Junge. Das Kind, das ich nie wirklich sein durfte und das mir so sehr gefehlt hat – und schon wieder kämpfe ich mit den Tränen.

Hannes nimmt mich erneut fest in den Arm und es ist das erste Mal, dass mich ein Mann umarmt, der größer und stärker ist als ich. Es ist, als ob ich endlich einen Platz gefunden habe, an dem ich beschützt werde – ein Gefühl, das mir bisher fremd war.

Ich schaue zu Nicki, deren Augen voller Tränen sind.

»Kannst du nicht bei uns bleiben?«, fragt Rosi vorsichtig.

»Nicki, was soll ich machen?« Die Frage ist tonlos, fast nur eine Bewegung meiner Lippen.

»Was willst *du* tun?«, kommt es ebenso leise zurück.

Was will ich? Diese Frage hat mir nie jemand gestellt. *Was will ich?*

Ich weiß es nicht. Da ist meine Tante und mein Gewissen meldet sich jetzt schon, weil ich mir sicher bin, dass sie mit dem Haushalt und dem Garten allein nicht klarkommen wird.

»Achim, es ist nicht deine Aufgabe, nach deiner Großtante zu schauen. Sie hat auch eine Tochter, die dabei helfen kann«, sagt Nicki sanft, als hätte sie meine Gedanken gehört.

»Du lebst bei einer Tante?« Hannes runzelt die Stirn, seine Augen wirken plötzlich ernst.

»Ja, in Nördlingen. Dort haben sie meine Mutter hingebracht, als sie mit mir schwanger war. Hier durfte es niemand wissen.«

»Dann bist du dort aufgewachsen?«, hakt Rosi nach.

»Ja, tagsüber war ich in einem Heim, abends bei ihr.«

»Und wo ist deine Mutter?« Rosi sieht mich an, fassungslos und zugleich mitfühlend, als könnte sie all das nachempfinden, was so lange in mir verborgen war.

»Sie wohnt in dem Haus gegenüber von Sebastians Bäckerei.«

»Habt ihr kein gutes Verhältnis?«, wagt es Hannes zu fragen.

»Nein.« Mehr möchte ich dazu nicht sagen.

»Komm, ich zeige dir den Rest des Hauses und die Werkstatt.«

Meine Großeltern führen uns durch jedes Zimmer. Die Einrichtung ist so herzlich und warm wie Rosi und Hannes selbst. Bemalte Bauernmöbel, rot-weiß-karierte Vorhänge und überall sitzen Teddybären. Sie erzählen mir Geschichten aus ihrer Vergangenheit, fragen mich nach meinem Leben und ich kann nicht fassen, dass dies alles Wirklichkeit ist.

Nach endlos scheinenden Stunden stehen wir im ältesten Teil des Hauses. Kaum zu glauben, aber in meinen Träumen habe ich diesen Ort, die alte Schmiede, oft gesehen. Der Raum wirkt seltsam vertraut, fast so, als gehöre er schon immer zu mir. Der Duft von Feuer und Metall liegt schwer in der Luft, eine stumme Einladung. Meine Finger beginnen zu kribbeln – der Drang, den Hammer zu schwingen und das glühende Metall zu bearbeiten, wird beinahe übermächtig.

»Gefällt dir, was du siehst?« Hannes Stimme klingt herausfordernd, und in seinen Augen leuchtet etwas auf, das ich nicht ganz deuten kann.

Ich grinse breit. »Wo ist das nächste Pferd, das Hufeisen braucht?«

»Ich habe geahnt, dass der Junge aus demselben Holz geschnitzt ist wie du, Hanni.« In Rosis Blick liegt so viel Stolz, dass mir das Herz schwer wird und ich verlegen werde.

»Was machst du derzeit? Gehst du noch zur Schule?« Hannes neigt leicht den Kopf, als wolle er mehr aus mir herauskitzeln.

»Ich bin gerade fertig geworden und habe noch keine rechte Ahnung, was ich machen soll.«

»Komm zu uns, mach hier deine Lehre. Das wird eh alles einmal dir gehören. Rosi war schon ganz traurig, weil es niemanden mehr aus ihrer Familie gibt, der die Schmiede weiterführen möchte.«

Ich lehne mich an die kühle Mauer und schüttle fassungslos den Kopf. »Ich hoffe nur, ihr seid kein Traum. Nicht, dass ich nachher aufwache und wieder allein bin.«

KAPITEL 42

Es gibt eine Liebe, die über jede Liebe erhaben ist, die Leben überdauert. Zwei Seelen, die aus einer entstanden sind. Vereinigt wie zwei Flammen, identisch – und doch getrennt. Manchmal zusammen, durch Gefühl und Verlangen verschmolzen, manchmal getrennt, um zu lernen und zu wachsen. Aber einander immer wiederfindend. In anderen Zeiten, an anderen Orten.

(Überlieferung aus dem 6. Jahrhundert vom japanischen Patriarchen Tatsuya)

MONTAG, DEN 14. JULI 1986

NICKI

D ie schwache Federung des VW-Busses und das sanfte Rasseln der Karosserie wirken wie ein Schlaflied. Die Geräusche rücken in weite Ferne. Meine Glieder sind schwer, fast bleiern. Unsere Finger sind ineinander verschlungen und mein Kopf lehnt an Achims Schulter. Ich spüre, wie jegliche Anspannung aus seinem Körper gewichen ist, als ob all die Last der letzten Tage von ihm abfällt. Der Arme hat heute Nacht noch weniger geschlafen als ich, und morgens hat er geholfen, den Verkaufsraum der Bäckerei auszuräumen.

Wir dämmern immer wieder weg, nur um hochzuschrecken, wenn das Ruckeln des Busses uns weckt. Alles war emotional so überwältigend in letzter Zeit, so intensiv, dass es uns wohl noch enger zusammengeschweißt hat. Zum ersten Mal möchte ich nicht mehr sechzehn sein und den Regeln der Eltern folgen müssen. Ich will mein eigenes, selbstbestimmtes Leben zurück. Morgens verschlafen mit Achim am Frühstückstisch sitzen, zusammen Kaffee trinken. Ohne, dass uns irgendjemand trennt. Wenn ich verliebt bin, möchte ich jede Sekunde mit diesem Menschen verbringen – und ich weiß, dass Achim genauso empfindet.

Wir klammern uns aneinander, so als könnten wir durch diese Nähe die Zeit anhalten. Diese Zweisamkeit, die wir nie wirklich ausleben durften. Ich denke an unsere Vergangenheit und begreife: Wir hatten nie mehr als acht Stunden am Stück für uns. Diese Erkenntnis trifft mich wie ein Schlag. Darf man das *große Liebe* nennen oder erscheint die Liebe nur deshalb so groß, weil der Alltag uns immer gefehlt hat? Ich weiß es nicht und ich wünschte, ich hätte die Chance gehabt, es herauszufinden. Es wäre so viel einfacher gewesen, wenn Achim bei seinen Großeltern gewohnt hätte.

Ich lächle in mich hinein, als mir klar wird, dass ich ‚Achim-traumatisiert‘ bin – vermutlich unheilbar. Er ist der Mensch, von dem ich in meinem Leben am meisten geträumt habe, und jetzt sitzt er neben mir. Ich fühle ihn. Wenn ich mein Ohr an seine Brust lege, höre ich seinen Herzschlag, rieche den Duft von Leder und Zigarettenrauch. Wenn ich all das schon ein zweites Mal erleben muss, will ich ihn behalten und glücklich machen.

Der Bus rollt aus und bleibt stehen. Von irgendwoher höre ich Rosi sagen: »Schau mal, Hanni, wie niedlich die Kinderchen da liegen. Ich hab mir immer ein Mädchen und einen Jungen gewünscht.«

Langsam öffne ich die Augen und sehe in zwei überglückliche Gesichter.

»Ich hätte euch ja gern schlafen lassen, aber leider sind wir da«, sagt Rosi leise.

»Wir kommen morgen wieder zum Helfen. Das könnt ihr Basti ausrichten.« Hannes schaut uns an, lächelt. Wüsste er, dass es irgendwann Handys geben wird, hätte er sicher ein Foto von uns gemacht. Aber so speichert er das Bild wohl in seinem Herzen.

Mina steht in der Tür der Bäckerei, ihre ganze Haltung verrät, wie sehr sie darauf brennt, dass wir endlich ins Haus kommen. Dann fällt mir auf, dass sie das Freddie-Mercury-T-Shirt und ihre Jeans trägt – genau wie bei unserer Ankunft hier. Ein seltsamer Schauer überkommt mich. Wann hat sie sich nur umgezogen?

»Na endlich, kommt schnell rein! Es soll ein Gewitter geben. Vielleicht können wir heute noch zurück in unsere Zeit«, platzt es aus ihr heraus.

Ein Gefühl von Panik steigt in mir auf. Die Vorstellung, wieder in die Gegenwart zurückzukehren, ist wie ein Schatten, der über mir liegt. Ich will nicht zurück. Ich will bei Achim bleiben.

Der Verkaufsraum wirkt kühl und unverändert seit unserem letzten Besuch und spiegelt die Leere in mir. Nur der Tisch und die Stühle stehen einsam da. Wie gerne würde ich diesen Ort mit Leben und Schönheit füllen – doch das nahende Gewitter scheint die Hoffnung zu ersticken.

»Was habt ihr vor?«, fragt Achim schroff.

»Erst einmal: Willkommen bei den Saalbachs.« Sebastian tritt vor, zieht Achim in eine feste Umarmung und hält ihn dabei einen Moment länger. Seine Freude darüber, dass Achim jetzt ein Teil ihrer Familie ist, kann er kaum verbergen.

»Danke. Es ist … wirklich unbeschreiblich.« Achim blickt zu Boden, als würde er nach den richtigen Worten suchen. »Wie genau sind wir eigentlich verwandt?«

»Hannes und mein Vater sind Brüder.« Sebastians Tonfall ist fast ehrfürchtig.

»Ob Tante Mina wohl geahnt hat, dass ich dazu gehöre?« Achim lässt sich auf einen der Stühle sinken, die wir streichen wollten. Ich setze mich neben ihn und lehne meinen Kopf an seine Schulter.

»Nachdem ihr weg wart, hat Opa berichtet, dass Tante Mina davon sprach, dein Vater hätte einen Sohn. Doch niemand nahm sie ernst – sie erzählte so viele Geschichten.« Sebastian lehnt sich an den Verkaufstresen, versinkt in Gedanken. »Ich glaube, sie ist selbst durch die Zeit gereist und wusste Dinge, die uns verborgen blieben.«

»Tante Mina hat mir das Gefühl gegeben, dass sie froh sei, dass es mich gibt.« Achim spricht leise, als hätte er selbst Schwierigkeiten, es zu begreifen. Seine Finger finden meine und wir verschränken die Hände in einer stummen Bitte um Halt.

»Wenn man bedenkt, was das Amulett alles für dich verändert hat … Sie wollte dir helfen.« Ich berühre den

Anhänger und ahne nur, welche Macht in ihm steckt. Ein eiskalter Schauer läuft mir über den Rücken.

»Nur ... mein Vater ist tot.« Achim blickt auf den Boden, seine Stimme kaum mehr als ein Flüstern. »Was ist passiert?«

»Ein Idiot hat bei schlechter Sicht überholt und ist frontal in ihn reingefahren. Er hatte keine Chance.«

»Und ich war immer wütend auf ihn, weil ich dachte, er hätte mich im Stich gelassen.« Der Schmerz ist ihm anzuhören. Er drückt meine Finger viel zu fest, wie er es den ganzen Tag schon macht, wenn ihn die Emotionen überwältigen.

»Wenn du mehr wissen willst, frag ruhig. Es gibt auch Fotos von deinem Vater.« Sebastian schüttelt den Kopf, als würde ihm jetzt erst klar, wie viel sie beide verloren haben.

Doch bevor die bedrückende Stille sich wieder senkt, platzt Mina heraus: »Ich habe im Zeitreise-Buch gelesen, während Sebastian mit seiner Familie gesprochen hat. Danach haben wir alles vorbereitet.«

Achim und ich starren sie fassungslos an, zwischen Erstaunen und Sorge hin- und hergerissen. Bevor wir reagieren können, legt Sebastian seine Hand auf meine Schulter. »Nicki, ich wünschte, es wäre anders, aber es ist sicherer, wenn ihr zurückgeht.«

Ich nicke stumm, obwohl sich der Gedanke, alles zurückzulassen, wie ein Riss durch mein Inneres zieht. In diesem Moment spüre ich die Schwere der Entscheidung – vielleicht war genau das der Sinn dieser Reise, den ich nie verstehen wollte. Die Bäckerei wird in ihrer ursprünglichen Bauweise bestehen bleiben, Achim hat seine Wurzeln gefunden – das war's wohl.

»Was müssen wir tun?«, frage ich gefasst.

»Nicki, bitte! Du kannst nicht gehen. Ich brauche dich – gerade jetzt bist du so wichtig für mich.« Achim tastet nach meiner anderen Hand und zieht mich zu sich.

»Ich bin doch nicht wirklich weg. Ich bin immer noch ich – nur mit weniger Lebenserfahrung. Nicki bleibt Nicki, und sie liebt nur dich. Verstehst du?«

»Ich liebe *dich*, Nicki«, sagt Achim, seine Stimme bricht, »aber ich weiß nicht, ob ich auch die andere Nicki lieben kann.« Seine Augen füllen sich mit Tränen und ich spüre, wie meine Fassade zu bröckeln beginnt. Wenn er jetzt weint, werde ich mich nicht mehr zurückhalten können. Dann werde ich mit ihm weinen.

»Das wirst du, ich weiß es! Sie ist genauso, wie sie war, als du dich das erste Mal in sie verliebt hast. Sebastian hat recht – es ist besser so. Wir müssen zurück. Steh am Nachmittag des 8. Juli 2021 vor meiner Tür, dann sehen wir uns sofort wieder.«

Ich schlinge meine Arme um ihn und wir halten uns fest, als müssten wir uns für immer verabschieden – wie schon so oft in unserem Leben. Ein letzter Kuss, ein stummes Versprechen, dass wir uns bald wiedersehen. Die Erinnerung an unendlich viel Sehnsucht – das war unser früheres Leben und ich hoffe so sehr, dass es diesmal besser wird.

Draußen pfeift der Wind um die alte Bäckerei und es wird merklich dunkler. Sebastian und Mina gehen voran und wir folgen die steilen Holzstufen hinauf. Meine Beine fühlen sich unendlich schwer an und Achim zieht mich sanft an der Hand mit sich. Jeder Schritt ist eine Qual und mit jeder Stufe, die uns weiter nach oben bringt, tut mein Herz mehr weh. Allein der Gedanke daran, was mich in unserer Zeit erwartet, macht mich fast krank.

Ich stelle mir vor, dass Marie Antoinette sich ähnlich gefühlt haben muss, als sie auf dem Weg zur Guillotine war.

Doch als wir durch die Tür gehen, lächle ich trotz all dem Schmerz, denn Mina zündet die letzten Kerzen an. Der Dachboden, heute Mittag ein verstaubter Ort, wirkt im Kerzenschein edel, einladend, fast wie verzaubert.

Auf dem Tischchen stehen jetzt nicht nur Getränke, sondern auch etwas zu essen.

Mit einem einladenden Schulterzucken deutet Sebastian auf die Brötchen. »Meine Mutter hat sie gemacht. Mina und ich konnten nicht warten und haben schon zugeschlagen.«

Ihm zuliebe nehme ich mir eins, aber es schmeckt nach Abschied. Achim ignoriert das Essen völlig, steht stattdessen mit einer Kippe im Mundwinkel am Fenster und blickt in die Ferne, wo sich die Wolken verdichten.

Sebastian setzt sich neben mich, das alte Buch in der Hand. »Nicki, während du isst, kann ich dir alles erklären.«

Ich nicke nur, schlucke den Bissen hinunter und spüre, wie sich meine Augen mit Tränen füllen. Doch Sebastian, der das zu bemerken scheint, drückt meinen Arm beruhigend. »Lächle, meine Zimtschnecke. Alles wird gut. Wir sind jetzt Freunde. Kein Verhältnis in der Zukunft und auch keine Kündigung.«

»Und was wird aus Achim?« Meine Stimme versagt fast.

»Ich werde auf ihn aufpassen, das verspreche ich dir. Aber hör jetzt gut zu.« Sein Ton wird ernst. »Du und Mina müsst intensiv an das Jahr und den Tag denken, an dem ihr hierhergekommen seid – den 8. Juli 2021. Dabei reibst du das Amulett mit Daumen und Zeigefinger. Der Blitz und der Strom verstärken das Ganze, wären aber nicht unbedingt nötig. Es würde auch allein mit euren Gedanken und dem Anhänger funktionieren. Und wichtig: Haltet euch fest, sonst bist du weg und Mina bleibt hier. Nur bei einem Stromschlag reisen alle, die betroffen sind. Deshalb müssen Achim und ich sicherheitshalber rausgehen. Hast du verstanden?«

»Wie hast du das in so kurzer Zeit herausgefunden?« Ich starre auf das Buch, das mindestens zweihundert Seiten umfasst.

»Die Stelle war markiert und das mit dem Strom ist handschriftlich am Rand vermerkt. Mina hat das gefunden, während ich mit meiner Familie gesprochen habe, und dann war sie nicht mehr zu bremsen.« Bedauernd zuckt er mit den Schultern.

Ich nicke nur und sehe zu Achim. Er steht noch immer regungslos am Fenster, die Zigarette zwischen seinen Fingern ist fast abgebrannt. Mechanisch drückt er sie in einem Aschenbecher aus, nur um sich gleich eine neue anzuzünden.

In der Ferne leuchtet ein Blitz auf und taucht die aufgetürmten Wolken in ein gespenstisches Licht. Das Gewitter ist nah.

Mina geht zu Achim, legt ihren Kopf an seine Schulter,

und in dieser kleinen Geste liegt so viel. Sie wird das hier nie wiedersehen, es ist nicht ihre Zeit. Achim drückt sie an sich, als wollte er meine Tochter auch nicht verlieren.

»Hast du Stift und Papier für mich? Ich muss ein paar wichtige Daten aufschreiben, damit Mina sicher geboren wird.«

Sebastian hebt das Buch hoch und zieht darunter einen Block hervor, auf dem er sich bereits Notizen gemacht hat. Der Stift steckt in der Spiralbindung.

»Bevor du schreibst, zieh dich um. Hinter dem Paravent liegt das Kleid, das du bei der Ankunft anhattest. Für die Rückreise sollte man die gleiche Kleidung tragen. Ihr könnt Dinge mitnehmen, die ihr am Körper habt oder in die Taschen steckt.«

Ich gehe langsam hinter den Raumteiler, wo mein schwarzes Kleid bereitliegt. Die Realität dieses Moments schlägt wie ein Hammer auf mich ein – eine Erinnerung an unerfüllte Liebe, an das erneute Verlieren meines Vaters und an ein Leben mit der Pandemie. »Ihr wart bei mir zu Hause?«, frage ich nur, um nicht in Tränen auszubrechen.

Ich spähe vorsichtig über den Paravent und treffe Sebastians Blick. Er zündet sich eine Zigarette an und lächelt verschmitzt. »Ja, kurz. Wir haben deiner Mutter gesagt, dass Mina ihre Eltern angerufen hat und dass sie den nächsten Flug nach Singapur nehmen soll. Sobald alles geklärt ist, würde ich sie zusammen mit dir nach Frankfurt zum Flughafen bringen.«

»Und was habt ihr gesagt, wo ich bin?«

»Im Reisebüro. Die Telefone waren ständig belegt und es würde eine Weile dauern. Außerdem braucht Mina noch eine Erlaubnis ihrer Eltern für die Reise und das Fax kam nicht an. Das Übliche halt.« Er lächelt ein wenig wehmütig. »Sie meinte, ich soll vorsichtig fahren und falls es zu spät wird, wäre es besser über Nacht in Frankfurt zu bleiben.«

»Na, wenigstens brauche ich nicht pünktlich zu Hause sein.« Die Worte kommen flach und leer über meine Lippen.

»Du und Achim könnt heute Nacht hier schlafen. Also die andere Nicki. Wenn sie will?« Er sieht mich fragend an, als wolle er eine unausgesprochene Erlaubnis einholen.

»Das kann ich nicht beantworten. In dem Alter war ich extrem schüchtern.« Ein seltsames Gefühl beschleicht mich und ich ertappe mich dabei, wie ich fast eifersüchtig auf mein jüngeres Ich bin, weil sie die Zeit mit Achim verbringen wird – die ich nicht mehr habe.

»Wir werden sehen. Ich bin neugierig, wie du mit sechzehn sein wirst.« Sebastians Grinsen ist ein Versuch, die Schwere zu lindern.

Ich kräusle die Nase. »Oje, darauf bin ich auch gespannt.«

KAPITEL 43

Die Achtziger? Musik überall, laut und voller Leben. Klamotten, so bunt und schräg, dass sie heute fast unwirklich wirken. Nächte, in denen zu Madonna und Michael Jackson getanzt wurde, als könnte man ewig so weitermachen. Eine Ära, die wie ein Schatz in Erinnerung bleibt.

MITTERNACHT 15. JULI 1986

MINA

M ama, darf ich deinen Depeche-Mode-Pulli überziehen?«, frage ich, als ich zu ihr hinter den Paravent gehe.

»Ja, gerne. Ich strick mir einen neuen. Aber die Schuhe lassen wir hier. Du hast ja selbst gesehen, wie wenig ich habe.«

»Kein Problem, wir kommen ja nicht im tiefsten Winter zurück. Sebastian hat uns noch deinen Lieblingskaugummi und die Schokolade besorgt. Wenn du meinen schwarzen Mantel anziehst, passt alles in die Taschen.«

»Wie lieb von euch, danke.« Sie sieht mich an und erkennt mein Zögern. »Dir fällt es auch nicht leicht, zu gehen, oder?«

Ich schüttle den Kopf und versuche zu lächeln. Mama nimmt meine Hand und zieht mich in eine feste Umarmung. Dann setzt sie sich auf das Sofa und beginnt zu schreiben. Der Dachboden ist inzwischen wie eine neblige Höhle. Ich rauche heute genauso viel wie Achim und Sebastian – die Nervosität zwingt mich dazu. Der Donner rollt näher, das Unwetter kommt zu langsam. Ein leises Gefühl von Angst steigt in mir auf. Was, wenn ich es mir anders überlege und doch nicht weg will? Ich stelle mich neben Achim ans Fenster.

»Es tut mir so leid, dass wir gehen müssen. Ich habe euch alle so lieb gewonnen. Das Leben hier wird einfach ohne mich weitergehen, und ich werde 1986 total vermissen.«

Achim schnieft. Ich hole ein Taschentuch aus meiner Hosentasche und reiche es ihm. Weil heute alle mal geweint haben, hat Sebastian mir eine Packung gegeben.

»Danke. Auch du wirst mir fehlen.« Er putzt sich die Nase, steckt das Tuch weg, reicht mir eine Zigarette und legt einen Arm um mich. Gemeinsam schauen wir hinaus. Die Blitze am Horizont kommen näher, der Donner rollt heran.

Der Abschied von meinen Großeltern war heute herzzerreißend und ich hätte gern noch Meli und Robert Tschüss gesagt.

Ich presse die Lippen zusammen, als der Gedanke mich überwältigt: Schaffe ich es überhaupt, zurückzukehren?

Ein Teil von mir möchte bleiben, hier, wo alles intensiver und greifbarer erscheint, wo die Menschen einander wirklich nahe sind – ohne Smartphones und den ganzen modernen Ballast. Und doch weiß ich, dass ich zurück muss. Zurück in den Alltag mit all den Coronamaßnahmen, vor denen mir am meisten graut.

Mama tritt ans Fenster und reicht Achim einen Zettel. »Hier habe ich dir aufgeschrieben, wann und wo wir uns begegnen müssen und welche Ereignisse wichtig sind, damit Mina geboren wird.«

»Mach dir keine Sorgen, wir bekommen das hin.« Achim legt den freien Arm um sie und drückt uns beide an sich. Der Schmerz in seinen Augen tut mir weh und ich fühle mich elend, weil ich der Grund bin, dass sie keine gemeinsame Zukunft haben.

Draußen wird es stürmischer, der Wind zerrt am Dach und rüttelt an den Fensterläden.

»Ich glaube, es ist so weit«, sagt Sebastian mit ruhiger Stimme. Wir umarmen uns ein letztes Mal. »Viel Glück – und ich werde mein Versprechen nicht vergessen.«

Als Achim an der Reihe ist, flüstere ich ihm ins Ohr: »Du wärst der bessere Vater für mich gewesen. Es tut mir leid, dass du wegen mir nicht mit Mama zusammen sein kannst.«

»Mach dir keine Vorwürfe, wir finden einen Weg!« Achim zieht mich fest an sich. Ich spüre, dass er mir nicht böse ist.

Der Donner klingt jetzt nah, fast bedrohlich. Achim hält Mama in den Armen, seine Finger streichen sanft über ihren Rücken. Ein stiller Blick zwischen ihnen – voller unausgesprochener Worte.

»Wir hatten so viele Abschiede, ich will bei dir bleiben«, flüstert sie und ihre Stimme bricht fast.

»Es wird alles gut. Wir schaffen das«, redet er beruhigend auf sie ein, als wollte er ihr damit den Mut zurückgeben, den sie braucht, um loszulassen.

»Wie denn?«, fragt sie leise, ihre Stirn an seine gelehnt, als ob sie die Nähe noch einen Augenblick länger festhalten könnte.

»Wo ein Wille ist, ist auch ein Weg. Glaube an uns.«

Dann küssen sie sich ein letztes Mal, bevor Achim sich schließlich loslöst. Langsam dreht er sich um und geht mit Sebastian zur Tür hinaus, ohne sich noch einmal umzusehen.

Ich schlucke schwer, während mir die Tränen über die Wangen laufen. Mama wischt sich verstohlen die Augen, doch ich weiß genau, wie sie sich fühlt. Die Sehnsucht nach Ricki war die ganze Zeit spürbar.

Sie setzt sich auf das Sofa und ich kuschle mich an sie.

»Eigentlich will ich nicht gehen.«

»Wir müssen. Wir haben in fast einer Woche zu viel verändert, bestimmt auch Dinge, die uns gar nicht bewusst sind. Ein Teil von mir will zurück, aber ein anderer klammert sich an jede Sekunde hier.« Sie versucht tapfer zu sein.

»Ich weiß. Mir geht es genauso.«

Der Regen prasselt laut auf das schlecht isolierte Dach. Mama geht zum Fenster und ich stelle mich neben sie. Der Apfelbaum draußen wird vom Wind gebeutelt und der nächste Donner klingt wie ein Peitschenhieb, sodass wir erneut erschrecken.

»Bist du bereit?«, flüstert sie mir zu.

Ich atme tief durch und nicke. »Ich glaube schon.«

»Wenn wir zurückwollen, sollten wir uns jetzt auf unsere Gegenwart konzentrieren. Worauf freust du dich besonders?« Sie nimmt meine Hand und wir setzen uns wieder aufs Sofa.

»Auf Ricki. Und darauf, dass du mir endlich erlaubst, mir ein Tattoo stechen zu lassen.« Ich lächle schelmisch.

Sie verdreht die vom Weinen geröteten Augen. »Ja. Darauf freue ich mich auch besonders.«

»Mama, die Freude sollte schon ein bisschen echt sein.« Ich versuche, zu scherzen, doch sie merkt es kaum.

»Ja, ich weiß.« Sie nickt tapfer.

»Du hattest eine wunderschöne Kindheit. Danke, dass ich all das mit dir erleben durfte. Weißt du, wie verrückt das ist? Ich meine, wer bekommt schon die Chance, die Jugend der eigenen Mutter zu erleben? Ich habe gesehen, wer du warst, bevor du Mama wurdest – was dich glücklich gemacht hat, was dich verletzt hat. Ich dachte immer, ich kenne dich, aber jetzt verstehe ich dich wirklich. Genau wie Papa und Meli – es war nicht leicht für euch, und doch hattet ihr eine so schöne Jugend. Auch ohne Handy.« Ich greife nach ihrer Hand.

Sie drückt sie fest. »Die Zeit mit den Menschen, die wir lieben, ist das Kostbarste, das wir haben. Ich habe dieses Leben schon einmal gelebt und freue mich auf unsere Zukunft. Wir haben uns, und das ist alles, was zählt.«

Mama nimmt, wie so oft, unbewusst ihr Amulett zwischen Daumen und Zeigefinger und reibt daran.

»Ja, wir machen es uns schön. Als Erstes rufe ich Ricki an.« Bei dem Gedanken geht es mir ein klein wenig besser.

»Und ich Su. Sie weiß, wie sie mich trösten kann – niemand bringt mich so zum Lachen, wenn mir eigentlich zum Heulen ist.«

»Ich freue mich, alle wiederzusehen«, sagen Mama und ich gleichzeitig. Wir haken unsere kleinen Finger ein und wünschen uns in die Gegenwart zurück. Währenddessen reibt Mama weiter ihr Amulett. Auf einmal erhellt gleißendes Licht das Zimmer, gefolgt von einem ohrenbetäubenden Donner.

Dichter Nebel quillt in den Raum, unnatürlich und undurchdringlich, wie eine Wand, die sich zwischen uns und allem, was wir hier erlebt haben, schiebt. Der Nebel fühlt sich fast lebendig an, als würde er uns sanft, aber entschieden zurückdrängen, die Vergangenheit von uns lösen, Schicht für Schicht, bis wir wieder in unserer eigenen Zeit sind. Es ist, als würde diese Zeit hier uns wortwörtlich loslassen, jeden vertrauten Gefühl, jede Berührung in diesem Haus aus uns herausziehen, bis kaum mehr als ein Schatten dieser Woche übrigbleibt.

Ich spüre Mamas Hand, ihre Finger, die sich wie ein letzter Halt in meine krallen. Der Strudel ist wie eine unsichtbare Macht, die an mir zieht, wirbelt und mich von ihr löst. Ihre Hand entgleitet mir, der Nebel verschlingt ihre Umrisse, und schlagartig ist da nur noch Leere. Panisch schreie ich: »Mama!«

KAPITEL 44

Where Is My Mind (Pixies)

KURZ NACH MITTERNACHT
NICKI

Taumelnd und hustend taste ich in die Dunkelheit und greife eine Hand. Für einen Moment stehen wir in Ernas Schlafzimmer, doch urplötzlich verschwimmt alles und wir stolpern durch unbekannte Räume in einen kahlen Rohbau. Die Wände verschwinden, meine Gedanken kreisen, Erinnerungen wirbeln wie ein aufgewühlter Film in meinem Kopf – Sequenzen und Bruchstücke meines Lebens.

Achim, wo bist du?

Eine Panikwelle erfasst mich. Läuft mein Leben gerade

an mir vorbei? Verzweifelt klammere ich mich an Minas Hand, doch ich spüre, wie ihre Finger langsam aus meiner gleiten, als würde sie mir entrissen. Schmerz durchfährt mich, reißt mich in zwei Hälften. Ich sehe mich jung und dann wieder älter, sechzehn, dann einundfünfzig. Die Bilder überlagern sich, verwischen, bis ich mit aller Kraft in meinen jungen Körper zurückgezogen werde. Doch meine Tochter entschlüpft mir endgültig.

»Mina, wo bist du?« Mein Schrei kommt nur krächzend hervor. Die Worte ersticken in der dichten Luft, in einem Strudel aus Zeit und Gefühlen, der mich kaum atmen lässt.

Dann blitzen Bilder auf, die mir fremd sind: Ein Mädchen in meinem Alter, das »Mama!« ruft, ein Brautkleid, das leuchtet, als wäre es in Dunst gehüllt. Die Klänge von *Self Control* vermischen sich mit *Where Is My Mind*. Und dann sehe ich ihn – dieses strahlende, leicht sarkastische Lächeln, das mein Herz erfüllt. Doch er verblasst gnadenlos im Nebel.

Bleib hier! Wer bist du?

Die Nebelschwaden sind wie eine Trennwand zwischen mir und allem Vertrauten. Wie aus weiter Ferne höre ich meine eigene Stimme um Hilfe rufen. Schwerfällig öffne ich die Augen und finde mich zusammengekauert auf einem alten Biedermeier-Sofa wieder. Ein dumpfer Schmerz pocht an meinem Kopf, wo ich mich gestoßen habe. Ich taste nach der Stelle, gerade als die Tür aufgeht.

»Nicki, geht's dir gut?« Ein junger Mann sieht mich besorgt an, als wäre ich eine Erscheinung von einem fremden Stern. Seine Augen sind so blau, dass sie mir wie in meinem Traum vorkommen. Woher kenne ich ihn?

»Was ist passiert?« Meine Stimme ist kaum mehr als ein Flüstern, meine Gedanken wirken wie vernebelt. Der junge Mann setzt sich mir gegenüber in einen Ohrensessel und beugt sich vor, als wäre er ein Arzt.

»Es hat die Sicherung rausgehauen. Hoffentlich hast du keinen Stromschlag abbekommen. An was erinnerst du dich noch?« Sein Blick ruht ernst auf mir und der leise Duft von Zigaretten und Leder, der ihm anhaftet, ist mir vertraut.

Verwirrt sehe ich in diese Augen und eine vager Gedanke huscht durch meinen Kopf. »Wir haben uns geküsst.« Ich erschrecke, weil ich es laut ausspreche, und schaue verlegen zu Boden.

»Ja, das haben wir«, antwortet er leise und lächelt. »Womöglich sollte ich dich noch einmal küssen, damit du dich besser erinnerst?«

Ich schüttele den Kopf unsicher. »Ich weiß nicht mal, wie du heißt ... oder ich.«

»Du bist Nicki und ich bin Achim.«

»Das Licht geht wieder«, sagt eine vertraute Stimme im Hintergrund und ein Mann Mitte zwanzig tritt ein. »Alles in Ordnung hier?« Der Klang seiner Stimme beruhigt mich.

»Sie ist ziemlich durcheinander«, erklärt dieser Achim.

»Das legt sich mit der Zeit. Nicki, kennst du mich noch?«, fragt der zweite Mann und setzt sich neben mich. Seine Hand ruht warm auf meinem Rücken und ich spüre, wie mich die Berührung ein wenig zurückholt – doch die Erschöpfung sitzt tief, als würde sie bis in meine Knochen reichen.

»Kennen …« Das Wort treibt durch meinen Kopf, träge und schwer. »Ich weiß nicht …«, murmle ich.

Achim sieht mich besorgt an, zieht eine verbeulte Schachtel Zigaretten aus der Tasche, klemmt sich eine zwischen die Lippen und beginnt, ein Feuerzeug zu suchen.

Ein Bild durchzuckt mich. Das Geräusch des Rädchens, blau und durchsichtig. Ich sehe ihn vor mir, wie er schweigend am Fenster steht und raucht.

Ich gehe zu der kleinen Dachgaube, taste auf dem Sims und finde es. »Hier«, sage ich und reiche es ihm.

»Woher wusstest du, wo mein Feuerzeug ist?«, fragt er und mustert mich überrascht.

»Weil du lange dort standest und geraucht hast, bevor das Gewitter kam.«

Ein wachsamer Ausdruck huscht über sein Gesicht. »Spitze, du erinnerst dich?« Dann lehnt er sich mit einem müden Lächeln zurück. Ich sehe ihn an und spüre einen seltsamen Frieden in mir aufsteigen, den ich in seinen Armen finden könnte, wenn ich mich nur traue. *Du erinnerst dich*, hat er gesagt. Ich lächle, ein Hauch von Traurigkeit darin.

»Ja, ich erinnere mich. Wir wollten Sebastians Bäckerei renovieren. Ich denke an Mina, wie sie jetzt zurück nach Singapur fliegt.« Ich halte inne, mein Blick verweilt auf Achim. »Und ich weiß, dass du mir mein Herz brechen wirst.« Ich beiße mir auf die Lippe und sehe ihn an, herausfordernd, fast trotzig.

KAPITEL 45

Wenn die Liebe wahrhaftig ist,
kannst du ihr nicht entkommen.
Dein Herz wird rufen, bis du endlich
zuhörst.

FREITAG, DEN 30. APRIL 2004
ACHIM

D er Klang des Motors verstummt und ich hänge
den Helm an den Lenker. Ich zünde mir eine Zigarette an und bleibe auf meiner Maschine sitzen. Wenigstens die habe ich wieder. Sie macht mir keine
Vorwürfe, dass ich mich die letzten Jahre nicht um sie gekümmert habe.

Vor mir liegt die Straße meiner Kindheit. Das Haus, in
dem ich ab und zu in den Ferien geduldet wurde, um auf
meinen Cousin aufzupassen. Der die Frau heiratet, die ich
liebe. Wie scheiße weh kann das Leben tun?

Nur meine Mutter kann das noch toppen. Ich hatte gehofft, dass unser Verhältnis besser wird, seit sie weiß, was mit meinem Vater passiert ist. Aber sie ändert sich nicht. Sie erträgt meinen Anblick nicht. Und den meines Sohnes erst recht nicht, weil er mir mehr als ähnlich sieht. Von ihr habe ich nur herausbekommen, dass sie nie an einer Beziehung mit meinem Vater interessiert war. Sie wollte einen anderen, aber ich stand im Weg. Diesen Umstand hat sie mir nie verziehen. Als ob ich etwas für ihr Fehlverhalten könnte.

»Na, Kleiner. Was stehst du hier so rum? Komm rein!« Sebastians Stimme reißt mich aus meinen Gedanken. Sein Blick trifft mich – besorgt.

»Hi, Großer. Deine Bäckerei steckt voller Erinnerungen. Ich mag da nicht rein.«

Sebastian kommt auf mich zu. Ich steige gemächlich von der Maschine. Wir umarmen uns – nicht kurz, sondern so lange, dass es mir guttut.

»Doch abreißen, den alten Kasten?« Er grinst mich aufmunternd an.

»Gib mir einen Hammer und ich erledige das heute noch.« Ich denke an Nicki. Wie sie damals alles daran gesetzt hat, die Bäckerei zu retten. Wie schüchtern und verloren sie nach der Zeitreise war. Ich wollte die alte Nicki zurück, die, die ich kannte. Doch irgendwann habe ich akzeptiert, dass es nur eine Nicki gibt – und dass ich genau diese liebe.

»Tut mir leid, aber heute hast du eine Verabredung. Und die ist wichtig.« Sebastians Blick wird ernst. »Ich habe Mina versprochen, dass wir das hinbekommen. Du auch. Warum bist du so spät?«

»Ich konnte nicht schlafen. Also bin ich in aller Früh nach München gefahren, habe meine restlichen Sachen geholt und Geli die Schlüssel übergeben. Dann stand ich ewig im Stau. Ich habe nicht daran gedacht, dass morgen Feiertag ist.« Ich schüttle den Kopf.

Sebastian klopft mir auf die Schulter. »Hast du mit Geli alles geklärt?«

»Sie hat mich als herzlosen Arsch bezeichnet. Wie die meisten Frauen in meinem Leben. Man gewöhnt sich daran. Sie übernimmt die Wohnung, damit ist das Thema erledigt.« Nervös fahre ich mir übers unrasiert Kinn.

»Komm, lass uns in die Backstube gehen. Dort können wir uns in Ruhe unterhalten.«

Den Zigarettenstummel schnippe ich in den Gully und folge Sebastian. Als wir an einer halb geöffneten Tür vorbeikommen, erhasche ich einen kurzen Blick in den Verkaufsraum und sehe Su, die geschäftig umherschwirrt. Sie bemerkt uns nicht – was mir lieber ist, denn ich will mit Sebastian allein reden. Trotzdem schätze ich Su. Sie hält zu mir, selbst wenn ich Nicki wehtue, und muntert sie auf, indem sie ihr einredet, dass wir am Ende doch zusammenkommen werden. Normalerweise hassen mich die Freundinnen meiner Ex-Freundinnen, weil ich ihnen das Herz breche, und raten ihnen, nie wieder ein Wort mit mir zu sprechen – aber nicht Su. Das macht sie besonders.

»Ich erinnere mich gern daran, wie wir zu Nena singend und mit bester Laune die Wände strichen«, sage ich schließlich, mehr zu mir selbst als zu Sebastian.

»Abends haben wir gegrillt und in meinem Garten gezeltet, zu Depeche Mode ums Lagerfeuer getanzt und später zu The Last Kiss von David Cassidy in den Schlafsack gekuschelt. Das wäre mal wieder fällig«, erwidert Sebastian trocken. »Meinst du, wir bekommen die alte Truppe noch einmal zusammen? Also zum Streichen, nicht zum Feiern – dafür sind immer gleich alle dabei.«

Bei der Vorstellung verziehe ich ironisch den Mund. »Spitze. Robert heiratet Nicki. Soll ich dann Meli trösten, oder was?«

»Nee, lass mal lieber«, sagt Sebastian und mustert mich mit zusammengekniffenen Augen. »Du siehst jetzt schon fertig aus. Die Trennung von Geli hat dir nicht gutgetan.«

Ich lache bitter. »Geli? Das war doch nur erneut ein misslungener Versuch, nicht an Nicki und Leo zu denken.«

Wie immer läuft das Radio leise im Hintergrund – fast wie ein Nachklang vergangener Tage. Ich werfe meine Jacke über die Lehne eines Stuhls und setze mich. Dies ist unsere Ecke in der Backstube, der Ort, an dem wir ungestört über die Zeitreise sprechen können. Ausgerechnet an diesem Tisch mit den Stühlen, die ich damals mit Nicki gestrichen habe.

Sebastian nimmt ebenfalls Platz. »Ja, ich weiß. Aber du hast Nicki versprochen, alles dafür zu tun, dass Mina geboren wird.«

»Ich bin Nicki für so vieles dankbar, und trotzdem kann ich es ihr nicht zeigen. Sie hält mich für ein herzloses Monster, nur weil ich es mit keiner Frau länger als zwei Jahre aushalte. Und weil ich trotz unseres Sohnes keine Beziehung mit ihr will. Wenn wir uns begegnen, sieht sie mich mit dieser fassungslosen Verachtung an. Dabei kann ich ihr nicht die Wahrheit sagen. Ich bin froh, dass heute unser letztes verpflichtendes Treffen ist. Wenn Nicki aus der Vergangenheit zurückkommt, wird sie wissen, dass ich mich nur an unsere Abmachungen gehalten habe.« Ich seufze. Dieses Gefühl der Machtlosigkeit frisst mich auf. Zu viele Jahre liegen zwischen uns.

»Ihr arbeitet zusammen bei Hannes in der Firma, die du wahrscheinlich bald übernehmen wirst. Wie wollt ihr da miteinander umgehen?«

»Sie ignoriert mich, seit ich aus München zurück bin. Kein einziges Wort hat sie mit mir geredet. Ehrlich gesagt, ich weiß nicht mal, warum ich heute Abend zu ihr gehen soll.« Ich schaue Sebastian ratlos an.

»Und wie läuft das mit Leo ab?«

»Wortlos, über Rosi. Ich bin nur froh, dass ich meinen Sohn jetzt öfter sehen kann. Es ist schlimm genug, dass ich seine ersten vier Jahre versäumt habe, weil ich in München war – nur damit Robert mit Nicki zusammenkommt. Leo ist der Leidtragende bei der ganzen Sache. Ich will nicht, dass er mit dem Gefühl aufwächst, unerwünscht zu sein, so wie ich. Hätte ich gewusst, dass ich mit Nicki ein Kind bekomme, hätte ich diese verdammten Spielchen von Anfang an nicht mitgemacht.«

»So grimmig?«

Hektisch fahre ich mir über die Stirn. »Ich bin froh, wenn ich heute den Teil der Abmachung erfüllt habe, und gleichzeitig macht es mich fertig … Egal, lassen wir das. Wie ich sehe, geht es dir gut?«

»Ja, ich bin ein Glückspilz. Betti hält mich zwar für einen Kindskopf mit unrealistischen Träumen, aber sie unterstützt mich, wo sie kann. Übrigens, du darfst mir gratulieren – ich habe einen Buchvertrag in der Tasche.«

Ich klopfe Sebastian anerkennend auf die Schulter. »Glückwunsch, Alter! Wird auch Zeit. Du könntest mit deinen Absagen euer Wohnzimmer tapezieren. Das hast du dir echt verdient.«

»Danke. Ja, es hat gedauert, bis ich endlich einen Verlag gefunden habe. Und wann gehst du zu Nicki?«, fragt Sebastian und kommt wieder auf das Thema zurück.

Ich weiß, wie wichtig ihm Mina ist, aber ich kann dazu nichts mehr beitragen. Das liegt jetzt an meinem Cousin. »Boah, ich habe keinen Bock dazu. Weißt du, wie sich das anfühlt? Sie heiratet diesen Arsch von Robert und bekommt ein Kind von ihm. Und er wird für meinen Sohn der Vater sein. Ich könnte kotzen bei dem Gedanken.«

»Ich verstehe dich, das ist nicht einfach. Komm, geben wir uns die Kante, ich habe Granatsplitter für Nicki gemacht, da ist mein bester Rum drin.« Sebastian geht zum Kühlschrank.

»Hey, Basti, mir ist schon schlecht! Bloß nichts mit Schokolade.«

Sebastian lacht und dreht sich mit einer Flasche Ron Zacapa 23 in der Hand zu mir um. »Die Granatsplitter bringst du Nicki mit, wir trinken den Rum. Was steht in der Anweisung für den heutigen Abend?«

Während Sebastian den Rum in die Gläser einschenkt, ziehe ich den zerfressenen Zettel aus der Hosentasche. »Jetzt kann das Ding zum Glück in den Müll.«

»Bist du verrückt? Sowas muss man aufheben.« Sebastian nimmt mir den Zettel aus der Hand, streicht ihn auf dem Tisch glatt und liest vor:

Am 8. Mai werde ich – hoffentlich – Robert heiraten.
Am 30. April 2004 wirst du mich ein letztes Mal besuchen.
Robert wird schlafen, weil er mit seinen Kumpels in seinen Geburtstag reingefeiert hat und den ganzen Tag unterwegs war.
Bitte halte mich davon ab, die Baileys-Flasche auszutrinken.
Komm mindestens zehn Minuten früher als damals. Ich erinnere mich daran, wie mir drei Tage lang kotzübel war.
Es tut mir so leid, doch ich muss wegen Mina bei Robert bleiben und kann nicht mit dir gehen.
Und bitte, bitte – sprich nicht darüber, wie gerne du mich küssen würdest. Es wird mir das Ja-Sagen nur noch schwerer machen, weil ich dann wieder nur an dich denken kann.
Am 8. Juli 2021 hoffe ich, von unserer Zeitreise zurück zu sein. Falls du dann noch frei bist, würde ich dich gerne wiedersehen.
Deine Nicki

Basti sieht mich kopfschüttelnd an. »Was tut ihr euch nur an? Zum Wohl, Kleiner – auf bessere Zeiten!«

»Zum Wohl, das kann ich wirklich gut gebrauchen.« Ich nehme einen Schluck von dem vollmundigen Rum. Nachdenklich stelle ich das Glas weg. »Damals haben wir übers Küssen geredet. Heute wird sie mir Vorwürfe machen, dass ich meinen Sohn vernachlässige. Es ist nichts so geworden, wie es damals gewesen sein soll.«

»Woran das liegt?«

»Vielleicht daran, dass wir fest zusammen waren?«

»Und was ist mit Leo?«

Ich lache kurz ironisch auf. »Von ihm hat sie nichts erwähnt. Dreh den Zettel um.«

Am 8. August 1998 feierst du mit einem Kumpel ein Abschiedsfest am Stausee, weil ihr für mehrere Monate eine Motorradtour macht. Es hat angefangen zu regnen, alle sind nach Hause gegangen, und wir haben uns im Regen geliebt. Danach war ich krank vor Sehnsucht nach dir, und du warst so weit weg

»Klingt romantisch.« Sebastian grinst breit.

»Ich habe einen Tag vorher eine Hütte ausfindig gemacht, dort wurden wir nicht nass, und danach war Nicki mit Leo schwanger.« Ich schmunzle unwillkürlich bei der Erinnerung.

»Aber du hast keine Motorradtour gemacht?«

»Nein, da bin ich zum Maschinenbaustudium nach München gegangen. Das hast du mir ja selbst vorgeschlagen.«

»Ihr habt es ja nicht anders auf die Reihe gebracht, euch zu trennen. Beim ersten Mal dachte Nicki, du machst ihr einen Heiratsantrag, weil du Wochen vorher nervös warst, sie auf Händen getragen und ihr jeden Wunsch von den Augen abgelesen hast.«

»Nicki zu verlassen war die Hölle. Ich habe Tagelang geheult, und als ich zu ihr zurück bin, hat sie mir die Tür nicht aufgemacht. Ich habe Sturm geklingelt und sie hat laute Musik laufen lassen. Und dann habe ich das offene Dachfenster gesehen …«

»… Und du bist hochgeklettert, und dein Problem fing von vorne an. Was meinst du, warum ich dir den Vorschlag mit dem Studium gemacht habe?«

»Mit dem Abstand wurde der Schmerz nicht weniger, doch ich hatte einfachere Ausreden – die Entfernung, zu viel Stoff vom Studium, was ich noch am Wochenende durchnehmen musste.«

Sebastian schmunzelt. »Und der Rest blieb an mir hängen: Tränen trocknen, sie auf andere Gedanken bringen …«

»Und Robert um Hilfe bitten.«

Sebastian klopft mir auf die Schulter. »Das gehörte zum Plan, damit die beiden zusammenkommen. Schon krass, dass das alles so hingehauen hat.«

»Spitze, oder?« Ich lache bitter. »Ich musste sie bei dem Konzert nicht mal suchen. Ich stand einfach vor ihr und habe machtlos zugesehen, wie sie in einem Zug Roberts Bier leergetrunken hat. Nicki so unglücklich zu sehen und sie dann Robert zu überlassen, hat mein Herz gebrochen. Ich wollte sie so sehr und habe jemand anderen an der Hand gehalten.«

Sebastian verdreht die Augen. »Das ist wirklich übel und Nicki verträgt überhaupt keinen Alkohol.«

»Nein, deshalb trinkt sie normalerweise auch nichts.«

»Wann gehst du zu ihr?«

Ich sehe Sebastian an und schüttele den Kopf. »Ich werde nicht zu ihr gehen. Warum auch? Es sitzt zu tief, Basti. Und sie wird alles andere als erfreut sein, mich zu sehen.«

»Achim, schau lieber nach ihr. Dass Nicki sich sinnlos betrinkt, passt so gar nicht zu ihr. Ich glaube, sie braucht dich.«

Ich will gerade etwas erwidern, da höre ich es.

Mein Atem stockt. »Zwick mich mal«, murmele ich, unfähig zu begreifen. »Das kann unmöglich sein … Jetzt läuft das Lied von damals.«

Sebastian blickt mich schweigend an. *Creep* von Radiohead schwebt durch den Raum, und mit jedem Ton drängt sich eine Welle von Erinnerungen auf. All die Zweifel, die ungelösten Fragen – es fühlt sich an, als würde alles auf einmal über mich hereinbrechen, wie ein Sturm, der mich lähmt.

KAPITEL 46

Pro Familia ist eine Beratungsstelle, die Menschen in Schwangerschaftskonflikten begleitet. Sie bietet Gespräche an, um persönliche Fragen zu klären, und informiert über alle Aspekte rund um Schwangerschaft und Schwangerschaftsabbruch.

FREITAG, DEN 30. APRIL 2004
SU

Ich habe mal wieder gelauscht. Wie so oft, wenn sich Sebastian mit Achim unterhält. Aber diesmal weiß ich, dass ich handeln muss. Es geht um Nicki, das ist unendlich wichtig. Mein Puls rast, als ich daran denke, wie schwierig es werden wird. Doch ich atme tief durch, sammle meinen Mut und öffne entschlossen die Tür zur Backstube.

»Sebastian, ich bin im Verkaufsraum fertig mit dem Aufräumen.«

»Danke, Su, du kannst gehen. Wir sehen uns heute Abend bei Roberts Geburtstag.«

Aber ich lasse mich nicht so leicht abwimmeln. »Hallo Achim. Ihr gönnt euch den besten Rum – gibt es etwas zu feiern?« Mein Blick gleitet über die Flasche Ron Zacapa 23 und bleibt dann an den zerknirschten Gesichtern der beiden hängen.

»Hi, Su. Schön, dich zu sehen«, sagt Achim und versucht kläglich, erfreut zu wirken.

»Da wird Leo glücklich sein, dass sein Papa wieder hier ist.« Ich gehe auf ihn zu und zur Begrüßung küssen wir uns links und rechts auf die Wange.

»Wie geht es Kai?«

»Prächtig.« Ich streiche demonstrativ über die kleine Wölbung an meinem Bauch.

»Glückwunsch! Ihr bekommt Nachwuchs.«

»Ich hoffe, Nicki auch bald, dann können wir die Elternzeit gemeinsam genießen.«

Sebastian verschluckt sich am Rum und hustet.

Ich blicke Achim an und setze mit gespielter Unschuld nach: »Hast du den kleinen Leo schon besucht? Mein Mikail spielt total gerne mit ihm und Tim.«

»Noch nicht … Wie geht es Meli?«, lenkt er zu offensichtlich ab.

»Die ist auch schwanger.« Ich lächle die beiden überlegen an.

»Was?«, rufen Sebastian und Achim wie aus einem Mund.

»Woher weißt du das?«, hakt Sebastian sofort nach.

»Von wem?«, will Achim wissen. Die Frage ignoriere ich. Soll er selbst drauf kommen.

»Mach mir keine Angst! Ich will nicht gleichzeitig meine zwei besten Angestellten verlieren. Du und Meli seid schwer zu ersetzen«, droht Sebastian mir scherzhaft mit dem Zeigefinger.

»Da kann ich dir nicht viele Hoffnungen machen. Meli ist seit neuestem jeden Morgen schlecht und ist dir nicht aufgefallen, dass sie immer kurz vorm Heulen ist?«

»Ich dachte, das hat vielleicht was mit Nickis und Roberts Hochzeit zu tun?« Sebastian runzelt die Stirn, und ich sehe, dass er ahnt, worauf ich hinauswill.

»Garantiert auch … Übrigens, sie klingelt gerade an der Tür von Roberts Eltern.«

Sebastian und Achim springen auf und werfen einen Blick zum Fenster hinaus.

Wir beobachten, wie Robert die Tür öffnet und Meli ihm in die Arme fällt. Robert schiebt sie zunächst von sich, seine Augen wandern unruhig umher, als würde er sicherstellen, dass niemand sie sieht.

Sofort gehen wir in die Hocke, um nicht entdeckt zu werden.

»Was macht Meli bei Robert?«, flüstere ich erleichtert, dass die beiden genau im richtigen Moment auftauchen, um mir zu helfen, die Wahrheit ans Licht zu bringen.

Sebastian hebt die Schultern und murmelt: »Ähm, ja. Das war klar, dass sie nicht ihre Finger voneinander lassen können.«

Achim lugt vorsichtig hinaus. »Sie sind weg.«

Langsam richten wir uns auf und ich empöre mich: »Heftig, Robert heiratet nächste Woche Nicki!«

»Meli heult, dann verschwinden sie gemeinsam ins Haus. Das kann alles Mögliche bedeuten. Vielleicht ist ihre Oma gestorben«, stellt Achim trocken fest.

»Dann sollte sie eher in ein Beerdigungsinstitut gehen und nicht zu Pro Familia.«

Sebastian und Achim starren mich fassungslos an.

»Su, du solltest nicht so lange stehen.« Sebastian zieht einen Schemel heran und setzt sich darauf, während er mir seinen Platz überlässt. »Und jetzt sag, was weißt du?«, fordert er ungeduldig.

»Ich habe gestern gesehen, wie Meli und Robert zu einer Beratungsstelle für Schwangerschaftsabbruch gegangen sind. Und da habe ich eins und eins zusammengezählt.«

Mich überkommt bei meinen Worte eine Gänsehaut, weil mir bewusst wird, wie sich alles perfekt zusammenfügt.

»Ach … und ich dachte, er hat mit seinen Kumpels in den Geburtstag reingefeiert«, bemerkt Sebastian mit einer Spur von Ironie.

»Mist, das bringt alles durcheinander.« Verwirrt fährt Achim sich durch die Haare.

»Nicki hat mir gestern erzählt, dass zwischen ihr und Robert … na ja, schon lange nichts mehr läuft. Es funktioniert einfach nicht. Und dann hat er auch noch in einer unpassenden Situation ausgerechnet Meli zu ihr gesagt.«

Sebastian verschränkt die Arme und zieht eine Augenbraue hoch. »Der Klassiker. Wenn er jetzt auch noch ihren Geburtstag verwechselt, wundert mich nichts mehr.«

Achim schüttelt langsam den Kopf. »Spitze. Was läuft da nur schief?«

Ich spüre die Spannung im Raum und fahre fort: »Aber die Hochzeit ist nächste Woche. Dabei wären er und Meli das bessere Paar. Und Nicki … Ihr geht's auch nicht gut. Sie vermisst jemanden.«

Sebastian lehnt sich leicht nach vorne und fixiert mich mit seinem Blick. »Und ich wette, wir wissen beide, wer dieser Jemand ist.«

Achim schüttelt den Kopf und leert sein Glas in einem Zug. »Ich glaube, ich brauche frische Luft.«

Ich nutze den Moment, um ihn zu erinnern: »Du wolltest doch sowieso zu Nicki gehen.«

»Ich gehe nach Hause, ich habe keinen Bock mehr auf die Spielchen.« Achim greift nach seiner Jacke. Als er an mir vorbeigehen will, stelle ich mich ihm in den Weg.

Er blickt mich amüsiert an. »Was soll das, Su? Willst du mir jetzt vorschreiben, was ich zu tun habe?«

»Ja, für Mina!«

Achim hält inne, sein Blick verdunkelt sich. »Mina ...«, wiederholt er leise und ich sehe, wie die Erkenntnis ihn trifft wie einen Schlag.

Sebastian fixiert mich mit einem misstrauischen Blick. »Was weißt du über Mina?«, fragt er in einem eisigen Ton, der mich kurz zusammenzucken lässt.

Ich setze mich wieder, die Anspannung in meinem Körper kaum verbergend. Langsam hole ich eine kleine Pappscheibe aus meiner Tasche und lege sie auf den Tisch. »Damit kann man den Geburtstermin eines Kindes berechnen. Minas Geburtstag ist am 21. Januar.«

Sebastian nimmt die Scheibe zögernd in die Hand, sein Gesicht bleibt undurchdringlich. Doch dann atmet er scharf durch.

»Danach müsste Nicki in den letzten Tagen oder spätestens heute schwanger geworden sein.«

Achim schüttelt den Kopf, setzt sich langsam zurück

an den Tisch und nimmt Sebastian die Schwangerschaftsscheibe ab.

»Das hat nichts zu sagen. Vielleicht kam Mina etwas zu früh auf die Welt.«

»Nein, sie kam pünktlich.« Meine Stimme wird leiser. »Robert und Nicki hatten erst später Sex – nach einem Streit am letzten Tag ihrer Hochzeitsreise. Nach der Scheibe wäre dann Mina Ende Februar geboren.«

Achim fährt sich durch die Haare, seine Augen weiten sich. »Du klingst, als wärst du dabei gewesen. Das passiert ja alles erst in der Zukunft!«

Eine unbehagliche Stille breitet sich aus. Sebastians Blick ruht auf mir, als ob er etwas abwägt, bevor er fragt:

»Du weißt von der Zeitreise?«

Ich zögere kurz und presse die Lippen zusammen, bevor ich die Wahrheit ausspreche. »Ich … ich war dabei.« Die Worte verlassen meine Lippen wie ein Geständnis. Ich hatte sie so lange verschwiegen, doch jetzt müssen sie ans Licht.

Sebastian blinzelt verwirrt. »Und warum haben Nicki und Mina dich nie erwähnt?«

Ich atme tief durch. »Sie wussten nichts davon. Ich war gerade auf dem Weg zu Nicki. Es hatte stark geregnet und ihre Mutter stand draußen, um die Regenrinne zu schließen, weil das Fass überlief. Sie sah mich und meinte nur, ich solle einfach hochgehen.« Ich mache eine kurze Pause. Die Erinnerung ist seltsam unwirklich, weil sie aus meinem ganz anderen, düsteren Leben ist. »Mina und Nicki stritten sich über das Jahr 1986. Und plötzlich … war ich dort. Ich geriet in Panik, als sich der Rauch lichtete und ich in einer fremden Wohnung stand. Kopflos bin ich aus dem Haus gerannt und verwirrt durch den Ort geirrt, bis mich mein Bruder fand. Ein Tag später wollten wir schon in den Urlaub fahren, und ich hab einfach mitgespielt. Was blieb mir anderes übrig?«

Sebastian starrt mich an, seine Hände liegen flach auf dem Tisch. »Warum hast du nie etwas gesagt?«

Ich schließe die Augen, kämpfe mit der Erinnerung. »Weil ich jetzt mein Leben so lebe, wie ich es mir immer erträumt habe. Mit Kai und hoffentlich bald zwei Kindern. Ich bin glücklich, und deshalb wollte ich nie etwas daran ändern. Doch nun ist Mina in Gefahr, weil du, Achim, nicht zu Nicki gehst!«

Achim runzelt die Stirn, sein Blick verengt sich. »Warum sollte ich?«

Sebastian starrt ihn an. »Hey, Kleiner, du bist doch sonst nicht so schwer von Begriff!« Seine Stimme hatte einen scharfen Unterton, doch in seinen Augen lag etwas Weiches – vielleicht Mitleid oder Sorge, dass Achim die Wahrheit nicht verkraften würde.

Achim sieht ihn irritiert an. »Wovon redest du?«

Sebastian schüttelt den Kopf und lacht ungläubig. »Schau dir die Scheibe an! Anhand der Daten kommt nur einer als Vater in Frage: Du! Denn Robert ist gerade mit Meli beschäftigt und du warst damals zu dem Zeitpunkt bei Nicki.«

Achim erstarrt, seine Hand sinkt mit der Scheibe auf den Tisch. »Ich bin Minas Vater?«, flüstert er, als hätte er Angst, die Worte laut auszusprechen. Sein Blick ist leer, seine Schultern sacken nach unten, als würde das Gewicht der Wahrheit ihn überwältigen.

Ich helfe ihm auf die Sprünge. »Schau dir Leo an. Er ist Mina wie aus dem Gesicht geschnitten. Und sie haben beide deine blauen Augen.«

Achims wird blass und er starrt mich an, als hätte ich ihn geschlagen. »Das … das kann nicht sein. Warum … warum hat Robert nie etwas gesagt?«

Sebastian fährt sich mit nachdenklicher Miene übers Kinn. »Überleg mal. Er hat was mit Meli, sie wird schwanger und lässt das Kind abtreiben. Dann wird seine Frau schwanger – und das Kind ist von dir. Da wäre ich auch sauer auf dich.«

Achim steht plötzlich auf, stößt seinen Stuhl zurück. »Verdammt! Das erklärt, warum Mina immer gesagt hat, dass Robert nie wie ein Vater zu ihr war. Er wusste es, oder? Er wusste es von Anfang an!«

»Das denke ich auch«, bestätige ich ihm.

Er fährt sich hektisch durch die Haare, geht ein paar Schritte im Raum auf und ab, bevor er abrupt stehen bleibt. »Spitze, und jetzt? Was soll ich tun?«

»Tut mir leid Kleiner. Bei der Angelegenheit kann ich dir nicht helfen. Das musst du schon allein hinbekommen.« Sebastians Grinsen verrät, dass er sich beherrschen muss, um nicht laut loszulachen.

»Nicki liebt dich«, erkläre ich, doch Achim schüttelt zweifelnd den Kopf.

»Sie wird mich nicht reinlassen, wenn sie sieht, dass ich vor ihrer Tür stehe.«

»Es ist heute nicht anders als damals. Vertrau darauf, dass das Schicksal seinen Weg findet. Es hat doch bisher immer geklappt«, fügt Sebastian hinzu.

»Natürlich ist etwas anders.« Achim sieht mich plötzlich mit einem ernsten Blick an. »Su, was ich nicht verstehe – wie ist das mit Leo?«

Achims Frage kommt plötzlich und für einen Moment muss ich mich erst an damals erinnern. »Nicki ist nach deiner Abschiedsfeier am Stausee schwanger geworden. Sie hat das Kind verloren, weil sie eine verschleppte Grippe hatte und zu spät behandelt wurde. Es gab also kein Kind, von dem sie dir hätte erzählen können.«

»Dann war die Hütte eindeutig die bessere Wahl«, stellt Sebastian trocken fest.

Fassungslos schüttelt Achim den Kopf, seine Stimme bricht. »Wir könnten schon so lange eine Familie sein. Aber … warum weiß Nicki eigentlich nicht, dass ich Minas Vater bin?«

Die Frage lässt für einen Moment alle verstummen. Dann seufzt Sebastian leise. »Weil sie es nicht wusste. Erinnerst du dich an den Brief?«

Achim nickt langsam. »Ich soll früher kommen. Der Baileys ist das Problem, oder?«

»Nicki hatte einen Filmriss. Seitdem wird ihr schon übel, wenn sie nur die schwarze Flasche mit dem typischen Etikett sieht«, erkläre ich und merke, wie meine Stimme drängender wird. Achim muss endlich handeln.

»O ja, Nicki verträgt überhaupt keinen Alkohol. Ich würde lieber mal gehen!«, rät ihm Sebastian.

»Wie soll ich das alles schaffen? Sie verachtet mich. Und nächste Woche heiratet sie Robert – der hat heute Geburtstag und wird sicher Gäste bekommen.« Achim sieht zerknirscht aus.

»Äh, ja.« Sebastian schmunzelt. »Ich denke, wir haben heute etwas Besseres vor.«

»Kai und ich auch«, ergänze ich. »Und ehrlich gesagt sind Nickis Feste auch immer so langweilig.« Zwinkernd reiche ich Achim eine CD. »Ich habe noch einen Plan B. Sie ist wirklich nicht gut auf dich zu sprechen.«

»Danke!« Achim sieht die Liste der Titel durch und grinst. »Du magst Mina wirklich sehr.«

»Ja, und ich verlasse mich auf dich. Du bekommst das hin.« Ich ziehe einen Ring vom Finger und reiche ihn ihm.

»Was soll ich mit deinem Ring?«

»Mach ihr einen Antrag.« Ich sehe ihn herausfordernd an. »Wenn du sie liebst, dann zeig es ihr. Sie glaubt dir sonst nicht.«

»Aber sie heiratet Robert!« Achims Stimme ist verzweifelt.

»… Mit deinem Kind unter dem Herzen.« Sebastian schenkt beiden ein Glas Rum ein und hebt seines. »Auf Mina! Weißt du jetzt, was du zu tun hast?«

Achim schüttelt schmunzelnd den Kopf. »Nicht wirklich.« Er stößt mit Sebastian an, trinkt sein Glas aus und leert kopfschüttelnd den Inhalt seiner Zigarettenschachtel auf dem Tisch. Dann packt er den Ring in die Schachtel und lässt sie wieder in seiner Hosentasche verschwinden.

»He, was soll das? Darauf wird Teig geknetet«, empört sich Sebastian.

»Sorry, hab keine Zeit.«

»Und die Zigaretten?«

»Kannst du rauchen. Ab heute habe ich eine Familie und muss ein Vorbild sein.« Achim zwinkert uns zu und will gehen.

»Vergiss die Granatsplitter nicht, die liebt Nicki. Und Achim, ich habe Mina etwas versprochen ... Ich zähle auf dich«, mahnt ihn Sebastian amüsiert.

»Setzt mich nur noch mehr unter Druck. Es ist doch einfach schön, wahre Freunde zu haben.«

Mit zusammengepressten Lippen steht er da und sieht uns einen Moment lang unentschlossen an.

»Danke für eure Hilfe!«, sagt er kurz, dann dreht er sich um, schnappt im Vorbeigehen die Tüte mit Granatsplitter und legt die CD dazu. Er atmet schwer durch, verlässt die Bäckerei.

Die Stille, die hinter ihm bleibt, ist schwerer als erwartet.

»Das wird ein langer Abend«, murmelt Sebastian und sieht mich mit diesem Blick an, der sagt, dass wir beide genau wissen, wie viel auf dem Spiel steht.

KAPITEL 47

Freundschaft ist das unsichtbare Band, das uns hält, egal wie weit wir gehen, wie sehr wir uns verändern oder wie viel Zeit vergeht. Manche Menschen bleiben für immer und werden ein Teil von uns selbst.

FREITAG, DEN 30. APRIL 2004
SU

D urch das Fenster beobachten wir, wie Achim direkt über die Straße zum Haus von Roberts Eltern eilt.

»Hoffentlich macht er jetzt keine Dummheiten«, sage ich besorgt zu Sebastian.

»Nein, ich denke nicht. Er weiß, was auf dem Spiel steht. Aber es wird nicht einfach für ihn.« Sebastian runzelt die Stirn, seine Sorgen sind deutlich sichtbar.

»Nicki würde ihn vermutlich am liebsten auf den Mond schießen. Aber ich wollte ihn nicht noch mehr entmutigen.

Der Arme tat mir so oft leid, und ich durfte Nicki nichts sagen.«

»Er hat mehr als gelitten. Und dann ausgerechnet Robert – mit dem er seit seiner Kindheit Probleme hat.«

»Wir konnten nur hilflos zusehen, weil wir nicht wussten, dass Achim Minas Vater ist. Dabei ist es so offensichtlich.« Ich seufze und fahre mir mit der Hand durch die Haare.

»Mach dir keine Vorwürfe. Uns ist es ja auch nicht aufgefallen. Meinst du, es war damals genau so?«

»Ja, ich sehe es an meiner Familie. Alles geschieht genau so, wie ich es in Erinnerung habe. Nur das, was ich bewusst beeinflusse, ändert sich. Und trotzdem ... unsere Welt ist jetzt harmonischer. Wie ein verbessertes Paralleluniversum der früheren Erde. Warum das so ist, kann ich nicht erklären.«

»Aber voll der Hammer: Du kommst aus der Zukunft und hast einfach dein Leben nochmal durchlebt. Wie fühlt sich das an?«, fragt er mich neugierig.

»Um so vieles besser. Mein altes Leben ist wie ein schlechter Traum. Und es ist gut, Sebastian, dass du Nicki so viel früher kennengelernt hast. Du gibst ihr Halt – und Achim auch.«

Sebastian nickt nachdenklich. »Ich habe Mina versprochen, auf ihre Mutter aufzupassen, damit sie geboren wird. Jetzt hab ich auch auf ihren Vater aufgepasst.«

Ich lächle schwach. »In wenigen Wochen werden wir mehr wissen. Ich hab keine Ahnung, wie ich das überstehen soll.«

»Mina muss geboren werden!«, sagt Sebastian mit Nachdruck. Es freut mich, wie wichtig Mina ihm ist.

»Jetzt müssen wir nur noch erreichen, dass Meli keine Dummheiten macht und das Kind behält«, sage ich entschlossen.

»Dabei helfe ich dir gerne! Das wäre ja gelacht, wenn wir nicht hinbekommen, dass die vier endlich glücklich werden.«

Ein Knoten in meiner Brust löst sich und ich lächle ihn dankbar an – endlich wissen Sebastian und Achim über alles Bescheid.

Wir verstummen, als sich die Tür zur Backstube öffnet.

»Hi.« Meli kommt herein und lässt sich erschöpft auf einen freien Stuhl sinken. »Achim hat mich zu euch geschickt.«

»Du siehst aus, als könntest du einen Rum vertragen«, überlegt Sebastian laut.

»Kein Alkohol in ihrem Zustand!«, widerspreche ich energisch.

Meli starrt mich entgeistert an.

»Hä? Woher weißt du davon?«

»Darüber reden wir gleich. Was macht Achim bei Robert?«, fragt Sebastian ruhig.

Meli seufzt schwer. »Er wollte ihm zum Geburtstag gratulieren. Doch Robert hat so viel getrunken, dass er nicht mehr gerade stehen kann. Ich wusste nicht, was ich machen soll. Zum Glück kam Achim. Er hat allen Gästen abgesagt und bringt Robi mit meinem Auto zu Nicki. Achim ist ja mit dem Motorrad da.«

Sebastian runzelt die Stirn. »Warum habt ihr Nicki nichts von euch gesagt?«

»Boah, das wäre mega peinlich. So kurz vor der Hochzeit alles abzusagen, das wollte ich ihr nicht antun. Und Robi liebt Leo so sehr, er ist wie ein Vater für ihn. Das ist alles nicht so einfach. Robi will unser Kind behalten, aber ich packe das allein nicht. Und was sollte ich Nicki sagen, wie ich so plötzlich zu einem Baby komme? Und warum es vielleicht auch noch wie Robi aussieht?«

Ich nehme ihre Hand und drücke sie. »Meli, du bist nicht allein. Wir sind für dich da. Dein Kind soll leben.«

Tränen laufen über Melis Wangen und sie sieht uns verzweifelt an. »Ihr seid mir nicht böse? Ich dachte, wenn ihr das mitbekommt, steinigt ihr mich.«

Sebastian lächelt sanft. »Du und Robert gehört zusammen – genau wie Nicki zu Achim. Ihr habt da alle vier einen schönen Schlamassel angerichtet. Vielleicht solltet ihr einfach mal zu euren Gefühlen stehen.«

Er reicht Meli ein Glas Wasser und streicht tröstend über ihre Schulter. »Hier, trink erstmal.«

»Danke. Ihr seid echte Freunde.«

Ich nicke und lächle. »Meli, es wird alles gut werden. Wir sind für dich da – und auch für den kleinen Wurm.«

Sebastian schmunzelt. »Vielleicht sollten wir aus der Bäckerei einen Kindergarten machen. Ich habe jetzt eh niemanden mehr in der Backstube.«

KAPITEL 48

Ein gebrochenes Herz lässt sich nicht so schnell reparieren. Die Phase des Verliebtseins kann nach einer Beziehung zwischen 3 bis 7 Jahre anhalten. Eine neue Beziehung einzugehen, nur um zu versuchen, das Alte zu vergessen, bedeutet oft, sich auf einen Kompromiss einzulassen. Doch das Herz bleibt bei der ehemals großen Liebe, manchmal sogar ein Leben lang.

FREITAG, DEN 30. APRIL 2004
NICKI

D u kannst dich jetzt nicht hinlegen und schlafen, gleich kommen Gäste!«, schimpfe ich Robert aus, der total betrunken nach Hause gekommen ist. Ein Wunder, dass er überhaupt noch das Schloss mit dem Schlüssel getroffen hat.

»Natürlich kann ich«, lallt er verächtlich, während ich ihn stütze, damit er wenigstens heil die Treppe hoch ins Schlafzimmer schafft. Schwer lässt er sich aufs Bett fallen, immer noch komplett angezogen, und ich mühe mich ab, ihm die Schuhe auszuziehen.

»Wo warst du? Wie bist du überhaupt heimgekommen? Du hast heute Geburtstag, wir erwarten Gäste!«

»Wurde gefahren. Hab allen abgesagt. Kein Bock zu feiern. Das nächste Woche reicht mir«, nuschelt er.

»Wie bitte? Du hast unseren Gästen abgesagt? Ich habe den ganzen Tag damit verbracht, alles für deine Geburtstagsfeier vorzubereiten! Was soll jetzt mit dem ganzen Essen passieren?«

Fassungslos lasse ich mich aufs Bett sinken. Ich kann kaum glauben, was gerade vor sich geht.

Doch so betrunken, wie Robert ist, hat er vermutlich nicht allen abgesagt. Wahrscheinlich hat er sich nicht mal verständlich ausdrücken können. O nein, wie peinlich, wenn er so bei unseren Freunden angerufen hat! Was mache ich jetzt?

Robert beginnt zu schnarchen und ich höre ihm eine Weile zu, während sich eine ängstliche Resignation in mir breitmacht. In was bin ich da nur hineingeraten? Ich glaube, ich brauche auch etwas zu trinken – nüchtern halte ich das nicht aus. Im Hintergrund läuft unser Lied, leise und quälend vertraut. Ich versinke gerade im schönsten Selbstmitleid, als es plötzlich klingelt.

»Ach je, Robert, wach auf! Das sind bestimmt die ersten Gäste.« Ich rüttele an ihm, aber es ist zwecklos. Er reagiert nicht. Vielleicht gehen die Leute wieder, wenn ich einfach nicht öffne?

Es klingelt erneut, hartnäckig und fordernd. Seufzend schleppe ich mich die Treppe hinunter. Kurz überlege ich, ob ich die Musik ausschalten soll, aber das Dauerklingeln macht mich wahnsinnig.

»Ich komme ja schon!«, schimpfe ich vor mich hin. Ich öffne die Tür einen Spalt und ... traue meinen Augen nicht.

»Achim, du?«

Mit ihm habe ich überhaupt nicht gerechnet. Seit ich mit Robert zusammen bin, war er nicht mehr bei uns gewesen. Mein Herz rutscht mir in die Hose – nur dumm, dass ich keine trage.

»Hi, Nicki. Ich war in der Gegend und wollte meinen Sohn sehen.«

»Ähm, Leo ist bei meinen Eltern. Robert hat Geburtstag.« Ich räuspere mich, weil meine Stimme zu versagen droht.

»Ich weiß.« Sein Lächeln, das mir seltsam vertraut vorkommt, wird breiter, fast spöttisch. »Hübsches Kleid. Deine Lieblingsfarbe steht dir wirklich gut. Wo ist das Geburtstagskind?«

»Äh ... oben.« Das ist alles, was ich zustande bringe. *Super, Nicki. Sehr souverän.* Ich starre ihn an, während mein Gehirn verzweifelt nach einem vernünftigen Satz sucht. Sein Blick ist so intensiv, dass es mir den Atem raubt.

»Spitze. Und schon wieder ist mir danach, dich zu küssen.«

»Achim. Das darfst du nicht mal denken. Ich heirate nächste Woche. Möchtest du etwas trinken?«, frage ich, nur um irgendetwas zu sagen. Ich brauche Bewegung, brauche Abstand. Fast fliehend laufe ich in Richtung Küche.

Er folgt mir. Seine Schritte sind schwer und vertraut, und als ich das Klicken der Tür höre, die hinter uns ins Schloss fällt, spüre ich, wie mein Atem schneller wird.

Er stellt ein kleines Päckchen auf der Theke der offenen

Küche ab, direkt neben die Flaschen für Roberts Geburtstagsfeier. Als ich zu ihm sehe, steht er regungslos da. Seine Augen sind halb geschlossen, sein Kopf leicht zur Seite geneigt, als lausche er. Mist, warum habe ich die Musik nicht ausgemacht? Aber wenn ich sie jetzt abstelle, würde das nur noch peinlicher wirken.

»Du hörst dir *Creep* von Radiohead an. Das lief, als wir den besten Versöhnungssex aller Zeiten hatten. Weißt du noch?«

Sein Grinsen ist so selbstsicher, dass es mich ärgert, ihn jemals vermisst zu haben. Das Lied endet und beginnt von neuem. Und ja, er hat recht – wie könnte ich diesen Moment je vergessen?

»Ich habe die CD nur angemacht, weil es vorhin im Radio lief.« Ein erbärmlicher Versuch, die Situation zu retten.

»Da habe ich es auch gehört und an dich gedacht. Nur geb ich mir das Lied nicht in Dauerschleife. Ich foltere mich nicht mit Erinnerungen, die weh tun.« Achim lehnt sich lässig gegen die Theke.

Er empfindet es genau so wie ich, meine Wangen werden heiß. *Ignorieren, Nicki. Nicht darauf eingehen.* Mein Leben ist eh ein einziges Chaos – und jetzt steht Achim hier, sieht so unverschämt gut aus und bringt mein ohnehin wankendes Herz völlig aus dem Gleichgewicht.

Ich richte meine Aufmerksamkeit auf die Auswahl der Getränke und greife nach einer der Flasche. Als ich Achim auch etwas davon anbieten will, bemerke ich: »Du magst bestimmt keinen Baileys. Du weißt ja wo das Bier steht.«

»Ist das dein erster Drink heute von dem widerlichen Zeug?« Er sieht mich an, als wäre ich ständig betrunken.

»Ja. Was soll die Frage?«

»Nur so.« Achim grinst geht zum Kühlschrank und holt eine Cola raus. Ich schenke mir zu viel von dem Sahnelikör ein und hoffe auf schnelle Wirkung, damit ich ruhiger werde. Als ich Eiswürfel aus dem Gefrierfach nehme, greift er ebenfalls danach. Für einen winzigen Moment berühren sich unsere Hände. Die Wärme seiner Haut jagt einen Blitz durch meinen Körper. Ich ziehe meine Hand zurück, als hätte ich mich verbrannt. Warum fühlt es sich immer noch so an, als ob wir nie aufgehört hätten, uns zu lieben?

Verzweifelt suche ich in meinem völlig leeren Gehirn nach einer Möglichkeit, wie ich auf ihn reagieren soll. Doch außer, dass ich ihm um den Hals fallen möchte und er mit mir machen darf, was er will, fällt mir nichts ein. *Hallo, Nicole! Wie bescheuert bist du eigentlich, so einen Unsinn zu denken?*

Ich schließe die Augen und gerade, als ich den aromatischen Duft nach Vanille einatme, nimmt er mir das Glas aus der Hand und stellt es auf die Arbeitsplatte.

»Hey, was soll das?« Ich sehe ihn vorwurfsvoll an.

»Dir wird von dem Zeug nur kotzübel. Am Ende passt dir dein Hochzeitskleid nicht mehr.«

»Das ist egal. Wir heiraten im Motorrad-Look. Ich trage eine schwarze Korsage, das kann man schnüren. Und Robert konnte ich gerade noch davon abhalten, mit dem Motorrad in die Kirche zu fahren.«

»Spitze, in Lack und Leder – und natürlich sein geliebtes Motorrad. Typisch Robert. Hat er vergessen, wie bezaubernd du in dem Brautkleid ausgesehen hast? Ich habe das Foto immer noch.«

»Ja, hat er. Und du auch«, sage ich anklagend.

»Glaub mir, das habe ich nicht vergessen.« Forschend sieht er mir in die Augen, als ob er nach einem letzten Funken Liebe in mir sucht, den es noch für ihn geben könnte.

»Was soll das? Du hast mich verlassen und das, obwohl du dir einmal eine glückliche Familie gewünscht hast. Du hättest sie haben können.« Gleichgültig zucke ich mit den Schultern. Langsam merke ich, wie ich meinen ganzen Frust an ihm auslassen möchte, ihm die Schuld gebe an meiner aussichtslosen Lage.

»Ich weiß, Nicki. Und egal, was ich dir sage, du wirst es nicht verstehen – noch nicht. Doch heute ist mir etwas klar geworden.«

»Und das wäre?«, frage ich eine Spur schärfer, als beabsichtigt.

Mit seiner Hand streicht er eine verwirrte Strähne aus meinem Gesicht. In dieser sachten Berührung liegt so viel Gefühl, dass mir ganz schwummrig wird, und mein Blick bleibt sehnsüchtig auf seinem Mund hängen. Dieses spöttische Lächeln – ich liebe es so.

»Ich will dich, Nicki. Ich ertrage es nicht, wenn du Roberts Frau wirst. Er hat dich nicht verdient.«

Ich trete einen Schritt zurück. »Ach, und das fällt dir jetzt ein, eine Woche, bevor ich heirate? Ich hätte dich vor fünf Jahren gebraucht, als ich schwanger war. Wo warst du da?«

Verzweifelt atmet er durch. »Nicki, wir hatten besprochen, dass es nur für eine Nacht war. Du wusstest, dass ich nach München gehen würde, um zu studieren.«

»Stimmt, da musstest du dich konzentrieren und hattest

keine Zeit für eine Beziehung und für deinen Sohn! Weißt du überhaupt, was ich damals durchmachen musste? Und ein paar Monate später stehst du mit einer Tussi vor mir und ich erfahre, dass du mit ihr zusammengezogen bist?«

Meine Stimme wird laut – etwas, das es zwischen uns früher nie gab. Wir gingen immer respektvoll miteinander um, doch jetzt reißen die Dämme, und all die Verzweiflung, die ich so lange in mir verschlossen hatte, bricht heraus.

»Das war drei Jahre später, nicht ein paar Monate, Schnecke.« Er lehnt sich entspannt gegen die Theke, als hätte ich gerade nach dem Wetter gefragt. Diese Ruhe, diese Gleichgültigkeit …

»Ich bin nicht deine Schnecke. Nicht mehr! Ich werde nächste Woche heiraten, und ich bin sehr glücklich.«

»Lass es, Nicki. Du warst noch nie gut im Lügen.«

Resigniert verschränke ich die Arme vor meiner Brust und schweige. Er weiß ja alles besser. Was spielen ein paar Monate mehr oder weniger für eine Rolle, wenn der Schmerz ohnehin nie vergeht? Ob drei Jahre oder drei Sekunden – die Wunde, die er hinterlassen hat, brennt noch immer. Und er tut so, als wäre es bloß ein kleiner Kratzer.

Ich weiß nicht, warum alles gerade jetzt aus mir herausbricht. Vielleicht, weil er hier steht, als wäre nie etwas gewesen. Weil er so tut, als würde ihm alles zustehen – mein Herz, mein Leben. Aber er versteht nichts davon. Gar nichts.

Ich greife nach meinem Glas und nehme einen viel zu großen Schluck, sodass ich husten muss.

Achim nimmt es mir erneut aus der Hand. »Du verträgst keinen Alkohol, obwohl es interessant wäre – betrunken wirst du immer so verdammt ehrlich.« Er zwinkert mir zu, doch bevor ich etwas erwidern kann, fügt er leiser hinzu: »Doch ich will dich nicht betäubt, sondern fühlend, Nicki.« Dann besitzt er die Frechheit und kippt den Inhalt ins Spülbecken.

»Joachim! Das ist mein Leben, ich kann trinken, was ich will! Du bist der allerletzte, der mir hier irgendwas zu sagen hat. Bitte geh jetzt!«

»Uii, Joachim … Jetzt sind wir aber weit gekommen mit unserer Geschichte.« Seine Stimme klingt belustigt, denn ich habe tatsächlich noch nie seinen richtigen Namen ausgesprochen.

Natürlich geht er nicht. Stattdessen greift er nach einer Zitrone und einem Messer, das neben dem Spülbecken liegt, und schneidet sie umständlich in der Luft auf, sodass ich Angst um seine Finger bekomme.

»Eigentlich sollst du gehen. Doch bevor du aus meiner Küche ein Blutbad machst, nimm bitte das Schneidebrett.«

»Danke, sehr nett, Nicole.«

»Achim, mir ist nicht nach Scherzen zumute. Wir waren sieben gute Jahre zusammen, bis dir aus dem Nichts eingefallen ist, dass du deine Freiheit brauchst. Dann werde ich schwanger, während du lieber studieren gehst. Jetzt heirate ich und dir fällt auf einmal ein, dass du mich nicht verlieren willst.«

Ich kämpfe gegen die langsam aufsteigenden Tränen an. Warum bringt er mich nur immer so leicht zum Heulen? Ich bin in den letzten Jahren so viel stärker geworden, doch tief in mir berührt er meine verletzbare Seite – das kleine Mädchen in mir, das sich nach Liebe sehnt, nach seiner Liebe. *Verdammt, Nicki, lass ihn nicht wieder so nah an dich ran.*

Langsam dreht er sich zu mir um, die Zitrone sprudelt kurz in der Cola auf, was meine ganze Aufmerksamkeit in Anspruch nimmt. »Hey, Nicki. Ich verstehe dich. Ich habe dich mehr als einmal enttäuscht. Doch das alles hatte seine Gründe und ich werde sie dir erklären. Jeden einzelnen Grund, ganz ausführlich. Ich werde dir jeden meiner Gedanken der letzten achtzehn Jahre sagen. Doch jetzt ist keine Zeit dafür. Ich hab's ein bisschen zu eilig, um lange Erklärungen abzugeben.«

Er schmunzelt über seine eigenen Worte, doch ich will keine blöden Erklärungen und schon gar nicht will ich noch ein weiteres Mal verletzt werden. Ich stehe abweisend mit verschränkten Armen da und warte, bis er endlich geht.

Doch danach sieht es nicht aus. Ganz unberührt und als wäre es selbstverständlich, sucht Achim etwas in der Küche, bis er einen rosa Teller mit Blümchen findet.

Damit geht er zu der Bäckertüte, die er mitgebracht hat und holt zwei Granatsplitter raus, die er auf den Teller stellt.

»Von Sebastian? Das gab es schon ewig nicht mehr.« Ich lächle unwillkürlich und ärgere mich sofort darüber. So einfach will ich es ihm nicht machen. Als könnte ein Granatsplitter die Risse in meinem Herzen kitten.

»Sebastian ist wirklich der Beste«, pflichtet mir Achim bei.

»Er hätte ruhig mitkommen können. Dann wäre wenigstens auch ein erwünschter Gast hier gewesen.«

»Hast du eigentlich noch nie daran gedacht, was mit Sebastian anzufangen?«

»Spinnst du? Betti gehört zu meinen besten Freundinnen.«

»Meli auch!«

Ich schlucke schwer. Damit hat er einen verdammt wunden Punkt getroffen. Obwohl Meli damals eine feste Beziehung hatte, als ich mit Robert zusammenkam, herrscht seitdem eine tiefe Befangenheit zwischen uns, die unsere Freundschaft zerbrochen hat. Ich wünschte, ich hätte nie etwas mit Robert angefangen.

»So still? … Nicht nur ich mache Fehler, Nicki.«

»Habe ich behauptet, perfekt zu sein? Ich kenne Sebastian genauso lange wie dich, doch er ist wie ein großer Bruder, der mich immer beschützt. Nicht so ein Arsch, der mein Herz ständig bricht.«

Er dreht mir den Rücken zu, offensichtlich auf der Suche nach etwas in der Papiertüte. Doch ich sehe ihm von hinten an, dass ihn meine Worte treffen. Ich nehme erneut ein Glas und schenke mir ein, nur um ihn zu provozieren. Doch anstatt darauf einzugehen, geht er zur Stereoanlage und legt eine andere CD ein.

Endlich muss ich *Creep* nicht mehr ertragen. Ich höre das Lied nur, wenn ich mir selbst wehtun will. Wenn ich nicht verstehe, warum mein Leben so schiefgelaufen ist und warum ich nicht mit dem Mann zusammen sein kann, den ich liebe. Wenn mir nach Weinen zumute ist, aber keine Tränen mehr übrig sind – dann höre ich *Creep*.

Mit der Fernbedienung in der Hand kommt er zurück an die Theke und nimmt mir erneut das Glas weg. Ich will danach greifen, aber er hebt es einfach in die Höhe, so dass ich machtlos bin. »Achim, du Arsch, gib es mir wieder!«

Barfuß trete ich ihm gegen sein Schienbein. Ich hätte auch gegen eine Straßenlaterne treten können, das hätte den gleichen Effekt gehabt. »Aua!«

»Tu dir nicht weh.«

»Keine Sorge. Das übernimmst du ja schon. Ich ertrage dich nüchtern nicht. Verschwinde, ich will dich nicht mehr sehen«, schreie ich ihn an. Aus lauter Verzweiflung, weil ich nicht mehr kann, haue ich auf ihn ein und Tränen laufen über meine Wangen. Er bleibt davon scheinbar unberührt, geht erneut zum Spülbecken und leert das Glas aus. Ich stürme zur Flasche, schleudere den Deckel in die Ecke und setzte an, doch er ist schneller.

»Lass es, Nicki. Wir trinken Cola mit Eiswürfeln und Zitrone.« Seine Mundwinkel ziehen sich erwartungsvoll nach oben, während er auf die Fernbedienung drückt.

Magisch erfüllt der Rhythmus des Keyboards den Raum – kühl und schneidend, zugleich wie eine warme Umarmung. Jede Note schleicht sich in meine Zellen, zieht an verborgenen Fäden und wickelt sich um mein zerbrochenes Herz. *Self Control* von Laura Branigan bringt mich sofort zurück in eine Zeit, die ich längst verloren glaubte.

Als hätte die Musik eine unsichtbare Hand ausgestreckt, um mich erbarmungslos zurück in die Vergangenheit zu ziehen. Die Melodie trifft mich mit voller Wucht. So vertraut, so voller Erinnerungen, dass ich mich kaum dagegen wehren kann. Es ist nicht nur ein Lied. Es ist damals. Es ist er. Es sind wir.

Mein Atem stockt und ein Schluchzen bricht aus meiner Brust hervor, tief und unaufhaltsam. Ich versuche es zurückzuhalten, doch es ist sinnlos. Meine Knie geben nach und Tränen laufen über mein Gesicht, während ich weinend zusammensinke.

Achim fängt mich gerade noch auf. »Nicki, ich liebe dich. Ich lass dich nicht mehr allein«, sagt er mit Nachdruck, während er mir sanft die Haare aus dem Gesicht streicht und mein Kinn anhebt, um mir in die Augen zu sehen. »Bitte, hör auf zu weinen. Ich verspreche dir: Alles wird gut.«

Ich sehe bei ihm Tränen schimmern – so cool, wie er tut, ist er wohl doch nicht. In diesem Moment wird mir klar: Er geht nicht – weil er mich wirklich will.

Ich schlinge meine Arme um seinen Körper, klammere mich an ihn, als könnte ich ihn nie wieder loslassen. Nein, ich werde ihn nie wieder loslassen. Wie lange habe ich mich nach diesem Moment gesehnt? Ich atme seinen vertrauten Duft ein, höre den stürmischen Rhythmus seines Herzschlags an meiner Wange. Das ist mein Herz. Ich will es ein Leben lang schlagen hören. Ich habe ein Recht darauf – weil ich so unzählige Male wegen ihm gelitten habe.

Wir stehen da, drücken uns fest, halten uns umklammert, um nicht unterzugehen.

»Komm, Nicki, lass uns hinsetzen.«

Er nimmt das Glas und stellt es auf den Boden, an die Wand gegenüber der Stereoanlage. Ich rühre mich nicht vom Fleck. Stattdessen beobachte ich ihn. Wie kann man jede Bewegung eines anderen Menschen so sehr lieben? Ich könnte ihn stundenlang ansehen. Ich würde ihn unter Tausenden von Menschen allein an seiner Haltung, seinen Bewegungen erkennen.

»Komm, kleine Schnecke, du stehst ja immer noch da.«

Seine Stimme klingt weich und warm, wie ein Versprechen, das er mir macht.

Er nimmt meine Hand und in dem Moment, in dem unsere Finger sich berühren, erfasst mich eine Vertrautheit, die mich fast taumeln lässt.

Achim setzt sich mit ausgestreckten Beinen auf den Boden, den Rücken an die Wand gelehnt.

Sanft zieht er an meiner Hand und ich lasse mich zu ihm hinuntergleiten. Mein Kleid rutscht hoch und meine Schenkel umschließen seine Hüfte. Eine plötzliche Wärme durchströmt mich, als hätte ich jahrelang in der Kälte gestanden und würde jetzt endlich auftauen.

»Es tut mir leid, dass ich dir so wehgetan habe.« Sein Blick ist flehend und ich erkenne darin nicht nur Reue, sondern auch Leidenschaft – eine tiefe, brennende Sehnsucht. Meine Augen wandern zu seinem Mund, zu diesen Lippen, die einst so zärtlich waren, dass ich es nie vergessen konnte.

Die Eiswürfel klirren leise, als er einen Schluck aus dem Glas nimmt. Mit zwei Fingern fischt er die Zitrone heraus, lutscht sie ab, damit sie nicht tropft.

Meine Mundwinkel ziehen sich wie von selbst nach oben. Ich lächle, ohne es zu wollen.

Langsam führt er sie an meine Lippen, lässt sie sachte darüber gleiten. Ein feines Kribbeln breitet sich aus, als würden winzige Funken durch meinen ganzen Körper tanzen. Es schmeckt nach so viel mehr – nach uns, nach der Zeit, die wir verloren haben.

Unsere Augen finden einander und ich wage kaum, zu atmen, aus Angst, der Moment könnte zerbrechen.

Vorsichtig schiebt er die Zitrone in meinen Mund. Ich weiß, was zu tun ist. Wie könnte ich es vergessen? Langsam beiße ich die Hälfte ab, während unsere Verbindung ungebrochen bleibt. Er nimmt den übrig gebliebenen Teil.

Kauend verziehen wir beide gleichzeitig das Gesicht, die Säure brennt auf der Zunge. Und doch schleicht sich ein liebevolles Lächeln ein, das mehr sagt als Worte.

Kurz verharren wir in Stille. Nur unsere Blicke sprechen, als hätten sie eine eigene Sprache, die niemand sonst versteht. Und es ist ein gleichzeitiges Erstaunen, als wir plötzlich ein Lied leise, fast wie ein Flüstern aus der Vergangenheit, wahrnehmen.

I Just Died In Your Arms Tonight

Wir blinzeln, als der vertraute Song die Stille durchbricht. Es ist, als würde jemand ein Fenster zu einer anderen Zeit aufstoßen. Eine Zeit, in der ich jung, ungestüm und hoffnungslos verliebt war. Achims Hände liegen warm und fest auf meinen Hüften, und mein Herz beginnt zu rasen.

»Es lief damals auch«, flüstere ich fast unhörbar.

»Ich weiß.« Seine Stimme klingt rau, fast brüchig, als würde er selbst gegen die Flut der Erinnerungen kämpfen.

Das Lied scheint den Raum auszufüllen, uns einzuhüllen. Alles außerhalb dieser vier Wände wird bedeutungslos, wie ausgeblendet. Ich hebe zögernd den Blick und sehe ihn an. Die gleiche Intensität wie damals, als ich zum ersten Mal in seinen Armen lag – nur jetzt ist sie tiefer, voller Schmerz und unerfüllter Sehnsucht.

»Nicki …«

Mein Name auf seinen Lippen klingt wie ein Gebet, als

wäre ich sein Anker. Ich will etwas sagen, irgendetwas, das diesen Moment ordnet. Dass wir das nicht tun sollten. Doch die Worte bleiben mir im Hals stecken. Stattdessen lege ich meine Hände an sein Gesicht, streiche vorsichtig mit den Daumen über seine Wangenknochen.

»Das ist falsch«, flüstere ich, aber meine Stimme verrät mich.

»Das fühlt sich nicht falsch an.« Er zieht mich langsam näher zu sich, lässt mir Zeit, mich zurückzuziehen. Doch ich tue es nicht. Die Musik schwillt an, ein Crescendo, das uns wie ein unsichtbarer Faden zusammenhält.

Ich spüre seinen Atem, warm und vertraut auf meiner Haut. Mein Herzschlag verschmilzt mit seinem, und die Barriere zwischen Vergangenheit und Gegenwart löst sich auf. Wir nähern uns langsam, fast wie unter einem Zauber, der uns zusammenführt, wie es immer bestimmt war. Als sich unsere Lippen berühren, scheint die Zeit stillzustehen.

Es ist kein stürmischer Kuss, sondern ein vorsichtiges Ertasten, ein behutsames Wiederfinden. Als wollten wir beide sicherstellen, dass wir einander noch spüren können. Doch das Feuer, das tief in mir glimmt, lässt sich nicht lange zurückhalten. Meine Hände suchen Halt an seinen Schultern und ich spüre seine Wärme durch den Stoff. Die Welt um uns verschwindet.

Oh, I just died in your arms tonight …

Der Song trägt uns, lenkt uns, und all die Jahre, die zwischen uns lagen, fallen wie ein Schleier zu Boden.

Vielleicht entspricht es nicht der Vernunft. Aber es fühlt sich an, als wäre es das Einzige, was zählt – einfach ich selbst zu sein und meinen tief verborgenen Wünschen zu folgen. Noch einmal in seinen Armen zu liegen – aber nicht an diesem Ort. »Achim, wir dürfen das nicht tun.«

Seine Stimme klingt heißer, fast verzweifelt. »Ich muss, Nicki, es geht nicht anders. Ich brauche dich *jetzt*.«

Seine Worte durchbrechen die letzte Barriere, die ich so mühsam um mein Herz gebaut habe. Ein wohliger Schauer jagt durch meinen Körper, als ich seine erhitzte Haut spüre, seinen Atem auf meiner Wange.

Stöhnend schlinge ich meine Arme um seinen Hals, ziehe ihn an mich. Alles andere verblasst, wird bedeutungslos. Nur wir bleiben. Seine Lippen, seine Hände, seine Berührungen treiben mich wie ein Blatt im Sturm – unfähig, klar zu denken, unfähig, innezuhalten.

Es fühlt sich an, als hätte ich endlich wiedergefunden, was ich all die Jahre verloren glaubte. Es ist mein Recht, Achim zu lieben, und von ihm geliebt zu werden. In diesem Moment gibt es keine Zweifel, kein Zurück. Es gibt nur uns. Und wir sind eins.

KAPITEL 49

**Mut ist die Kraft,
die Träume Wirklichkeit
werden lässt.**

FREITAG, DEN 30. APRIL 2004
ACHIM

Durch die großflächige Terrassentür fällt das fahle Mondlicht und wirft tanzende Schatten auf unsere nackte Haut. Jahrelange Sehnsucht nach dieser Frau scheint endlich zu einem glücklichen Ende geführt zu haben. Ich kann kaum glauben, dass Nicki in meinen Armen liegt. Wie lange habe ich mich danach gesehnt? Ich ziehe sie enger an mich, will jeden Zentimeter von ihr spüren, berühren, liebkosen. Durch Blinzeln verhindere ich, eine Träne der Rührung zu vergießen, dabei sehe ich dieses Wohnzimmer, das genau wie der Rest der Wohnung so sehr Robert widerspiegelt und so wenig Nicki. Ich kann mir nicht vorstellen, dass sie sich hier wohlfühlt. Ich kenne Robert, wie er seinen Willen durchsetzt, und ich kenne Nicki, die dem lieben Frieden willen nachgibt. Es wird Zeit, dass sie wieder zu sich selbst findet.

»Komm, Schnecke«, sage ich sanft und nehme ihre Hand. »Lass uns aufstehen.«

Ich ziehe sie vorsichtig hoch, obwohl meine Knie zittern. Sie sieht mich an, ihre Augen voller Zärtlichkeit und auch ein bisschen Erschöpfung. Für einen Moment lehnt sie sich gegen mich und ich halte sie fest.

»Sollen wir uns auf das Sofa setzen?«, fragt sie leise, fast zögerlich, doch in ihren Augen schimmert noch die Leidenschaft, die uns eben so nah zusammengeführt hat.

»Nein, lass uns hierbleiben.« Ich beginne mich anzuziehen, während ihr Kleid sanft über ihre Schultern gleitet und wieder ihren Körper umhüllt. Sie bewegt sich mit einer Anmut, die mich jedes Mal aufs Neue fasziniert, zu dem großen Sessel und holt zwei Kissen.

Eng ineinandergeschlungen legen wir uns erneut auf den harten Boden. Die Kissen unter unseren Köpfen dämpfen den Untergrund kaum, doch das ist egal. Im fahlen Licht des Mondscheins sehen wir uns an, unsere Blicke ernst und doch voller Vertrautheit.

»Ich hatte schon Angst, dass du gleich gehst«, wispert sie und ihre Hand spielt mit meinem Haar. Das ist Nicki, sie braucht immer etwas zum Spielen.

»Das wäre besser, doch ich kann dich nicht alleinlassen. Noch nicht.« Allein der Gedanke daran bereitet mir Übelkeit. Wir werden hoffentlich ein Kind bekommen und ich werde sie nicht mehr aus den Augen lassen. Die Vorstellung, dass sie dennoch bei Robert bleiben könnte, macht mich fertig.

Wir schweigen und ich blicke ihr in die Augen. Die Augen, die mich vor Jahren misstrauisch gemustert haben, als Nicki so verloren im Regen stand. In dem Moment war ein magisches Band zwischen uns entstanden, das nie abgerissen ist, egal, was zwischen uns geschehen war und wie sehr ich sie unbeabsichtigt verletzt hatte. Die Magie zwischen uns ist geblieben – unerschütterlich. Und dafür bin ich unendlich dankbar.

»Was geht dir gerade durch den Kopf?«, fragt sie leise, während ihre Finger sanft die Falte auf meiner Stirn nachzeichnen, die immer dann auftaucht, wenn ich in Gedanken versunken bin. »Gleich kommt die Stelle ...« Ich warte auf den passenden Moment und singe leise mit. »... *Manchmal spür ich, dass du mich ohne ein Wort verstehst. Und wenn du mit mir schläfst, ...* dass sich unter mir der Boden dreht.« Ich halte inne, sehe ihr in die Augen und spreche weiter, diesmal mit meinen eigenen Worten: »So ist es, Nicki, und noch so viel mehr ... Ich suche in deinen Augen meinen Halt. Deine Küsse sind wie ein Pflaster für meine verletzte Seele. Jedes Mal, wenn ich es schaffe, dass dein Kopf aufhört, zu denken, und ich sehe, fühle und spüre, dass du nur noch von deinen Gefühlen durchströmt und von deiner Sinnlichkeit geleitet wirst, ist es der einzige Moment in meinem Leben, in dem meine Ängste schweigen. Ich kann mich fallenlassen, weil ich weiß, du setzt meine inneren Scherben Stück für Stück zusammen, ohne dass du dich daran verletzt.«

In ihren Augen sammeln sich erneut Tränen.

»Nicht weinen, Schnecke«, sage ich sanft.

»Ich hab so lange nicht mehr geweint und du weißt ja …«

»Wenn du damit anfängst, kannst du nicht mehr aufhören.« Ich küsse die Träne von ihrer Wange und sie lächelt mich an.

»Ich liebe dich so sehr, dass es weh tut«, sagt sie schließlich leise, fast so, als würde sie die Worte direkt zu meinem Herzen schicken. »Ich brauche dich genauso wie du mich. Wenn du mir in die Augen schaust, gibst du mir grenzenlose Sicherheit, weil du mich siehst, wie ich bin. Wenn du mich küsst, empfinde ich unendliche Geborgenheit. Ich bin in deinen Armen zu Hause. Und wenn du mit mir schläfst, sind wir eins. Da kann ich mich fallen lassen und höre auf zu denken.«

Ich schlucke schwer, unfähig, den Blick von ihr abzuwenden. Ihre Worte treffen mich wie ein Sturm, weil sie mehr sagen, als ich je erwartet hätte.

»Ich fühle, was hinter deiner ernsten Fassade steckt«, fährt sie fort und ich spüre, wie ihre Stimme sicherer wird. »Ich fühle deinen Schmerz und kenne deine Angst, zu vertrauen. Aber ich freue mich auf den Tag, an dem ich die letzte Scherbe in dir zusammensetzen werde.«

Sie nimmt meine Hand, ihre Finger zittern leicht, aber ihr Griff ist fest. Ich sehe sie an – diese Frau, die immer meine Schnecke war, weil sie sich oft in sich selbst zurückgezogen hat. Doch jetzt sehe ich sie klarer denn je. Sie ist nicht mehr die gleiche. Sie hat eine Stärke, die mich umhaut, und ich frage mich, wie ich es so lange ohne sie ausgehalten habe.

»Pack ein paar Sachen und lass uns zu mir gehen.«

Nicki sieht mich mit großen Rehaugen an. »Was sollen wir dann Robert sagen?«

Das Licht geht an.

»Das frage ich mich auch!« Roberts Stimme schneidet durch die Stille wie ein Messer.

Wir zucken beide zusammen, als Robert an der Treppe steht und uns fassungslos anstarrt. Davon, dass er betrunken ist, merkt man nichts mehr. Wahrscheinlich ist er auf einen Schlag nüchtern geworden. Wer weiß, wie lange er da steht und uns zugehört hat. Es ist ihm anzusehen, dass er mich am liebsten vermöbeln möchte.

Wir stehen auf und meine Knie sind immer noch viel zu zittrig. Nicht, weil ich Angst vor Robert habe, sondern wegen den gerade erlebten Gefühlen. Ich stelle mich schützend vor Nicki.

Langsam kommt Robert auf uns zu und obwohl sein Gang schwer wirkt, erkenne ich in seinen Augen, dass der Alkohol ihn nicht mehr vollständig beherrscht. »Du denkst auch, du kannst dir immer nehmen, was du willst. Doch gib es auf, du wirst Nick nicht noch einmal im Stich lassen«, haucht er mir gefährlich leise entgegen und ich rieche den Alkohol in seinem Atem.

»Robert, lass uns das in Ruhe besprechen, wenn du wieder nüchtern bist«, sage ich in ruhigem Ton.

»Ich war noch nie so nüchtern wie heute. Achim, du bist der letzte Abschaum. Lässt Nicki schwanger im Stich. Ich dachte, du weißt, wie es sich anfühlt, ein unerwünschtes Kind zu sein und abgeschoben zu werden.«

»Glaub mir ich wollte meinen Sohn nie im Stich lassen,

ich liebe Leo.« Spitze, wenn er so kommt, habe ich auf voller Länge schon verloren. Ich gebe wirklich ein erbärmliches Bild ab, die schwangere Freundin im Stich gelassen zu haben. Meine letzte Hoffnung ist Nicki, dass sie fühlt, wie sehr ich sie liebe.

»Schatz, siehst du nicht, wie falsch er ist? Er gönnt uns nur nicht, dass wir glücklich sind.«

»Robert, es tut mir leid, ich weiß nicht mehr, was ich denken soll.« Erneut laufen Nicki die Tränen herunter. Ich will sie zu mir ziehen, doch sie schüttelt den Kopf abwehrend.

»Wie hat er dich rumgekriegt? Du hast ihn doch verachtet, schon vergessen?« Mit zusammengekniffenen Augen sieht er Nicki beschwörend an. Er kommt mir vor wie eine Schlange, die besitzergreifend ihr Opfer hypnotisiert.

»Mir ist das alles zu viel, bitte frag nicht weiter«, fleht Nicki ihn an.

»Nicki hat recht, ich nehme sie jetzt mit zu mir«, sage ich mit Bestimmtheit.

»Schatz! Wer war für dich da, als der Arsch dich schwanger allein sitzengelassen hat? Wer hat dich getröstet? Wer hat dir mitten in der Nacht Eis gebracht, als du Gelüste danach hattest? Und wer hat Leo bei seinen Koliken rumgetragen? Er oder ich?« So leicht wird Robert nicht aufgeben.

Er will an mir vorbei zu Nicki gehen, doch ich stelle mich ihm in den Weg und lege meine Hand auf seine Brust.

»Robert, beruhig dich bitte. Du liebst Nicki doch nicht mal.«

Robert packt mich am T-Shirt, was geradezu lächerlich ist, denn ein Stoß von mir und er würde umfallen. Trotzdem ist er lästig.

»Wer sagt, dass ich Nicki nicht liebe? Sie war mir immer wichtig, nur du warst von Anfang an im Weg!« Langsam wird er aggressiv, der ewig lächelnde Robi.

»Ich kann mich dunkel daran erinnern, dass du es warst, der mich mit Nicki verkuppeln wollte, weil sie noch nie einen Freund hatte.«

»Da waren wir halbe Kinder, das kannst du mir nicht vorwerfen. Außerdem habe ich es schon am nächsten Tag bereut. Doch das war dir egal, du hast sie trotzdem angebaggert. Wenn du wenigstens akzeptiert hättest, dass Nicki meine beste Freundin war, aber nein, du hast jedes Mal wie ein Mädchen rumgezickt. Und jetzt gehört sie zu mir!«

»Und was ist mit Meli? Du kannst nicht beide haben. Warum war sie heute bei dir?«, frage ich provozierend.

Jetzt wendet er sich an Nicki. »Was hat er dir erzählt? Das ich mit Meli ein Verhältnis habe? Hat er dich so rumgekriegt?«

»Was ist mit Meli?« Nicki sieht mich erstaunt an.

»Sie war heute Mittag bei Roberts Eltern.« Ich wende mich wieder an Robert. »Nicki und ich gehören zusammen, genauso wie du und Meli«, versuche ich die Situation zu retten.

»Denkst du. Und nach sechs Monaten bist du wieder bei Geli oder Sabine oder wie sie sonst alle heißen. Du hältst es doch nie lange bei einer Frau aus. Nicki, glaubst du ihm noch? Ihm, der nicht mal seinen eigenen Sohn wollte? Wen liebt Leo, mich oder Achim? Er kennt seinen Vater nicht mal richtig. Wo warst du an seinem Geburtstag? Wo warst du an Weihnachten? Wo bist du, wenn er krank ist?«

Sprachlos starre ich Nicki an. Ich merke, wie sie in sich

zusammenfällt. Es darf doch jetzt nicht wahr sein, dass sie ihm glaubt. Und ich habe nicht mal Argumente, um mich zu verteidigen, denn Robert hat in jedem Punkt recht. Wenn es auch nicht aus Gleichgültigkeit gegenüber Leo geschah. Ich konnte es nicht ertragen, dass sie hier bei Robert sind anstatt bei mir, deshalb kam ich nie hierher. Doch ich kann ihnen das jetzt nicht sagen. Noch nicht. »Ich weiß, Robert … Und ich bin dir ewig dankbar, dass du für Leo da warst.«

»Und jetzt willst du in einer Woche zum Super-Daddy werden und ein perfekter Familienvater sein? Weiß Geli davon? Ist sie schon ausgezogen?«

»Du bist noch mit Geli zusammen?«, stammelt Nicki entsetzt.

»Nein, wir haben uns vor einem Monat getrennt.«

»Ach, und dann ist dir wieder Nicki in den Sinn gekommen? So nach dem Motto: Mal sehen, ob ich sie noch rumkriege?«

»Ich habe Nicki immer geliebt. Nicki, das musst du mir glauben!« Flehend sehe ich sie an. Das, was gerade zwischen uns war, kann sie doch unmöglich falsch deuten.

Verwirrt blickt sie mich an, als glaube sie mir nichts mehr. Sie ist wieder die kleine Schnecke, die sich jeden Moment in ihr Haus verkriecht und mir jede Chance nimmt, an sie heranzukommen, zumindest solange Robert so auf sie einredet. Sie droht, mir zu entgleiten, jetzt, wo wir uns gerade wiedergefunden haben. Und ich muss machtlos mitansehen, wie ich sie erneut verliere.

»Wir heiraten in einer Woche. Oder willst du alles absagen? Dem Pfarrer, den Gästen, die Torte und den Saal. All das, was wir seit Monaten ununterbrochen geplant haben. Willst du sagen: Ach, ich habe es mir anders überlegt, ich bin jetzt mit Achim zusammen? Wie stellst du dir das vor? Denk nur mal an deine Mutter.«

»Ich muss mich hinlegen, ich kann nicht mehr«, schluchzt Nicki und läuft an mir vorbei Richtung Treppe.

Ich will ihr hinterher, doch dieses Mal stellt sich Robert mir in den Weg. Er sieht aus, als lege er es auf eine Schlägerei an.

In dem Moment klingelt es an der Tür.

Aus dem Augenwinkel sehe ich, wie Nicki aufmacht und sogleich in Sebastians Arme fällt.

»Sebastian, Meli! Gott sei Dank seid ihr da. Robert dreht völlig durch«, höre ich noch. Dann durchzieht mich ein höllischer Schmerz.

Es war nur ein Moment, in dem ich unachtsam war und Robert mir die Faust ins Gesicht geschlagen hat. »Verdammt, was soll das?« Ich versuche, Robert am Schlagen zu hindern und gleichzeitig das Blut aufzuhalten, das aus meiner Nase rinnt.

Als Sebastian den Ernst der Lage erkennt, kommt er mir zu Hilfe. »Robert, beruhig dich, hör auf! Das bringt doch nichts.« Er hält Roberts Handgelenke fest und starrt ihn mit zusammengekniffenen Augen an, seine Stimme klingt gefährlich leise.

»Der Arsch will Nicki nur wehtun. Er hat sie nicht verdient.« Robert taxiert mich mit einem vernichtenden Blick. Er scheint mich genauso zu verachten wie ich ihn.

»Und was du machst, ist besser? Du betrügst Nicki mit Meli. Was sind die beiden für dich?«, fragt Sebastian und hält Robert mit eisernem Griff fest, so dass er gezwungen ist, ihm in die Augen zu sehen. Er versucht, sich loszureißen, doch Sebastian ist stärker.

»Das geht dich nichts an«, zischt Robert wütend und wirkt auf einmal unsicherer, in die Enge getrieben.

»Freundchen, was treibst du hier für ein Spiel?«

Robert versucht immer noch, sich aus Sebastians Griff zu bereifen.

»Ich lasse dich erst los, wenn wir verstehen, was das soll. Komm zur Vernunft! Du machst mit deiner Rache an Achim nicht nur Nicki unglücklich, sondern auch Meli. Sie will dein Kind abtreiben lassen. Ist es das wert?«

Sebastians Stimme ist gefährlich leise, doch sein Griff bleibt fest wie Stahl.

Robert strampelt, kämpft, doch gegen Sebastians Kraft hat er keine Chance. Schließlich gibt er auf, keuchend, zornig. »Das verstehst du nicht. Es geht nicht nur um Nicki. Es geht um Leo.«

Sebastian runzelt die Stirn. »Leo? Was hat er damit zu tun?«

»Alles!« Roberts Stimme überschlägt sich fast. »Achim hat schon immer ein Problem mit mir gehabt. Er hält mich für irgendeinen Rivalen – als würde ich ihm Nicki ausspannen wollen.« Er lacht bitter. »Das war doch schon damals so, als wir noch Jugendliche waren. Seine verdammte Eifersucht! Und jetzt? Jetzt hab ich Angst, dass er mir Leo wegnimmt. Denkst du, er lässt mich noch in Leos Nähe, wenn er sich wieder mit Nicki einlässt?«

Sebastian schweigt, sieht Robert durchdringend an, während der verzweifelt weiterspricht.

»Für Leo bin ich wie sein Vater! Ich war da, wenn Achim es nicht war, Sebastian! Ich hab versucht, ihm zu zeigen, dass er nicht allein ist. Was wird er von mir denken, wenn ich plötzlich aus seinem Leben verschwinde?«

»Aber das weißt du doch nicht, Robert«, sagt Sebastian schließlich mit einem leisen Seufzen. »Wir finden einen Weg. Leos Wohl ist uns allen wichtig.«

Robert schüttelt den Kopf, seine Lippen fest aufeinandergepresst. »Du verstehst es nicht«, zischt er. »Wie soll das gehen? Ihr verachtet mich alle, weil ich Nicki mit Meli betrogen habe. Ich hab's verkackt, Sebastian, auf ganzer Linie. Meli will nicht mal unser Kind. Sie hasst mich – und ich kann es ihr nicht verdenken!«

Sebastians Griff lockert sich, als Roberts Stimme bricht. Der Zorn weicht aus seinem Gesicht, stattdessen übernimmt die Erschöpfung. Langsam sackt er zu Boden, ein Schatten seiner selbst.

Meli kniet sich zu ihm, ihre Hand zittert leicht, als sie nach seiner greift.

»Du darfst nicht abtreiben. Es ist unser Kind«, flüstert Robert schließlich, seine Stimme kaum mehr als ein Hauch. »Ich weiß, ich hab alles vermasselt, aber bitte … nicht das. Gib mir wenigstens diese eine Chance.«

Ich höre die Worte wie aus weiter Ferne, aber sie treffen mich mit voller Wucht. Meine Gedanken rasen, mein Atem geht flach. Der smarte Robert, der immer alles unter Kontrolle zu haben scheint, liegt jetzt gebrochen vor uns. Und ich? Ich stehe hier, unfähig, irgendetwas zu tun, während Nicki sich emotional immer weiter von mir zurückzieht.

Sie nimmt mich mit in die Küche, ohne mich auch nur

anzusehen. Ich registriere kaum, wie sie ein Zewa nimmt und vorsichtig das Blut von meinem Gesicht wischt. Ihre Berührungen sind präzise, fast kühl – wie die Eiswürfel, die sie in ein Küchenhandtuch packt und gegen mein Auge drückt. Kein Wort. Kein Blick.

»Nicki, ich liebe dich.« Meine Stimme zittert. Sie muss mir glauben. Sie muss einfach.

Doch ihre Mimik bleibt starr. Nur ein langsames Kopfschütteln. Die Leere in ihren Augen trifft mich härter als Roberts Schlag. Es fühlt sich an, als würde sie mich endgültig aufgeben.

»Sag doch was«, flehe ich sie an.

»Wie konnte alles nur so weit kommen? Ich versteh es nicht.«

»Was verstehst du nicht?« Meine Worte sind leise, fast ein Flüstern. Doch Nicki beißt sich auf die Unterlippe, ihre Hände erstarren. Sie schweigt.

Sebastian kommt herein, bleibt kurz stehen, bevor er zur Kaffeemaschine geht und sie anstellt. Der Duft von frisch gemahlenem Kaffee füllt die Stille, als wäre das hier ein ganz gewöhnlicher Morgen.

Ich sehe hilfesuchend, nahezu verzweifelt zu ihm. »Alles war okay, bis Robert kam und Nicki mir nun nicht mehr glaubt.«

Sebastians Blick wandert zwischen uns hin und her. »Mina?«, flüstern seine Lippen und ich nicke stumm.

Sebastian tritt zu Nicki, seine Stimme ist leise, aber eindringlich. »Nicki, Achim ist mein allerbester Freund. Ich kenne ihn so gut, dass ich für ihn meine Hand ins Feuer legen würde. Er liebt dich und will mit dir zusammen sein.

Leider gab es in der Vergangenheit einige Probleme, die wir erst jetzt verstanden haben. Aber vertraue uns, alles wird gut. Und sollte Achim dir nur noch einmal wehtun, dann bekommt er von mir höchstpersönlich ein zweites blaues Auge. Glaubst du mir?«

Ich spüre, wie ein winziger Funke Hoffnung in mir aufflackert. Doch in Nickis Gesicht sehe ich keinen Glauben, nur die Erinnerung an den Schmerz, den ich ihr angetan habe.

»Robert hat mit allem recht, was er gesagt hat. Achim war lieber mit anderen Frauen zusammen, als ich ihn am meisten gebraucht hätte.«

Die Worte reißen den Funken in mir nieder, bevor er richtig entflammen kann. Ich schlucke schwer. Sie hat recht. Sie hat jedes verdammte Recht, so zu denken. Aber wenn sie nur wüsste, wie oft ich mich nach ihr gesehnt habe.

Ein bitterer Gedanke schießt mir durch den Kopf: Wäre nicht Tante Mina gewesen, hätte Nicki diese Zeitreise nie gemacht. Ich hätte nie erfahren, dass ich eine Tochter habe. Und mein Sohn – Leo – wäre niemals geboren worden. Der Schmerz meines alten Ichs trifft mich mit voller Wucht. Damals hätte ich bestimmt alles dafür gegeben, zu wissen, was ich jetzt weiß, denn damals habe ich Nicki für immer verloren. Und jetzt?

In aussichtslosen Lagen ist mir nach Rauchen zumute, obwohl ich weiß, dass es ein unpassender Moment ist.

Meine Hand fährt fast automatisch in die Hosentasche, wo die Zigarettenschachtel steckt. Schwer. Bedeutend.

Ich blicke zu Sebastian.

»Wenn du es wirklich ernst meinst, dann zeig es ihr«, sagt er leise, aber bestimmt.

Er nimmt den Kaffee und lässt uns allein – na ja, allein sind wir nicht wirklich, denn die Küche ist nicht abgetrennt vom Wohnbereich. Ich höre Meli und Robert leise diskutieren.

Meine Finger umklammern die Schachtel mit dem Ring, als würde sie mir den Mut geben, den ich so dringend brauche. Mein Herz schlägt schneller. Ist das wirklich der richtige Moment? Nicki sieht mich nicht einmal an. Sie glaubt mir nicht. Sie hat jedes Recht, an mir zu zweifeln. Aber … vielleicht ist das meine letzte Chance.

Langsam ziehe ich die Schachtel hervor. Sie fühlt sich in meiner Hand schwerer an, als sie eigentlich sein sollte.

»Nicki …« Ich schlucke, um den Kloß in meinem Hals loszuwerden. »Ich habe etwas für dich.«

Ihre Augen heben sich träge, wie die einer Frau, die nichts Gutes erwartet.

»Nicki, ich will mein Leben mit dir verbringen. Ich weiß, dass ich nicht der Mann bin, den du verdient hast. Aber ich möchte der Mann sein, der alles für dich gibt. Für dich und unsere Kinder. Ich liebe dich. Und ich will, dass du das weißt. Jetzt. Nicht irgendwann. Jetzt.«

Der Ring glitzert in meiner Hand – ein zartes Versprechen inmitten des Chaos.

Nicki starrt darauf und ich bin sicher, dass sie gleich wegläuft oder mir sagt, dass es endgültig vorbei ist. Doch dann wandert ihr Blick von dem Schmuckstück zu mir, und langsam, fast unsichtbar, hebt sich ein Grinsen auf ihre Lippen. Kein freudiges, sondern eines, das mich nervös macht und gleichzeitig aufatmen lässt.

»Achim, du bist so ein verdammter Idiot.« Ihre Stimme ist weich, aber die Worte treffen mich trotzdem. Bevor ich reagieren kann, klatscht ihre Hand leicht gegen meine Schulter. »Weißt du, wie sehr ich dich hasse, dass du mir sowas antust?«

Ich will etwas sagen, aber mir fehlen die Worte. Sie schlägt mich erneut – fester diesmal.

»Nicki ...«

Sie verdreht die Augen und hält mir ihre linke Hand hin. »Wird auch Zeit!«

Mein Blick wandert von ihrer Hand zu ihrem Gesicht. Ihre Augen glitzern, ob von Tränen oder dem Küchenlicht, weiß ich nicht. Es ist mir egal.

Mit leicht zitternden Fingern nehme ich ihre Hand und schiebe den Ring über ihren Finger. Er passt perfekt. Bevor ich etwas sagen kann, schlingt sie die Arme um mich und drückt mich fest an sich.

Mein Herz rast weiter, aber diesmal vor Glück. Ich schließe die Augen, halte sie fest und flüstere nur: »Danke.«

Ich weiß nicht, wie lange wir so dastehen, aber es fühlt sich gut an. Alles verblasst, außer Nicki und mir. Als ich mich zu ihr beuge und unsere Stirnen sich berühren, zögere ich kurz, bevor ich sie sanft küsse. Kein stürmischer Kuss, sondern einer voller Vorsicht, fast wie ein Versprechen.

Als ich sie ansehe, liegt ein warmes, glückliches Strahlen auf ihrem Gesicht. In mir löst sich ein Knoten, der mich jahrelang gefangen hielt. Ein kleiner Funke Hoffnung brennt in mir auf.

»Wir sollten uns um die anderen kümmern«, sagt sie leise und wendet den Blick ab.

Ich nicke, obwohl ich am liebsten in diesem Moment verweilen würde – aus Angst, sie erneut zu verlieren.

»Ich habe so viel Lasagne gemacht. Wir könnten etwas essen, obwohl mir gar nicht danach ist.«

Beim Anblick der Teller muss ich trotzdem lächeln. Meine Welt wird wieder ein bisschen rosa. Ich habe es vermisst.

»Sebastian hat bestimmt Hunger für uns alle.« Ich nehme ihr die Teller ab und bringe sie zum Esstisch, wo Besteck und Gläser schon bereitstehen.

Es ist eine kleine Geste, aber sie fühlt sich wichtig an. Wie ein erster Schritt zurück zu dem, was wir einmal hatten.

Als ich mich umdrehe, sehe ich, wie Nicki Robert umarmt. Meli sitzt daneben auf dem Sofa und weint, ihre Schultern zucken.

»Robert, es tut mir so leid, aber wir werden die Hochzeit absagen«, sagt Nicki, ihre Stimme fest, aber sanft. »Wir müssen erstmal dieses Chaos in Ordnung bringen. Aber du sollst wissen, dass du mir unendlich wichtig bist und dass du für Leo immer wie ein Vater sein wirst … Und bitte vertrag dich wieder mit Achim.«

Robert drückt Nicki an sich und murmelt etwas, doch ich höre nicht, was er zu ihr sagt. Es spielt keine Rolle. Ihre Worte an ihn treffen mich tief. Trotz allem … sie schafft es, ihm so viel zu geben.

Nicki beugt sich zu Meli, legt eine Hand auf ihre Schulter. »Es tut mir so leid. Ich wollte das alles nicht! Kannst du mir verzeihen?«

Meli steht langsam auf und die beiden umarmen sich so fest, dass ich einen Moment lang Angst um den Nachwuchs bekomme, den sie hoffentlich beide zur Welt bringen werden.

»Nicki, mir tut es leid«, sagt Meli schließlich. »Ich habe mich so elend gefühlt. Ich kann einfach nichts gegen meine Gefühle machen.«

»Ich auch nicht«, erwidert Nicki.

Und dann fangen sie beide an zu heulen.

»Du bist doch meine beste Freundin«, schnieft Nicki.

»Und du meine! Ohne dich macht mir nichts Spaß.«

»Mir auch nicht. Ich fühle mich, als fehlt meine zweite Hälfte.«

»Kommt ihr? Die Lasagne ist warm«, unterbricht Sebastian sie. »Und du, Robert, verträgst dich jetzt mit Achim. Die beiden sind schon ihr Leben lang Freundinnen und es wäre nicht gut für sie, wenn ihr euch ständig wie balzende Kampfgockel aufführt, sobald ihr aufeinandertrefft.«

Zögernd kommt Robert an den Tisch und reicht mir die Hand. »Tut mir leid, Alter, ich wollte nicht so fest zuhauen. Und eins noch: Ich habe kapiert, dass Nicki zu dir gehört und Meli zu mir. Doch lass mir Nicki wenigstens als Freundin. Deine Eifersucht war schon immer lästig.«

Widerwillig stimme ich zu. »Du darfst auf jeden Fall weiterhin für Leo da sein. Ich danke dir, dass du so gut auf ihn aufgepasst hast.«

Nicki und Meli fangen an zu jubeln und sagen gleichzeitig: »Jetzt ist alles wieder gut.« Die beiden strahlen sich mit Tränen in den Augen an, und wir anderen verziehen genervt die Gesichter, weil sie ihre kleinen Finger einhaken, die Augen zukneifen und sich vermutlich etwas wünschen.

»So, jetzt haben wir lange genug bei euren Spielchen zugeschaut. Was habt ihr euch gewünscht?«, bohrt Sebastian nach.

»Das würde mich auch interessieren«, füge ich hinzu.

Robert sagt nichts und trinkt einen Schluck Kaffee.

»Das darf man nicht verraten«, meint Meli.

»Aber wenn ich meinen Wunsch nicht sage, dann kann ihn hier niemand erfüllen«, überlegt Nicki laut.

»Stimmt, meinen auch nicht.«

»Dann sagt es gleichzeitig«, schlägt Sebastian vor.

Die beiden sehen sich an und Nicki spricht zuerst. »Eine …« Meli stimmt mit ein und beide rufen: »… Doppelhochzeit!«

Sebastian und ich stöhnen und lachen gleichzeitig.

Robert verschluckt sich beinahe an seinem Kaffee und sprüht ihn ungewollt über den Tisch.

Die beiden Mädels hüpfen kichernd im Kreis herum, als seien sie sechzehn Jahre alt.

KAPITEL 50

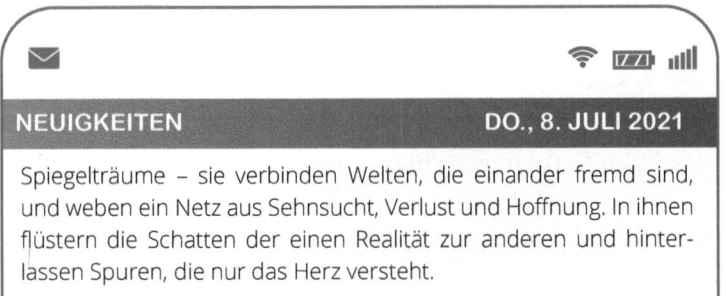

NEUIGKEITEN   **DO., 8. JULI 2021**

Spiegelträume – sie verbinden Welten, die einander fremd sind, und weben ein Netz aus Sehnsucht, Verlust und Hoffnung. In ihnen flüstern die Schatten der einen Realität zur anderen und hinterlassen Spuren, die nur das Herz versteht.

DONNERSTAG, DEN 8. JULI 2021 (1.44 UHR)

NICKI

Gedankenverloren starre ich auf den Pinsel in meiner Hand. Die hohen Wände der Altbauwohnung scheinen sich ins Unendliche zu ziehen. Mit jedem Strich, der das kühle Weiß in Grau taucht, wächst die Verzweiflung. Wie soll ich das alles schaffen? Warum bin ich hier?

Draußen höre ich das monotone Tropfen von Regen auf Pflastersteine. Ich gehe zum Fenster. Erst jetzt bemerke ich, wie trostlos es hier ist.

Ängstlich klettere ich die Feuerleiter hinab. Die engen

Gassen mit den grauen, verblassten Häuserfronten wirken leblos, die Pfützen spiegeln nur den trüben Himmel wider.

Kein Lachen.

Kein Leben.

Nichts von dem, was ich kenne. Stattdessen hängen an jeder Ecke Plakate mit düsteren Parolen:

»Die Ungeimpften sind die Treiber der Pandemie.«

»Wollen wir ihnen weiterhin Lohnfortzahlungen geben? Ja oder Nein?«

»Ungeimpfte sind der Blinddarm der Gesellschaft.«

Meine Kehle schnürt sich zu. Ich will wegsehen, aber die Worte verfolgen mich. Die Straßen sind nicht leer. Schattenhafte Gestalten huschen an mir vorbei, die Gesichter verborgen hinter Masken. Sie sehen mich nicht an, und doch spüre ich ihre Blicke – hart und anklagend.

Mein Hochzeitskleid schleift durch den Dreck. Der Saum ist nass und schwer, und ich bin barfuß. Ich halte den Pinsel noch fester, als könnte er mich vor dieser Welt schützen.

Am Marktplatz stehen Metallzäune. Wachen mit ernsten Gesichtern versperren den Weg.

»Halt. Wo wollen sie hin?« Die Stimme eines Wachmanns reißt mich aus meiner Starre.

»Auf den Markt …«

Sein abschätzender Blick wandert über mein verdrecktes Brautkleid. »Maske? Impfausweis? Hier gilt die 2G-Regel.«

»Das habe ich nicht,« wispere ich.

Hinter mir höre ich Stimmen. Erst leise, dann lauter. Schärfer.

»5000-Euro-Strafe, dann wären alle geimpft!«

»Ungeimpfte gehören nicht in unsere Gesellschaft!«

Ich stolpere zurück. Fort von den Blicken, fort von den Stimmen. Ich brauche Luft. Wärme. Ein Stück Normalität.

Die Bäckerei. Sebastian!

Ich renne hinein, und als ich ihn sehe, flammt Hoffnung in mir auf.

»Sebastian!« Ich falle ihm um den Hals, spüre für einen Moment Geborgenheit.

Doch dann zieht er sich zurück, als hätte ich ihn verbrannt. Seine Miene ist verschlossen. Keine Freude. Keine Wärme.

»Nicole … Hast du heute einen Corona-Test gemacht? Bist du geimpft?«

Ich starre ihn an. »Was?«

»Ich kann nicht riskieren, krank zu werden. Außerdem … Betti kommt gleich. Wenn sie dich sieht, lässt sie sich scheiden.« Seine Augen mustern mich kalt. »Deine Kündigung ist schon unterwegs. Es ist besser, du gehst jetzt.«

Meine Hände klammern sich ans Amulett, mein letzter Halt in dieser sterilen, grauen Welt. »Sebastian … du bist doch mein bester Freund!«

Sein Blick trifft mich eiskalt. Keine Regung.

»Nicht mehr.«

Ich taumle, will etwas sagen, aber meine Stimme versagt. Der Pinsel fällt zu Boden.

»Hebe ihn auf.« Sebastians Stimme ist knapp, fast genervt. »Der macht hier sonst alles schmutzig.«

Ich blicke zu ihm auf, suche nach einem Funken Vertrautheit – nach dem Mann, der mich immer verstanden
hat. Doch er ist nicht mehr da.

Ich weine.

KAPITEL 51

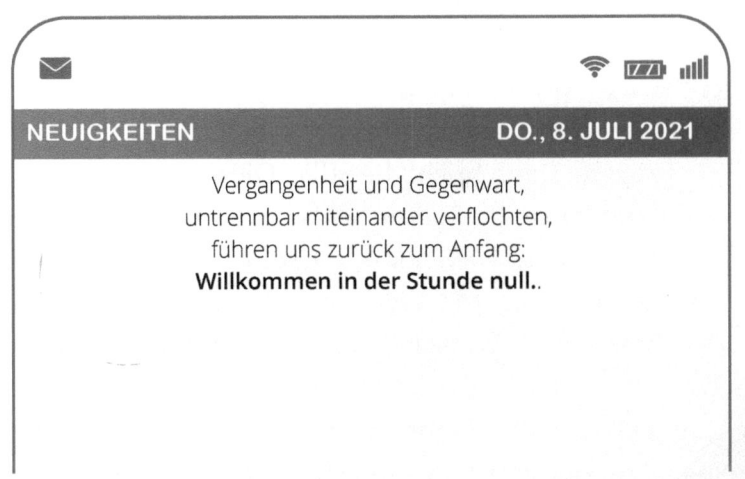

NEUIGKEITEN   **DO., 8. JULI 2021**

Vergangenheit und Gegenwart,
untrennbar miteinander verflochten,
führen uns zurück zum Anfang:
Willkommen in der Stunde null..

DONNERSTAG, DEN 8. JULI 2021

ACHIM

Nicki, wach auf, du hast einen Albtraum.« Sanft rüttele ich sie an der Schulter. Es hat sich fast so angehört, als hätte sie im Schlaf geweint.

»Sebastian?«, murmelt sie ängstlich.

Ich schnaube leise. »Nein, nur Achim.«

Langsam blinzelt sie, geistesabwesend starrt sie mich an, als ich die Nachttischlampe anmache.

»Was hast du geträumt?«, frage ich.

»Mach lieber erst das Licht aus, sonst kommen die Mücken rein«, murmelt sie schläfrig.

Gerade als ich die Nachttischlampe ausschalte, fällt mir ein, dass um diese Zeit die damalige Nicki aufstehen musste. Ein seltsames Gefühl überkommt mich und ich stelle den Radiowecker an.

»Was machst du?«, fragt sie verwundert.

Ich zögere. Dann bricht die Stille. Die ersten Klänge von *Self Control* füllen den Raum – diese pulsierende, unwiderstehliche Synthesizer-Melodie, die sofort die Haut prickeln lässt. Es ist, als würde die Zeit stehenbleiben, während Laura Branigans Stimme leise und voller Dringlichkeit einsetzt.

Ein Schauer durchfährt mich und ich bekomme trotz der lauen Sommernacht Gänsehaut. Es ist nicht nur ein Lied. Es ist unser Lied. Es ist die Vergangenheit, die uns einholt – und die Gegenwart, die sich neu schreibt. Wir sind wohl in der Stunde null angekommen.

Nicki rückt näher an mich heran, ihre warme Haut an meiner. »Woher wusstest du, dass unser Lied ausgerechnet jetzt kommt?«

Ich drücke sie fest an mich, atme ihren vertrauten Duft ein und sage schließlich: »Das war nur so eine Vorahnung.«

Doch während ich die Melodie auf mich wirken lasse, wird mir klar, dass es kein Zufall ist. Es ist der Beginn von etwas Größerem. Heute ist der Tag, den Sebastian seit Monaten akribisch geplant hat. Der Tag, den ich immer für unmöglich gehalten habe.

Ich hatte ihn ausgelacht, weil ich nicht glauben konnte, dass Nicki und Mina sich wirklich ändern könnten.

»Was hast du geträumt?«, frage ich mit belegter Stimme.

»Es war schrecklich. Eine unvorstellbare Pandemie. Ich

war ohne Maske unterwegs – und fühlte mich, als wäre ich ein Schwerverbrecher. Selbst Sebastian hat mich verachtet.«

Ihre Stimme klingt zerbrechlich, und plötzlich gleicht sie wieder der Nicki, die ich damals kennengelernt habe. Ob das die ersten Anzeichen dafür sind, dass sich etwas verändert?

»Du hast von Sebastians Dystopie-Roman geträumt, den er mit Su geschrieben hat. Bei uns ist alles in Ordnung.« Zumindest hoffe ich das.

»Den hat er doch vor zwei Jahren veröffentlicht. Warum sollte ich jetzt davon träumen?«

»Vielleicht, weil es dich unterbewusst beschäftigt? Versuch, weiterzuschlafen.«

Ich will schon die Augen schließen, doch sie hat Redebedarf.

»Stell dir vor, ich bin barfuß im Brautkleid durch die Straßen gelaufen, und es hat geregnet.«

»Wow, sexy. Das hätte ich gerne gesehen«, versuche ich sie aufzumuntern.

»Das war alles andere als sexy, das war der reinste Horror!«

Ich küsse ihre Schläfe. »Wir können froh sein, dass du nur von Sebastians Roman geträumt hast und unsere Welt so friedlich ist. Nicki, findest du eigentlich, dass wir ein schönes Leben haben?«

Ich hatte es der damaligen Nicki ja versprochen, sie zu retten. Aber habe ich es wirklich geschafft?

»Natürlich. Wir sind mit allem so gesegnet, dass du sogar die Jahre, in denen ich an dir gezweifelt habe, wieder gutgemacht hast.«

Ich lächle leicht. Da war er wieder, dieser kleine Seiten-hieb. »Wenn du nochmal in deine Vergangenheit reisen könntest, würdest du dich wieder in mich verlieben?«

»Das weißt du doch. Wir gehören zusammen, ich wür-de mich immer in dich verlieben.« Sie haucht mir einen Kuss auf die Wange.

»Und gibt es etwas, das du ändern würdest oder das du bereust?«

Eine Weile schweigt sie und in mir kommen schon die schlimmsten Befürchtungen auf.

»Nur eins.«

»Und das wäre?«, frage ich vorsichtig.

»Ich hätte gerne noch ein Kind von dir gehabt.«

Gerührt ziehe ich sie fest an mich. Damit habe ich nie-mals gerechnet. »Warum hast du mir das nicht früher ge-sagt?«

»Es hat irgendwie nie gepasst. Ich weiß nicht … die Zeit ging so schnell vorbei. Aber so ein kleiner Achim wäre schon niedlich gewesen.«

»Oder eine kleine Nicki, mit deinen tiefgründigen brau-nen Augen, in denen ich mich immer verliere.« Ich streiche sacht über die kühle Seide ihres Nachthemds, das sich sanft an ihre Haut schmiegt. »Wir könnten es ja gleich nochmal versuchen.«

KAPITEL 52

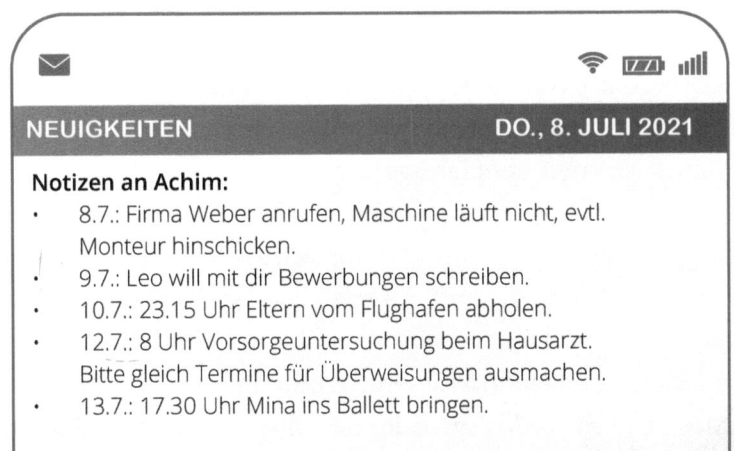

✉ 📶 🔋 ▂▃▄▅

NEUIGKEITEN DO., 8. JULI 2021

Notizen an Achim:
- 8.7.: Firma Weber anrufen, Maschine läuft nicht, evtl. Monteur hinschicken.
- 9.7.: Leo will mit dir Bewerbungen schreiben.
- 10.7.: 23.15 Uhr Eltern vom Flughafen abholen.
- 12.7.: 8 Uhr Vorsorgeuntersuchung beim Hausarzt. Bitte gleich Termine für Überweisungen ausmachen.
- 13.7.: 17.30 Uhr Mina ins Ballett bringen.

DONNERSTAG, DEN 8. JULI 2021
NICKI

*B*ehind *Blue Eyes* von Limp Bizkit reißt mich aus dem Schlaf. Die melancholischen Klänge und der Text erinnern mich an Achim – an seine verletzliche Seite, die er so selten zeigt. Manchmal sehe ich sie in seinen Augen, in einem Blick, der mich daran erinnert, wie schwer es ihm fällt, wirklich mit sich im Reinen zu sein. Ich kuschle mich in seinen Arm. Die Morgensonne scheint durch das geöffnete Fenster und taucht unser Bett in warmes Licht. Das leise Rauschen des Bachs hinter der Schmiede mischt sich mit dem fröhlichen Zwitschern der Vögel in den alten Bäumen. Alles wirkt so friedlich, so perfekt.

Ein leises Seufzen entweicht mir und ich schiebe vorsichtig Achims Arm beiseite, um aufzustehen.

»Halt, wo willst du hin?«, murmelt er verschlafen und greift nach meinem Handgelenk.

»Ich geh zum Sport, dann zur Kosmetikerin – und du musst noch ein paar Stunden ins Büro.« Ich beuge mich zu ihm und küsse ihn sanft auf die Nasenspitze, aber er zieht mich wieder zu sich.

»Bleib noch einen Moment. Trinken wir zusammen Tee? Oder hast du dafür auch keine Zeit?« Sein verschlafener Blick trifft mich, und wie könnte ich Nein sagen?

»Also gut. Aber steh gleich auf. Und es tut mir leid wegen heute Nacht.« Ich streiche ihm über die Wange und sehe ihn ernst an. »Dieser Traum … Er hat mich komplett aus der Bahn geworfen.«

»Sebastian!«, sagt er und grinst schief.

»Nein, nicht Sebastian. Es war dieses Gefühl, auf der falschen Seite zu stehen. Es war beängstigend, plötzlich eine Verachtete zu sein. Der Hass in den Augen der Menschen – sogar bei Sebastian – war furchtbar.«

»Sein Roman hat mich auch erschüttert.« Er atmet schwer. »Lass uns einfach nie in eine Situation kommen, in der man nicht mehr weiß, was richtig und falsch ist. Apropos Sebastian – wir treffen uns um 11.30 Uhr bei ihm. Sei bitte pünktlich.«

»Hallo, wer von uns beiden ist nie pünktlich?« Ich ziehe eine Augenbraue hoch. »Außerdem finde ich es echt nicht okay, dass du Mina heute die Schule schwänzen lässt. Sie

438

braucht Struktur, vor allem jetzt, wo sie so sensibel ist. Und warum plant Sebastian unser 1986-Sommerfest ausgerechnet an einem Donnerstag? Am Wochenende wäre es sinnvoller gewesen.«

»Weil sich heute um Punkt zwölf vielleicht unser Leben ein wenig verändert.« Er gähnt und wirkt erschöpft. Es tut mir leid, dass ich ihn nachts geweckt habe. Er braucht dringend Urlaub.

»Was redest du da? Ich will gar nicht, dass sich unser Leben verändert. Ich bin glücklich mit dir, genau so, wie es ist.« Ich beuge mich zu ihm und küsse ihn auf die Wange.

»Ja, Schnecke. Ich will auch, dass es immer so bleibt wie jetzt.«

»Achim, Schnecke ist ein alberner Kosename. Kannst du dir das bitte mal abgewöhnen?« Ich sehe ihn strafend an, aber er grinst nur, weil er genau weiß, dass ich das schon tausend Mal gesagt habe.

»Nach fünfunddreißig Jahren? Du bist und bleibst meine Schnecke. Oder jetzt vielleicht eher meine Rennschnecke.«

Ich schüttle den Kopf. »Spitze. Geh schon mal Tee machen, solange ich im Bad bin.«

»Ja, mach ich, Schnecke. Sorry, Rennschnecke.«

Ich schnappe mir ein Kissen und werfe es nach ihm, bevor ich ins Bad verschwinde.

KAPITEL 53

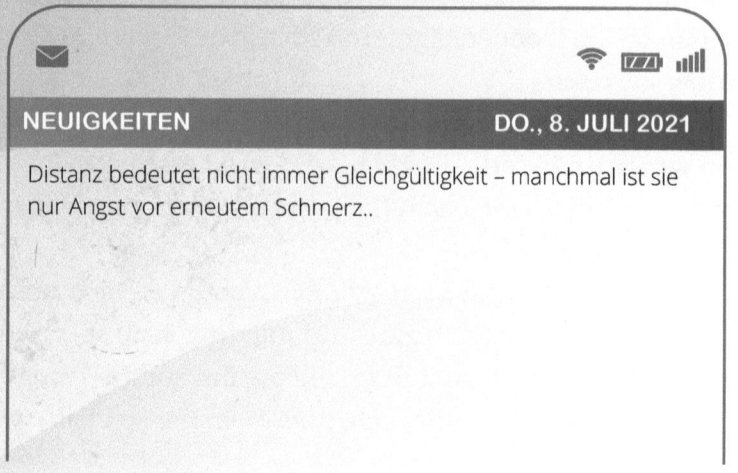

NEUIGKEITEN — DO., 8. JULI 2021

Distanz bedeutet nicht immer Gleichgültigkeit – manchmal ist sie nur Angst vor erneutem Schmerz..

DONNERSTAG, DEN 8. JULI 2021

MINA

Was machen wir bei Sebastian?«, frage ich Papa. Ehrlich gesagt hatte ich mir das Schuleschwänzen spannender vorgestellt.

»Ihr bleibt kurz hier. Ich hole mit Sebastian etwas in der Getränkehandlung.«

Er lässt uns aussteigen und wendet sich zu mir. »Passt gut auf euch auf, ich hab dich lieb, mein Engel.« Er drückt mich viel zu fest an sich und küsst meine Wange. Dann umarmt mich auch noch Sebastian.

»Du bist wie eine Tochter für mich, denk immer daran.

Ich hab dich lieb!« Er wuschelt mir durch die Haare, die ich heute Morgen sorgfältig geglättet habe. Dabei sieht er mich an, als würde er mich zum letzten Mal sehen.

Der Abschied von Mama ist fast noch schlimmer. Papa will sie gar nicht mehr loslassen. Und dann – igitt – küsst er sie auch noch vor uns allen. Nicht kurz wie sonst, sondern so richtig mit Zunge.

»Hallo, Papa, ihr fliegt nicht mehrere Wochen nach New York, ihr holt nur Getränke!«, erinnere ich ihn.

Er weicht meinem Blick aus und für einen Moment bin ich mir sicher, dass seine Augen feucht sind. Ohne ein weiteres Wort steigt er ins Auto und Sebastian fährt los.

Ratlos stehen wir vor der Bäckerei und sehen ihnen hinterher.

»Wie war das mit Männern, die Zigaretten holen gegangen und nie wiedergekommen sind? Ob das beim Getränke holen auch vorkommt?«, murmelt Mama und wischt sich über den Mund.

»Die verhalten sich echt merkwürdig, oder?«

»Absolut. Und das, obwohl Kai jedes Jahr die Getränke bringt. Irgendetwas stimmt hier nicht.«

»Vor allem … warum darf ich heute die Schule schwänzen?«

»Ich hab Papa gesagt, dass das nicht geht. Aber es war wohl Sebastians Idee, die 1986-Party auf einen Donnerstag zu legen.«

»Mega von ihm! Sollten wir jedes Jahr so machen.«

»Bestimmt nicht. Das werde ich ihm noch deutlich sagen.«

»Was machen wir jetzt?«, frage ich genervt.

»Lass uns reingehen, es gibt bestimmt noch was vorzubereiten«, sagt Mama und zeigt auf das Schild an der Ladentür:

BIS MONTAG WEGEN FAMILIENFEIER GESCHLOSSEN.

Wir nehmen die Hintertür und stehen direkt im Treppenhaus. Ich spicke neugierig in den Laden.

Die Bäckerei fühlt sich an wie eine Zeitkapsel. Der Geruch von frischem Brot liegt in der Luft und überall sind Details, die wie aus einer anderen Ära stammen – Holzbalken, emaillierte Schilder, alte Regale voller Mehlsäcke. Es ist genau Tims Stil. Er liebt alles, was mit dem Mittelalter und biologischem Anbau zu tun hat.

»Warum ist Sam hier angebunden?« Mama beugt sich zu Sebastians Labrador hinunter. Der Hund wedelt freudig mit dem Schwanz, hat aber ein Schild um den Hals: **Bitte folgt mir.**

»Das ist ja schräg.« Ich muss lachen. »Was haben die sich bloß ausgedacht?«

Mama löst die Leine und Sam stürzt die Treppe hinauf. Auf den Stufen liegen Leckerlies, die er Stück für Stück aufpickt.

»Habe ich etwas vergessen? Hochzeitstag? Geburtstag?« Mama sieht mich fragend an.

»Habt ihr einen Jahrestag?«

»Am 10. Juli, aber das hat seit unserer Hochzeit keine Rolle mehr gespielt.« Sie runzelt die Stirn.

Sam führt uns bis unters Dach, in Bettis und Sebastians Schlafzimmer.

»Hä? Warum bringt uns Sam hierher?« Ich sehe mich um.

»Du sollst nicht immer Hä sagen. Es nervt.«

Das ist das Letzte, was ich höre, bevor ein heftiger Windstoß durch das Zimmer wirbelt. Rauch steigt auf, dichter und dichter, bis uns völlige Dunkelheit einhüllt.

Mama greift panisch nach meiner Hand. »Mina!«

Ein starker Sog zieht uns zur Seite. Ich höre Sam jaulen und wie seine Pfoten bei der Flucht über die Dielen kratzen. Plötzlich gibt der Boden nach und wir landen unsanft auf einem Sofa. Bevor ich mich orientieren kann, umfängt mich absolute Stille – dann Dunkelheit.

»Mina? Schatz, geht's dir gut?« Mamas Stimme klingt heiser und sie hustet, als würde sie sich die Lunge aus dem Leib röcheln.

»Boah, meine Augen brennen. Was war das denn?« Ich huste ebenfalls und taste mich orientierungslos umher.

»Sind wir wieder in unserer Zeit?« Mama reibt sich den Kopf. »Autsch ... Ich hab mich irgendwo gestoßen.«

Langsam lichtet sich der Rauch und ich blicke mich um. Mein Magen zieht sich zusammen. »O mein Gott! Was ist das für ein Zimmer?« Ich starre entsetzt auf die fremde Umgebung. »Wo ist dein Bett? Dein Schlafzimmer? Sind wir in der falschen Zeit gelandet?«

Mama steht wackelig auf, klopft sich den Staub ab und mustert sich selbst. »Also ... ich glaube, ich bin ein bisschen dicker als vor ein paar Minuten, aber das ist okay.« Sie tastet ihre Tasche ab. »Mein Amulett ist noch da, der Mantel passt, und – oh, die P.K.-Kaugummis und die Schokolade sind auch noch drin.« Sie kichert plötzlich, als wäre alles halb so schlimm.

»Gott sei Dank, du bist wieder meine Mama!« Lachend falle ich ihr um den Hals. »Schicke Frisur übrigens! Die macht dich jünger.«

»Findest du?« Sie fasst sich an die schulterlangen, kühlen, blonden Strähnen. »Das schwarze Kleid passt auch wieder von der Länge, aber es ist immer noch viel zu weit.«

»Das ist doch egal!« Ich betrachte sie genauer und lache. »Du siehst wirklich gut aus!«

»Und du?« Mama tritt einen Schritt zurück und mustert mich kritisch. »Zumindest hast du keine falschen Nägel mehr.«

Sofort fasse ich mir in die Haare – keine Extensions. »Sheesh! Wo ist meine Haarverlängerung?«

»Das brauchst du nicht. Deine Haare sind von Natur aus lang – und ehrlich, das sieht viel schöner aus.«

»Okay, dafür hat sich die Zeitreise schon gelohnt.« Ich sehe mich neugierig im Zimmer um. »Aber was ist das hier für ein krasses Schlafzimmer? Hast du im Lotto gewonnen oder einen Millionär geheiratet?«

Mama runzelt die Stirn. »Seltsam … Ich erinnere mich nicht. Keine Ahnung, wo wir hier sind.« Sie geht zum Panoramafenster, ich folge ihr.

»Mein Kopf brummt«, stöhne ich.

Mama nickt langsam. »Krass. Wir sind immer noch bei Sebastian. Er hat den Dachboden ausbauen lassen.«

Staunend sehe ich mich im großen Schlafzimmer um. Die dicken Balken ragen bis zum Dachfirst hinauf und der rustikale Holzboden verleiht dem Raum eine warme Atmosphäre. Vor dem offenen Kamin steht das alte Sofa, jetzt mit einem neuen roten Samtbezug, daneben der Ohrensessel – genauso gemütlich wie damals. Durch das Panoramafenster fällt Licht auf eine große Birkenfeige, die den Arbeitsbereich vom Schlafzimmer trennt. Alles wirkt modern und doch heimelig.

»Bist du jetzt mit Sebastian zusammen?« Fassungslos suche ich in meinem Kopf nach Erinnerungen. Aber nichts ist wie vor unserer Zeitreise im Jahr 2021.

Mama schweigt. Nach einer Weile murmelt sie: »Aber ich liebe doch Achim. Wie soll ich da mit Sebastian zusammen sein? Das will ich nicht!« Ihre Stimme bricht und ich sehe, wie ihre Augen feucht werden.

»Achim tat mir auch leid. Hoffentlich sehen wir ihn bald wieder.« Ich lege tröstend meine Hand auf ihren Rücken. Es fühlt sich seltsam an, jetzt, wo sie wieder wie meine Mutter aussieht und nicht wie meine Freundin.

Dann fällt mir etwas ein. »Mama … ernsthaft! Warum wusstest du eigentlich nicht, wer mein Vater ist?«

Sie blinzelt, kneift die Augen zusammen und stottert schließlich: »Äh … Warum? Wer ist dein Vater?«

»Zum Glück hattest du Großtante Minas Amulett. Sonst hättest du das nie klären können.« Ich schüttle ungläubig den Kopf.

Mama sieht mich flehend an. »Es tut mir so leid, Mina, von was redest du?«

»Schon okay. Jetzt sind wir eine richtig coole Familie.« Ich grinse. »Na ja, bis auf Leo. Der nervt manchmal total …«

»Leo, ja stimmt ich erinnere mich dunkel. Ach, wie süß er ist.« Mama strahlt plötzlich überglücklich.

»Süß? Mama, der ist einundzwanzig. Von süß ist da nichts mehr übrig. Darüber müssen wir uns noch ernsthaft unterhalten.« Ich schüttle den Kopf und verschränke die Arme. »Nicht jeder Pupswunsch muss unbedingt in Erfüllung gehen. Das nervt total.«

Bevor Mama antworten kann, höre ich plötzlich eine vertraute Stimme: »Störe ich?«

Papa steht an der Tür, zögernd, aber mit einem sanften Lächeln.

»Niemals!« Ich stürze auf ihn zu und umarme ihn stürmisch. Doch während ich ihn festhalte, wird mir klar: Meine Chancen auf ein Tattoo sind wohl dahin, solange ich nicht achtzehn bin. Mama hätte ich überreden können, aber ihn? Keine Chance.

»Achim …« Mamas Stimme zittert. »Vor fünf Minuten hatte ich solche Angst, dich zu verlieren. Und jetzt stehst du hier.« Ihre Augen wandern über sein Gesicht, als hätte sie ihn gerade erst kennengelernt. Sie glänzen feucht vor Tränen.

Papa hebt die Hand, an der ein goldener Ring funkelt. »Ich hoffe, es ist okay für dich, dass ich dich geheiratet habe und du jetzt eine Saalbach bist?« Seine Stimme klingt nüchtern, aber seine Augen erzählen eine andere Geschichte.

»Gilt das auch für mich?«, frage ich, während ich versuche, mich an etwas zu erinnern.

»Ja. Meine Großeltern haben mich adoptiert, und jetzt sind wir alle Saalbachs. Auch Leo.«

Mama starrt den goldenen Ring an ihrer Hand an. Ein Schluchzen entkommt ihr. »Ich bin so erleichtert.«

»Hä? Warum umarmt ihr euch nicht? Sonst klebt ihr

doch ständig aneinander.« Ich ziehe ihn an der Hand zu ihr.

Mama strafft ihre Schultern und sieht ihn herausfordernd an. »Lass ihn. Er braucht wohl seine Zeit, um sich an mich zu gewöhnen.«

»Du bist doch immer die Gleiche. Muss ich das verstehen?« Ich schüttele den Kopf. Erwachsene sind auch nicht besser als Kinder.

»Puh, ihr riecht ziemlich streng nach Rauch.« Papa zieht die Nase kraus.

»Na hör mal, du hast uns vor ein paar Minuten noch eingenebelt, weil du eine Zigarette nach der anderen geraucht hast!« Ich sehe ihn tadelnd an.

»Darf ich reinkommen oder störe ich euch mitten in eurer Diskussion?«, unterbricht uns eine vertraute Stimme.

»Su? Wo kommst du her?« Mama geht auf sie zu und umarmt sie stürmisch – genau so, wie ich das eigentlich von meinen Eltern erwartet hätte. Wenigstens die beiden freuen sich richtig, sich wiederzusehen.

»Achim und Sebastian haben mich abgeholt. »Du hast mir doch heute Morgen eine WhatsApp geschrieben.« Sie hält ihr das Handy hin. Mama liest laut vor:

»Dienstag, 8. Juli 2021, 04.16 Uhr: Su, du errätst nicht, von wem ich heute Nacht geträumt habe. Und dann weckt mich der Radiowecker mit Self Control von Laura Branigan, ich vermisse die Zeit :(Kannst du so schnell wie möglich kommen?«

»Hier bin ich. Von wem hast du geträumt?« Su sieht sie neugierig an.

»Von Achim … In dem Traum sagte er, dass er mich lange gesucht hätte und nur mich wolle.« Sie blickt dabei vorwurfsvoll zu Papa. Der zuckt nur bedauernd mit den Schultern.

Na, hoffentlich bekommen die das wieder hin. Ich will nicht schon wieder ein Scheidungskind werden.

Su lächelt und sieht Mama so wissend an, dass es mir kalt den Rücken runterläuft.

»Su, warum hast du eine Nachricht aus meinem vorherigen Leben?«, fragt sie aufgeregt.

»Weil ich zur rechten Zeit gekommen bin.« Su grinst glücklich. Plötzlich erinnere ich mich an letzten Mittwoch, als sie Kai mit einem Blumenstrauß hinterherrannte. Da hatte ich schon so ein Gefühl, dass etwas nicht stimmt.

»Du hast mit uns die Zeitreise gemacht! Deshalb wusstest du, dass das Auto nicht bis in die Türkei fahren wird. Die offene Tür bei Erna … Das warst du!« Mama sieht sie fassungslos an. »Und jetzt haben wir dich allein zurückgelassen!«

»Nicht alleine, ihr wart ja da und ich wäre auch nicht mit euch zurückgegangen. Jetzt habe ich das Leben, das ich mir immer gewünscht habe. Mit Kai zusammen, wir haben zwei wundervolle Kinder, und meine Peri habe ich wieder aus dem Tierheim geholt.«

Die beiden umarmen sich erneut und ich bin froh, dass Mama endlich lacht. Doch Papa macht mir Sorgen. Er steht abseits, genauso unbeteiligt wie vorhin, als er am Fenster stand und rauchte, der hat sich auch kein bisschen verändert.

»Herzlich willkommen in der Gegenwart.« Eine tiefe Stimme unterbricht uns.

»Sebastian!« Mama strahlt und geht auf ihn zu, während er uns mit einem breiten Grinsen von der Tür aus beobachtet.

»Wir wollten dir und Mina kurz Hallo sagen – unter uns, versteht sich, weil die anderen nichts von eurer Zeitreise wissen.« Er macht eine dramatische Pause, breitet die Arme aus und verkündet: »Tadaaa! In den Ferien fliegen wir alle zusammen nach Ibiza. Segeln, Sonne, in unser Haus. Na Mina, wie klingt das?«

Ich brauche genau zwei Sekunden, um zu realisieren, was er gerade gesagt hat. Meine Augen weiten sich, mein Herz schlägt schneller und dann explodiere ich förmlich: »Wow, wie krass! Du hast mir meinen Wunsch erfüllt!«

Ich strahle Mama an, die mich völlig glücklich anlächelt, und hüpfe wie ein kleines Kind auf Sebastian zu. Er zieht mich fest in eine Umarmung und für einen Moment bin ich einfach nur überwältigt. Ibiza! Segeln! Wie verrückt ist das denn?

»Wie gut, wenn doch jeder Pupswunsch in Erfüllung geht«, meldet sich Papa zu Wort – mehr spöttisch als erfreut.

Sebastian lässt mich los und küsst Mama auf die Wange. »Willkommen zurück, Zimtschnecke.«

Mama lacht, wird aber sofort nachdenklich. »Weißt du, wie froh ich bin, das es mit der Zeitreise geklappt hat? Und dann stehe ich ausgerechnet in eurem Schlafzimmer … Was für ein Schock! Zum Glück war Mina bei mir.«

»Darüber bin ich auch froh«, scherzt Sebastian und zwinkert Mama zu.

»Was ist eigentlich mit dem Wetter? Es scheint ja die Sonne … Und was ist mit Corona?«, fragt sie vorsichtig.

»Es gibt keine Pandemie, und das Wetter bleibt die nächsten Tage traumhaft«, antwortet Sebastian entspannt.

»Wir leben nicht mehr in derselben Welt«, erklärt Su und ihre Worte hängen für einen Moment in der Luft.

»Na ja, das hat irgendetwas mit kollektivem Bewusstsein und der Ausrichtung der Gedanken zu tun«, meint Sebastian. »Das steht zumindest in dem Zeitreisebuch.«

Ich grinse. »Vielleicht leben wir einfach in einer besseren Welt.«

»Genau so empfinde ich das auch.« Su strahlt und umarmt mich fest.

Es ist wirklich verrückt. Vor zwanzig Minuten waren alle so jung, und jetzt sind sie um Jahrzehnte gealtert – außer mir. Aber ich lächle. Alles hier ist schöner als in unserem letzten Leben und ich hoffe, Papa kriegt sich auch wieder ein.

»Mina, ich glaube, da wartet unten jemand auf dich«, sagt er schließlich.

»Ricki!«, rufe ich begeistert und will losstürmen.

»Ähm, Mina, warte mal. Vermisst du nicht was?«, fragt Papa mit Nachdruck.

Ich schaue ihn herausfordernd an, weil ich etwas ahne. »Ja, dass du dich mit Mama verträgst.«

Überrascht sieht er mich an. »Mach dir keine Sorgen, wir werden das klären. Ich habe hier was für dich.«

Er hält ein Handy in die Höhe, und es ist ganz sicher nicht meins. Ich habe nie das neueste iPhone besessen – das konnte sich Mama nicht mal im Traum leisten. Mein altes Handy hatte ich von Robert geerbt. Es war zigmal runtergefallen und notdürftig geklebt worden.

»Ein Handy? Wow, echt jetzt?« Ich gehe zu ihm und er drückt es mir in die Hand. Ich werfe einen kurzen Blick darauf. »Und Papa, rede mit Mama nicht so wie mit deinem Anwalt. Ich weiß jetzt, dass du da drin sowas wie ein Herz hast.«

Ich tippe ihm auf die Brust und bemerke, wie seine Augen erneut feucht werden. Er ist also doch nicht so ein Eisblock, wie er gerade tut. Ich greife in meine Hosentasche, ziehe ein Päckchen Tempo von 1986 hervor und reiche ihm eins. »Nur für den Notfall.«

»Danke, du bist sehr aufmerksam«, sagt er ironisch, grinst mich aber an und zieht mich in seine Arme.

Seine Umarmung tut so gut und ich kann meine Freude nicht länger verbergen. »Boah, Papa, danke, danke, danke! Das Teil ist so genial!« Ich quietsche in sein Ohr, so laut, dass er schmerzvoll das Gesicht verzieht. Dafür bekommt er einen fetten Kuss auf die Wange.

Dann kann mich nichts mehr halten.

»Ricki, ich komme!«, rufe ich begeistert und will schon losstürmen. Kurz überlege ich noch, ob ich ins Bad huschen soll – doch wozu? Plötzlich ist es mir piepegal wie ich aussehe. Und vielleicht frage ich Papa später, ob er mir auch Camel Boots kauft.

KAPITEL 54

Das Erwachen aus der Matrix beschreibt einen Prozess des spirituellen Erwachens. Dabei erkennen wir, dass die Realität, wie wir sie bisher wahrgenommen haben, eher einem Traum gleicht – einem Traum, den wir selbst erschaffen haben. Mit dieser Erkenntnis entsteht eine tiefere Bewusstheit: Wir nehmen nicht mehr nur unsere Gedanken und Handlungen wahr, sondern werden zum Beobachter unseres eigenen Selbst. Dies markiert die Trennung zwischen Verstand und Bewusstsein und ermöglicht uns, die Wirklichkeit aus einer völlig neuen Perspektive zu betrachten.

DONNERSTAG, DEN 8. JULI 2021

NICKI

K omm, Su, lass uns Kaffee machen. Ihr beiden könnt ja nachkommen.«

Sebastian lächelt mir aufmunternd zu. Ich nicke nur betrübt.

Su umarmt mich kurz. »Das wird wieder. Lass ihm ein bisschen Zeit«, haucht sie mir zu und zwinkert.

»Ich weiß«, seufze ich schwer und kämpfe mit den Tränen.

Achim steht mit dem Rücken zu uns am Fenster. So kühl und distanziert, wie er eben 1986 auch war. Ich suche in meinen Erinnerungen nach uns, nach unserer Ehe

– aber da ist nichts. Nur Leere. Ich bin sechzehn. Ich denke, ich fühle, ich liebe wie ein Teenager. Und ich empfinde eine unendliche Schüchternheit, mit ihm zu sprechen oder überhaupt mit ihm allein zu sein.

Am liebsten würde ich Su bitten, bei mir zu bleiben. Aber das geht nicht. Ich muss das jetzt allein hinbiegen.

Soll ich zu ihm gehen? Oder einfach ins Bett kriechen und schlafen? Die Zeitreise hat mich ausgelaugt. Meine Glieder sind schwer, mein Kopf wirr.

Wie krass ist das eigentlich? Ich bin mit Achim verheiratet und trotzdem weiß ich nicht einmal, wie mein Brautkleid ausgesehen hat. Der Gedanke, dass er mein Mann ist, lässt mein Herz stolpern – ein Schimmer von Angst, dass er mich nicht mehr mag, und gleichzeitig diese leise, unvernünftige Vorfreude, die ich kaum zugeben kann.

Aber Mina ist seine Tochter. Seine? Warum das? Ich dachte immer, Robert wäre ihr Vater. Jetzt ergibt es Sinn, warum er mich hasst. Es muss doch irgendein Geheimnis geben. Irgendeine Erinnerung. Warum finde ich in meinem Kopf einfach nichts? Das macht mich wahnsinnig.

»Willst du dich scheiden lassen?«, höre ich mich wispern, noch bevor ich den Mut verliere.

Achim dreht sich langsam um. Sein Blick trifft mich – verwirrt, fragend. Für einen Moment wirkt es, als suche er nach den richtigen Worten.

»Wie kommst du darauf?«

»Na ja … du freust dich nicht, mich zu sehen. Wahrscheinlich habe ich es nicht anders verdient.« Meine Worte kommen stockend, doch ich muss wissen, was er wirklich fühlt.

»Ich bin einfach nur müde«, sagt er nach einer langen Pause. »Das ganze Hin und Her tut mir nicht gut. Ich weiß nicht, was ich denken soll. Wer bist du jetzt und wie geht es weiter? Kannst du überhaupt die Nicki sein, mit der ich fast mein ganzes Leben verbracht habe?«

»Lass es uns herausfinden. Aber dafür musst du mit mir reden.«

Doch er sagt nichts. Stattdessen dreht er sich wieder zum Fenster und ich fühle mich, als hätte er mir die Tür vor der Nase zugeschlagen.

Im Gegensatz zu Achim bin ich frisch verliebt und jede Abweisung tut unendlich weh, als würde er mir körperliche Schmerzen zufügen.

Meine Knie sind mit einem Mal zittrig, ich muss mich hinsetzen. Doch auf dem Weg zum Sofa bleibe ich vor einem großen Spiegel stehen. Im ersten Moment erkenne ich mich nicht.

»Boah, wie krass, das bin ja ich.« Ich ziehe den Mantel aus und hänge ihn über das Sofa.

Vorsichtig trete ich näher und betrachte mein Spiegelbild. Dann muss ich grinsen. Wow. Ich sehe nicht die Frau, die ich kannte – mit grauen Strähnen, einem blassen, vampirhaften Gesicht und einem Körper, der immer ein bisschen zu rund war. Jetzt stehe ich da, schlank und gepflegt, mit goldglänzenden Locken, die wie aus einem Werbespot über meine Schultern fallen. Meine Haut ist leicht gebräunt und sieht frisch aus, als hätte ich die letzten Wochen nur Sonne und Meer genossen. Meine Nägel? Perfekter Weißverlauf – als hätte ein Nagelstudio Überstunden für mich gemacht.

Mein Herz macht einen kleinen Sprung und ein leises Kichern steigt in mir auf. Ich ziehe ulkige Grimassen, hebe die Augenbrauen und lasse sie wieder sinken.

»Habe ich Botox in der Stirn?«, frage ich und grinse so breit wie ein Kind, das zum ersten Mal Lippenstift ausprobiert.

Hinter mir bewegt sich Achim. Er dreht sich um und mustert mich. Sein Blick ist schwer zu deuten – kühl, vielleicht ein Hauch von Verwirrung. »Nicht, dass ich wüsste. Meine Nicki geht zweimal im Monat zur Kosmetikerin.«

Mein Grinsen wird nur noch breiter. Für einen Moment verdränge ich alles, was schiefgelaufen ist. Ich sehe gut aus. Richtig gut. Und das ist immerhin etwas, das ich feiern kann.

»Boah, krass. Da, wo früher Speckrollen waren, habe ich jetzt Muskeln.« Ich hebe mein Kleid an und bestaune den flachen Bauch.

»Sie macht dreimal in der Woche Sport. Falls du da nicht mehr hingehen willst, melde ich dich ab.«

»Ob ich nicht will? Ich schrieb am Donnerstag in mein Tagebuch, dass ich unbedingt besser auf meinen Körper achten sollte. Und wie es aussieht, habe ich mich daran gehalten.« Vor Freude drehe ich mich mehrmals hin und her.

»Ah, gut«, sagt er tonlos und wendet sich wieder dem Fenster zu.

Gekränkt lasse ich mich auf das Sofa fallen und ziehe die Beine an, verstecke meine nackten Füße unter dem Kleid.

»Du kannst dich umziehen. Ich habe dir Kleidung und Schuhe mitgebracht«, sagt er schließlich und setzt sich auf den Ohrensessel mir gegenüber. Seine Beine sind ausgestreckt, ein Fuß ruht locker auf dem anderen.

»Ich brauche keine Schuhe«, antworte ich trotzig und beiße gekränkt auf meine Unterlippe.

»Okay. Wie du willst.« Wir mustern uns gegenseitig, beide kritisch.

»Du bist so erwachsen, daran muss ich mich erst gewöhnen«, murmele ich.

»Du meinst wohl alt – im Gegensatz zu dem 17-jährigen Jungen, den du kanntest.«

»Nein, du bist immer noch hübsch. Und du trägst die Haare genauso wie ... damals.« Es fällt mir schwer, von der Vergangenheit zu sprechen, wo mir 1986 noch unendlich nah ist. Doch ich hab's geschafft. Er grinst.

»Hübsch?« Er zieht fragend eine Augenbraue hoch.

»Ja. Ich habe wohl eine Vorliebe für ältere Männer. Frag Mina.« Ich lächle zuckersüß.

»Du bist nur ein Jahr jünger als ich«, entgegnet er im sachlichen, viel zu nüchternen Tonfall.

»Ein Jahr, einen Monat und sechsundzwanzig Tage.« Ich sehe ihn herausfordernd an.

»Ui, hast du das im Kopf ausgerechnet?«

Ich will ihm so gerne in die Augen sehen, doch er schaut nur kurz zu mir und dann einfach durch mich hindurch. »Nein. Ich weiß das aus meinem vorigen Leben. Da habe ich es an den Fingern abgezählt. Kann also sein, dass es falsch ist.«

»Nein, ist es nicht.«

»Wow, ich bin echt gut«, stelle ich freudig fest, denn Mathe war nie meine Stärke.

»Ich hoffe, du kannst die Rechnungen im Büro auch schreiben, ohne sie an den Fingern abzuzählen?«

»Ah, ich verstehe. Du hast Angst um deine billige Arbeitskraft«, antworte ich im selben sarkastischen Tonfall wie er.

Mit einem undeutbaren Blick sieht er mich an und ich weiß, dass er seine ihm vertraute Nicki vermisst, so gut kenne ich ihn.

Wir schweigen.

Was könnte ich jetzt sagen? Ich will nicht, dass er aufsteht und zu den anderen nach unten geht.

Kurz sehen wir uns in die Augen, und ich versinke in seinem Blick. Doch er ist so ernst, dass ich verlegen nach meiner Manteltasche greife.

»Willst du einen Kaugummi?« Ich ziehe ein Päckchen aus meiner Tasche, öffne es und schiebe mir einen P.K.-Kaugummi in den Mund. Er streckt mir, wie immer, seine offene Hand entgegen und bekommt zwei Dragees.

Kauend schmunzelt er vor sich hin. »Schmeckt nach Vergangenheit.«

Gerade dieser vertraute Geschmack macht mir Probleme. Er zieht mich zurück – zu einer unbeschwerten Zeit, die mir jetzt unendlich fern erscheint. »Für mich ist es noch Gegenwart.«

Er mustert mich abschätzend. »Bist du traurig, hier zu sein?«

Ich nicke, spüre den Kloß im Hals, der sich wie Weinen anfühlt. Ein blinzelnder Blick Richtung Decke ist alles, was die Tränen noch zurückhält.

»Ich hab ein bisschen Angst davor, mich wieder an jedes Detail zu erinnern. Ich hab wohl sehr viel falsch gemacht.«

»Daran bist nicht nur du schuld«, sagt er leise. »Hätte

ich damals nicht so viele Fehler gemacht, wäre vielleicht nie eine Zeitreise nötig gewesen. Dann wären wir einfach ein normales Paar mit zwei Kindern, das sich liebt.«

»Das sind wir doch jetzt, oder?«, frage ich zaghaft.

Er zögert. »Ja, das sind wir. Auch wenn ich das Gefühl habe, meine Nicki verloren zu haben.«

Betrübt schaue ich auf meine sorgfältig manikürten Fingernägel. Ich bemerke, dass ich außer dem Ehering noch vier andere Ringe trage – sie wirken teuer, fremd. Ich deute darauf. »Von dir?«

Er nickt knapp. »Zu Geburtstagen.«

Ich schlucke schwer. Ich erinnere mich nicht an seine Geschenke, nicht an uns.

Ein bitteres Gefühl kriecht in mir hoch – die Ahnung, versagt zu haben, nicht mehr seine Nicki zu sein. Meine Finger greifen nach dem Amulett an meinem Hals und es kostet mich all meine Kraft, nicht daran zu reiben. Nicht zu flüstern: Bring mich zurück. Die Sehnsucht nach 1986 ist wie ein Sog, der mich hinabzieht.

»Lass es, Nicki. Wir haben das überstanden«, sagt er plötzlich barsch.

»Was?« Erschrocken sehe ich ihn an.

»Du hast gerade mit dem Gedanken gespielt, zurückzugehen. Ich habe es dir angesehen.«

Ein tiefer Seufzer entweicht mir. »Es war so viel schöner dort.«

Er grinst ironisch. »Schöner? Wir haben den ganzen Tag geheult. Das nennst du schön?«

Ich starre ihn sprachlos an, suche nach einer Antwort, finde keine. Alles in mir schreit nach einer Umarmung, nach seiner Wärme, einem einfachen Zuspruch, dass alles gut wird und wir das schaffen. Doch ich traue mich nicht, danach zu fragen.

»Achim?« Meine Stimme ist kaum mehr als ein Hauch. »Warum ist Mina deine Tochter? Ich versteh das nicht.«

»Ach je«, sagt er leise. »Das muss dir ja alles vorkommen wie im falschen Film. Tut mir leid. An was erinnerst du dich?«

»Dass Robert Minas Vater ist«, antworte ich und zucke bedauernd mit den Schultern.

»Wie war das damals, an Roberts Geburtstag? Kannst du mir das erklären? Vielleicht lösen wir so das Rätsel.«

Es dauert eine Weile, bis ich antworten kann. In meinem Kopf herrscht das reinste Chaos und ich muss die Ereignisse erst sortieren. Achim lässt mir die Zeit.

»Es lief *Creep* im Radio«, beginne ich schließlich.

»Zu diesem Lied hatten wir den besten Versöhnungssex aller Zeiten«, unterbricht er mich mit einem zufriedenen Unterton.

Erstaunt schüttle ich den Kopf. »Nein, das Lied hatte nichts mit dir zu tun.«

»Entschuldige«, sagt er schnell. »Du hast recht, das geschah ja erst nach deiner Zeitreise.« Er sieht mich sonderbar an.

»Als ich die CD einlegte und *Creep* auf Dauerschleife stellte, kam Robert betrunken nach Hause. Er hatte allen Gästen abgesagt. Ich saß auf dem Bett, sah ihn beim Schlafen zu und spürte so eine unendliche Sehnsucht nach dir. Ich fragte mich, was in meinem Leben schieflief, warum ich so unglücklich war und warum wir nie zusammengekommen sind. Dann ging ich nach unten, drehte die Musik laut, schnappte mir die Flasche Baileys und setzte mich an die Wand gegenüber der Stereoanlage. Heulend trank ich – und plötzlich standest du vor der Tür. Na ja, wir redeten über unsere Gefühle, darüber, was wir füreinander empfanden … und dann hatte ich einen Filmriss. Dunkel erinnere ich mich noch an einen Streit mit Robert, aber es fühlt sich mehr wie ein Albtraum an.« Während ich rede, verdunkeln sich Achims Augen. Schmerz blitzt darin auf, und für einen Moment wirkt er, als würde er all das noch einmal durchleben.

»Es *war* ein Albtraum«, sagt er rau. »Erinnerst du dich, warum ich damals zu dir gekommen bin? Denn einen Sohn, den ich hätte besuchen können, gab es ja nicht.«

»Du warst bei deiner Mutter.«

»Klar, wo sonst. Dort traf ich Meli und Robert.«

Abfällig schnaube ich. »Später erfuhr ich, dass die beiden ein Verhältnis hatten.«

»Ich habe sie gesehen, wie Meli zu Robert ging und wie sie sich an der Tür in die Arme fielen. Mit dem Vorwand, ihm zum Geburtstag zu gratulieren, bin ich dann zu ihm. Robert war total betrunken, und ich sagte ihnen, sie sollten dir vor der Hochzeit sagen, dass sie ein Verhältnis haben. Aber das haben sie wohl nicht getan. Am Ende habe ich die Gäste ausgeladen und Robert nach Hause gefahren, weil er kaum noch geradeaus laufen konnte.«

»Das wusste ich nicht. Warum bist du dann nicht gleich zu mir gekommen? Ich wäre noch nüchtern gewesen«, sage ich erstaunt und wühle weiter in meinen Erinnerungen.

Er seufzt und grinst schief. »Ich musste mich erst sammeln. Ich Esel.«

»Stimmt«, sage ich leise. »Das hast du immer gesagt, wenn du dich nicht getraut hast, dich bei mir zu melden.«

»Beim zweiten Mal«, fährt er fort, »kam ich dank Sebastian und Su früher und konnte deinen Baileys-Filmriss verhindern – nur den Streit mit Robert nicht.«

»Hat er uns etwa erwischt?«, frage ich vorsichtig, obwohl ich weiß, dass Achim sich an mein erstes Leben nicht erinnern kann. Trotzdem gehe ich davon aus, dass die Abläufe ähnlich waren.

»Ja. Ich wollte dich gerade mit zu mir nehmen, als Robert auftauchte und alles verhinderte. Er zählte all meine schlechten Eigenschaften auf, und du hast ihm geglaubt.«

»Na ja, du warst damals nicht gerade der Verlässlichste und wir haben bis zu diesem Zeitpunkt nie über unsere Gefühle gesprochen«, sage ich leise, spüre, wie Tränen in meinen Augenwinkeln brennen.

»Es tut mir unendlich leid«, murmelt er. »Aber ich bin froh, dass du Sebastian früher kennenlernen wolltest. Ohne ihn hätten wir uns auch in diesem Leben nicht gefunden.«

Ein trauriges Lächeln huscht über mein Gesicht. »Wir haben also wirklich eine Begabung, es zu vermasseln.«

Er schmunzelt kurz. »Das haben wir. Aber ich glaube, es tut mir gut, dass wir jetzt über wirklich alles reden können.« Er wirkt nachdenklich. Ich kämpfe immer noch gegen die Tränen, deshalb spricht Achim weiter.

»Weißt du, als ich damals bei dem Konzert vor dir stand – während du neben Robert saßt und mich so verletzt angesehen hast – fragte ich mich, warum ich dich nicht einfach mitnehme. Ich liebte dich, und doch ließ ich dich ins Unglück rennen, ohne dich zu retten.«

Er hält kurz inne, als würde er nach Worten suchen. »Dann fiel mir ein Satz von dir ein: *Den, den wir lieben, bekommen wir nicht. Entweder bleiben wir allein oder gehen Kompromisse ein – und leben mit einer ewigen Sehnsucht im Herzen.* Damals habe ich das nicht verstanden. Ich war jung. Verliebtsein war aufregend, neu, bis ich diese verdammte Sehnsucht spürte. Und bei allem, was schiefging, dachte ich zuerst an dich, Nicki. Ich suchte in fremden Augen nach Tiefe, nach Verständnis – und wurde enttäuscht, weil es nicht deine Augen waren.«

»Fiel es dir auch so schwer, *Ich liebe dich* zu jemand anderem zu sagen?«, frage ich leise.

»Wenn ich dazu genötigt wurde, nein. Aber es fühlte sich nie echt an. Und bei dir?«

Ich zögere. »Ich konnte es nicht aussprechen. Sebastian wäre der Erste gewesen, bei dem ich es wieder fühlen konnte. Aber er war zu sehr mit Betti verbunden, um es zu erwidern.«

»Habt ihr miteinander geschlafen?«, fragt er gespannt.

»Nein, es war uns wichtiger, unsere verletzten Seelen zu trösten.«

Er grinst schief. »Na, jetzt erfahre ich das nach so vielen Jahren auch mal.«

Ein unsicheres Lächeln huscht über mein Gesicht und ich spüre, wie ich rot werde – was normal war für mein sechzehnjähriges Ich.

»Komm«, rüttelt Achim mich auf, »lass uns runtergehen. Du hast den ganzen Tag nichts gegessen, außer einem belegten Brötchen und einem Knäckebrot mit Nutella. Du musst Hunger haben.«

»Das weißt du noch?«, frage ich leise und lächle voller Rührung.

Er erwidert es nicht. »Ja, ich weiß noch alles von der Woche damals.«

KAPITEL 55

NEUIGKEITEN DO., 8. JULI 2021

Einladung Lasst uns zum 35. Mal unser Sommerfest 1986 feiern!
Handys sind wie immer unerwünscht – die gab es 1986 nicht, und
das bleibt auch dieses Jahr so. Gute Laune müsst ihr auf jeden
Fall mitbringen! Ein Würstchen oder – na ja – ein fettes Steak geht
natürlich auch. Ich probiere gerne für euch, ob es schmeckt. ;)
Und wer seinen Strickpulli vergisst, muss leider von draußen
unsere geile Musik anhören. Das wird voll cool, fast Eis wie jedes
Jahr. Echt Spitze, ich freu mich auf euch! Hä? Natürlich dürft ihr wie
immer jede Menge Salate und Soßen mitbringen – was ist das für
eine Frage?
Es grüßt und küsst euch euer beliebter und bester Bäcker – äh,
nee – Schriftsteller Sebastian

DONNERSTAG, DEN 8. JULI 2021, SO GEGEN 14 UHR.
NICKI

Achim nimmt meinen Mantel und die Kaugummis
fallen zu Boden. Er hebt sie wortlos auf, steckt
sie in seine Tasche und reicht mir die Hand. Die
Berührung fühlt sich so vertraut an, dass mir unwillkürlich
eine Träne kommt. Verstohlen wische ich sie weg.

Im Treppenhaus, das zwar renoviert wurde, wo jedoch
die alten Stufen und das Geländer erhalten geblieben sind,
bleibe ich stehen.

»Was ist?« Achim sieht mich forschend an.

»Es ist so seltsam«, murmele ich. »Als ich diese Treppen

hochgelaufen bin, hat sich draußen ein Unwetter zusammengebraut. Ich war so unwillig zu gehen, dass du mich hochziehen musstest. Das war für mich erst vor ein paar Stunden – nicht vor einem halben Leben.«

Achim drückt kurz meine Hand. Ein stilles, wortloses Zeichen des Verständnisses. Gemeinsam steigen wir die Stufen hinunter, die ich 1986 hochgelaufen bin.

Unten angekommen, dringen gedämpfte Stimmen aus dem Pausenraum zu uns. Ein Murmeln voller Freude und Leben. Doch kaum betreten wir den Raum, verstummen alle und ihre Blicke richten sich wie auf Kommando auf uns.

Einen Moment lang halte ich inne und wenigstens der Granatsplitter – so vertraut und beruhigend – gibt mir ein wenig Halt. Genau wie Mina, die immer noch ihr Freddie-Mercury-T-Shirt trägt, das ich langsam beginne zu mögen.

»Darf ich vorstellen?«, bricht Achim das Schweigen. »Meine neue Freundin. Ist noch alles ganz frisch und wir werden es langsam angehen – deshalb bitte keine Fragen. Nicki, das sind Sebastian, daneben Su, meine Tochter Mina und ihr Freund Ricki. Magst du Granatsplitter?«

»Was ist das?«, frage ich schmunzelnd.

Entgeisterte Blicke treffen mich. Für einen Moment herrscht Stille, dann brechen Achim und ich gleichzeitig in Gelächter aus. Die anderen stimmen erleichtert mit ein.

Wir setzen uns an den Tisch, und Su gießt mir Pfefferminztee ein.

Tee? Warum ausgerechnet Tee? Davon hatte ich letzte Woche mehr als genug.

Dann fällt es mir wie Schuppen von den Augen: Ich

habe erst angefangen, Kaffee zu trinken, als ich bei Sebastian in der Bäckerei gearbeitet habe. Die Nicki, die Achim geheiratet hat, war wohl nie dort angestellt. Deshalb kein Kaffee – also weiterhin Pfefferminztee.

Vor mir steht das vertraute Schokohäufchen, das mich zu verspotten scheint. *Und wohin mit dem Kaugummi? Auf den Teller kleben?* Unauffällig sehe ich zu Achim, deute Kaubewegungen an. Er zeigt auf seinen Bauch und grinst. Schweren Herzens schlucke ich, denke an meinen Opa und spüle den Kaugummi mit einem Schluck Tee hinunter. Achim schüttelt tadelnd den Kopf, aber seine Mundwinkel zucken. Zum ersten Mal seit meiner Rückkehr habe ich das Gefühl, dass es mit uns doch noch lustig werden könnte.

»Dafür, dass ihr euch erst so kurz kennt, könnt ihr euch ganz gut mit Zeichensprache unterhalten«, stellt Su amüsiert fest.

»Achim sucht sich immer den gleichen Frauentyp aus, da muss er sich nicht so arg umgewöhnen«, scherzt Sebastian trocken.

Die Anspannung in der Runde löst sich ein wenig und ein leises Lächeln schleicht sich auf mein Gesicht. Trotzdem – mein frisch verliebtes Herz schlägt viel zu heftig und ich weiß nicht so recht, wie ich damit umgehen soll. Achim sitzt mir gegenüber, viel zu weit weg, ich vermisse ihn.

Hastig springt Mina auf. »Da sind Nina und Tim! Komm, Ricki, lass uns rausgehen.«

Skeptisch sehe ich ihr nach. »Hoffentlich verplappert sie sich nicht. Alles ist durch die Zeitreise so verwirrend – ich komme ja selbst kaum damit klar, fünfunddreißig Jahre meines neuen Lebens übersprungen zu haben.«

»Für Mina ist es wohl etwas einfacher als für dich«, bemerkt Su einfühlsam.

»Ich gehe mal das Lagerfeuer anzünden und halte ein Auge auf Mina«, schlägt Achim vor. Er steht auf und geht nach draußen, ohne mich eines Blickes zu würdigen. Kein kleiner Abschiedskuss, kein Haareverwuscheln – nicht mal das. Ich seufze etwas zu laut und sehe ihm sehnsüchtig hinterher.

Sebastian schüttelt schmunzelnd den Kopf. »Unser Achim muss sich erst einmal an alles Neue gewöhnen. War letztes Mal genauso. Erinnerst du dich, Nicki?«

Ich runzle die Stirn und denke angestrengt nach. »Nein, leider nicht. Es sind nur bruchstückhafte Erinnerungen, ohne Zusammenhang zu diesem Leben.«

»Ich muss kurz meine Tochter von der Schule abholen. Bin gleich wieder da«, sagt Su gehetzt und eilt davon.

Draußen wird es lauter. Meli und Robert kommen durch die Gartentür herein. Ich ziehe mich in die moderne, lichtdurchflutete Backstube zurück und lächle, als ich durch die Glastür hinaus in den Garten sehe.

Sebastian folgt mir. »Und? Bist du zufrieden mit dem, was du siehst?«, fragt er leise.

»Dein Opa wäre stolz auf dich«, antworte ich gerührt.

»Du hattest recht mit Tim – er ist ein leidenschaftlicher Bäcker. Und ich kann meine Zeit mit dem Schreiben verbringen.«

Ich schüttle ungläubig den Kopf. »Wie anders alles gekommen ist. Der achte Juli war ein trister Tag, den ich um keinen Preis noch einmal erleben wollte. Doch jetzt ist alles friedlich, voller Liebe. Du hast so viel dazu beigetragen.«

»Was ihr mir damals erzählt habt, war schockierend. So trostlos wollte ich nicht enden. Ich habe gelernt zuzuhören – vor allem meinem Großvater. Nicki, ich bin dir so dankbar, dass du mich früher kennenlernen wolltest. Dadurch habe ich meinen Platz im Leben gefunden.«

Sebastian legt einen Arm um mich, eine vertraute, warme Geste. Ich fühle mich wohl und geborgen in seinen Armen und liebe ihn – auf eine Art, die so rein und unbeschwert ist, dass ich erleichtert meinen Kopf an seine Schulter lehne. Unsere Berührungen sind nur freundschaftlich, aber sie bedeuten mir viel.

»Und du hast so viel dazu beigetragen, dass Achim und ich zueinanderfinden konnten. Sogar Meli und Robert hast du geholfen. Überhaupt gibt es vier Kinder mehr, die unser Leben bereichern«, füge ich leise hinzu.

In diesem Moment höre ich, wie sich die Tür öffnet. Erschrocken zucke ich zusammen, lasse Sebastian hastig los und drehe mich schnell um.

Betti steht im Türrahmen, nimmt ihre Brille ab und sieht uns fragend an. »Hi, Nicki. Was macht ihr hier?«

»Hallo, Betti, schön dich zu sehen.« Mein Herz schlägt wie wild. Die Erinnerung ist noch zu frisch, als sie mich mit ihrem Mann in der Backstube erwischte.

Sebastian, der mich nicht loslässt, streckt Betti die freie Hand entgegen und zieht sie zu sich. »Wir haben darüber geredet, wie schön unser Leben ist und wie viel Glück wir haben, uns zu kennen.«

Betti lächelt sanft und zwinkert mir zu. »Das stimmt. Uns geht es allen gut. Vor allem heute, weil wir zum fünfunddreißigsten Mal das Jahr 1986 feiern.«

Aus der Musikanlage erklingt *Stripped* von Depeche Mode. Der Sound erfüllt den Garten – voller Tiefe, klar und satt, ganz anders als aus dem kratzigen Ghettoblaster. Die ersten Klänge sind wie ein Sog, der mich zurückzieht. Das Lied trägt die Wärme des Sommers, das Flattern von Vorfreude, dieses unbeschreibliche Gefühl, jung und frei zu sein. Es schwebt wie eine unsichtbare Brise zwischen uns, lässt die Luft vibrieren.

Da sehe ich sie – meine beste, liebste Meli. Ich kann mich nicht mehr halten und eile hinaus in den Garten.

»Meli, endlich! Ich freue mich so!« Ich umarme sie stürmisch, als hätte ich sie Jahre nicht gesehen, während sie mich lachend, aber skeptisch mustert.

»Hä? Nicki, was ist mit dir los? Wir haben uns doch erst vor drei Tagen gesehen.«

»Ich weiß, aber drei Tage können manchmal so lang sein.« Ich drücke sie noch einmal an mich, tiefer, inniger – fast so, als wollte ich sie nicht mehr loslassen.

Meli schiebt mich sanft auf Armeslänge von sich und betrachtet mich kritisch. »Irgendwas an dir ist anders.«

»Ich war bei der Kosmetikerin. Vielleicht deshalb?« Die Antwort rutscht mir spontan heraus. Leider weiß ich nicht einmal, ob sie stimmt.

Meli reißt die Augen auf. »Das ist ja der absolute Burner! Da muss ich unbedingt einen Termin machen! Du siehst aus wie frisch verliebt!«

»Ich *bin* frisch verliebt«, sage ich, ohne nachzudenken.

»Hä? Wie? Du hast dich doch hoffentlich nicht von Achim getrennt?«

»Nicht getrennt, nur frisch verliebt.«

Mein Blick sucht Achim, und da ist er – seine Augen ruhen auf mir. Ruhig, sanft und warm, und zum ersten Mal seit meiner Rückkehr habe ich das Gefühl, er sieht wirklich mich. Spontan werfe ich ihm eine Kusshand zu, die er schmunzelnd erwidert.

»Wie süß er doch ist«, sage ich verträumt.

»Süße eins achtzig halt«, feixt Meli.

»Nein, eins sechsundachtzig.«

»Okay, dann das«, neckt sie mich und schaut mich an, als fände sie mein Verhalten niedlich. Ich betrachte sie einen Moment lang: Wie entspannt sie wirkt, wie viel Glück und Leichtigkeit in ihr liegt – so anders als in unserem früheren Leben.

Da entdecke ich Robert, der mich aus der Ferne frech angrinst. Mit langen Schritten kommt er auf mich zu und zieht mich in eine Umarmung.

»Na, heute Schule geschwänzt?«

Ich stutze. Hat er jetzt auch eine Zeitreise gemacht? Warum umarmt er mich? Ich will ihn schon angewidert wegschieben, da fällt mir ein: *Das gehört dazu.* Wir spielen immer so, als wären wir eben noch Schüler gewesen – und eigentlich mögen wir uns ja.

»Klar, was du kannst, kann ich auch. Da ist Su mit Kai und den Kindern«, sage ich schnell und befreie mich aus seiner Umarmung, die zwar nicht unangenehm, aber irgendwie seltsam war.

»Mit der habe ich noch ein Hühnchen zu rupfen«, brummt Robert und grinst. »Die hat mich beim Linze verpetzt, als ich dir Briefchen geschrieben habe. Wegen ihr hätte ich fast nachsitzen müssen.«

Lachend stürmen wir Su entgegen, die mit gespielter Panik auf der Stelle kehrtmacht.

»Hilfe! Zu zweit ist das unfair. Außerdem hat Herr Linz seine Drohung mit dem Nachsitzen nie wahr gemacht!«, ruft sie über die Schulter.

KAPITEL 56

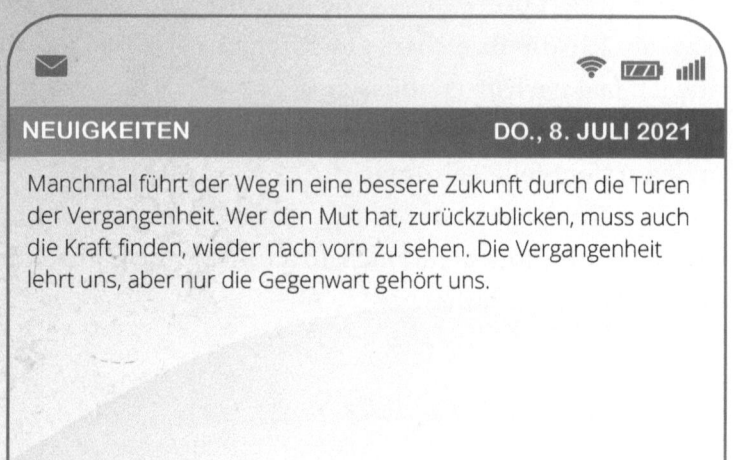

✉ 📶 🔋 📶

NEUIGKEITEN   DO., 8. JULI 2021

Manchmal führt der Weg in eine bessere Zukunft durch die Türen
der Vergangenheit. Wer den Mut hat, zurückzublicken, muss auch
die Kraft finden, wieder nach vorn zu sehen. Die Vergangenheit
lehrt uns, aber nur die Gegenwart gehört uns.

DONNERSTAG, DEN 8. JULI 2021
ACHIM

N a, wie geht's dir?« Sebastian kommt mit zwei Glä-
sern Cola ans Lagerfeuer und reicht mir eins. Unsere Regeln für das Gartenfest sind streng: kein
Alkohol, Handys werden bei Betti abgegeben und sobald es
kühler wird, muss jeder seinen Depeche-Mode-Strickpull-
over anziehen. So war es auch 1986, als wir nach der Reno-
vierung der Bäckerei zum ersten Mal hier gegrillt haben.

»Ich beobachte Nicki und weiß nicht so recht, was ich
von ihr halten soll. Was denkst du?« Ich sehe zu meinem
besten Freund.

Sebastian betrachtet Nicki mit einem schiefen Lächeln. »Vermutlich hat sie noch ein paar Teenie-Hormone in sich. Das wird sich die nächsten Tage legen, mach dir keine Sorgen.«

»Ich weiß, ich bin nicht nett zu ihr«, murmle ich und starre in die Flammen. »Aber es fällt mir schwer, mich mit ihrer Veränderung abzufinden. Wer ist sie jetzt? Und was ist aus meiner Nicki geworden?«

Sebastian nimmt einen Schluck Cola und schaut mich wissend an. Er hat das rätselhafte Zeitreise-Buch gelesen und kennt manche Antworten bereits. »So, wie sie gerade mit Robert rumalbert, ist sie deine Nicki. Die andere hatte nach der Scheidung ein Problem mit ihm. Ich habe damals ihren Blick gesehen, als er auf die Tanzfläche kam. Für uns ist das ewig her, aber für sie sind es gerade mal ein paar Tage.«

»Hm, stimmt.« Ich nicke langsam. »Meine Nicki hat immer großen Wert auf ihre Freundschaft gelegt. Ich durfte nie ein schlechtes Wort über ihn verlieren. Er war ihr Held, weil er ihr während der ersten Schwangerschaft zur Seite stand.«

»Tja, aber das ist Vergangenheit. Jetzt weiß Nicki, wie es wirklich war – und da bist du der Held.« Sebastian zwinkert mir zu.

Ich lächle ironisch. »Spitze. Nur kommen jetzt Dinge ans Tageslicht, die ich lieber nicht wissen würde.«

»Die Erinnerung an ihr altes Leben wird verblassen. Dieses hier wird ihre Realität, so wie bei Su. Ah, da kommt Leo. Jetzt wird's spannend.«

Nicki bleibt stehen und starrt Leo an. Ihre Stimme zittert leicht, als sie murmelt: »Hallo, Leo.«

Leo sieht mir ähnlich, auch wenn seine Gesichtszüge feiner sind als meine es früher waren. Er ist genauso groß wie ich – für Nicki muss das ein Schock sein. Sie hat mich vor wenigen Stunden noch als Siebzehnjährigen gesehen und steht jetzt vor unserem Sohn.

»Also Mama, was ist mit dir los?« Leo mustert sie neugierig. »Ich dachte, hier tobt Mina rum, und jetzt bist du das. Und was bitte hast du für ein ulkiges Kleid an? Ist das jetzt in Paris der letzte Schrei, oder was?« Er lacht.

Nicki schüttelt den Kopf, fängt sich aber schnell wieder. »Werde nicht frech! Mit dem Kleid kann man super ein Rädchen schlagen.«

Sie nimmt Anlauf und mir stockt der Atem. Ich sehe sie schon vor mir, wie das Kleid verrutscht. Doch zu meiner Erleichterung bleibt alles, wo es sein soll. Das Kleid flattert nur leicht, als sie schwungvoll das Rädchen schlägt.

Leo starrt sie fassungslos an. Er kennt seine perfekte Mutter nicht so, die stets akribisch auf ihr Aussehen und ihre Wirkung achtet.

Sebastian lacht schallend. »O Mann, irgendwie beneide ich dich. Ihr werdet bestimmt noch eine Menge Spaß haben die nächsten Tage.«

»In ihrem alten Leben hattest du heute das Vergnügen mit ihr«, entgegne ich etwas zu sarkastisch.

»Tse, du bist jetzt aber nicht eifersüchtig auf mich, oder?«

Mein Blick bleibt an den Flammen hängen. »Tut mir leid, aber mir gehen so viele Gedanken durch den Kopf. Manchmal denke ich, es wäre besser gewesen, wenn alles einfach beim Alten geblieben wäre.«

Sebastian klopft mir aufmunternd auf die Schulter. »Das wird schon. In ein paar Tagen hast du deine vertraute Nicki zurück. Ich schau mal nach dem Grill – Betti winkt mich zu sich.«

»Ich helfe dir.« Gerade, als ich aufstehen will, kommt Nicki angerannt.

»Dem habe ich es gezeigt.« Sie bleibt atemlos vor mir stehen, legt den Kopf schief und sieht mich herausfordernd an. Ihre Haare sind zerzaust, die Wangen gerötet – ein Bild von unbeschwerter Schönheit, das mir den Atem raubt.

»Schon fertig mit Robert?«, frage ich schnippisch.

»Ich meinte Leo. Du bist ja eifersüchtig«, neckt sie mich und sieht dabei genauso frech aus wie Sebastian vorhin.

»Immer. Das weißt du doch.« Mein Blick wird ernst und für einen Moment schweigen wir.

Dann kommt sie näher, zu nah, und lässt sich auf meinen Schoß gleiten. Ihr Kleid rutscht hoch, ihre Schenkel liegen warm um meine Hüfte. Ein wohliger Schauer zieht durch mich und gleichzeitig fühle ich mich, als würde ich fremdgehen. Ich betrüge meine Frau – und doch ist es sie, die auf mir sitzt.

»Was hast du vor?«, frage ich heiser.

»Man hat nicht jeden Tag die Gelegenheit, auf einem hübschen Jungen zu sitzen.« Nicki legt ihre Arme locker um meine Schultern und grinst mich an, als wäre die Welt ein Spielplatz.

»Du hast Fältchen um die Augen«, entgegne ich wenig charmant, um sie daran zu erinnern, dass sie keine Sechzehn mehr ist.

»Die sind vom Lachen. Du hast tiefe Falten vom Denken auf der Stirn.« Sie fährt mit ihren Fingern die Linien nach und die Berührung lässt meine Haut prickeln.

»Ich denke immer. Du nicht?«

»Hm, ich träume meistens vor mich hin. Nur nachts, wenn ich nicht schlafen kann, denke ich über Dinge nach.«

»Zum Beispiel?«

»Wie ich eine schlechte Mathearbeit meiner Mutter unterjubeln kann. Oder wen ich frage, um die Hausaufgaben schnell vor der Schule abzuschreiben.« Ihr keckes Grinsen bringt mich zum Schmunzeln.

»Oje, die nächsten Tage sprichst du bitte nicht mit Mina über die Schule.«

»Was machst du?«, fragt sie entsetzt, als ich langsam ihr Kleid nach oben schiebe.

»Ich kontrolliere deine Unterwäsche. Die sieht aus, als wäre sie aus der Kinderabteilung«, sage ich schroff, mehr, um sie zu ärgern.

»Na, sieh mal einer an.« Sie stemmt die Hände in die Hüften. »Du tust so, als würdest du mich ignorieren, aber mein schickes Höschen hast du dir genau angesehen.«

»Das wäre schon ein bisschen peinlich geworden, wenn dein Kleid beim Rädchen-schlagen hochgerutscht wäre. Willst du, dass alle sehen, was meine Frau für Wäsche trägt?"

Sie versucht verzweifelt, mein Tun zu stoppen. »Das ist megapeinlich! Was machst du da?«

Ich grinse breit. »Ich lese …« Mit gespielter Skepsis sehe ich sie an. »Auf deiner Unterhose steht ernsthaft Freitag? Sollte das heute nicht der Donnerstag sein?«

Einen Moment starren wir uns an - und dann brechen wir in schallendes Lachen aus.

Im Hintergrund erklingen die ersten Töne von *Love Is A Battlefield* – Pat Benatars Stimme ist wie ein zartes Kratzen, das sich tief in die Luft legt, getragen von einem Rhythmus, der an ein pochendes Herz erinnert. Der Song schwillt an, die Gitarren setzen ein und es ist, als würde die Musik die Umgebung in Bewegung versetzen. Plötzlich scheint die Zeit zwischen uns nur noch zu schwingen, als wollte sie die Wunden der Jahre schließen und zugleich all die Sehnsucht wecken, die wir in uns tragen.

Ich drehe mich um und sehe Sebastian an der Anlage stehen. Er zwinkert mir zu, während Nicki derweil aus meiner Cola trinkt.

»Na spitze, kaum drehe ich mich um, trinkst du meine Cola leer und machst dich über meine Zitrone her.«

»Habe ich gar nicht.« Ertappt funkelt sie mich an.

»Das hattest du aber vor, ich kenne Tussis wie dich.« Ich nehme ihr das Glas aus der Hand, fische die Zitrone heraus und schiebe sie demonstrativ in den Mund.

»Boah, du willst dich wohl doch scheiden lassen!«

Ich verziehe das Gesicht. Ob über ihre Worte oder wegen der Säure in meinem Mund kann ich nicht sagen. Ich nehme sie wieder heraus, halbiere die abgelutschte Frucht und halte ihr die Hälfte hin.

»Vertragen wir uns?«, frage ich versöhnlich. Denn, um ehrlich zu sein, würde ich gerade lieber andere Dinge mit meiner Frau tun, als mich mit ihr zu streiten.

»Weiß nicht.« Sie schaut mich schelmisch an, aber in ihrem Blick liegt etwas Verletztes, das mich tief trifft. »Ich habe das Gefühl, du magst die andere Nicki lieber als mich. Ich bin auch eifersüchtig.« Sie verweigert trotzig die Zitrone.

Ich schnaube leise. »Weißt du, Schnecke, es ist mir unmöglich, dich nicht zu lieben. Das muss ich mir eingestehen. Du hast gewonnen.«

Als ich in ihre Augen sehe, überrollt es mich: diese Wärme, dieses lebendige Braun, aus dem mir so viel Liebe und Leben entgegenstrahlt. Mit der Zitrone gleite ich sacht über ihre Unterlippe.

Nicki schnappt danach wie ein frecher kleiner Wolf und beißt mir absichtlich in den Finger. Es tut nicht weh, aber ein Schauer fährt mir über die Haut, weckt eine Sehnsucht nach so viel mehr.

»Aua! … Grr, am liebsten würde ich dich jetzt küssen.« Meine Stimme klingt rauer, als ich wollte. Ich sehe sie herausfordernd an und spüre es plötzlich: mein Herz, das wie verrückt gegen meine Brust schlägt. Es erschreckt mich fast, dieses Herzklopfen – in meinem Alter, nach all den Jahren.

»Das Essen ist fertig!«, ruft Betti.

Die Plätze an der Biertischgarnitur füllen sich schnell, der Duft von saftigen Steaks, frischen Salaten und würzigen Dips zieht durch den Garten. Doch ich verspüre Appetit auf etwas ganz anderes.

Nicki lehnt ihre Stirn an meine, ehe sie mir leise gesteht: »Ich bin so überglücklich, dass wir zusammen sind. Ich hatte schreckliche Angst, dich zu verlieren.«

Bevor ich etwas erwidern kann, spüre ich ihre Lippen auf meinen – weich, süß und nach Erdbeere schmeckend, wie damals. Doch der Kuss ist viel zu kurz, ein flüchtiger Hauch, der mich mit einer Sehnsucht zurücklässt, die wie eine warme Welle in mir aufsteigt. Mein Herz beginnt schneller zu schlagen, während sie aufsteht und mir ihre Hand reicht, mit einem Blick, der leise Hoffnung und Vertrautheit zugleich verspricht.

Ich nehme sie, doch lasse nicht zu, dass sie zu weit weg von mir bleibt. Stattdessen lege ich meinen Arm fest um ihre Taille, ziehe sie nah an mich und wir schlendern, eng umschlungen, zu den anderen.

Eingenommen von meinen Glücksgefühlen bringe ich kaum einen Bissen runter. Ich fühle, wie verliebt Nicki in mich ist, und das ist ansteckend, ob ich will oder nicht. Sie ist mir verdammt nah. Ihr Bein liegt über meinem, ihre Finger spielen mit den Härchen an meinem Arm, während sie mit der Gabel im Kartoffelsalat herumstochert. Sie hat anscheinend genauso wenig Hunger wie ich.

Immer wieder schielt sie zu mir und wenn sich unsere Blicke begegnen, lächelt sie verlegen. Ich würde lieber an ihrem Ohrläppchen knabbern als an dem Steak auf meinem Teller.

»*Nicole*, wo ist heute eigentlich dein pampiger Nudelsalat?«, ruft Robert rüber und reißt uns beide aus dem stillen Spiel der Blicke.

»Oh, Mist. Den habe ich vergessen.« Bedauernd zuckt sie mit der Schulter.

»Schon wieder etwas vergessen? Das gibt einen Strich und bedeutet eine Stunde Nachsitzen«, sagt Su im strengen Tonfall von Herrn Linz, ihrem ehemaligen Klassenlehrer.

»Aber bitte bei mir«, bemerke ich in leidvollem Tonfall.

»Achim, das hört sich jetzt arg zweideutig an.« Meli kichert schelmisch.

»Boah, die Frau fummelt überall an mir rum, seit sie neben mir sitzt. Ich bin schärfer als Sus Chilisauce.« Zum Glück sitzt Mina mit den anderen Kindern an einem separaten Tisch und bekommt von unseren Gesprächen nichts mit.

»Ui, das will was heißen!«, kichert Betti, stibitzt ein Stück Brot und tunkt es in meine Soße.

»So etwas darfst du doch nicht sagen …«, wispert Nicki geschockt und stößt mir leicht in die Seite. Das Gelächter der anderen wird ausgelassener und ich genieße diesen Moment in vollen Zügen.

»Achim, vergiss die jungfräuliche Seele deiner Frau nicht. Du bringst sie hier in Verlegenheit.« Ich sehe Sebastian deutlich an, wie es in ihm arbeitet, nicht laut loszuprusten.

Ich hebe meinen Arm, an dem Nicki immer noch mit den Härchen spielt. »Was soll ich machen? Ich bin ihr hilflos ausgeliefert. Aber wir sitzen gerade mit unseren Freunden am Tisch.« Ich lasse meinen Blick durch die Runde schweifen, doch am Ende bleibe ich an Nickis Augen hängen und spüre, wie ich innerlich dahin schmelze.

»Ach, ich liebe das bei euch. Ich bin immer so nah am Geschehen«, gluckst Su vergnügt.

Nicki löst sich aus meinem Blick und sieht ihre Freundin fragend an. »Warum das?«

»Sie meint bestimmt unsere Tipps von damals. Ende April 2004, als wir Achim geholfen haben, dich rumzukriegen«, erklärt Sebastian schmunzelnd.

Nicki schnaubt amüsiert. »Achim, du hattest Hilfe nötig? Das hätte ich ja zu gern gesehen.«

Ich ziehe skeptisch eine Augenbraue hoch. »Ah, ich erinnere mich dunkel. Die CD. Danke, Su.«

»Und der Ring«, fügt Su hinzu und hebt bedeutungsvoll die Hand.

»Und die Granatsplitter – denn ihr wisst ja, Liebe geht durch den Magen«, prahlt Sebastian und lehnt sich zufrieden zurück.

»Schöne Freunde habe ich«, erwidert Nicki gespielt pikiert und schüttelt den Kopf. »Die geben meinem Mann Tipps, mich rumzukriegen. Dabei wollte ich eigentlich Robert heiraten.«

»Da seht ihr's! Nicki wäre doch lieber mit mir verheiratet ... Aua!« Robert jault auf, als Meli ihm einen Stoß in die Rippen versetzt.

»So viel zum Thema romantische Beziehungen«, wirft Kai ein.

Ich ziehe Nicki enger an mich und lasse mich nicht beirren. »Robilein, ich habe heute so viele Schmetterlinge im Bauch, da kannst du sagen, was du willst – das bringt mich nicht auf die Palme.«

Robert hebt gespielt ergeben die Hände. »Wow, das ist ja mal was ganz Neues von dir. Was ist passiert, liebster Cousin? Besinn dich bitte wieder, mir würden unsere Sticheleien fehlen.«

»Uns auch«, murmelt Kai trocken, während er in sein Grillfleisch beißt.

Ich lehne mich entspannt zurück und lasse den Blick durch die Runde schweifen. »Überlegt mal, wie langweilig unsere Urlaube wären, wenn wir nicht für Bombenstimmung sorgen würden.«

Robert beugt sich über den Tisch zu mir und streckt die Hand aus. »Mann, Bro, genau so ist es!« Unsere Hände schlagen ein, und für einen Moment spüre ich etwas, das ich nie wirklich wahrgenommen habe. Es ist keine einfache Freundschaft, sondern ein Band, das uns, egal was war, immer wieder zusammenführt.

»Dann wäre das geklärt. Vielleicht könnte mal jemand *Pink Floyd* auflegen? Immerhin helft ihr uns ja so gerne bei unserem Liebesleben.« Ich ziehe die Augenbrauen leicht hoch und sage leise, aber mit einem Schmunzeln: »Es ist großartig, verliebt zu sein – und das in meine eigene Frau, die ich seit fünfunddreißig Jahren kenne.«

Nicki sieht mich einen Moment lang an und strahlt. Dann beugt sie sich vor und drückt mir einen sanften Kuss auf die Wange.

»Ach Achim«, seufzt Meli theatralisch, als hätte sie alles durchschaut. »Ich will auch das essen, was ihr hattet!«

»Schau mal auf ihre Teller, die haben fast nichts ange-rührt«, bemerkt Betti kopfschüttelnd.

»Könnt ihr euch noch erinnern, was früher so ulkig schlecht geschmeckt hat?«, frage ich unsere Freunde. Sechs ratlose Augenpaare starren mich an.

Mit einem Zwinkern ziehe ich drei Päckchen P.K.-Kau-gummi aus meiner Hosentasche und lege sie auf den Tisch. Ich habe sie vorhin eingesteckt, als sie aus Nickis Mantel gefallen sind.

»Cool! Das ist ja fast Eis«, ruft Robert begeistert und schnappt sich ein Päckchen. Er dreht es staunend in den Händen. »Wo hast du die denn her?«

»Hä? Die gibt's doch bestimmt seit dreißig Jahren nicht mehr«, ergänzt Meli und nimmt ihm das Kaugummi wieder ab.

»Igitt, die kenne ich noch! Die haben widerlich geschmeckt«, mischt sich Betti ein und rümpft die Nase.

Sebastian schüttelt den Kopf. »Echt? Ich hab die zwar gekauft, aber nie probiert.« Neugierig reißt er eines der Päckchen auf, schiebt sich einen Dragee in den Mund und kaut nachdenklich. »Schmeckt ganz leicht nach Lakritze.«

»Deshalb!« Meli verzieht das Gesicht. »Die mag ich überhaupt nicht.« Trotzdem nimmt sie gleich zwei Kaugummis und macht kurz darauf eine riesige Blase, die laut platzt.

»Komm, Kai, wir probieren die auch. Irgendwas muss ja dran sein«, lacht Su, bevor sie Kai ein Päckchen reicht.

Kai zieht eine Augenbraue hoch: »Nicht dass mir auch noch so Schmetterlinge im Bauch wachsen?«

So sitzen wir alle kaugummikauend am Tisch. Jeder von uns hat andere Erinnerungen an früher, die jetzt wieder aufleben. Unsere Kinder – sonst die Lauten – sehen erstaunt zu uns herüber, während wir lachen und ausgelassen reden. Für einen Moment sind wir wieder Teenies.

»Spitze! Schnecke, hörst du, was ich höre?«, frage ich Nicki und zwinkere ihr zu.

»O nein, *Pink Floyd*. Und auch noch die extralange Version. Das war doch euer Knutschlied!« Meli stöhnt übertrieben. »Sebastian, mach aus!«

»Warum? Wir könnten es doch auch zu unserem Knutschlied machen«, erwidert Robert und zieht Meli näher zu sich.

»O Robi, der Kaugummi tut dir gut«, bemerkt sie schmunzelnd.

Ich sehe erneut zu Nicki. Sie lächelt mich an, mit diesem tiefgründigen, alles sagenden Blick, der mich jedes Mal umhaut. Ich stehe auf, nehme ihre Hand und ziehe sie zu mir.

Ich hebe Nicki hoch, drehe mich mit ihr im Kreis, während ihr Kleid um uns flattert. Ihre leisen Lacher mischen sich mit der Musik, die aus den Lautsprechern klingt.

Pink Floyd erreicht den Chor. Diese Stimmen – endlos, sphärisch – füllen den Abendhimmel und tragen mich direkt zurück. Zurück in den *Club*, zurück zu unserem ersten Kuss. Die Schmetterlinge in meinem Bauch flattern wie verrückt, und plötzlich ist alles um uns herum verschwunden.

Es gibt nur noch Nicki und mich.

Ich ziehe sie langsam an mich, meine Lippen finden ihre. Ihr leises Seufzen lässt einen wohligen Schauer durch meinen Körper strömen, während ihre Finger sanft durch mein Haar gleiten.

Wie aus weiter Ferne höre ich die anderen grölen und lachen, doch ihre Stimmen scheinen gedämpft, unwichtig.

Doch plötzlich …

»Hey!« Ich reiße die Augen auf, als sie mir mit einem schelmischen Grinsen den Kaugummi aus dem Mund klaut.

Fassungslos starre ich sie an, während sie seelenruhig vor mir steht und kaut. »Du hast mein Kaugummi geklaut?«

»Du hast das früher auch immer gemacht.«

Einen Moment brauche ich, dann muss ich lachen. Verdammt, sie hat recht - ich hatte ihr damals ständig den Kaugummi geklaut.

Und jetzt dreht sie den Spieß einfach um.

»Freche Göre«, murmle ich, während ich sie wieder an mich ziehe.

Wir bleiben nicht lange allein auf der Tanzfläche. Nach *Pink Floyd* lässt Robert *Nena* laufen, und schon tanzen wir ausgelassen zu der Musik der Achtziger und singen lautstark mit. Die Welt fühlt sich so unbeschwert an wie damals.

Irgendwann schwebt *George Michael* im Hintergrund durch die Nachtluft.

Doch plötzlich wird mir etwas klar. »Ein Moment, Schnecke, ich muss kurz was klären.« Ich lasse sie los und gehe zu Robert, der eng umschlungen mit Meli tanzt.

»Sorry, dass ich störe«, beginne ich zaghaft. »Ich wollte nur sagen, dass ich froh bin, dich als Cousin zu haben. Ich war nicht immer fair zu dir. Danke, dass du dich um Leo und Nicki gekümmert hast – du hast dafür fast deine große Liebe geopfert, während ich mich selbst finden musste.«

Robert winkt ab, als hätte er längst damit abgeschlossen. »Hey, mach dir keinen Kopf. Ich hab dich immer bewundert und verstanden.« Er zögert. »Weißt du noch, wie unsere Familie mich an Weihnachten mit Geschenken überhäuft hatte? Und du ... du bekamst nur Socken und Unterwäsche.«

Überrascht sehe ich ihn an. Dass er sich daran erinnert ...

»Dafür konntest du doch nichts.«

Robert zuckt mit den Schultern. »Vielleicht nicht. Aber

es tat mir trotzdem weh. Ich hab deine Verachtung nie persönlich genommen. Und deshalb wollte ich nicht, dass Leo das Gleiche durchmachen muss wie du. Er ist für mich immer noch wie mein Sohn.«

»Es tut mir leid«, gebe ich ehrlich zu. »Du konntest am wenigsten dafür. Und trotzdem hab ich es dich spüren lassen.«

Robert boxt mir spielerisch in die Seite. »Immer auf die kleinen Schwachen, was?« Er schmunzelt und ich ziehe ihn einfach an mich. Einen völlig verdutzten Robert.

Es ist, als würde eine letzte, längst vergessene Wunde in mir heilen. Frieden – ein Gefühl, das ich lange nicht kannte.

Unter der schmalen Sichel des abnehmenden Mondes sitzen wir alle am Lagerfeuer. Nicki liegt in meinem Arm, in ihren Depeche-Mode-Pulli gekuschelt. Die Flammen werfen zitternde Schatten auf ihr zufriedenes, aber müdes Gesicht. Aus dem Lautsprecher schwebt *I Just Died In Your Arms* von Cutting Crew. Der Song legt sich wie ein melancholisches Tuch über diesen perfekten Moment.

»Du, Achim?«, wispert sie leise.

»Hmm?«

»Kannst du für mich so Kringel machen?«

Ich runzle die Stirn. »Was?«

»Na, mit Rauch. So Kringel.«

»Schnecke, ich rauche nicht mehr.«

Nicki setzt sich abrupt auf und starrt mich an, als hätte ich ihr gerade das Unglaublichste erzählt. »Seit wann?«

»Oje«, sage ich und ziehe sie wieder in meinen Arm. »Hoffentlich liebst du mich trotzdem noch, auch wenn ich nicht mehr wie ein Aschenbecher stinke.«

Sie schnaubt gespielt empört, bevor sie leise murmelt: »Hm. Damit muss ich erst klarkommen.«

»Dann werde ich mir wohl besser mal eine Kippe besorgen.«

»Nein, nicht, wenn du aufgehört hast. Das ist besser für dich.«

»Weil du du bist, verrate ich dir was.« Ich senke die Stimme ein wenig. »Wenn ich mit Rosi und Hannes in der Schmiede bin und sie mir beim Arbeiten zusehen, dann rauchen wir danach jeder eine.« Ich sehe sie an und warte gespannt auf ihre Reaktion, denn meine Nicki hätte mich dafür empört zusammengefaltet.

Ein weiches Lächeln umspielt ihre Lippen. »Das ist lieb von dir. Ich glaube, die beiden brauchen die Zeit mit dir.«

»Sie brauchen auch dich. Und Leo. Und Mina.«

»Wie gut, dass wir die Zeitreise gemacht haben. Sonst wären sie jetzt ganz allein.«

»Das stimmt. Mina, gib mir mal eine Kippe«, rufe ich zu meiner Tochter rüber, die gerade mit Ricki auf der Bank sitzt – und knutscht. Ich ziehe missmutig die Augenbraue hoch.

»Ich rauche doch nicht, Papa«, sagt sie unschuldig und viel zu schnell.

»Lass es. Du lügst so schlecht wie deine Mutter.«

Mina grinst süffisant, zündet eine Zigarette an und bringt sie mir.

»Und seit wann machst du das?«, frage ich streng.

»Ich rauche erst richtig, seit du mir ständig eine angeboten hast.« Sie rümpft die Nase und sieht mich überlegen an.

»Ich meinte das andere – das mit deinem Freund.«

»Papa! Ich hatte euch eine Woche als Vorbild. Das färbt ab.« Sie lacht frech, dreht sich um und geht zurück zu Ricki, der heute bestimmt jede Menge schräger Eindrücke von uns bekommen hat.

»Ihr Respekt vor mir lässt auch zu wünschen übrig, seit ihr zurück seid.« Kopfschüttelnd ziehe ich an der Zigarette und inhaliere den Rauch tief in meine Lunge.

»Ich kann es immer noch nicht fassen, dass du Minas Vater bist. Das ist einfach zu schön.«

»Tja, auch dafür können wir der Zeitreise dankbar sein.« Ich versuche nach dreißig Jahren meine ersten Rauchkringel.

Nicki nimmt meine Hand, ihre Finger spielen sanft mit meinen. »Aber weißt du was das Allerschönste ist?«

»Nein, was denn?«

»Dass ich heute bei dir schlafen darf, ohne meine Eltern fragen zu müssen.« Mit einem schelmischen Lächeln beißt sie auf ihre Unterlippe.

»Du willst heute Nacht bei mir schlafen?«

»Ja, aber wir gehen es langsam an.«

»Hm, ja. Sehr langsam.«

Und dann mache ich für Nicki die vollkommensten Rauchkringel, die man sich nur vorstellen kann.

Nicki lehnt ihren Kopf an meine Schulter, während wir gemeinsam die Kringel beobachten, die sich immer weiter ausdehnen, bis sie sich in der Nachtluft auflösen. Wie unsere Probleme aus der Vergangenheit, die nun verblassen und einer friedlichen Gegenwart weichen.

Während Reinhard Meys Stimme leise aus den Lautsprechern dringt, spüre ich, wie das Lied jede Ecke meines Herzens erfüllt. Es sind die einfachen Worte, die mir eine Gänsehaut verpassen. Dieses Lied ist wie ein stilles *Danke* für all die Jahre, die wir zusammen waren – für die Menschen, die uns begleitet, für die Momente, die uns geprägt haben. Die Stimmen unserer Freunde mischen sich holprig, aber herzlich ein. Ich sehe rüber zu Sebastian und Betti, zu Robert und Meli, zu Su und Kai, zu Mina und den Kindern. Sie lachen, sie singen, sie leben.

Und jetzt, nach all den Jahren, sitze ich hier – inmitten der Menschen, die mir am meisten bedeuten. Der letzte Rauchkringel, den ich für Nicki gemacht habe, löst sich langsam in der Dunkelheit auf. So, wie der Abend sich auflöst, aber nicht vergeht. Denn die Erinnerung bleibt.

»Wie schön das Leben doch ist«, flüstert Nicki verträumt.

Ich küsse ihre Stirn und halte sie fest. »Wunderschön, besonders mit dir. Aber wenn du morgen unseren Terminkalender siehst, wirst du vielleicht anders darüber denken.«

»So schlimm?«

Ich nicke seufzend. »Ja, leider. Irgendwie haben wir viel zu wenig Zeit füreinander.«

Nicki überlegt kurz, dann leuchtet ihr Blick. »Wir gehen doch für drei Wochen nach Ibiza.«

»Mit unsren Freunden und Kindern, das gleicht eher einem Schulausflug und da ist nicht viel mit Zweisamkeit.« Ich ziehe sie noch enger an mich. »Ich habe dich so lange gesucht und endlich gefunden. Ich will dich jetzt ganz für mich allein, Schnecke.«

Nicki seufzt zufrieden und schmiegt sich in meine Arme, als wolle sie nie wieder loslassen. »Ich will auch endlich mal ein bisschen länger mit dir zusammen sein als nur ein paar Stunden.«

»Du, Nicki … du hast ja das Amulett …« Ich zögere kurz, dann schleicht sich ein freches Lächeln auf meine Lippen. »Könnten wir damit nicht mal für eine Woche in die Vergangenheit reisen?«

Nicki zieht die Nase kraus und betrachtet mich skeptisch. »Da muss ich bis zum Läuten zu Hause sein.«

»Ich denke an die Zeit, als wir unsere erste gemeinsame Wohnung hatten. Nur wir zwei, du und ich. Kein Terminkalender, keine Verpflichtungen. Einfach … wir.«

Sie lächelt sanft und in ihren Augen spiegelt sich die gleiche Sehnsucht wie in mir. »Du hast recht. Da hatten wir das ganze Leben noch vor uns.« Ihre Hand tastet instinktiv nach ihrem Hals – dorthin, wo das Amulett immer lag.

»Achim? Es … ist weg.«

EPILOG

MONTAG, 27. JANUAR 2025

Jahre später blicke ich auf diese außergewöhnliche Zeit zurück – auf unsere Zeitreise, unsere Abenteuer und all die Wendungen, die mich hierher geführt haben. Es ist, als hätte das Leben einen Plan gehabt, den ich erst im Rückblick begreife.

Die Woche nach meiner Ankunft im Jahr 2021 fühlte sich an, als wäre ich neu geboren. Staunend betrachtete ich unsere Welt, die mir Achim nach und nach zeigte. Langsam kehrten meine Erinnerungen zurück und wurden zu meiner Realität. Das alte Leben wirkte wie ein schlechter

Traum – ich erinnere mich daran, aber es berührt mich nicht mehr. Bei Mina ging das Ganze viel schneller. Sebastian erklärte es uns so: Es ist wie ein Update – und meine Festplatte ist durch all die zusätzlichen Jahre um einiges größer als die von Mina.

Aber jetzt muss ich euch noch unbedingt von unserer traumhaften Hochzeit erzählen, die tatsächlich am 8. Mai 2004 stattfand.

Meli war total begeistert von meinem Hochzeitskleid aus schwarzem Leder, das wie ein Dirndl geschnitten war – ein echter Hingucker. Hannes und Rosi waren überglücklich, dass ich Achim heiratete. Als besonderes Geschenk machte Hannes mir eine große Freude und kaufte mir ein Brautkleid – eines, das einer Prinzessin würdig war.

Und Achim? Der schlüpfte – natürlich – in den Anzug von Frau Eitzenhöfer.

Wir hatten niemandem von unseren veränderten Hochzeitsplänen erzählt – es sollte eine Überraschung sein. Meli hat nicht viele Verwandte; die wenigen luden wir kurzfristig ein, und ihre Eltern waren natürlich sowieso dabei.

Meli fand Roberts Idee, mit dem Motorrad in die Kirche zu fahren, »voll krass-cool«, und unter diesen Umständen störte es mich auch nicht mehr. Am Altar warteten bereits Achim und Robert. Die Gäste dachten, Achim wäre Roberts Trauzeuge. Doch dann kamen Meli und ich mit ihrer Honda CY 50 nach. Während Meli fuhr, stand ich hinten auf dem Moped, meine Schleppe mit den 3D-Blüten wehte märchenhaft im Fahrtwind.

Ein Raunen ging durch die Menge, als Meli neben Robert parkte und ich an Achims Seite trat. Sein blaues Auge war übrigens noch gelb und ließ sich nicht ganz abdecken.

»Nicole, musst du dich mit Gewalt ins Unglück stürzen?«, seufzte meine Mutter. Ich lächelte nur. Sie sprach neun Monate lang kein Wort mit mir – bis Mina geboren wurde.

Unsere Hochzeit sprach sich herum, und Meli startete erfolgreich ihre Karriere als Hochzeitsplanerin. Heute fährt sie ein schwarzes Cabriolet, wohnt mit Robert in einem großen Haus, und ihre Tochter Nina ist Minas beste Freundin.

Mit Su spreche ich oft über unsere zwei verschiedenen Leben. Vielleicht gibt es Parallelwelten – eine voller Negativität und eine voller Hoffnung. Oder vielleicht machen tiefe Freundschaft und eine glückliche Familie das Leben einfach schöner.

Ach, und mein Papa? Achim und Su haben ihn gerettet, weil Su seine Todesursache kannte. Achim, der Arme, hatte den meisten Stress mit unserer Zeitreise. Es war nicht immer einfach für ihn – und dafür liebe ich ihn umso mehr.

Robert blieb mein bester Freund aus der Schulzeit. Wenn wir zusammen sind, werden wir nie richtig erwachsen. Und wenn heute eine blaue Ente vorbeifahren würde, müsste er sich in Acht nehmen. Mit meinen Schulfreundinnen Manu und Andi treffe ich mich immer noch zweimal im Monat zum Kaffeetrinken. Und am Mittwoch ist es wieder so weit – diesmal gibt es Weißwürste mit Brezeln. :)

Dass ich Sebastian so viel früher kennengelernt habe, ergibt heute einfach Sinn. Ich habe ihn zwar nie geheiratet oder mit ihm fünf Kinder bekommen, wie ich es insgeheim in der Backstube gehofft hatte. Aber da ist mehr zwischen uns. Wir sind Freunde und immer füreinander da.

Und vor allem: Er war stets zur richtigen Zeit am richtigen Ort, damit alles so kam, wie es kommen musste. Ohne ihn hätten Achim und ich es wieder vermasselt.

Und das Amulett? Es wurde nicht wiedergefunden. Vielleicht war seine Aufgabe einfach erfüllt. Vielleicht liegt es irgendwo in den Tiefen der Zeit – genau da, wo es hingehört.

Danksagung

Zuallererst möchte ich meinem Mann danken, der mir in den letzten Monaten für die Fertigstellung meines Romans eine Menge Arbeit abgenommen hat, damit ich jede freie Minute schreiben konnte.

Der größte Dank geht an meine Tochter Madeleine, die mich mit ihrem Wunsch nach einem Tattoo so sehr genervt hat, dass mir aus Verzweiflung am 8. Juli 2021 diese Geschichte eingefallen ist.

Vielen Dank an meine Freundin Bettina Attinger für ihre Hilfe bei meinen Fragen über den Beruf eines Bäckers.

Und Danke, Manuela Fuchs, für unsere abenteuerliche Wanderung mit dem Handscheinwerfer mit Notfallfunktion.

Ein Danke geht an meine Online-Bloggerfreundin Daniela Bergener für das unzählige Lesen meiner ständigen Änderungen.

Genauso möchte ich meiner Freundin Ayfer Canbolat danken, die meine Texte ebenfalls vorab liest.

Und das Ganze wäre nicht so gut lesbar ohne meine liebe Lektorin Selina Pierstorf. Vielen Dank für deine zusätzlich geleistete Mehrarbeit, weil der Roman am Ende doppelt so viele Seiten umfasst, als geplant und um so Vieles besser geworden ist.

Ein herzliches Dankeschön an Sabine Schulter, die so spontan für das Korrektorat eingesprungen ist und mich bis zum Schluss begleitet und unterstützt hat.

Und vielen lieben Dank an Chaela, die dafür sorgt, dass das Buch von außen und innen so wunderschön aussieht.

Rezensionen sind für Autoren wie mich von unschätzbarem Wert. Sie helfen nicht nur dabei, mehr Sichtbarkeit zu erlangen, sondern auch, die eigene Arbeit stetig zu verbessern. Wenn dir mein Buch gefallen hat, würde ich mich unglaublich freuen, wenn du dir einen Moment Zeit nehmen könntest, um eine Bewertung auf Amazon, LovelyBooks, Thalia oder einer anderen Plattform, auf der Bücher verkauft werden, zu hinterlassen. Vielen lieben Dank dafür!